CUATRO ESTACIONES EN JAPÓN

CUATRO ESTACIONES EN JAPÓN

NICK BRADLEY

Traducción de Daniel Casado Rodríguez

Ọ Plata

Argentina – Chile – Colombia – España
Estados Unidos – México – Perú – Uruguay

*Para
E. H. Bradley
y Pansy.*

雨ニモマケズ

宮沢賢治　（昭和6年）

雨ニモマケズ　風ニモマケズ
雪ニモ夏ノ暑サニモマケヌ丈夫ナカラダヲモチ
欲ハナク　決シテ瞋ラズ　イツモシズカニワラッテイル
一日ニ玄米四合ト　味噌ト少シノ野菜ヲタベ
アラユルコトヲ　ジブンヲカンジョウニ入レズニ
ヨクミキキシワカリ　ソシテワスレズ
野原ノ松ノ林ノ蔭ノ　小サナ萱ブキノ小屋ニイテ
東ニ病気ノコドモアレバ　行ッテ看病シテヤリ
西ニツカレタ母アレバ　行ッテソノ稲ノ束ヲ負イ
南ニ死ニソウナ人アレバ　行ッテコワガラナクテモイイトイイ
北ニケンカヤソショウガアレバ　ツマラナイカラヤメロトイイ
ヒデリノトキハナミダヲナガシ
サムサノナツハオロオロアルキ
ミンナニデクノボートヨバレ
ホメラレモセズ　クニモサレズ
ソウイウモノニ　ワタシハナリタイ

Sin ceder ante la lluvia

de Miyazawa Kenji (1931)
Traducido al inglés por Nick Bradley

Sin ceder ante la lluvia / sin ceder ante el viento

Sin sufrir bajo la nieve / ni bajo el sofoco del verano

Fortalece el cuerpo / aléjalo del deseo

No albergues odio ni resentimiento / sonríe siempre con calma

Cuatro tazas de arroz integral / *miso* y verduras cada día

Obsérvalo todo / sin juzgar, sin ser egoísta

Mira, escucha y entiende / no olvides las lecciones aprendidas

Vive en una humilde morada de paja / a la sombra de un pinar

Si hay un niño enfermo al este / ayúdalo a recuperarse

Si hay una madre cansada al oeste / ayúdala a cosechar el arroz

Si hay una persona moribunda al sur / dile que no hay nada que temer

Si hay una pelea al norte / diles que hagan las paces

En tiempos de sequía, suelta lágrimas / deambula sin pensar durante el frío verano

Un don nadie para todo el mundo / que no recibe halagos y pasa desapercibido

Esa es la persona / que quiero ser

Flo en primavera

—Bueno, ¿qué te cuentas, Flo-chan? —Kyoko dio un trago a su cerveza y la volvió a colocar sobre la mesa, junto a un cuenco de vainas de *edamame*.

—Sí, ¿qué te pasa? —dijo Makoto, echando la ceniza en un plato lleno de huesos de pollo antes de darle otra calada a su cigarrillo—. Pareces desanimada últimamente.

Flo se aferró con más fuerza a su vaso de té *wulong* y soltó una carcajada incómoda.

—¿Cómo que desanimada? ¡Si no me pasa nada!

Kyoko, Makoto y Flo estaban sentados alrededor de una mesa baja en un *izakaya* de Shinjuku conocido por sus cervezas de importación. Habían ido allí directamente tras salir de la oficina. Si bien Flo había rechazado la invitación al principio, al excusarse con una combinación de cansancio y falta de ganas de estar entre la muchedumbre que iba a ver los cerezos en flor (porque era la temporada alta del *hanami*), Kyoko la había tomado del brazo y se la había llevado con firmeza hasta la puerta, como una guardia de seguridad que sacara a un gamberro de una sala.

—Tú te vienes con nosotros —le había dicho, sin hacer caso de las débiles protestas de Flo—. Te guste o no.

Y por eso estaba allí. Tenía que reconocer que estaba bien no estar en el trabajo, en casa o en una cafetería del vecindario con su portátil, los cuales eran los únicos tres lugares en los que pasaba el rato desde hacía meses. Al principio Kyoko y Makoto habían sugerido ir al parque Ueno para sentarse bajo los cerezos en flor, pero, cuando Flo se había puesto a soltar toda una diatriba sobre que las flores de *sakura* eran algo sobrevalorado comparado con las hojas de otoño, Kyoko la había cortado y había insistido en que fueran a su *izakaya* favorito. Aquel pequeño bar de estilo japonés no contaba con demasiada decoración, sino que tenía varios tatami de juncos y unas mesas bajas rústicas de madera. El ambiente estaba espeso por el humo del cigarro de Makoto, a pesar de que las mesas del restaurante estaban menos llenas que de costumbre.

—Es que últimamente ya no pareces tú misma —le insistió Kyoko, con el ceño fruncido—. Ya no sales con nosotros ni me respondes a los mensajes. Hasta la profe de caligrafía nos pregunta por qué ya no vas a clase. Tuve que mentirle a Chie-sensei y decirle que te habías puesto mala.

Flo no dijo nada. Dejó su vaso de té y observó cómo Makoto soltaba una nube de humo hacia la mesa que tenían al lado. Las dos chicas que estaban comiendo ahí le pusieron mala cara, pero él ni se enteró.

Kyoko iba vestida con su típica ropa de oficinista inmaculada: un jersey rosa y pantalones de color crema, con el cabello recogido en una coleta bien hecha y maquillada de forma discreta. Como siempre, vaya. Solía ponerse celosa de lo guapa que estaba siempre Kyoko, sin esforzarse demasiado. A diferencia de Flo, cuyo uniforme de oficina era viejo y parecía desaliñado; no era el tipo de vestimenta con la que podía ir a trabajar un empleado japonés, desde luego. Unos pantalones de vestir holgados y una camisa con cuello eran lo más formal que tenía en su armario. Makoto era como cualquier otro oficinista de Tokio, con el único añadido de una corbata granate y elegante que Kyoko había escogido para él en Ginza hacía un mes. Ya se la había soltado un poco.

—Perdona si estoy siendo demasiado directa —continuó Kyoko, suavizando un poco el tono. Flo no pudo evitar sonreír: ¡si Kyoko siempre era directa! Era una de las cosas que más le gustaba de ella—. Solo me preocupaba que… no sé. Que ya no quisieras que siguiéramos siendo amigas.

—¡No! —soltó Flo, espantada ante la idea—. ¡Claro que no es eso!

Kyoko era una de las amigas más cercanas que tenía en Tokio, aunque no diría que era su «mejor» amiga, porque ese título implicaba un grado de intimidad que no compartía con nadie en la ciudad. Salvo por Yuki. Cuando Flo y Kyoko habían empezado a pasar el rato juntas después del trabajo y a ir a clases de caligrafía en Chiba, Flo incluso había albergado esperanzas de que, bueno, de que llegaran a ser algo más que amigas. Sin embargo, se había enterado de que Kyoko salía con un chico que le gustaba mucho, por suerte antes de que ella hubiera dicho algo embarazoso. Ese chico era Makoto, un compañero de trabajo afable que Flo ya conocía y que le caía bien, por lo que estaba encantada de salir con ellos y nunca se llegaba a sentir como que sobraba.

Hasta hacía varias semanas, cenar los miércoles por la noche había sido un ritual para los tres, y con más razón desde que Flo había empezado a ir menos días a la oficina. Contaba con un envidiable puesto de trabajo en el que acababa la jornada de la semana los miércoles, por lo que aprovechaba los jueves, los viernes y los sábados para encargarse de sus proyectos de traducción literaria. Aun así, Flo llevaba eones sin salir con ellos. ¿Cuándo había sido la última vez? ¿Hacía un mes? ¿Dos?

—Hasta Makoto te ha notado distinta —se apresuró a añadir Kyoko, en inglés en lugar de en japonés, en un intento por sacarlo de la conversación—. Y eso que el pobre no tiene ni idea de mujeres.

Makoto puso la oreja para escuchar el inglés superior de Kyoko, y más o menos entendió lo que decía. Kyoko soltó una risita por su intento.

—Es verdad —dijo él en inglés, con un tono humilde, aunque con cierta torpeza.

Pobrecito Makoto. Estaba sentado al lado de Kyoko, y los dos estaban en el lado opuesto de la mesa respecto a Flo. Estaba a punto de volver a echar la ceniza en el plato de huesos de pollo, pero Kyoko le dio un golpecito en la muñeca. Makoto inclinó la cabeza en disculpa y se acercó el cenicero que ella le estaba deslizando.

—Venga, Flo-chan —insistió Kyoko, con una voz amable, de nuevo en japonés—. Puedes contárnoslo.

Flo se mordió el labio. Echó un vistazo al teléfono: ningún mensaje nuevo.

A grandes rasgos, Flo era una persona abierta y sincera, aunque siempre había mantenido su vida personal en privado, incluso con aquellos dos. Más que nada, no se sentía cómoda hablándoles de Yuki. ¿Se sorprenderían al enterarse de que salía con mujeres? Seguramente no, porque nada de lo que le habían dicho o de lo que hacían indicaba lo contrario, pero Flo nunca se lo había mencionado, pues lo consideraba asunto suyo. Y dado que ya se conocían desde hacía tanto tiempo, no tenía ni idea de cómo traer el tema a colación. Era como si se hubiera construido una muralla enorme a su alrededor, una barrera impenetrable, y la posibilidad de derribarla para que alguien pasara al otro lado le resultaba aterradora. Era más seguro que se quedara encerrada. De modo que no, no les había hablado de Yuki. No les había contado cómo se habían conocido, ni que Yuki se había ido a vivir con ella, ni mucho menos que Yuki planeaba mudarse a Nueva York en cosa de un mes para trabajar en una librería mientras asistía a una escuela de inglés. Su relación con Yuki era lo que más estrés le provocaba últimamente.

Así que no, no podía hablarles de todo eso, por lo que hizo lo que haría cualquier otra persona: aprovechar la oportunidad para hablar de los demás temas que le provocaban ansiedad. Temas que eran igual de urgentes, pero más fáciles de tratar en público.

—Es que… —empezó a decir.

—¿Sí? —asintió Makoto.

—Continúa —dijo Kyoko, incapaz de contener las ansias.

—Bueno, es que he estado con ciertas dudas últimamente.

—¿Qué clase de dudas? —preguntó su amiga al instante.

Flo dejó caer los hombros y clavó la mirada en la mesa, incapaz de mirarlos a la cara.

—Va a sonar muy melodramático. —Hizo una pausa—. Pero… Es que no sé muy bien qué hago con mi vida.

Kyoko y Makoto se quedaron en silencio, a la espera de que continuara. Makoto apagó el cigarro, y Flo siguió hablando.

—O sea, no sé si me sigue gustando… ya sabéis, lo que hago.

—Ay, Flo-chan. —Unas arrugas aparecieron en el rostro perfecto de Kyoko conforme una expresión llena de preocupación surgía a la superficie—. ¿El trabajo de la oficina te impide traducir? Porque podemos reducirte las horas otra vez, podemos…

—No —la interrumpió Flo, negando con la cabeza—. No es eso.

—¿Echas de menos Portland? —le preguntó Makoto—. ¿A tu familia?

—Bueno… —Flo tartamudeó y se puso a hablar a trompicones—. Sí que echo de menos a mi madre, claro. Y a veces Portland también. Pero no es eso lo que pasa.

—¡Cuéntanos! —Kyoko y Makoto se echaron adelante al mismo tiempo. Le costaba no sentirse como que la estaban interrogando, aunque no los culpaba. Eran sus amigos, y eso es lo que hacían los amigos, ¿no? Se preocupaban los unos por los otros. Qué desconsiderada había sido al guardárselo todo desde hacía tanto tiempo.

Flo se remangó el jersey que llevaba y apoyó sus brazos desnudos en el borde de la mesa.

—Es que… ya no sé si disfruto leyendo. —Vaciló, porque se sintió de lo más tonta nada más soltar las palabras. Kyoko y Makoto pusieron cara de no saber de qué les hablaba, pero continuó—. Lo que pasa es que siempre he creído que la literatura y la traducción eran lo más importante en mi vida. Me esforcé mucho por traducir aquel libro y que lo publicaran…

—Es un libro maravilloso —la cortó Kyoko—, y lo hiciste la mar de bien. Eres una traductora excelente… —Makoto le dio un pequeño codazo antes de encenderse otro cigarro—. Perdona —dijo, antes de echarse atrás un poco—. Sigue, porfa.

—No, no pasa nada —repuso ella. No se le daba nada bien recibir halagos de parte de Kyoko. Ni de cualquier otra persona, vaya. ¡Qué vacío sonaba todo! Aun así, esa era otra de las cosas que no debía decir nunca en voz alta—. Estoy satisfecha con lo que hice, pero ahora estoy como… como vacía. No quiero parecer desagradecida, pero… Ay, Dios, sueno como una llorica. ¡Qué penita que doy! —Flo meneó la cabeza antes de dar otro sorbo a su té. Menudas olimpiadas de la miseria se había montado ella solita. Tendría que haber cerrado el pico en lugar de molestarlos con eso.

—No suenas así, Flo-chan —le dijo Kyoko en voz baja—. Para nada. Cualquier problema es un problema, da igual si es grande o pequeño.

—Creo que entiendo cómo te sientes —interpuso Makoto, asintiendo con una expresión pensativa. Kyoko entornó la mirada en su dirección.

—¿Qué quieres decir?

Makoto chasqueó la lengua, como si se hubiera fastidiado.

—Flo ha cumplido su sueño.

—¿Qué sabes tú de sus sueños? —le preguntó Kyoko, poniendo los ojos en blanco.

—Bueno, no de sus sueños en concreto, pero sí que sé sobre los sueños en general. —Dio una larga calada y soltó otra nube de humo enorme hacia las chicas de la otra mesa, quienes en aquella ocasión abanicaron el aire delante de ellas y torcieron el gesto. No obstante, Makoto siguió a lo suyo, inmerso por completo en su mundo personal—. Cumplir un sueño puede llegar a ser peligroso.

—¿Tú quién te crees que eres? —Kyoko soltó un resoplido y meneó la cabeza—. Ahí sentadito, con el cigarro y soltando tonterías filosóficas. Como si fueras una estrella de Hollywood o yo qué sé. ¡No la interrumpas! Flo-chan nos estaba contando cómo se sentía, y vas tú y te pones a hablar de sueños como si supieras de qué nos habla. Calla y escucha.

—Es que creo que sé a qué se refiere… —intentó decir Makoto, negando con la cabeza.

—¡Déjala que acabe!

—¿Por qué no me dejas acabar a mí?

Flo no pudo evitar soltar una risita por su discusión de mentira. Sabía que se ponían a hablarse así de broma por ella, como un dúo cómico *manzai*, para animarla y hacerla reír. Se echó adelante y alzó una mano.

—Venga, no discutáis. Solo quiero decir que… Creo que Makoto tiene razón, más o menos. ¿Qué se hace después de cumplir el mayor sueño de tu vida? ¿Qué viene después?

Makoto se encendió otro cigarro y se echó atrás en su asiento, con los brazos cruzados en una expresión de superioridad.

—Ya sabía yo que te referías a eso. —Echó otro vistazo a Kyoko, quien movía la cabeza de arriba abajo e imitaba las palabras de Makoto en un gesto burlón. No le hizo caso, volvió a mirar a Flo y continuó—. Es como lo que les pasa a esos que se meten en torneos de Street Fighter II.

—¿Cómo? —exigió saber Kyoko, en aquella ocasión exasperada de verdad—. ¿Cómo va a ser lo mismo?

—¡Que me dejes terminar! —dijo, tras perder un poco la paciencia.

—Todo tiene que ver con Street Fighter II contigo —se quejó Kyoko—. A todo le ves relación con el juego. ¡Y ni siquiera se te da tan bien como crees! Te meto una paliza cada vez que jugamos.

—¡Shhh!

Flo se echó a reír otra vez, mientras Makoto y Kyoko intentaban mantener una expresión seria.

—Lo que quiero decir —continuó Makoto— es que, después de cumplir un sueño, hay que pensar en otro…, a lo mejor… —Se quedó callado, tras su torpe intento. Su novia soltó un suspiro.

—Hemos tenido que escucharte. Y todo eso… ¿para qué?

—Creo que en mi cabeza sonaba más profundo y útil, antes de decirlo en voz alta.

—Yo creo que tendrías que escuchar más y hablar menos. —Kyoko puso mala cara en dirección a Makoto, antes de sonreírle a Flo, quien le devolvió la sonrisa. Estaban consiguiendo animarla, pero todavía tenía más que decir.

—Es que no dejo de leer libros que no me inspiran. —Kyoko asintió, y Flo añadió—: Tengo que encontrar el ideal para traducir, pero no llega nunca.

Makoto apagó el cigarro y soltó el humo por la nariz.

—Ya llegará, Flo-chan —le dijo él, mirando a Kyoko mientras hablaba—. El libro perfecto llegará en el momento justo. Solo tienes que ser paciente.

▲▲

Esa misma noche, tras despedirse de Kyoko y de Makoto en las puertas de la estación de Shinjuku, Flo volvió a casa en tren. Kyoko le había puesto una mano en el brazo con ternura cuando se habían despedido, mientras que Makoto le había sonreído y le había dicho adiós con la mano antes de que los dos recorrieran el pasillo repleto de gente en dirección a su andén. Como norma general, Flo hacía todo lo que estuviera en sus manos para evitar el último tren del día, desde aquella vez que había estado en un vagón lleno a rebosar y alguien había vomitado. No tenía nada de ganas de repetir esa experiencia.

Sentada, Flo volvió a echarle un vistazo al teléfono, pero seguía sin recibir ningún mensaje nuevo. Se distrajo con las redes sociales, pero no tenía ninguna notificación. En su lugar, solo había fotos de cosas que le interesaban solo un poco y que le recordaban que no estaba de vacaciones, que no había ido a un restaurante elegante desde hacía mucho, que no era madre, que no estaba casada y que, como Yuki se iba a ir el mes siguiente, iba a quedarse más sola que la una a menos que la acompañara. Su publicación más reciente era de hacía un par de meses, algo sobre una reseña en una revista no muy conocida del libro que había traducido. Últimamente había perdido las ganas hasta de hacerle promoción a su trabajo. Aunque tampoco es que tuviera mucho que promocionar.

Empezó a escribir un tuit sobre traducción en el móvil; ya llevaba un tiempo añadiendo entradas a un hilo antiguo que había hecho con sus palabras japonesas favoritas:

木漏れ日 *(komorebi)*: la luz que se cuela a través de las hojas de los árboles

Solo que esa palabra ya la conocía todo el mundo, ¿no? La había visto en varias entradas de blogs con títulos como «¡Las 10 palabras más difíciles de traducir!». Nadie reparaba en la ironía de que las diez palabras de la lista estaban traducidas en el mismo artículo. Borró el tuit sobre *komorebi* y lo intentó con otra:

諸行無常 *(shogyo mujo)*: la transitoriedad de los objetos terrenales

Se permitió esbozar una sonrisa irónica antes de borrar el segundo tuit también.

Conforme el tren traqueteaba poco a poco sobre las vías de la línea Yamanote, observó los altísimos edificios grises de cristal y las vallas publicitarias extravagantes del centro de Tokio que pasaban al otro lado de la ventana, en contraste con el cielo nocturno. ¿Cuándo había dejado de admirar la ciudad? Sus conocidos de Oregón no se podrían creer lo que ella veía cada día, pero ella se había acostumbrado tanto al paisaje de Tokio que ya le resultaba de lo más cotidiano. Aburrido, incluso. Qué cosa más horrible de pensar. ¡Tokio, aburrida! Ni siquiera las fiestas del *hanami* la animaban ya, tal como le había dicho a Kyoko.

¿Se había hartado de Japón? ¿Debería mudarse a Nueva York con Yuki?

Solo faltaba un mes para que Yuki se marchara, por lo que Flo iba a tener que tomar la decisión más pronto que tarde.

Echó un vistazo por el vagón, en busca de cualquier cosa que la distrajera de la ansiedad que le daba vueltas por la cabeza. Hasta pensar en el trabajo era mejor que eso, aunque, por descontado, la carga de trabajo de Flo llevaba varios meses siendo relativamente sencilla.

Desde que Flo había pasado a ser una contratista a tiempo parcial para su empresa, a efectos prácticos había podido escoger su horario de trabajo con libertad. En su puesto como gerente de línea, Kyoko había sido de lo más amable y comprensiva con ella en términos de horas y responsabilidades laborales. Sin embargo, por alguna razón, cuando había reducido su horario de trabajo, había empezado a echar de menos trabajar entre las personas de la oficina. Todos sus compañeros la habían apoyado mucho durante sus pinitos en el mundo de la traducción literaria; parecían contentos y querían que tuviera éxito.

Hasta habían organizado una minifiesta por la publicación del primer libro que había traducido: la colección de relatos de ciencia ficción de uno de sus autores favoritos, Nishi Furuni. Kyoko y Makoto le habían organizado la fiesta por sorpresa, en una zona privada del *izakaya* en el que habían estado antes, y habían llevado varios ejemplares del libro para que ella los firmara.

Hasta los dos hijos del difunto autor se habían presentado juntos para felicitarla en persona. ¡Menudo par! El hermano mayor, Ohashi, llevaba un pañuelo morado en la cabeza y un kimono formal y estuvo encantado de ponerse a firmar autógrafos para varios de sus fans que había entre el público. En otros tiempos había sido un famoso cuentacuentos *rakugo*, y, tras una batalla contra el alcoholismo y una época que había pasado como sintecho, gozaba de un regreso en los teatros de *rakugo* de Shinjuku. Pasó la noche bebiendo sorbitos de una taza de té caliente, mientras que su hermano menor, Taro, hacía lo mismo con un vaso de cerveza. Le habían pedido a Flo que leyera un breve pasaje de una historia de la colección, la titulada «Copy Cat». Flo había leído su traducción al inglés, mientras que Ohashi leyó la misma sección en japonés. Él lo había hecho primero, y Flo se había quedado maravillada ante su increíble habilidad como cuentacuentos, ante la forma tan drástica que tenía de cambiar la voz según el personaje, el don de la comedia innato en él y los gestos elegantes con los que acompañaba las palabras para darle vida a la historia. Había mirado a Taro mientras su hermano mayor leía y se había percatado de que se le saltaba una lágrima y de que tenía una expresión llena de orgullo y felicidad que casi había logrado calmarle los nervios.

Sin embargo, más que cualquier otra cosa, lo que había experimentado Flo fue una ansiedad sobrecogedora. Había hecho de tripas corazón por el público, pero la verdad era que por dentro se moría de las náuseas. Y era ella misma quien se las provocaba. Había estado publicando en internet durante varias semanas para invitar a quien pudiera al lanzamiento, pero en cuanto los había visto a todos allí notó el tremendo peso de la presión de no decepcionar a nadie, de hacer que valiera la pena que hubieran ido.

Su propia lectura había sido un desastre en comparación con la de Ohashi, el artista profesional. La voz le había sonado rara y pomposa mientras leía en voz alta, y se había quedado nerviosa y torpe al notar la mirada de todo el mundo, tanto que se le trababan hasta las palabras más básicas del inglés. Había leído una frase que siempre le había parecido graciosísima y hasta se había atrevido a alzar la mirada de la página para mirar al público, pero se horrorizó al comprobar que nadie sonreía: al haberla pronunciado con torpeza, el humor se había ido al traste. Incluso había visto una errata en la primera página de la historia el día anterior a la lectura, mientras practicaba. ¡Una errata! ¡Con todo el tiempo que había pasado corrigiendo! Había añadido la corrección con boli, pero luego acabó tartamudeando la sección corregida de todos modos. Por supuesto, el público había sido muy amable y la había apoyado con aplausos cuando acabó, pero no lograba quitarse de encima la sensación de que había fracasado. En su opinión, tenía algo que era de lo más decepcionante, incluso vergonzoso, y creía que los demás eran demasiado educados como para reconocerlo. Aunque quizá eso era lo que pensaba todo el mundo en sus adentros.

Sentada en el tren, se puso a darle vueltas a aquella noche una y otra vez.

Le parecía que había sucedido hacía muchísimo tiempo.

¿Llegaría a traducir otro libro? Había creído que el hecho de que le publicaran una traducción la iba a hacer muy feliz, y así había sido, pues no tenía cómo negarlo. Estaba más que orgullosa de todo lo que se había esforzado con aquel libro, y, aun así, publicarlo le había añadido una sensación de estrés e inseguridad a su vida que no había tenido antes. En cierto modo, era más insegura como traductora publicada y confiaba menos en sí misma que antes, cuando todavía no había cumplido su sueño.

Makoto había dado de lleno en el blanco.

«Cumplir un sueño puede llegar a ser peligroso».

Cualquier otra persona habría estado encantada de estar en la situación de Flo, estaba segura de ello. Así que estaba claro que había algo que no funcionaba bien en ella.

Flo se estiró y bostezó, con un ligero escalofrío por la intensidad de lo que pensaba. Sus ideas daban vueltas y más vueltas, en una trayectoria infinita y agotadora. Volvió a sacar el teléfono y abrió la app de TrashReads. A pesar de que cada instinto del cuerpo le gritaba: *Estate quieta, no mires*, lo hizo de todos modos: buscó el título del libro que había traducido.

Y allí estaba, con una calificación de 3,3 estrellas. No estaba mal, pero tampoco era el no va más. Aunque si fuera la calificación de un restaurante en Google, seguramente no iría a comer ahí. Le habría gustado tener una mejor puntuación. Aun así, ver su propio nombre listado como traductora la llenó de orgullo. Allí lo tenía, en blanco y negro. La prueba irrefutable: era traductora literaria.

Llevaba tiempo sin echarles un vistazo a las reseñas de los usuarios. Dejó el dedo por encima del enlace que indicaba «Más recientes». Dudó y pensó un poco en lo que le había dolido otras veces, pero aquella noche necesitaba tranquilizarse. Necesitaba que algo la animara. Pulsó el enlace.

Y se puso peor según leía.

★☆☆☆☆

BASURA MACHISTA Y RACISTA

Qué coño es esto???? Esta «colección» de historias de ciencia ficción es como todas las demás colecciones de relatos. Algunos están bien y otros son una mierda. Estaba leyendo el libro y pensaba joder, qué aburrido, pero entonces he llegado a la quinta historia y ya no podía más. QUÉ COJONES??? El autor, Nishi Furuni (que no me suena de nada), escribió las historias absurdas estas, y pasaron años sin que nadie las tradujera (seguro que por una buena razón). Pero bueno, la cosa es que la quinta historia ha sido demasiado y la he dejado a la mitad. EL TIPO ESCRIBIÓ SOBRE UN PLANETA POBLADO SOLO POR ROBOTS SEXUALES FEMENINOS??? ES QUE SE PUEDE SER MÁS MISÓGINO???? Empecé el libro porque vi que había un AUTOR JAPONÉS en la portada y quería leer algo pues basado en Japón, ¿no? XD No me compré el libro para leer una historia de un planeta lleno de robots sexuales mujeres, porque si quisiera ponerme a leer las fantasías misóginas que escriben los hombres podría haber ido a cualquier libro de los muchos estadounidenses hetero, blancos y de clase media que la historia nos ha endiñado. De verdad, no me lo esperaba de un autor de color. Tuve que sentarme a procesarlo todo. Además, todas las mujeres no japonesas del libro son rubias con ojos azules, y es lo más racista de la vida. Pero bueno, puede que sea culpa de la traducción, pero el libro no es para mí. Infumable.

Flo notó un peso en el estómago según acababa de leer la reseña. Ya sabía que iba a pasar eso, y, aun así, lo había hecho de todos modos.

Sin embargo, lo que más le dolió, lo que le tocó una fibra sensible, fue que la persona que había escrito la reseña (por mucho que Flo quisiera sacarle los ojos por haber reducido tanto esfuerzo a una reseña *online* llena de GIF, tanto en el caso de Nishi Furuni como en el de ella misma), por desgracia, tenía su parte de razón.

La quinta historia de la colección de relatos, «Planeta Placer», estaba en el borde de la controversia, desde luego. Pero Flo le había insistido a su editor que debían mantenerla en la colección. Nishi Furuni había concebido aquel planeta como una distopía, no como una utopía, pero había que llegar al final del relato corto para captar su intención. La verdad era que la historia tenía como objetivo hacer reflexionar sobre las costumbres sexuales y la actitud de no intervención que Japón había mantenido a lo largo de su historia respecto al comercio sexual. Era una historia que debía desatar un debate en Japón, para que la población empatizara con las trabajadoras sexuales, y los lectores japoneses de la época lo habrían captado al instante.

Aun así, la última línea de la reseña, «puede que sea culpa de la traducción», le dolió más aún.

Quizá fuera culpa de Flo, que había perdido algo del original al traducirlo.

Era culpa suya que aquella persona no hubiera conectado con las historias.

Pensar en ello hacía que se sintiera peor que nunca, porque le encantaban las obras de Nishi Furuni, y lo único que había querido era compartirlas con un público más amplio. Cerró la app de TrashReads y se juró, una vez más, que no iba a volver a abrirla. La desesperación amenazaba con sobrepasarla.

En su lugar, sacó un libro de su mochila: *El club de tenis de Tokio*. Una amiga editora japonesa se lo había enviado para que considerara traducirlo como su siguiente proyecto, pero la historia no la enganchaba. No contenía casi nada con lo que pudiera identificarse, pues era una novela romántica ambientada en un instituto que contaba la historia de un chico y una chica que jugaban al tenis. Ya había leído un millón de historias como esa, y no tenía nada nuevo. Era un contenido que seguía una fórmula, como si el autor escribiera a partir de números. Se saltaba grandes partes del libro sin captar nada y tenía que obligarse a volver atrás para repasar partes que había leído pensando en otra cosa.

Cerró el libro y echó otro vistazo por el vagón. Aquel en concreto estaba adornado con un exceso de anuncios para un estreno de acción real, una adaptación de una serie *manga/anime* que habían hecho con efectos especiales. Todos los personajes llevaban un peinado puntiagudo y de colores singulares y tenían una pinta un poco rara. Siguió pasando la mirada por el vagón.

El hombre sentado en el asiento opuesto al de Flo estaba despatarrado hacia un lado y roncaba.

¡Bien por él! Los que dormían en el metro nunca la molestaban; se guardaba el resentimiento para comportamientos más descarados. De hecho, admiraba la valentía del hombre, para emborracharse tanto en público como para quedarse dormido en el asiento como si estuviera en su casa, arropado en su futón. Si bien era algo que no se imaginaba que fuera a hacer nunca, le parecía más bien liberador ver que los demás vivieran con tanta soltura. Aquel hombre en concreto tendría veintimuchos años y parecía ser un oficinista normal y corriente. Seguramente acababa de salir de una fiesta de trabajo, y sus compañeros mayores lo habían obligado a beber más de la cuenta.

Flo sonrió y abrió el libro una vez más para intentar obligarse a seguir el hilo de la historia, hasta que un ajetreo de actividad delante de ella la sacó de su lectura y la hizo volver a su propio cuerpo. El hombre se puso de pie de un salto para salir del tren antes de que se cerraran las puertas. Flo soltó un suspiro de alivio por su parte cuando lo vio colarse por la abertura justo mientras se cerraban. Estaba a punto de volver a leer cuando lo vio, apoyado en el asiento en el que había estado el hombre.

Un libro de tapa blanda con una cubierta sencilla en blanco y negro.

Echó un vistazo por el vagón: estaba vacío, sin nadie que pudiera ser testigo del crimen. No pudo contenerse.

Lo agarró y se lo metió en la mochila. Su parada era la próxima.

⛉

¿Quién necesita amigos si tiene libros?

No era la primera vez que Flo Dunthorpe se hacía esa pregunta. Y en aquel momento, según abría la puerta de su piso pequeñito de Tokio, la idea que tanto le sonaba volvió a pasársele por la cabeza. En cierto sentido, se había labrado una vida a partir del concepto: tenía el piso repleto de libros, tanto en inglés como en japonés, y las estanterías parecían a punto de reventar. Hasta tenía pilas de libros en el suelo, junto a la cama.

Sin embargo, al mirar hacia las estanterías, también notaba las ausencias, los huecos en los que estaba claro que había sacado un libro y no lo había vuelto a poner. Flo miró los espacios, y todavía recordaba con total claridad los lomos de los que habían estado ahí. Dentro de poco, iba a tener que ponerse a ordenar los que había en el suelo para colocarlos en las estanterías, ya que tenía espacio. Otra cosa que hacer. También tenía una decisión más importante que encarar: ¿debería meterlos en cajas (tal como Yuki había hecho con los suyos) y mandarlos a Nueva York en barco? ¿O sería mejor que lo dejara todo como estaba?

Flo se detuvo en el recibidor, el *genkan*. Hacía tan solo unos días que Yuki había recogido sus libros y el resto de sus pertenencias. Flo no había podido ayudarla a recogerlo todo, y habían discutido cuando Flo se había echado atrás en su promesa de mandar los libros de las dos juntas, en el mismo envío.

—Es que no lo entiendo, Flo —le había dicho Yuki, con un enorme suspiro—. Si vas a venir conmigo, ¿por qué no los mandas con los míos? Es más barato.

Flo se había llenado de titubeos y dudas, había soltado evasivas y excusas. Le había dicho que necesitaba los libros para el trabajo, que no podía separarse de los libros de referencia, que eran esenciales para sus traducciones. Y no podía mandar las pilas de libros que tenía por leer, porque le daba miedo que su próximo proyecto de traducción estuviera ahí metido. ¿Tan malo era que mandara los suyos más adelante? ¿Qué más daba que fuera a tener que esperarlos en Nueva York? No pasaría nada, ¿no? Quizá podría guardarlos en algún almacén alquilado en Japón. Porque en algún momento iban a volver, ¿verdad?

—No pasa nada —la había interrumpido Yuki, con voz amable—. Es que me hace pensar que no quieres venir.

—¡Claro que quiero ir! —Había intentado hacer que la voz le sonara más alegre cuando lo había dicho, pero Yuki no era tonta. Seguro que se había dado cuenta.

La discusión que se había desatado después de eso hizo que Yuki anunciara que iba a quedarse en casa de unas amigas por el momento. Las dos necesitaban su espacio para tomarse las cosas con calma, y, además, quería pasar un tiempo con sus amigas de la universidad antes de irse. Allí era donde estaba Yuki en aquellos momentos, donde suponía que iba a estar hasta que se marchara del país el mes siguiente.

Flo volvió al presente al oír un leve maullido acompañado de un sonido que ya conocía, el de las patitas de Lily al pasar por encima del tatami. Al menos Yuki había dejado a la gata con Flo mientras se tomaban las cosas con calma.

—*Tadaima* —saludó Flo a la gata, según se quitaba los zapatos y se metía en el piso propiamente dicho. Se sentó a su escritorio y se cubrió las piernas con una manta morada.

Lily le saltó al regazo y se puso a darle golpecitos a la manta con las garras. Mientras la gata amasaba el material, Flo se quedó admirando el redondel de pelaje negro que tenía en el pecho. Lily era de pelo largo y toda blanquita, salvo por aquella mancha tan curiosa. A la gata le encantaba la sensación de aquella manta morada en concreto, y, cuando Flo se tumbaba bocarriba, se le subía al estómago y se disponía a amasar con sus garritas. Flo le acarició el pelaje blanco y suave y la rascó debajo de la barbilla, mientras la gata soltaba ronroneos de puro placer y se ponía a chupar la manta.

—¿Tienes hambre, Lily-chan? —Le seguía hablando en japonés, pues era una costumbre que había adquirido desde que Yuki la había llevado a casa. Si bien a Yuki se le daba bastante bien el inglés, habían decidido que una gata callejera de Tokio no iba a saber inglés, por lo que Flo le hablaba siempre en japonés—. ¿Quieres cenar?

Flo se puso de pie para darle de comer a la gata, quien patinó por el suelo de la cocina conforme saltaba hacia su cuenco. Se quedó en aquella cocina diminuta, perdida en sus pensamientos mientras veía cómo Lily engullía la cena. Se dio una ducha, se puso el pijama y se sentó en un cómodo asiento en el suelo para acabar de leer *El club de tenis de Tokio*. La novela había subido de ritmo un poco, pero seguía sin atraparla. Ya casi estaba cerca del final y estaba bastante segura de que no iba a querer traducirla. Lily se le acercó y se hizo un ovillo en el tatami de al lado, ronroneando mientras Flo la acariciaba con la mano que le quedaba libre.

Le vibró el teléfono: un mensaje de Yuki.

> Hola. ¿Sigue en pie lo de mañana? Podemos ir a dar
> un paseo por el río en Nakameguro para ver los
> cerezos en flor. Tenemos mucho de lo que hablar.
> Un beso.

Flo volvió a dejar el teléfono sobre la mesa baja, pues le faltaban fuerzas para contestar.

Tenían que verse, sí, solo que no tenía ni idea de qué quería decirle.

⁂

Al día siguiente, Flo se levantó temprano y se puso su vestido favorito para la ocasión. Era el mismo que había llevado durante su primera cita, por lo que le recordaba a cuando se habían conocido, cuando Flo, hecha un manojo de nervios, le había pedido el teléfono a Yuki en la librería en la que trabajaba, después de que hubieran pasado un largo rato hablando de sus libros favoritos, hasta que el gerente de Yuki les había puesto mala cara. En aquel entonces, ninguna de las dos había sabido de las intenciones de la otra. Y lo mismo podía decirse aquel día.

Flo fue en tren, junto a la muchedumbre que iba a las fiestas *hanami*. Echó un vistazo al teléfono, desesperada por dejar de estresarse por el encuentro que la esperaba, pero eso solo la puso más nerviosa. Se maldijo a sí misma por no haber llevado un libro consigo; había terminado de leer *El club de tenis de Tokio* la noche anterior, y, en su prisa por ir a ver a Yuki, no había pensado en llevarse otro. Rebuscó en su mochila para ver si al menos tenía algún cuaderno, y entonces lo vio. El libro que el hombre del tren de la noche anterior se había dejado en el asiento.

Miró bien la cubierta y le dio la vuelta.

「水の音」
ヒビキ

El ruido del agua
de Hibiki

Los engranajes del cerebro de Flo se pusieron en marcha. El título, *El ruido del agua*, debía ser una referencia al famoso haiku de Matsuo Basho. Abrió la página del título, y así era: el epígrafe del libro contenía el haiku entero.

古池や　蛙飛びこむ　水の音
Un viejo estanque; │ una rana se mete: │ ruido del agua.

Miró la cubierta más detenidamente. Era muy bonita, aunque no indicaba nada del contenido: era toda blanca, con unas letras negras y sencillas para el título y el nombre del autor, y debajo tan solo los círculos concéntricos de las ondas del agua dibujados con tinta negra. El autor, Hibiki, no le sonaba de nada. Le dio la vuelta al libro y pasó los dedos por la preciosa textura de la cubierta de papel. Echó un vistazo a la solapa interior: no había nada de información acerca del autor, ni tampoco su foto. ¿Qué editorial lo había publicado?

Miró bien el lomo.

千光社, Senkosha. Tampoco le sonaba de nada. El *kanji* de la parte *senko* significaba «mil luces», y el *sha*, «compañía». Le encantaba. El colofón que tenía encima parecía el *kanji* 己, *onore*, una palabra antigua que significaba «tú». También estaba incorporado en el nombre romanizado de la editorial, y el *kanji* hacía las veces de una S al revés: 己enkosha. De lo más astuto.

Abrió la primera página y estaba a punto de ponerse a leer, cuando el operario de megafonía anunció:

32

—*Nakameguro. Nakameguro. Próxima parada: Nakameguro.*

Volvió a meter el libro en la mochila.

Ya lo leería más tarde.

▲

En la estación, Yuki ya la estaba esperando al otro lado de los tornos, con tejanos y un jersey fino de color azul celeste. Se avergonzó de inmediato por haberse arreglado tanto.

—Hola —la saludó Yuki.

—Hola —repuso ella, casi sin ser capaz de mirarla a los ojos. Ninguna de las dos hizo el ademán de abrazar a la otra; si bien nunca se besaban en público, no darse un abrazo siquiera hizo que Flo se sintiera como si estuviera muriendo. Ya sabía que su relación estaba en las últimas desde hacía unas semanas, que era un pez moribundo que se agitaba en una orilla en busca de oxígeno, pero nunca le había quedado tan claro como en aquel momento.

Caminaron en silencio junto al río y observaron a las demás parejas y grupos de personas que admiraban los cerezos en flor. Todos con quienes se cruzaban parecían la mar de contentos, se hacían fotos y aferraban sus latas de cerveza y sus fiambreras con *bento*. Flo se preguntó si tendría un aspecto tan triste como Yuki. Se sentía como si las entrañas se le hubieran vuelto negras, como si alguien las hubiera llenado de una tinta indeleble más espesa de lo normal.

Se acabaron deteniendo en uno de los puentes y se quedaron mirando el horizonte. Ninguna de las dos había dicho nada en todo aquel rato.

Como de costumbre, la primera en hablar fue Yuki.

—Bueno.

—Bueno —repitió Flo.

—¿Es que no vamos a hablar del tema?

Flo se pellizcó la piel de la palma de las manos tan fuerte como pudo.

—No vas a venir —dijo Yuki. Ni siquiera lo formuló como una pregunta.

—¡No he dicho eso!

—Ni falta que hace. Me he dado cuenta. —Yuki se volvió hacia Flo por fin y le dedicó una sonrisa débil—. Mira, Flo, no lo alarguemos más. Ni lo hagamos más difícil de lo que ya lo has hecho.

—Eres tú quien se va a ir. —El corazón le latía a mil por hora.

—Para, Flo. —Yuki le dedicó una mirada llena de dolor y se llevó una mano a la frente—. Ya lo hemos hablado. No es culpa de nadie, pero está claro que no quieres venir.

Quiso intervenir otra vez, pero no se le ocurría qué decir.

—Lo siento si he hecho algo que te haya presionado —continuó Yuki—. Siempre te he dicho que debías hacer lo que tú quisieras, lo que fuera mejor para ti.

—Pero quiero ir. ¡De verdad!

—Eso es lo que dices siempre, Flo, pero tus acciones dicen lo contrario. —Yuki sonaba tajante—. No te has comprado el billete, no has empezado a hacer las maletas, ¡ni siquiera le has dicho a nadie del trabajo que te vas! Siempre me dices que no pasa nada, que estás emocionada, pero nunca me dices lo que sientes de verdad. Tengo que adivinarlo yo siempre. Y se supone que la japonesa poco comunicativa soy yo y que tú eres la estadounidense abierta y sociable que habla de lo que siente. Es agotador, Flo. —Respiró hondo—. Me agotas.

Flo apartó la mirada y se quedó mirando el río que había debajo del puente, con las lágrimas a punto de caer. Yuki se pasó una mano por el pelo.

—Mira… Ven o no, la decisión es tuya. Pero yo ya he tomado mi decisión y voy a ir.

Si bien solo llevaban saliendo dos años, a Flo siempre le había encantado esa parte de Yuki, esa confianza férrea. Lo motivada que era. Si decía que iba a hacer algo, lo hacía. Y nunca dudaba de sí misma. No como Flo.

—Me encantaría que vinieras —continuó Yuki—. Eso no ha cambiado. Pero no quiero que vengas… así. —Hizo una pausa, antes de seguir a toda prisa—. No has sido la misma desde que rechazaron mi manuscrito. No fue culpa tuya, Flo. He pasado página, pero parece que tú todavía te culpas. Has perdido la pasión por tu trabajo desde entonces. Quiero que pienses en lo que quieres tú. —Dudó antes de preguntar—: ¿Qué es lo que quieres, Flo?

Se estaba clavando las uñas con fuerza en las muñecas y tenía ganas de clavárselas todavía más. Pensar en el manuscrito que le habían rechazado a Yuki, con el que tanto se habían esforzado, le dolía.

—Quiero ir contigo —susurró—. De verdad, Yuki… De verdad.

Yuki no le contestó. Una desesperación gélida se apoderó de Flo, y fue incapaz de apartar la mirada del agua oscura que había debajo. Se quedó mirando el río que fluía bajo el puente.

—¿Flo?

No se movió.

—Flo, di algo.

No podía hablar. El muro la estaba rodeando de nuevo, se estaba quedando encerrada. A Yuki le iba a ser imposible asomarse a través de las rendijas.

—Flo… —Yuki soltó un suspiro de pura impaciencia—. Es muy infantil eso que haces, ¿sabes?

Seguía con la mirada clavada en el agua. En aquellas ondas largas y lentas.

Flo siempre había hecho eso, siempre se había encerrado en sí misma por miedo a decir lo que no correspondía, a malinterpretar sus propias emociones. Se quedó callada, incapaz de formar palabras.

—Vale, Flo. Tú misma. Si eso es lo que quieres, es cosa tuya. Me voy a casa. Tengo muchísimo por hacer estas semanas, y si ni siquiera vas a decirme nada, ¿para qué me molesto? —Soltó otro suspiro de frustración—. Si quieres hablar conmigo, ya sabes dónde estoy. ¿Flo? ¿Flo? Vale, Flo. Lo que te decía…, es decisión tuya. —Otro titubeo, aunque en aquella ocasión fue mucho más breve—. Adiós.

Sin darse la vuelta, Flo supo que se había ido.

Solo que seguía sin poder apartar la mirada del agua.

El ruido del agua

de Hibiki

Traducido del japonés por Flo Dunthorpe

水の音 蛙飛び込む 古池や *Un viejo estanque;*
una rana se mete:
ruido del agua.

– Matsuo Basho

Primavera

春

Ayako tenía una rutina diaria que no le gustaba alterar.

Cada mañana, se despertaba al alba y desayunaba algo sencillo compuesto por arroz, sopa miso, pepinillos y un pescado menudo a la plancha que cocinaba en su fogón de gas. Después de doblar bien su futón y guardarlo en el armario, se ponía uno de sus muchos kimonos y escogía el patrón según la estación del año. Luego se arrodillaba en el tatami, delante del santuario que tenía en casa, y rezaba ante dos fotografías en blanco y negro que reposaban en paz una al lado de la otra: una de su marido y la otra de su hijo. A pesar de que las fotos se habían tomado con muchos años de diferencia, los dos parecían ser de la misma edad en ellas.

Y los dos habían muerto muy antes de cuenta.

Tras deslizar su puerta principal, recorría las callejuelas y callejones de Onomichi, con un pequeño cojeo, desde su casa tradicional en la ladera de la montaña hasta la pequeña cafetería que regentaba por sí sola en el centro del mercado cubierto shotengai que había delante de la estación de tren. Salía de casa temprano, antes de que las hordas de oficinistas se pusieran a correr de un lado a otro con sus trajes, maletines y paraguas, de camino a abordar un tren hacia Hiroshima; antes de que los niños llenaran los caminos y carreteras, algunos de ellos en bici y otros andando; incluso antes de que las amas de casa fueran al mercado para comprar pescado, verduras y carne para la cena.

A Ayako le encantaba la ciudad a aquella hora.

Uno de los pequeños placeres que más le gustaba era recorrer la misma ruta cada mañana, pero con la intención de percatarse de algo distinto cada día. Siempre se cruzaba con los mismos madrugadores, sin excepción, y les dedicaba una sonrisa, un ademán con la cabeza y los saludaba. Todo el mundo conocía a Ayako, y ella conocía a los demás de cara al menos. Si bien no lo habría admitido, la verdad era que Ayako era una persona bastante famosa en Onomichi. De vez en cuando, durante su paseo matutino hasta la cafetería, se cruzaba con un turista de Tokio, Osaka o algún lugar por el estilo, e inclinaba la cabeza y lo saludaba como hacía con cualquier habitante de la ciudad.

Aun así, no eran las personas lo que le llamaba la atención durante sus paseos diarios, pues ya veía a personas más que de sobra mientras trabajaba en la cafetería. No, lo que le fascinaba eran las escenas de la ciudad, que no dejaban de cambiar.

Aquel viaje era un momento privado en el que podía aclarar los pensamientos y quedarse mirando el entorno natural. Y le gustaba detenerse siempre en el mismo lugar cada día, en lo alto de una ladera de la montaña, en una pasarela de hormigón con un pasamanos de hierro con vistas a la ciudad que quedaba por debajo. Se quedaba allí un rato y apoyaba los dedos delgados que le quedaban (y los muñones de los que había perdido) en el pasamanos metálico, para asimilar el paisaje de las viviendas acurrucadas en la orilla. Examinaba las casas, con sus tejados de tejas color azul celeste, apretujadas como escamas de pez entre la montaña y la costa. Entonces miraba más hacia arriba, más a profundidad en el paisaje, y observaba por encima del mar interior de Seto hasta ver las numerosas islas que flotaban en el horizonte. Varios barcos y transbordadores surcaban las aguas azules y en calma de un lado a otro, pero, con cada estación que llegaba, con cada día que pasaba, un detalle nuevo le llamaba la atención y le proporcionaba cierta alegría a su vida.

En primavera, los cerezos en flor captaban la luz matutina cuando el sol relucía y se reflejaba en el mar en calma. En verano, se enjugaba el sudor de la frente con una toalla de mano mientras las cigarras cantaban a su alrededor, en todas las direcciones. En otoño, le llamaban la atención las hojas coloridas que moteaban los árboles que cubrían la ladera. En invierno, se arrebujaba en su kimono más grueso y veía su propio aliento en el frío de la mañana conforme estudiaba las montañas nevadas que flotaban en el horizonte, en la lejana isla de Shikoku.

En ocasiones, mientras observaba aquellas montañas nevadas a lo lejos, oía el sonido grave de la montaña, que la llamaba e intentaba convencerla para que hiciera a un lado su pacífica rutina diaria. No obstante, hacía caso omiso de dicha llamada, por fuerte que fuera la tentación, y seguía caminando hacia la cafetería.

Tras subir la persiana oxidada de su cafetería, Ayako emprendía una serie de tareas pequeñas, como cortar verduras y carne para echar en una olla enorme de la cocina para preparar el curry del día o fregar el suelo una vez más. Trabajaba sola y no le hacía falta ningún ayudante, por lo que sus pensamientos eran quienes le hacían más compañía. Sin embargo, un asunto distinto le estaba rondando por la cabeza durante aquella mañana de primavera en concreto.

¿Le gustará el lugar?

Ayako hizo todo lo posible por dejar de pensar en eso. Todavía tenía que preparar el curry y el resto de los aperitivos para los clientes del día: los pepinillos tsukemono, las bolas de arroz onigiri y demás bocados sabrosos que cambiaba cada día, según los ingredientes de los que disponía y de la estación que fuera. Echó un vistazo al viejo reloj de pie que tenía en un rincón, con su *tic tac* que acompañaba el ruido que hacía ella con el cuchillo al picar la cebolla.

Su tren llega mañana.

Ayako echó la cebolla picada en la olla, empuñó el cuchillo de nuevo con destreza en su mano izquierda, a pesar de los dedos que le faltaban, y se llevó el dorso de la mano derecha a la frente. Solo sudaba un poco.

¿Estará bien él solo en el tren desde Tokio?

—¡Ya está bien! —se dijo a sí misma en voz alta, y dejó el cuchillo antes de lavarse las manos y secárselas con una toalla.

Se sentó a una mesa, sacó un rotulador y una hoja en blanco y se dispuso a escribir el menú del día con su caligrafía bonita y suelta. Se calmó al hacerlo, pues escribir siempre le provocaba ese efecto, y llevó el menú a la tienda que había cerca para hacer fotocopias en blanco y negro.

Todo iría bien. Al fin y al cabo, era su nieto.

●

—¿Qué le pasa hoy, Aya-chan?

Ayako volvió la cabeza para mirar a Sato-san. Como de costumbre, era el primer cliente del día y se había sentado a la barra para darle sorbitos a una taza de café. A Sato le gustaba el café solo y cargado, y su aspecto era completamente opuesto al color de su café: una melena blanca bien peinada le caía alrededor de un rostro amable, con unos labios llenos que siempre esbozaban una sonrisa y que estaban enmarcados por una barba blanca arreglada y recortada. Tenía la taza justo debajo de los labios, a punto de beber, pero había vuelto la mirada hacia arriba, pues seguro que había notado la expresión de molestia de Ayako a través del vapor.

—No me pasa nada —musitó ella, después de desviar la mirada a la barra.

Siguió sacando puñados de arroz blanco de un cuenco para moldearlos en la forma triangular de los onigiri antes de rellenarlos de ciruelas umeboshi y envolverlos en algas nori. Esos se los regalaba a los clientes a lo largo del día.

Sato se encogió de hombros y dio un sorbito a su café. Hizo una mueca cuando aquella bebida ardiente le quemó la lengua, y Ayako se echó a reír.

—Nekojita! De verdad que tiene lengua de gato, ¿eh?

—Cada vez que me quemo —se quejó él, según colocaba la taza de vuelta en el platillo y meneaba la cabeza—. Siempre me dice lo mismo.

Los dos se echaron a reír, y a Ayako todavía se le sacudían los hombros cuando metía las manos en agua salada entre bolita de arroz y bolita de arroz para colocarlas todas bien ordenadas en un plato, listas para que las envolviera en film de plástico. Sato se ruborizó mientras miraba cómo se reía Ayako, y su expresión mostró lo mucho que se alegraba de hacer que se riera.

—Esta es para usted. —Sacó una bola de arroz en concreto y la separó de las demás.

Sato se quedó callado, aunque inclinó la cabeza un poco. Se echó atrás en su taburete y cruzó los brazos encima de su moderna camisa blanca de cuello alto. Sus gafas de cerca, de marco grueso y negro, sobresalían del bolsillo del pecho. Se quedó mirando el mar interior que se extendía al otro lado de la ventana.

—Bueno, yo sé que le pasa algo —dijo, medio para sí mismo y medio para Ayako—. Lo noto.

Ayako soltó un suspiro y dejó el siguiente onigiri a medias.

—Es que… —empezó a decir.

El leve repiqueteo de la campana de la puerta la interrumpió.

—Irasshaimase! —exclamó Ayako por instinto.

—¡Hola, Ayako! —la saludó la voz alegre de Jun, y entonces su esposa Emi, siempre sonriente, apareció justo por detrás de él. Ayako le hizo un ademán con la cabeza a Sato, quien le devolvió el gesto antes de volverse hacia Jun y Emi para saludarlos.

—¡Ohayo, Sato-san! —dijo Emi.

—Ohayo! Muy buenos días a los dos.

Sin preguntarles qué querían, Ayako se dispuso a preparar un café con leche y una cucharadita de azúcar para Jun y un té negro sin leche para Emi.

Jun y Emi se sentaron delante de la barra de madera, justo al lado de Sato, quien apartó su bolso de cuero del taburete con educación para que Emi pudiera sentarse en medio. Como por arte de magia, delante de aquella pareja joven, de veintitantos años, el ambiente sombrío se dispersó: Sato esbozó una sonrisa enorme, y hasta Ayako parecía menos seria de lo normal.

Emi llevaba un sombrero de fieltro, unos vaqueros de color azul claro y una blusa a rayas blanquiazules. Por su parte, Jun se había puesto una camisa a cuadros desaliñada, con manchas de pintura, y unos vaqueros con agujeros. Hacía tiempo, Ayako se solía preguntar si Jun necesitaría pantalones nuevos, pero Sato le había explicado que estaba de moda usarlos hechos jirones. Ante ello, ella había puesto mala cara y le había contestado: «Entonces, ¿los compran así? ¿Los traen rotos de la tienda? Qué tontería más grande —había dicho, meneando la cabeza—. Mire, si yo fuera Emi, se los cosería mientras durmiera. ¡Habrase visto!». Como respuesta, Sato se había echado a reír.

—Bueno, ¿qué tal van las obras? —preguntó Sato, tras girar sobre su taburete para quedar de cara a Jun y a Emi.

Jun bebió un trago de café y lo dejó de nuevo en la barra.

—Bien. De momento, vaya.

—Vamos avanzando —añadió Emi, asintiendo con entusiasmo en dirección a Sato, quien se pasó una mano por su barba corta.

—Bueno, como os digo siempre, si puedo ayudaros con algo, no dudéis en avisarme.

—Es muy amable, Sato-san. —El joven Jun puso ambas manos sobre la barra y le dedicó una reverencia a Sato—. Lo único que le pido es que me siga recomendando música de la buena para que escuchemos mientras trabajamos.

Sato hizo un ademán con la mano frente a sí mismo, para quitarle importancia al cumplido, avergonzado. Aun así, un atisbo de orgullo se le veía en las comisuras de la boca, que esbozaban un intento de sonrisa.

Ayako puso mala cara. No le gustaba mucho la música de Sato, pues era demasiado rara para su gusto; prefería el jazz y la música clásica, no los ruidos del rock and roll y de la música electrónica que Sato vendía en su tienda. Se dirigió a Emi directamente:

—Siempre se me olvida; ¿a cuántos clientes podréis hospedar? Cuando lo tengáis todo listo, claro.

—Bueno, el edificio viejo que estamos remodelando no es el más grande del mundo —repuso ella, asintiendo, antes de ponerse a contar con los dedos—. Pero tenemos una sala dormitorio para viajeros que vayan solos; eso hacen cinco literas. —Le sonrió a Ayako, animada—. Y luego tenemos dos habitaciones para parejas.

—También disponemos de una sala comunitaria para que los viajeros puedan sentarse a beber algo —interpuso Jun, e hizo una pausa—. La cocina es bastante pequeñita, así que no podremos ofrecer comida, pero tenemos la esperanza de poder servir bebidas calientes y frías. —Miró a Ayako a la cara e inclinó la cabeza en un gesto de deferencia—. De hecho, queremos hacerles publicidad a los restaurantes del lugar en el hostal, y quizá recomendar buenas cafeterías e izakaya para que vayan los huéspedes mientras están por aquí, eh… siempre que… claro… —Se quedó callado ante la mirada escéptica y marchita de Ayako.

Siempre se andaba con cuidado de no tener demasiados clientes nuevos.

—Y —añadió Emi, en un intento por cambiar de tema— también tenemos aparcabicicletas para los turistas.

Sato asintió, al entender a qué se refería.

—Así que esperáis atraer a los turistas que cruzan el puente Shimanami Kaido en bici, ¿eh? —Le dio un sorbo a su café templado, sin dejar de asentir—. Bien pensado, bien pensado.

Poco después de que Jun y Emi se marcharan de la cafetería para emprender otro duro día de obras, Sato también se puso de pie. Casi era la hora de que abriera su tienda de música.

—Espero que les vaya bien con el hostal —dijo, según se echaba la tira de su viejo bolso de cuero al hombro—. Está bien tener jóvenes en la ciudad.

Ayako se dispuso a llevarse las tazas de la barra.

—Al menos no son como los otros jovenzuelos que se van a Tokio. —Ayako puso los ojos en blanco al pronunciar el nombre de la capital, como hacían todos los provincianos que no entendían qué les atraía de una gran ciudad—. Espero que puedan salir adelante con el negocio, y más con un pequeñín en camino.

Sato ladeó la cabeza poco a poco, como un búho.

—¿Emi está embarazada? —preguntó, con una ceja arqueada—. Pero no se le nota, ¿no? ¿Quién se lo ha dicho?

—Nadie. —Ayako meneó la cabeza, con una sonrisita—. Los hombres nunca se enteran de nada.

—Vale; ¿cómo se ha enterado entonces?

—Ah, venga ya, si estaba más que claro. ¿No ha visto cómo le brillaban las mejillas?

—Pero si siempre brilla.

—Así no.

—Ajá. —Sato se rascó la barba—. No son pruebas concluyentes precisamente.

—¿Y esto? —insistió Ayako, mostrándole la taza de té negro de Emi, todavía llena.

—No se ha bebido el té. ¿Y qué?

—Sato, no tiene ni idea de mujeres, ¿verdad? —Le puso mala cara de broma.

¿Era esa la forma que Ayako tenía de coquetear? Sato nunca sabía distinguirlo.

—No sé. —Se tiró del cuello de la camisa, incómodo y con las mejillas sonrojadas.

—Cuando una mujer se queda embarazada, le entra aversión a cierta comida o bebida, a algún olor o sabor. Emi siempre se acababa el té, no dejaba ni una gota, así que no es nada propio de ella que se lo deje entero. La he estado mirando de reojo todo el rato y he visto que no dejaba de hacer muecas; no soportaba ni el olor. —Ayako echó el té por el desagüe—. Ahí tiene sus pruebas. —Sacudió la cabeza de arriba abajo y puso una voz graciosa al pronunciar la última palabra.

—Ay, Aya-chan. —Sato chasqueó la lengua—. No se le pasa nada, ¿eh?

—No, por supuesto que no. —Puso mala cara de nuevo, en aquella ocasión en serio.

—Será mejor que me vaya ya. —Sato descolgó su blazer color crema del perchero y se lo dobló sobre un brazo. Hacía demasiado calor como para ponérselo, por lo que iba a tener que cargar así con la prenda durante casi todo el día—. Luego nos vemos.

Se acercó a la puerta, y casi la había cruzado, con el sonidito de la campana, cuando Ayako lo llamó.

—¡Sato-san! Espere.

El hombre se detuvo y se dio media vuelta para ver que Ayako rodeaba la barra a toda prisa con algo en la mano.

—Su onigiri —le dijo, y se lo ofreció con educación, con las dos manos estiradas.

—¡Ah! —Sato le dedicó una reverencia—. Muchas gracias, Aya-chan.

—Y no vaya a contar por ahí lo del embarazo de Emi, ¿me oye? —dijo Ayako, sacudiendo un dedo—. Puede que no quiera que nadie se entere todavía.

Sato se dio un golpecito en la nariz, se metió el onigiri en el bolso, se dio media vuelta y recorrió el largo shotengai, con sus deportivas Nike que contrastaban con sus elegantes pantalones y su camisa de algodón. Ayako lo observó alejarse antes dé dedicarle una reverencia al propietario de la tienda de cuchillos que había al otro lado de la calle.

Volvió a meterse en la cafetería para lavar las tazas y los platos y prepararse para el aluvión de gente que llegaría a la hora de comer.

●

En la cafetería, la hora de la comida era tan ajetreada como impredecible. Las tareas y lo atareada que estaba dependían del tiempo que hiciera, pero también de si los turistas habían salido en masa o no. Onomichi, a diferencia de Kioto, no recibía la misma cantidad de turistas extranjeros que deambulaban por el lugar para hacerles fotos a los templos y los santuarios, pero sí que recibía visitantes del propio país que se dedicaban a hacer lo mismo, por mucho que fuera a escala más pequeña y más en silencio, como se hacía todo en Onomichi. A fin de cuentas, Kioto era una gran ciudad, antigua capital del país.

Había una procesión constante pero silenciosa de seguidores del director cinematográfico Ozu que iban a ver uno de los escenarios de su famosa película, *Cuentos de Tokio*. También había varios fans muy dedicados del escritor Shiga Naoya, quien había basado parte de su novela, *An'ya koro*, en Onomichi. Ayako solía tener que responder a un montón de preguntas de una variedad de otaku con distintas obsesiones (el cine, la literatura, el manga, el ciclismo...), pero todas ellas tenían a Onomichi en común. Había adquirido cierta destreza para dibujar mapas improvisados para indicar cómo llegar a la casa en la que había vivido un poeta o en la que se había hospedado un escritor famoso. Pasó una época en la que fotocopiaba algunos de esos mapas para pasárselos a los turistas, pero cada vez parecía que menos jóvenes sabían quién era Ozu, por lo que mucho menos viajaban hasta Onomichi, con lo apartado que estaba, para ver el lugar. Mientras tanto, la digna ciudad se oxidaba y se derrumbaba. Aunque eso era parte de su encanto.

En ocasiones, en ciertos días de primavera cálidos, cuando los árboles estaban en flor, la ciudad recibía un influjo repentino de visitantes. Esas veces, los turistas hacían cola en el exterior de las tiendas que servían ramen típico de Onomichi, y Ayako incluso tenía que rechazar a algunos clientes porque no podía lidiar con tantos: no daba abasto para servirlos a todos y tampoco tenía comida suficiente.

Los empresarios en ciernes se habrían quedado patidifusos ante la práctica laboral de Ayako, pero ella no se había metido en ese negocio para hacerse rica. Contaba con suficiente dinero ahorrado para ir tirando en aquella ciudad rural, con su coste de vida tan bajo. Para ella, la cafetería era una rutina diaria, un lugar en el que encontrarse con sus amigos, algo para mantenerse ocupada, para distraer la mente y el cuerpo durante el día para poder dormir mejor de noche. Eran una práctica espiritual, los distintos quehaceres inevitables que la mantenían ocupada; eran lo que le impedía ponerse a pensar sobre cuestiones existenciales más importantes. Sus días favoritos eran los que tenía menos clientes, cuando no tenía que darse tanta prisa para hacerlo todo. Algunos días tenía tiempo para tomarse algún que otro respiro, ponerse a leer un libro, escuchar jazz o beberse una taza de café entre las horas punta del desayuno y de la comida.

En un día normal, cuando solo los habitantes del lugar se pasaban por la cafetería, charlaba largo y tendido sobre lo que sucedía en la ciudad. Si bien no se dedicaba a propagar rumores, sí que le gustaba escuchar las historias de los demás. Lo que le parecía más interesante era cómo la historia de una persona podía llegar a cambiar tanto respecto a la de otra, incluso cuando las dos trataban el mismo asunto. Era astuta, y no se le pasaba nada.

En otra vida, Ayako podría haber sido una científica forense o una detective de homicidios que interrogaba a los sospechosos o le daba la vuelta al cadáver en la escena del crimen para intentar averiguar qué había ocurrido a partir de las pistas.

Solo que la sociedad nunca se lo había permitido.

●

Ayako solía cerrar la cafetería en torno a las 04:30 p.m. Entonces bajaba la chirriante persiana metálica que resonaba por todo el shotengai y emprendía el camino más corto para volver a casa.

Lloviera o nevara, hiciera sol o se montara un vendaval entero, Ayako siempre caminaba hasta lo alto de la montaña. Todos los días iba por la misma ruta, por los senderos largos y serpenteantes que recorrían la ladera de la montaña y atajaban por el Templo de Mil Luces hasta llegar a la cima. Desde lo alto, observaba la ciudad y las montañas colindantes y se quedaba admirando el paisaje. En los días en los que llovía o hacía viento, quizá se ponía un tonbi por encima del kimono y llevaba un paraguas. En días soleados y cálidos, se ponía un sombrero para el sol y se metía un abanico en su cinta obi.

Tras admirar el paisaje, volvía a descender, a menudo por el lugar que los de la ciudad conocían como Neko no Hosomichi, el callejón de los gatos. Una vez allí, sacaba varias latas de atún y trozos de palitos de cangrejo del bolso para dárselos a los mininos.

Mientras les daba de comer, los acariciaba y los mimaba por turnos. Los más valientes se tumbaban bocarriba en el camino de adoquines grises y le permitían que les acariciara la barriga. Tenía un mote para cada uno de ellos, pero el que más le gustaba era un gato negro con un solo ojo y una manchita redonda y blanca en el pecho al que había llamado Coltrane, por su músico de jazz favorito. Tal como lo veía Ayako, era un buen día si Coltrane se pasaba por ahí para una caricia y un mimo.

Aquel día, Ayako se había agachado para acariciar a otro gato cuando Coltrane subió de un salto a una pared de piedra baja. Lo vio con el rabillo del ojo y esbozó una sonrisa.

—Coltrane —lo llamó, según volvía la mirada hacia él poco a poco—. ¿Quieres cenar?

El gatito se lamió los labios y se la quedó mirando con su ojo grande y verde.

Agitó un palito de cangrejo en su dirección, y el gato puso el ojo como plato.

Saltó del muro, ágil como nadie, y se acercó al palito de cangrejo que Ayako le ofrecía. Tras olisquearlo con cautela, le dio un bocado y lo masticó. Ayako dejó que se quedara con el palito entero y se puso a acariciarlo con suavidad.

Cada vez que acariciaba a Coltrane, la mente se le obcecaba con los dedos que le faltaban. Le daba la extraña sensación de que todavía los tenía, lo cual le resultaba un tanto confuso. Notaba aquel pelaje espeso y bello bajo los dedos, y, si apartaba la mirada, empezaba a creer que volvía a tener todos los dedos, que habían crecido como por arte de magia. Lo seguía pensando hasta que bajaba la mirada y veía los muñones; entonces volvía a su propio cuerpo, con los dedos que le faltaban en las manos y en los pies. Sin embargo, si volvía a mirar a otro lado, volvía a notarlos.

Coltrane ya se había terminado el palito de cangrejo y había vuelto a lamerse los labios. Como de costumbre, aquel gato la inspiraba: había perdido un ojo, pero seguía adelante como si nada. Ayako lo rascó bajo la barbilla y sacó otro palito de cangrejo para él (siempre tenía algunos guardados, por si el minino se presentaba tarde).

—Bueno…, Coltrane —le dijo, pasándole la mano por el pelaje, distraída—. Llegará mañana.

Coltrane masticó el último trozo de palito y se quedó mirando a Ayako, a la espera de más.

—No sé qué significará para mí —suspiró—. Pero ya casi está aquí.

Coltrane soltó uno de sus maullidos curiosamente agudos.

—Ya no me quedan más —le dijo, y le mostró las manos vacías y abiertas—. Nada de nada.

Coltrane la miró de arriba abajo, con cierta sospecha.

—Te los has comido todos. —Se puso de pie, y Coltrane se le frotó contra las piernas mientras ella se quedaba mirando la nada—. Ya no me queda ninguno, cariño.

Tras haber dado de comer a los gatos y haberlos acariciado a todos, Ayako volvió a descender un poco por la montaña, hasta su vieja casa de madera, y pasó lo que quedaba de día leyendo un libro y escuchando música a volumen bajo en su minicadena de CD.

Ayako no solía salir a pasárselo bien. De vez en cuando iba a un izakaya con algunos de los clientes habituales de la cafetería, como Sato, el jefe de estación Ono y su mujer Michiko; o salía a cenar con Jun y Emi. Sin embargo, solo lo hacía cuando los demás se lo habían suplicado tanto que ya no podía negarse más. No bebía en exceso, aunque le gustaba beberse un par de copas de vino de ciruela umeshu cuando se juntaba con los demás. Aun así, la mayoría de las noches las pasaba sola en casa. No solía quedarse despierta hasta altas horas, pues madrugar hacía que ya tuviera sueño en las últimas horas de la tarde.

Sin embargo, esa noche le costó conciliar el sueño. A pesar de que se había preparado para ir a la cama y había apagado las luces a la hora de siempre, estaba nerviosa por la llegada de su nieto. Daba vueltas y más vueltas en su futón, hasta que, incapaz de quedarse dormida, volvió a encender la luz y se levantó. Salió al pasillo y deslizó la puerta de la otra habitación. Había comprado un nuevo futón de la tienda y había pedido que se lo llevaran a casa. Los armarios de aquella habitación llevaban mucho tiempo vacíos, pero se había asegurado de tener ropa de cama y toallas limpias para ese día. Se quedó mirando el pergamino de caligrafía que colgaba de la pared.

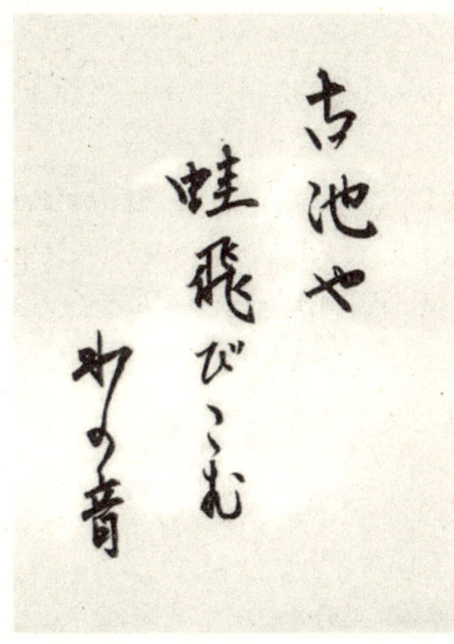

¿Estaría contento allí? ¿Estaría cómodo?

Soltó un suspiro.

No podía hacerle nada si no lo estaba, pero quería la perfección.

La perfección inalcanzable.

Apagó la luz de la habitación de su nieto, fue a por un vaso de agua y abrió las puertas correderas que daban a su jardincito. Se sentó en el porche y se quedó admirando su arce japonés favorito, teñido por la tenue luz de la luna. Paseó la mirada por el resto del jardín y anotó mentalmente todas las tareas que iba a tener que hacer en él pronto. Alzó los ojos al cielo y vio las estrellas y la luna que relucían con fuerza sobre la ciudad.

Se bebió su vaso de agua poco a poco.

Era una noche primaveral perfecta: no hacía demasiado calor ni demasiado frío. Era la temperatura justa. Aun así, la primavera era la peor estación de todas para Ayako, esa época de cambios, de pérdidas y de renacimiento. Por muy perfecto que fuera el clima, Ayako odiaba la primavera. No le gustaba mucho el humor enloquecido que las flores despertaban en todo el mundo en cuanto los sakura florecían. A Ayako le gustaba más que todo se sumiera en la normalidad, que fuera estable. Le parecía triste presenciar unas flores tan bellas solo durante un instante pasajero antes de que desaparecieran en un abrir y cerrar de ojos. En un momento dado estaban ahí, y, al siguiente, adiós. Como muchas otras cosas de su vida.

Su hijo, Kenji, se había suicidado en primavera. El dolor le recorrió el pecho al pensar en ello. La situación podría ser distinta con su nieto. Se prometió que iba a esforzarse más.

Al fin, tras pasar una hora sentada, un sueño físico y pesado se apoderó de ella, y cerró la puerta corredera, dejó el vaso vacío en el fregadero y volvió a meterse bajo las sábanas de su futón. Se le cerraron los ojos, pero la mente seguía dando vueltas, con una sensación aciaga y horrible. Poco a poco, se fue quedando dormida y pasó mala noche, pues un sueño extraño tras otro se le acumularon en la cabeza: huía de monstruos, se le caían o rompía tazas y platillos en la cafetería, perseguía a Coltrane para impedir que se metiera en una calle llena de coches… Fue una noche repleta de pesadillas incómodas, y se alegró más que nunca de que llegara el amanecer.

—No pasa nada, Kyo. No es para siempre, ¿verdad?

Kyo se quedó mirando el suelo de baldosas relucientes, incapaz de devolverle a su madre aquella mirada tan intensa.

Estaban en el largo pasillo de la estación de Tokio, fuera de los tornos para el tren bala Shinkansen. Kyo solo llevaba una mochila ligera sobre el hombro izquierdo, pues la gran parte de sus pertenencias las habían mandado el día anterior mediante la empresa de mensajería Gato Negro.

—Todavía no entiendo por qué tengo que ir —masculló, sin atreverse a apartar la vista del suelo.

—Sí que lo sabes, Kyo —le dijo su madre, tajante—. Y ya lo hemos hablado antes.

La estación estaba bastante llena de gente, y había personas que corrían de un lado para otro para hacer transbordo a los trenes de la zona que los llevaban por toda la ciudad. Sin embargo, el tren bala era un portal hacia el resto de Japón y su gente de pueblo. Kyo miró en derredor, todavía sin devolverle la mirada a su madre, y se puso a categorizar a las personas que veía en dos listas: tokiotas y personas de fuera de la ciudad.

Los oficinistas que llegaban de otras ciudades, con sus trajes arrugados, eran bastante fáciles de distinguir, con sus maletines a ruedas y sus expresiones extrañas, casi asustadas. En el rostro, a diferencia de Kyo y de su madre, mostraban la incomodidad que les provocaba el ajetreo de la ciudad y la masa de gente que los rodeaba. La ropa que llevaban los de pueblo no era la más nueva del mundo precisamente, ni tampoco la habían comprado en las tiendas de mejor calidad. También llevaban sombreros y gorros pasados de moda. Cumplían con su objetivo, sí, pero quedaban mal. Usaban ropa limpia, pero no era nada del otro mundo.

A diferencia de ellos, la madre de Kyo lucía un traje elegante, con una camisa blanca bien planchada debajo, tenía las uñas bien pintadas y arregladas, y su largo cabello negro estaba limpio y brillante, en un aspecto perfecto. El propio Kyo vestía unos pantalones cortos informales y elegantes, acompañados de una camiseta de un grupo de música que se había comprado en un concierto la semana anterior, y tenía el cabello corto, según la moda del momento entre los jóvenes de la capital.

E iba a tener que vivir entre las personas de fuera de la ciudad… Le entraban escalofríos de solo pensarlo.

—Mira… —le dijo su madre, con un tono de voz más suave que antes—, de verdad tengo que irme ya o llegaré tarde al trabajo. Hoy me toca un paciente detrás de otro.

Kyo asintió con mala cara, resignado a lo que le deparaba el destino.

—Pero toma. —La madre de Kyo sacó un sobre grueso del bolsillo de su traje y se lo entregó. En él había escrito el nombre completo de Kyo y la dirección de su abuela—. Hay suficiente para el tren bala, y el resto quiero que se lo des a tu abuela cuando llegues. Es para cubrir el coste de mantenerte, así que, si necesitas algo más, dímelo y te lo envío. ¿Vale?

Kyo alzó la mirada al fin para devolvérsela a su madre. Parecía cansada. Cansada, pero centrada y profesional. Lista para enfrentarse a su día. Kyo no pudo evitar esbozar una sonrisa al mirarla a la cara, y a ella también se le movieron las comisuras de los labios.

—Gracias, madre —le dijo, y aceptó el sobre.

—No me des las gracias. —Hizo un ademán con la mano para restarle importancia—. Dáselas a tu abuela.

—Pero… —Kyo dudó antes de contestar—. Es que no la conozco.

Su madre soltó un suspiro.

—Bueno, pues esta será tu oportunidad de conocerla, ¿no crees?

—Ya —repuso Kyo, y se metió el sobre con el dinero en el bolsillo lateral de su mochila.

—Kyo —lo regañó su madre, con una expresión irritada—. Ponlo en un lugar más seguro. Que se te va a caer.

Kyo, obediente, abrió la mochila y metió el sobre en el compartimento principal, tras lo cual abrochó las correas. Mientras tanto, su madre lo observaba y asentía. Después de volverse a echar la mochila al hombro y de que su madre se cerciorara de que todo estaba en su sitio, ella echó un vistazo a su reloj.

—Será mejor que me vaya ya. Y tú vete a comprar el billete. Hay un Shinkansen en quince minutos que te llevará hasta Fukuyama. Entonces tienes que hacer transbordo al tren de la zona, y será un viaje de menos de media hora desde ahí. Unas cuantas paradas y ya. Tu abuela te estará esperando esta tarde. ¿Vale?

—Vale.

—¿Seguro que estarás bien? —Su madre lo miró de arriba abajo una última vez, con los ojos brillantes por las lágrimas. Kyo asintió y le dedicó una sonrisa débil—. Cuídate —le dijo ella, en voz baja, según se pasaba una mano por los ojos—. Y nos vemos pronto. No va a ser para siempre, ¿vale?

Kyo asintió y tragó para deshacer el nudo que se le había formado en la garganta.

—Vale.

○

Kyo miró el precio del tren bala en la máquina de los billetes. Sacó el sobre con dinero que le había dado su madre, hojeó los billetes de diez mil yenes y sumó el total mentalmente.

Entonces sacó el teléfono y abrió una app con los horarios de los trenes para estudiarlos con cuidado.

Si iba con los trenes de cercanías en lugar de con el tren bala, solo tardaría dos días en llegar a su destino. Podría pasar la noche en Osaka, en un cibercafé, o buscar un restaurante familiar que abriera las veinticuatro horas para dormir en un reservado, con una taza de café, o incluso echar una siesta en la calle, en algún rinconcito apartado. Tardaría un día más en llegar, pero ahorraría bastante dinero. Una parte de sí mismo le dijo que iba a disfrutar más del paisaje desde la ventana del tren, y, aun así, bajo aquel ánimo alegre, una parte más profunda tiraba de él hacia las aguas oscuras del canal de Osaka.

Asintió, decidido.

Se volvió a meter el móvil en el bolsillo de sus pantalones cortos y se alejó de las puertas del Shinkansen, en busca de un tren de cercanías en el que subirse. Tras subir al andén por las escaleras mecánicas, se compró un onigiri y una lata de café helado del quiosco que regentaba una mujer y vio su tren, que iba a ponerse en marcha en dos minutos. Se sentó, se puso los auriculares y se quedó más que contento consigo mismo por la genial idea que había tenido.

También decidió que no tenía sentido avisar a su madre o a su abuela de que había cambiado los planes. Su madre no iba a poder leer ningún mensaje mientras trabajaba en la clínica, y su abuela no tenía móvil, así que mucho menos un *smartphone* con la app LINE en la que mandarle un mensaje, por lo que no tenía cómo contactar con ella antes de llegar. Aun así, no pasaba nada. Iba a llegar un día o dos tarde y ya. Quizás incluso podría pasar un par de días en Osaka para ver bien la ciudad. ¿Qué prisa tenía por llegar a Onomichi? ¿Qué más daba si llegaba tarde? Iba a ser una buena sorpresa. Conforme el tren arrancaba poco a poco y dejaba atrás el andén, Kyo se preparó para la aventura que le esperaba.

Se había quedado dormido, y, cuando abrió los ojos, la chica seguía ahí.

Le había llamado la atención a Kyo en cuanto se había sentado delante de él, en Yokohama. Lo había mirado a los ojos, y él había tenido que apartar la mirada, muerto de la vergüenza. Para evitarla, había sacado su cuaderno de dibujo y se había puesto el viejo walkman que había heredado de su padre, con un casete que había preparado en casa y que en aquellos momentos hacía girar la cinta. La mayoría de las personas se extrañaban cuando lo veían con un walkman de los antiguos, pues ellos tenían MP3 o iPods o escuchaban música con el móvil. Sin embargo, Kyo tenía el walkman en alta estima. Era de fiar.

No era que no le gustaran los móviles, pues habría sido un chico de diecinueve años muy raro si así fuera, pero quería evitar el suyo, porque cada vez se le hacía más difícil ver las fotos que colgaban sus amigos de su nueva vida en la universidad, mientras él se había quedado atrapado en un limbo que él solito se había montado.

Se puso a pensar en las escasas y poco frecuentes conversaciones que había mantenido con su madre últimamente. El estrés y el desgaste de aquellas interacciones, ya de por sí no demasiado frecuentes, se habían llenado de las preocupaciones de su madre sobre su futuro, sobre lo que le deparaba la vida. Sobre que el hecho de no haber podido entrar en Medicina lo estaba encaminando a un cataclismo inminente. No le gustaba nada decepcionar a su madre. Siempre habían sido los dos contra el resto del mundo, y la poca felicidad que ella tenía en la vida provenía de los pequeños éxitos de su hijo. Cada vez que se acordaba de la cara que había puesto la noche que le habían dado los resultados de los exámenes, una culpabilidad y una vergüenza sobrecogedoras le invadían el cuerpo: era él quien le había hecho tanto daño.

Con su fracaso.

Intentó enterrar aquellos pensamientos en lo más hondo de su mente. No le quedaba otra opción.

En lugar de ello, Kyo se entretuvo observando a las personas que lo rodeaban, mirándolas con detenimiento para intentar averiguar quiénes eran, de dónde procedían, a dónde iban, a qué se dedicaban. Buscaba las características que mejor las definían, aquello que los hacía ser únicas. Se sentaba con el cuaderno abierto y se distraía dibujando lo que veía. Esbozar caricaturas de sus compañeros de viaje le resultaba de lo más fácil, pues los demás estaban más que absortos con la mirada perdida en el móvil. Ojos atrapados por las pantallas, dispositivos a los que les salía una boca que devoraba con ansias el rostro de sus propietarios.

Mientras miraba por la ventana, había dibujado el paisaje gris metálico de Tokio a medida que se encogía poco a poco y se transformaba en arrozales que se moteaban con montañas de vez en cuando. Había estado sentado tranquilamente, dibujando a un hombre con nariz en forma de berenjena cuando, de la nada, la enorme silueta del monte Fuji había flotado al otro lado de la ventana. Kyo se quitó los auriculares para oír los gritos ahogados de los demás viajeros, quienes, maravillados, se volvían hacia las ventanas y señalaban. Aquel día, el cielo estaba azul y despejado, por lo que la visibilidad era perfecta. Allí estaba la montaña, con unas nubes blancas, menudas y suaves que le besaban la cima.

Kyo se dispuso a trazar la silueta de la montaña antes de que el tren la dejara atrás. Luego se encargó de los detalles de memoria y dibujó la marca de la nieve y las nubes que la rodeaban. Entonces dibujó un pequeño personaje con forma de rana que él mismo había inventado y lo puso escalando la montaña. Su cuaderno estaba lleno de dibujos de esa misma rana, y los demás solían preguntarle por qué se empeñaba en dibujar aquel personaje en concreto en todas partes. Solía restarle importancia al asunto con un breve «porque me gusta» a modo de respuesta.

Solo que eso no era la verdad. La verdad era que, además de su walkman, solo había recibido unos pocos objetos de parte de su padre antes de que muriera. Uno de ellos era una rana de juguete de madera tallada que en aquellos momentos se hospedaba en la mochila de Kyo. Su madre le había contado que su padre la había tallado de un trozo de madera de arce japonés. Sin embargo, para Kyo representaba algo más: era un vínculo con el padre que no había llegado a conocer. Dormía con la rana al lado de la cama, y recordaba haberlo hecho desde que tenía uso de razón.

Los primeros recuerdos de Kyo involucraban a su madre cuidando de él, saliendo adelante como madre soltera mientras se encargaba de su trabajo a tiempo completo como médica.

Cuando era más joven y se entretenía jugando, se solía llevar la rana al escritorio de su habitación para jugar con ella; la colocaba en distintas situaciones y se imaginaba que era su padre, que todavía era capaz de comunicarse con él desde el más allá. En ocasiones, la rana era un detective, con sombrero y gabardina incluidos, que resolvía asesinatos. A veces era un bombero que apagaba edificios en llamas con el agua que sacaba de un viejo estanque. En otras ocasiones, Rana era un ronin, un samurái sin señor, que viajaba por las zonas rurales del país para ayudar a los pobres y a los desvalidos. Y otras veces Rana solo era su padre y lo aconsejaba o lo tranquilizaba cuando oía a su madre llorar en la habitación contigua, a las tantas de la noche. Rana podía ser cualquier versión de su padre que Kyo quisiera; era capaz de cambiar y podía ser especial. No como los padres de sus amigos, que siempre eran iguales. Rana era un héroe que se enfrentaba a todo lo que el mundo le interpusiera en su camino.

Cuando había empezado a cursar la escuela primaria, su madre no le había dejado llevarse a Rana, por mucho que él le hubiera insistido. Y había tenido toda la razón del mundo, porque aquello era lo típico por lo que los demás niños de una escuela primaria de Tokio se habrían burlado de él. Kyo recordaba de sobra cómo su madre lo había sermoneado antes de empezar las clases para que supiera que tenía que encajar, que no tenía que destacar ni ser raro. Que tenía que llevarse bien con los demás niños, porque la escuela era para hacer amiguitos y aprender a ser un miembro productivo de la sociedad. Al final de cada día, acudía al centro de refuerzo escolar juku, como muchos otros alumnos, para aprender de verdad lo que le hacía falta para aprobar los exámenes. Pero la escuela en sí era para aprender habilidades sociales.

Y Kyo siguió sus consejos al pie de la letra, como siempre, pues su madre era una mujer más que inteligente. Se le dio bien encajar e hizo todo lo posible por ser como sus compañeros de clase.

No obstante, la ausencia de Rana en su vida escolar lo había dejado con una sensación de vacío.

Fue por ello que Kyo había empezado a hacer unos dibujitos de Rana en la parte de atrás de sus cuadernos. Lo dibujaba de memoria y le colocaba unos bocadillos para que dijera algo o lo vestía con disfraces distintos. También acabó dibujando una versión más joven de Rana, y, en la Rana joven, Kyo se veía a sí mismo. A veces dibujaba a los dos llevando a cabo alguna hazaña, vestidos de forma similar. A la Rana joven la había llamado Rana Compinche.

Cuando sus compañeros de clase habían visto los dibujos de Rana, no les había parecido raro ni nada por el estilo, sino todo lo contrario. Los niños decretaron que la Rana samurái que había dibujado era kakkoii, guay, y le pidieron que les dibujara una en sus respectivos cuadernos. Por su parte, las niñas dijeron que la Rana detective era kawaii, mona, y le exigían que repitiera el personaje en la cubierta de sus diarios. A lo largo de toda su etapa escolar, Kyo se había labrado la reputación de ser muy buen dibujante, y sus compañeros solían pedirle que dibujara escenas y personajes en la pizarra.

En el tren, Kyo añadió los últimos retoques a su dibujo de la Rana escalando el monte Fuji: le agregó un bastón para caminar y le puso un sombrero de alas anchas a Rana para darle el aspecto de un poeta haiku nómada de la antigüedad, como Matsuo Basho. Y debajo escribió la palabra PERSEVERANCIA.

Alzó la mirada de su obra.

La chica le estaba sonriendo. A él.

Kyo notó cómo se ruborizaba y volvió a quedarse con la mirada clavada en el cuaderno. Pasó varias páginas como si nada, sin hacerle caso a la chica. Y, según hojeaba el cuaderno, hecho un manojo de nervios, llegó al dibujo de dos páginas de Rana Compinche vestido como alumno de instituto mientras comprobaba los resultados de los exámenes en la pared, junto a los demás estudiantes que se reunían en torno a los papelitos pegados en el tablón de anuncios. La expresión de Rana era cabizbaja, desolada, y debajo del boceto Kyo había escrito FRACASO con letras muy marcadas.

Cerró el cuaderno y se quedó mirando por la ventana.

○

Kyo se pasaba el día soñando despierto. En el tren, captó el mundo que lo rodeaba y se centró en dibujar en su cuaderno abierto, en el regazo, para plasmar distintos incidentes de su largo y solitario viaje.

Esto es lo que dibujó:

Rana Compinche, vestido con pantalones cortos y un polo, sentado a solas en el vagón, con el tren entero meciéndose sobre los raíles traqueteantes de la lenta línea de cercanías. Lo vacío que estaba el vagón. Rana Compinche, saltando en un frenesí de un vagón a otro. Rana Compinche mirando por la ventana, con sus ojos saltones, mientras pasaba por un número incontable de estaciones diminutas cuyo nombre era tan solo una mancha borrosa. Nubes… Unas nubes suaves y blancas que flotaban y se esparcían con serenidad a lo largo del cielo azul. Nubes que se reflejaban en el agua de los arrozales. Rana Padre, acomodado en una nube, flotando sobre ella como si de una alfombra mágica se tratase, por encima de los tejados de tejas azul claro de las casas tradicionales, con sus peces voladores de porcelana, uno a cada lado del tejado. Las escenas del cielo que se desplazaba poco a poco al otro lado de la ventana del tren. Todo ello se transformaba en distintas sombras del color negro de su lápiz sobre el blanco de la página.

Aunque tenía un montón de ideas, cientos de ellas, nunca hacía nada por conseguirlas. Uno de sus pasatiempos favoritos era quedarse mirando por una ventana para examinar sin mucho esfuerzo lo que veía. Los objetos que tenía delante estaban ahí, pero, al mismo tiempo, no lo estaban. Lo que aparecía delante de Kyo era más como una realidad aumentada. Cuando veía una montaña de verdad, un Godzilla gigante aparecía detrás de ella, aplastaba el bosque, arrancaba árboles de cuajo con las garras, incendiaba el resto con su aliento de fuego y sumía el mundo colindante en el caos y el terror.

O tal vez al lápiz con el que dibujaba le salía una boca y ojos y se ponía a hablar con él.

—¡Hola, Kyo! ¿Cómo te trata la vida? —Le sonreía y lo saludaba con una expresión graciosa.

Los objetos reales que lo rodeaban cobraban vida propia, y, así, el aburrimiento de la realidad se hacía a un lado ante cualquier idea absurda que se le hubiera ocurrido. Pasaba el rato con la mirada perdida en cualquier objeto y pensaba:

¿Y si…? ¿Y si…?

Era eso mismo lo que hacía en el tren en aquellos momentos; pensaba sobre todo lo que veía, además de en todos los detalles extra que su mente conjuraba de la nada. A veces plasmaba esas ideas en el cuaderno, y el acto de dibujarlo lo llenaba de una gran calma. Sombrear y trazar las líneas eran unas acciones que le encantaban, y el mayor sueño de su vida era llegar a ser dibujante de manga.

Solo que Kyo tenía un gran problema. Por muy bien que se le diera introducir un objeto real en un mundo dibujado, por mucho que le gustara dibujar, por muchas ideas sobre personajes que se le ocurrieran, se le daba de pena acabar una historia.

Se sentaba y se decía a sí mismo: *¡Vale! Voy a dibujar y a escribir una historia corta de* manga. *Y tendrá un inicio, un desarrollo y un final.*

Se remangaba, empuñaba su lápiz y un papel, se sentaba y se quedaba mirando el color blanco de la página.

Y la página le devolvía la mirada. Entonces desviaba la mirada a la ventana…

Pero primero…, se decía a sí mismo.

Y entonces se perdía en otra de sus ensoñaciones.

○

Uno de los problemas más grandes que tenía el plan de Kyo de ir en tren de cercanías, además de los largos periodos de tiempo que tenía que pasar en unos asientos tan cómodos como una cama de pinchos, eran las interrupciones. Cada tren llegaba a su última parada y tenía que salir con los demás pasajeros y esperar en el andén hasta que llegara otro tren que lo dejara avanzar más por la ruta. A veces tenía suerte, y el siguiente tren estaba esperando a que cruzara de un andén a otro a toda pastilla. En esas ocasiones, todo el mundo echaba a correr para asegurarse de que encontraban asiento para el siguiente tramo del viaje.

Sin embargo, conforme avanzaba hacia zonas más rurales, Kyo se percató de que los demás se volvían más considerados y dejaban que otras personas hallaran asiento. No sabía si eran amables o tontos.

Cada vez que Kyo cambiaba de tren, se daba cuenta de que la chica se metía en el mismo vagón que él. Y hacía todo lo posible por no mirarla, pero la chica tenía algo que hacía que quisiera mirarla cada vez más. Tenía unos ojazos llenos de inteligencia y leía una novela. En cierta parte del viaje, había conseguido echarle un vistazo al libro y ver el autor, Natsume Soseki, aunque no llegó a ver el título. Estaba desesperado por ver lo que era, pero, cada vez que se atrevía a mirar, el título quedaba tapado por uno de sus dedos delgados.

La chica había apartado la vista del libro para mirarlo a los ojos y le había sonreído.

Y él había vuelto a clavar la mirada en el cuaderno y se había dispuesto a sombrear un velocirráptor que atacaba a Rana y a pretender que eso era lo que había estado haciendo.

○

—¿Qué dibujas?

Kyo dio un respingo, y casi se le cayó el lápiz. Alzó la mirada para ver que la chica se le había sentado delante, en la sección de cuatro asientos que creía tener para él solo. El resto del vagón estaba vacío, y, al haber estado absorto con su dibujo, no se había dado cuenta de que la chica se había ubicado allí. Cerró el cuaderno de forma tan despreocupada como pudo.

—Nada —se apresuró a contestar—. ¿Qué lees?

—Nada —se burló ella, con la cabeza ladeada y un brillo en los ojos.

—He visto que es de Soseki —continuó Kyo—, pero no he llegado a ver el título. ¿Te gusta?

—Llevo pocos capítulos todavía. —Se echó atrás en su asiento y lo estudió con atención—. Trata de un joven que empieza la universidad en Tokio. Y una mujer intenta seducirlo en el tren.

Kyo se ruborizó, y la chica siguió hablando.

—Te he visto en los trenes desde Yokohama. También te espera un viaje largo, ¿eh? ¿A dónde vas?

—A Hiroshima —repuso Kyo, sin pensárselo. Era una respuesta lo bastante difusa que no era mentira ni tampoco toda la verdad. Podría interpretar la respuesta como la ciudad o la prefectura de Hiroshima, según le conviniera. Kyo alzó una ceja para darle la vuelta a la tortilla—. ¿Y tú?

—A Onomichi —dijo ella, alegre, y Kyo hizo una mueca—. ¿Qué vas a hacer en Hiroshima? ¿Vas a la uni?

Kyo se ruborizó de nuevo y tartamudeó su respuesta, sin ser capaz de mentir.

—Bueno… No exactamente…

—¿Sigues en el insti? —preguntó ella de golpe.

—No. —Negó con la cabeza—. Me acabo de graduar.

—Vale, entonces, ¿qué vas a hacer en Hiroshima? ¿Tienes un trabajo nuevo? ¿Familia?

Se percató de que le estaba haciendo muchas preguntas y él todavía no le había sacado nada de información a cambio. Lo estaba poniendo en un aprieto. Aun así, le contestó con educación.

—No es por trabajo, no. —Negó con la cabeza—. Es un poco largo de contar…

La chica le sonrió y señaló hacia el paisaje que pasaba a un ritmo constante al otro lado de la ventana.

—Tenemos tiempo, ¿no?

Kyo soltó un suspiro.

—Bueno, es que me da un poco de vergüenza, pero…

—¿Vergüenza? —Se echó a reír y se inclinó más adelante—. Así suena más interesante. Continúa.

—Soy un ronin-sei.

—Aaah. —Asintió, y se dio un golpe en la palma de la mano con el otro puño al darse cuenta de lo sucedido—. Así que suspendiste los exámenes de acceso a la universidad, ¿eh? Un alumno samurái sin señor.

—Ajá.

—¿Y vas a Hiroshima a apuntarte a una yobiko de refuerzo para los exámenes de acceso?

—Eh… Sí. —Miró por la ventana, a las casas que pasaban una a una por el otro lado.

—Pero eso no tiene nada de vergonzoso —dijo ella—. Hay cosas peores en la vida.

Soltó un suspiro, y los dos se quedaron en silencio durante unos momentos. Kyo le dio un sorbito al café que llevaba, y ella miró la lata de reojo.

—¿Me das un trago? —le preguntó.

—Claro —dijo él, y le entregó la lata con cuidado.

—Gracias. —Aceptó la lata y dio un sorbito como si se conocieran de toda la vida, antes de devolvérsela.

—¿Puedo preguntarte algo? —le dijo Kyo, según aceptaba la lata de vuelta, nervioso.

—Claro, lo acabas de hacer —respondió ella con una risita. La respuesta típica a una pregunta así de tímida.

—Quiero decir… Es que… —tartamudeó, sin llegar a conseguir aunar la valentía suficiente.

—Venga, suéltalo ya. —Hizo un mohín—. «¿Tienes novio?».

—¡No! —La expresión avergonzada de Kyo se transformó en una llena de sorpresa, mientras la chica se echaba a reír.

—¿Qué pasa, no te interesa? —Le dio un golpecito en la rodilla—. Lástima.

—No, lo que quería preguntarte es que… —Kyo recobró la compostura—. Que por qué vas a Onomichi.

—Por la uni —dijo ella deprisa—. Voy a la Universidad de Hiroshima, pero vivo en Onomichi. Eso sí que es largo de contar, y no quiero ponerme a hablar de eso. Pero bueno, ahora deja que te haga preguntas yo, que es más divertido.

¿Divertido para quién?, pensó Kyo.

—¿Qué es lo que quieres estudiar en la uni? —le preguntó ella, y, antes de que pudiera contestar, soltó otra pregunta—: ¿Arte?

—No —dijo Kyo, negando con la cabeza—. Quiero…

—¡Espera, no me lo digas! Deja que lo adivine.

—Vale.

—¿Literatura japonesa?

—No.

—¿Ingeniería?

—Tampoco.

—Mmmm… —Entornó los ojos y lo miró a la cara durante unos instantes antes de dar una palmada y señalarlo con un dedo—. Vale, ya lo tengo. ¿Medicina?

—Bingo —asintió Kyo.

—Ah, sabía que lo iba a adivinar.

—Bien hecho.

—¿Qué he ganado?

—Este lápiz. —Kyo le ofreció el lápiz con el que había estado dibujando.

—¿De verdad? —Esbozó una sonrisita—. Pero parece que estará mejor contigo. No puedo aceptarlo. —Inclinó la cabeza de broma y apartó el lápiz.

—Por favor, quédeselo —le dijo Kyo, extendiéndolo en su dirección con una reverencia profunda—. Que su mina le sea de utilidad.

—Mi más sincero agradecimiento —contestó ella, y recibió el lápiz con un gesto formal antes de devolverle la reverencia—. Lo guardaré como oro en paño, y, cuando se convierta en un artista de manga famoso, le diré a todo el mundo que el lápiz es suyo.

—Eso sí que no va a pasar —dijo Kyo, con un resoplido.

—¿Quién dice que no? —Arqueó una ceja—. He visto tus dibujos, y son muy buenos. Por eso creía que ibas a estudiar Arte. La verdad, me sorprende un poco que quieras meterte en Medicina con el talento que tienes. —Se encogió de hombros—. Pero bueno, qué sé yo.

Kyo se puso a mirar por la ventana, y la incomodidad se cernió sobre los dos. No sabía qué decir, por lo que no dijo nada. Fue ella quien volvió a romper el silencio.

—¿Dónde vas a pasar la noche? —quiso saber. Por un instante, Kyo creyó notar un tono tentador en su voz, pero alejó el pensamiento de su mente.

—En Osaka —respondió.

—¡Yo también! —Se le iluminó la mirada—. Podemos ser compañeros de viaje.

—Vale —dijo Kyo, sin saber muy bien qué entrañaba eso.

—Ayumi —se presentó ella, y le extendió una mano, como una persona de fuera de Japón.

—Kyo. —Le estrechó la mano, preocupado por si las tenía sudadas.

Se pusieron a charlar de todo un poco, de manga a música y películas, durante el resto del trayecto hasta Osaka, y Kyo casi no se dio cuenta de cómo pasaba el tiempo. Estaba tan absorto en la conversación que no le echó ni un solo vistazo al teléfono.

Ni tampoco vio ninguna de las muchas notificaciones que le estaban llegando al interior de la mochila.

○

Cuando llegaron a Osaka y bajaron del tren, ya era de noche, y el cielo oscuro se extendía por encima de ellos. Kyo no había ido nunca a Osaka solo, pero se sentía cómodo con la velocidad y el ritmo del lugar. Al fin y al cabo, había vuelto a la gran ciudad.

Kyo y Ayumi salieron por los tornos, y, al hacerlo, notó un peso en el pecho. Tenía que despedirse de ella y no estaba seguro de si quería hacerlo o no. Cuando llegaron a un lugar tranquilo al otro lado de los tornos, Kyo se detuvo, y los dos se volvieron para mirarse.

—Bueno —dijo Ayumi.

—Bueno… —repitió él.

Ayumi cargaba una maleta pequeña y con ruedas que él le había ayudado a sacar del tren y a llevar por las escaleras. En aquellos momentos, ella tiraba de la maleta por sí sola.

—Tengo que meter esto en una taquilla —dijo ella poco a poco—. Y luego, si quieres, podemos ir a cenar algo juntos.

—Vale —repuso él, y notó que el peso del pecho desaparecía.

—¡Genial! Espérate aquí —le dijo, y se fue a guardar la maleta en una taquilla.

Se lo estaba pasando bien con ella.

○

Fue mucho más tarde, después de que hubieran acabado de comer ramen, cuando la situación se tornó incómoda.

Habían seguido hablando de intereses mutuos y habían debatido el mérito del ramen tonkotsu de Fukuoka, el cual Ayumi defendía a capa y espada, comparado con el ramen miso de Sapporo, que Kyo decía que era el mejor que había comido en la vida, durante una de las pocas vacaciones que habían hecho. Luego habían pasado a hablar de la importancia de los fideos *al dente*, algo en lo que ambos estaban muy de acuerdo. A media cena, la chica había interrumpido la conversación.

—Me apetece una birra. ¿Quieres una?

Kyo miró en derredor, nervioso.

—Pero solo tengo diecinueve años.

—¡Shhh! —Se llevó un dedo a los labios—. No lo digas tan alto, idiota. —Sin esperar ninguna respuesta por parte de Kyo, gritó al cocinero—: Sumimasen! —Y pidió dos cervezas.

Kyo alzó su vaso gélido, lo hizo chocar con el de Ayumi y se sumó a su alegre «Kanpai!». Ella se bebió la mitad de un solo trago, con un gran suspiro de satisfacción cuando acabó. Por su parte, Kyo le dio sorbitos al suyo, pues no quería emborracharse.

Ayumi se bebió un vaso de cerveza más antes de que Kyo se acabara el primero.

Insistió en pagar por el ramen y las cervezas de Ayumi, y ella le dio las gracias con sinceridad y propuso que ya pagaría ella la siguiente ronda.

Se fueron a un bar pequeñín, y estaban a media bebida cuando la chica volvió a cortar a Kyo mientras él pronunciaba un breve monólogo sobre por qué *Akira* estaba sobrevalorada.

—Oye, ¿dónde vas a pasar la noche? —exigió saber.

Kyo trató de murmurar una respuesta, pues lo había tomado desprevenido y no era capaz de formar una frase entera.

—No sé…

—Mira —dijo ella, con un dedo alzado—, ¿quieres que nos quedemos juntos en algún lado?

— … —Kyo no sabía qué decir.

—Oye, no te hagas ideas raras. —Se meció un poco de lado a lado mientras hablaba, y el modo en el que lo dijo hizo que a Kyo le diera un vuelco el corazón—. Es para ahorrar dinero, para eso somos compañeros de viaje. ¿Qué te parece?

Kyo bajó la mirada al vaso de cerveza que seguía bebiendo. Ella ya se había acabado el suyo.

—No sé yo…

—Venga ya, que no muerdo —insistió Ayumi.

El problema era que Kyo tenía otros planes. Quería ir a ver cierto puente en Dotonbori. La idea había sido ir a ese lugar desde el principio, pero ¿cómo iba a llevar a alguien a quien acababa de conocer en un tren a un lugar tan personal para él? Un lugar en el que su pasado, su presente y su futuro habían quedado decididos. ¿Cómo iba a explicarle por qué era tan importante para él? Casi no la conocía, y no se veía capaz de entrar en detalles.

—Voy al baño —dijo ella, antes de ponerse de pie e inclinarse hacia él para susurrarle al oído—. Pídenos un par de cervezas más, ¿vale? Y no te preocupes tanto por todo.

Dejó a Kyo con la mirada gacha y clavada en su vaso de cerveza lleno de burbujitas, solo.

Se quedó esperando un rato, incapaz de decidirse, pero plenamente consciente de que tenía que hacerlo. Tras un par de minutos, sacó el sobre de la mochila, colocó dinero más que de sobra junto al vaso vacío de Ayumi para pagar por las consumiciones, le dedicó una reverencia al camarero y se fue del bar. Se adentró en la avenida Mido-Suji, en el centro de Osaka, sumida en la noche. Y desapareció de inmediato entre la muchedumbre.

Cobarde, le dijo la voz en su cabeza. *Fracasado.*

Sí que lo era.

Lo único que tenía que haber hecho era explicarle la situación a la chica. No le habría llevado más de cinco minutos. Así no la habría abandonado sin más, sin decirle nada.

No podía abrirse ante ella porque era un cobarde.

Un cobarde y un fracasado.

Un estudiante que había abandonado los estudios. Un alumno samurái sin señor.

Una decepción para su madre, siempre ocupada, y para su padre, el fotógrafo de guerra fallecido.

Kyo deambuló por las calles del distrito Minami de Osaka, repletas de gente y de la vida nocturna, y observó a grupos de amigos que se sentaban en bares para cantar, echar unas risas y pasárselo bien juntos. El par de cervezas que se había bebido lo había dejado con una sensación tristona y vacía, no alegre como el resto de los bebedores que seguían por ahí de juerga.

Fue a un restaurante familiar y se sentó a leer un manga, *20th Century Boys*, de Urasawa Naoki. Lo acababa de comprar en una tienda de segunda mano que seguía abierta, a pesar de que eran las tantas de la noche. Iba a costarle lo indecible dejar atrás la comodidad de la vida en la ciudad. Iba a echar de menos aquella sensación de que todo estaba vivo.

Si era sincero consigo mismo, había ido en el tren lento porque no tenía nada de ganas de llegar a Onomichi, porque no quería quedarse a vivir con su abuela en una zona rural. Odiaba que todos sus amigos estuvieran empezando una vida nueva en la universidad mientras él se quedaba atrapado en un mundo de exámenes suspendidos que debía repetir. Dejó caer los hombros en aquel restaurante familiar, entre sorbitos a taza tras taza de café azucarado y lechoso, mientras leía el manga y esbozaba ideas en su cuaderno cuando se veía con fuerzas para ello. Se acordó de haber abandonado a Ayumi en el bar, sin decirle nada, y quiso que la tierra se lo tragara. Y, más que ninguna otra cosa, apoyó la cabeza en las manos y durmió.

Antes de que amaneciera, salió de la cafetería y paseó por las calles vacías, por delante de algún que otro borracho que se había quedado dormido en el suelo, por al lado de los charcos de vómito provocados por la noche anterior. Llegó hasta Dotonbori, donde el canal pasaba por debajo del puente Ebisu. El conocido Cartel de Glico parpadeaba a un lado del edificio, solo que sin ningún turista que se hiciera una foto delante, pues las calles estaban desiertas. Había visto fotos del lugar en internet y ya había ensayado aquel momento en numerosas ocasiones. El sol se alzaba poco a poco conforme Kyo se asomaba por el borde de aquel puente bajo, y su reflejo, con expresión pensativa, le devolvió la mirada desde la superficie del agua.

El mismo tramo de agua del que la policía había sacado el cadáver hinchado de su padre hacía tantos años. Aquellas aguas frías, oscuras y en calma. La forma en la que subía y bajaba, con las corrientes que generaban unas olas menudas, parecía invitarlo a acompañarla. Por fin estaba en el lugar en el que su padre se había quitado la vida. Kyo se había imaginado aquel momento un millón de veces antes de ir ahí de verdad. Y ahí estaba.

Sacó la ranita de madera de la mochila y la colocó en el borde del puente. Y escuchó.

Solo que lo único que oyó fue el ligero ruido del agua.

三

Ayako llevaba dos días sin poder centrarse en nada. Hasta en la cafetería le costaba oír lo que los clientes le decían. En casa, el teléfono que solía guardar en una estantería, bajo un tapete de tela, estaba en el centro del salón, encima de la mesa baja, desde la noche anterior, cuando había llamado a la madre de Kyo para decirle que todavía no había llegado.

Había esperado en la estación de Onomichi durante dos horas antes de decidir que no iba a llegar. Los trenes traqueteaban de un lado para otro sobre las vías, y cada vez, antes de que uno pasara, la campana de la señal de cruce repiqueteaba y hacía que Ayako se preguntara si aquel iba a ser el tren de Kyo. Se sentaba en el vestíbulo de aquella estación pequeña, en uno de los bancos, según los pasajeros pasaban por delante de ella en todas las direcciones y buscaba el rostro de Kyo entre ellos, pero había sido en vano. Aquella estación contaba con dos salidas: la principal, en el lado que daba al mar, y otra que daba a las montañas, la cual era mucho más pequeña y solo solían usarla las personas del lugar que se dirigían al norte. La mayoría, en especial los recién llegados a la ciudad, bajaban hacia la salida del sur. Ayako estaba bastante segura de ello. Aun así, seguía asomándose de vez en cuando, nerviosa, para ver si alguien salía por el lado norte, al otro lado de las vías.

Aquel día, el jefe de estación Ono atendía a los pasajeros desde el otro lado de los tornos. Era un hombre agradable que conocía bien a Ayako y se había percatado de que miraba de un lado a otro como si buscara a alguien, por lo que se había acercado a charlar con ella entre un tren y otro.

—¿Espera a alguien en concreto, Ayako-san? —le preguntó, tras detenerse delante del banco en el que estaba sentada—. Lleva un buen rato por aquí, ¿verdad? —Se llevó las manos a las caderas, cómodo con la barriga cervecera que le sobresalía por encima de los pantalones elegantes del uniforme. Las gafas se le deslizaban poco a poco por la nariz.

—Ono-san —lo saludó ella, e inclinó la cabeza en su dirección—. Espero a mi nieto, que viene desde Tokio. Tenía que haber llegado en tren hace rato ya.

—Vaya, qué raro —contestó él, parpadeando mientras se colocaba bien las gafas.

—¿Ha habido algún retraso? ¿O algún accidente? —le preguntó Ayako.

—Nada de nada; hoy todo funciona como un reloj suizo. —Al oír eso, Ayako se removió en su asiento, hecha un manojo de nervios—. Pero mire, no hace falta que se quede aquí todo el día. Si me dice qué edad tiene y cómo es, estaré atento a cualquier billete de Tokio que se parezca a él, y, si lo veo, la llamo a casa o a la cafetería. ¿Qué le parece?

—Ono-san —contestó ella, inclinando la cabeza de nuevo, en aquella ocasión de pura vergüenza—. No podría pedirle eso.

—¡Si no es nada! —Ono hizo un gesto para restarle importancia.

Ayako se saltó su paseo diario a lo alto de la montaña y fue derecha a casa. Entonces sacó el teléfono de inmediato, buscó el número de la madre de Kyo en su diario y la llamó.

—Moshi moshi? —contestó la voz de su nuera al otro lado de la línea que no dejaba de crujir.

—¿Setchan?

—*¿Madre?*

Ayako todavía llamaba Setchan a la madre de Kyo, y la madre de Kyo se aseguraba de llamarla «madre». Si bien no solían hablar muy a menudo últimamente, cuando sí lo hacían les parecía apropiado llamarse así.

—Setchan, siento mucho molestarte, y seguro que no es nada, pero Kyo-kun no estaba en el tren en el que lo esperaba.

—*Qué raro...* —Setsuko hizo una pausa—. *Sí que es raro, madre, porque lo he dejado esta misma mañana en la estación de Tokio, en las puertas del Shinkansen, con tiempo de sobra para que se comprara el billete y se subiera al tren. Tendría que haber llegado hace horas.*

—Sí —dijo Ayako, asintiendo a pesar de estar hablando por teléfono—. Eso creía yo también. Me apunté los horarios de los trenes que me diste, y, aunque uno haya ido tarde, se haya perdido un transbordo o se haya parado a comer, ya tendría que haber llegado hace rato.

—*Vale, madre.* —Setsuko chasqueó la lengua—. *Lo siento mucho. Tendré que contactar con Kyo por LINE, y luego la llamo cuando sepa algo. Lo siento, pero estoy muy liada hoy.*

—¿Qué es eso?

—*Una aplicación de móvil, madre* —le explicó Setsuko, llena de paciencia—. *Es para enviar mensajes de texto a los demás.*

—Ah, entiendo —No entendía ni jota, pero estaba demasiado nerviosa como para insistir—. ¿Puedes darme el número de Kyo por si acaso? Así puedo llamarlo yo también.

—*¡Claro! Tendría que habérselo dado antes, qué tonta he sido.*

Setsuko le leyó el número de Kyo mientras Ayako lo anotaba en su diario.

—*Pero creo que de todos modos será mejor que le mande un mensaje por LINE y luego la llame yo* —dijo Setsuko de golpe—. *Porque si está en el tren no podrá hablar por teléfono, ¿verdad?*

—Cierto. —Ayako asintió de nuevo, orgullosa de que su nieto tuviera la suficiente buena educación como para no ponerse a hablar por teléfono en medio del tren.

Colgaron, y Ayako dejó el teléfono fijo en la mesa. De vez en cuando, aquella noche intentó llamar al número que Setsuko le había dado, solo que siempre le saltaba el buzón de voz. Cada vez que oía la voz grabada de Kyo le daban escalofríos, porque sonaba demasiado parecida a la de su hijo, Kenji, que le hablaba desde el más allá. Setsuko llamó a Ayako a las 09 p.m., para decirle que todavía no sabía nada de Kyo, pero que no se preocupara, que seguro que estaba bien. Estaba segura de ello.

Aquella noche también le costó conciliar el sueño. Incapaz de dormir, se levantó del futón muchísimas veces para quedarse sentada delante del teléfono de la mesa. Cuando sí lograba quedarse dormida, se veía asediada por unas pesadillas que le ponían los nervios de punta, unas en las que Coltrane, el gato negro de un solo ojo, maullaba y gritaba sin parar y le arañaba la puerta delantera porque la tarde anterior no le había dado de comer.

El amanecer parecía que no quería llegar nunca.

A la mañana siguiente, mientras desayunaba, el teléfono volvió a sonar, y Ayako contestó tan deprisa como pudo.

—¿Diga? —dijo, con un bocado de pescado que no tardó en tragarse.

—*Madre, no se preocupe, por favor* —respondió la voz de Setsuko con calma al otro lado de la línea—. *Ya he hablado con Kyo; esta mañana me ha mandado un mensaje por LINE. Parece que al idiota de mi hijo se le ocurrió ir en el tren lento. Ha pasado la noche en Osaka y tomará el tren de cercanías hasta Onomichi. Dice que debería llegar hoy a media tarde. Dice que siente mucho haberla preocupado, pero, por favor, regáñelo cuando llegue. Y luego dígale que me llame para que pueda regañarlo más aún.*

—Gracias por avisarme —contestó Ayako, un poco más aliviada.

Charlaron un rato en el que Setsuko se disculpó mucho por los problemas que había causado su hijo y por no tener tiempo para hablar más, pues estaba entre un paciente y otro. Ayako le dijo que no pasaba nada y que no se preocupara. El equipaje de Kyo había llegado mediante la empresa Gato Negro y lo estaba esperando en su habitación.

Ayako colgó el teléfono, pero no logró desprenderse de la ansiedad.

Osaka.

¿Por qué tenía que parar precisamente en Osaka?

Se dispuso a prepararse para afrontar el día y se detuvo una vez más delante de las dos fotografías en blanco y negro que reposaban en su altar familiar Butsudan, donde rezó más rato de lo habitual.

Una plegaria para su marido. Otra para su hijo.

Y las dos para su nieto.

○

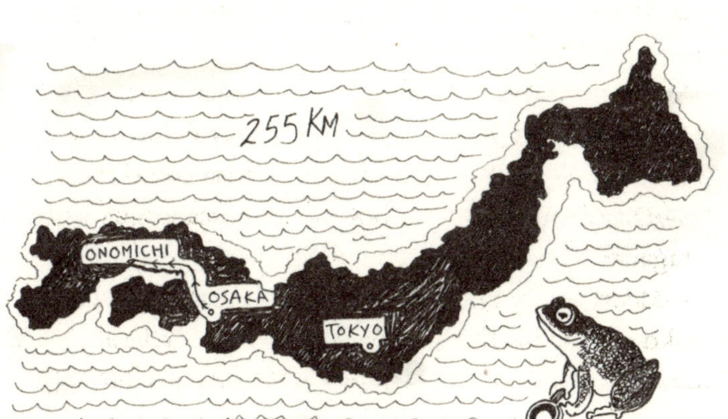

Kyo estaba en el tren conforme este salía de un túnel oscuro hacia la luz blanca de aquel día despejado de primavera. Se alivió al no haber visto a la chica en el tren al que había subido en Osaka esa mañana.

Tenía su cuaderno de dibujo en las manos. En la cubierta estaba el kanji de su nombre, bien escrito, unas marcas de bolígrafo negro sobre una pegatina blanca que había pegado delante.

Solía tener que escribirlo o explicárselo a cualquiera que le preguntara cómo se escribía. Les decía que se escribía con el carácter de la palabra «eco», como la conocida marca de whisky de Japón, el cual no se pronunciaba *kyo*, sino *hibiki*. El carácter lo había asombrado desde que era pequeño. La parte superior, 郷, significaba «aldea», mientras que la inferior, 音, quería decir «sonido». Cuando era pequeño y aprendía a escribir su propio nombre, solía imaginarse la escena de una aldea vacía, con una sola campana que resonaba entre las casas y reverberaba en las paredes y en las calles vacías. Aquella historia, aquella escena, se desarrollaba en su imaginación y lo ayudaba a recordar cómo se escribía el carácter.

Al entrar en la prefectura de Hiroshima, ya cerca de su destino, Onomichi, con las montañas a la derecha, el mar interior Seto apareció a su izquierda, con sus incontables islas que flotaban en el horizonte. El mar azul…, el espacio blanco en el cuaderno… No tenía cómo plasmar el color azul del océano en blanco y negro, pero, con unos trazos diestros, la serenidad de aquellas aguas frías relució en los huecos de la página. Existía. Dos veces. Y ¿era eso un monstruo marino kaiju que se asomaba entre las aguas frías y serenas…?

El tren estaba vacío. Kyo iba sentado en una sección de cuatro asientos, con los pies en el asiento que tenía delante. Pese a que se había quitado las sandalias antes de subir los pies, aquello no impidió que el revisor le dedicara una mirada nerviosa cada vez que pasaba por allí. Kyo estudió el rostro del revisor con detenimiento (ojos pequeños y brillantes, camisa desaliñada, corbata torcida y nariz aguileña), y él también se convirtió en una caricatura en el cuaderno: un cuervo negro enorme con rasgos exagerados y vestido de uniforme que miraba los pies de Rana Compinche, sobre el asiento, con sus dedos bulbosos bien abiertos.

Kyo se dedicaba a ello para evitar pensar en lo que le esperaba en Onomichi. Tenía que admitir que le preocupaban los frenéticos mensajes que había recibido por LINE de parte de su madre y la alarmante cantidad de llamadas perdidas que le habían llegado, algunas de ellas de un número desconocido.

Se sumergió en sus dibujos, sus manga y su música para no tener que analizar nada de lo que le estaba ocurriendo, lo de irse de Tokio, ni lo que había sentido aquella mañana en Osaka, al asomarse por un lado del puente Ebisu y quedarse mirando la oscuridad del agua.

●

—¿Seguro que está bien, Ayako? —le preguntó Sato, nervioso—. No parece usted misma esta mañana.

Ayako frunció el ceño en su dirección, con lo cual consiguió que Sato se echara atrás en su taburete y alzara las manos. Si hubiera tenido más clientes alrededor, lo más seguro era que le habría dado una buena reprimenda, pero, como Jun y Emi acababan de irse a trabajar, en la cafetería solo quedaban ellos dos.

Suavizó la expresión y soltó un enorme suspiro.

—Venga ya —dijo Sato, con más valentía que antes—. Sé que le pasa algo. Puede contármelo.

Ayako estaba terminando de prepararse una taza de café, y la deslizó sobre la barra, en su platillo, antes de ir al otro lado y sentarse en el taburete de al lado de Sato. *Kind of Blue*, de Miles Davis, sonaba en la minicadena, y las calles del exterior estaban en silencio, pues los niños ya estaban bien sentados en un pupitre de sus respectivas escuelas. De vez en cuando, un «buenos días» sonaba en el mercado cubierto que había fuera de la cafetería, o un barco flotaba despacio al otro lado de la ventana, pero Sato y Ayako estaban solos.

—No es nada, Sato-san. —Ayako sopló hacia su café caliente.

—Hasta los problemas más pequeños pueden acabar incordiando.

—Es que… —Frunció el ceño—. Llevo un par de noches sin dormir bien.

—Mmmm… —Sato le imitó el gesto—. No es propio de usted, Aya-chan.

Ayako dio un sorbo a su café.

—Bueno, supongo que se iba a acabar enterando tarde o temprano, y, si le soy sincera, debería haber sido más temprano que tarde, pero bueno. —Soltó una especie de gruñido con la garganta antes de continuar—. Mi nieto va a venir desde Tokio para quedarse conmigo.

—¡Ah! —A Sato se le iluminó el rostro—. Pero ¡qué buena noticia!

—¿Usted cree? —Ayako lo fulminó con la mirada de reojo y negó con la cabeza antes de seguir—: Se suponía que tenía que haber llegado ayer, solo que por alguna razón el pazguato decidió ir en trenes de cercanías en vez de en el tren bala, y ha acabado tardando un día más.

—Ah, bueno. —Sato se echó a reír—. No es para tanto, ¿no? Yo hice cosas peores cuando era un jovencito. ¿Cuántos años tiene?

—Diecinueve. —Ayako volvió a dejar la taza en el platillo—. Solo que ese no es el problema, Sato-san. Claro que me preocupé cuando vi que no llegaba a su hora, pero lo que me molesta es que paró en Osaka.

La sonrisa desapareció del rostro de Sato, quien se cruzó de brazos.

—Eso sí que es un poco…

—Si hubiera sido en Kioto, Kobe, Himeji o vaya usted a saber dónde, no pasaría nada.

—Ajá, ajá. —Sato soltó soniditos de asentimiento mientras ella hablaba.

—Es un poco preocupante que se haya parado en Osaka, teniendo en cuenta lo que le pasó a Kenji allí.

—Ya veo —asintió Sato—. Pero, Aya-chan, puede que sea una coincidencia y nada más, ¿sabe?

—¡Claro que lo sé! —Hizo un aspaviento con la mano para pasarlo por alto—. Pero tampoco va a hacer que me parezca mejor que se parara ahí, ¿sabe?

Sato se limitó a asentir, pues sabía de sobra que no podía decir nada de utilidad.

—Voy a crucificarlo cuando llegue —siguió Ayako.

—Qué cosas dice, Aya-chan —se rio Sato—. No se pase con él, ¿eh? Que todos hemos sido jóvenes. Y todos cometemos errores.

—Tiene que aprender su lección, Sato-san. —Ayako se puso de pie y empezó a recoger su taza y su platillo—. En esta vida todo tiene consecuencias.

○

El castillo de Onomichi apareció al otro lado de la ventana cuando Kyo abrió los ojos. Debía de haberse quedado dormido. El edificio parecía flotar por encima de él, entre las nubes, de modo que al principio había creído que seguía soñando, hasta que vio la montaña sobre la que se asentaba.

—*Próxima parada: Onomichi. Onomichi. Se abrirán las puertas del lado derecho* —indicó la voz crepitante de Cuervo Revisor a través del sistema de megafonía—. *Onomichi. Próxima parada: Onomichi. Por favor, tengan cuidado al bajar del tren y no se olviden de sus pertenencias. Muchas gracias por haber confiado en JR West. Esperamos volver a verlos pronto.*

Kyo recogió su mochila deprisa, y bostezó y se estiró conforme se ponía de pie y esperaba que el tren se detuviera.

Las puertas se deslizaron para abrirse, y salió del tren a paso rápido.

Era media tarde, y solo un puñado de personas bajaron al mismo tiempo que él. Menos personas aún esperaban en el andén para subirse a aquel tren casi vacío, rumbo a Hiroshima.

Kyo salió de la estación poco a poco y dejó que los demás cruzaran las barreras por delante de él. En los tornos había un hombre que aceptaba los billetes de los pasajeros de forma manual, les dedicaba una reverencia y les daba las gracias a todos uno a uno.

No se lo creía. En Tokio habría sido imposible que alguien tuviera ese trabajo. Además, la mayoría tenían una tarjeta Suica que podían pasar por encima de los paneles sin contacto para atravesar las barreras automáticas. Hasta los pocos que llevaban billetes en papel los metían en las máquinas y pasaban del mismo modo. No había ninguna necesidad de tener a aquel pobre hombre de barriga cervecera y gafas aceptando los billetes y dándoles las gracias a los pasajeros uno a uno. Se parecía un poco a un tanuki, con las gafas enormes que se le deslizaban por la nariz y la panza voluminosa que le asomaba por encima del cinturón.

¿En qué clase de infierno rural se había metido?

Cuando Kyo le dio el billete al encargado de la estación y atravesó el torno, alzó la mirada, sorprendido, al oír que el hombre se dirigía a él directamente.

—Oiga, caballero… Disculpe… ¿Caballero? —dijo el *tanuki*, mirando a Kyo a través de las gafas después de haber examinado bien el billete.

—¿Sí? —Kyo se detuvo, incómodo, al otro lado de la barrera. El hombre hablaba con un dialecto de Hiroshima bastante marcado, y le costó descifrar lo que le decía.

—Mire usted que me sabe mal preguntárselo, pero ¿por casualidad viene de Tokio?

Un escalofrío le recorrió el cuerpo. ¿Qué hacía ese hombre preguntándole algo así? Su acento era casi indescifrable para él.

—Eh… no —respondió Kyo, en lo que técnicamente no era mentira, porque aquella mañana había subido al tren en Osaka.

—¿Seguro? —El hombre lo miró con una expresión inquisitiva a través de las gafas, las cuales ya se le estaban deslizando de nuevo.

Kyo experimentó una ira repentina. ¿Quién carajos se creía que era el tanuki aquel para interrogar así a un pasajero? ¿Acaso lo buscaba la policía o algo?

—He abordado el tren en Osaka —respondió, con cierto desafío en la voz.

—¿Conque Osaka, eh? —El hombre asintió—. Pues sí que es raro, porque en el billete dice Tokio, y no le noto ni una migaja de acento de Osaka… Si tuviera que adivinar de dónde es, diría que más bien me suena a tokiota… —Tanuki debió notar que Kyo se ruborizaba hasta rozar el color escarlata mientras hablaba porque cambió de tema de inmediato—. Pero bueno, ¿qué sé yo, eh? —Se rio para sí mismo.

—¿Hay alguna razón en particular por la que me haga preguntas tan personales? —Se cruzó de brazos y habló con el registro más educado que pudo.

El recolector de billetes se percató de que había hecho que se enfadara y enderezó la postura antes de hablarle en japonés estándar.

—Siento mucho mi mala educación, señor. —Le dedicó una reverencia baja.

—No pasa nada —dijo Kyo, pues ya se sentía culpable por haberse puesto a la defensiva.

—Perdóneme, señor —continuó el hombre—. Es que una de mis amigas espera a su nieto, que viene de Tokio, y le prometí que estaría al tanto por si lo veía. Usted se parece a la descripción que me dio, pero, por favor, acepte mis más humildes disculpas. —Le dedicó una reverencia incluso más baja, tanto que casi rozó el torno con la nariz.

—No pasa nada —repitió Kyo, quien ya se sentía peor aún por haber perdido los papeles—. No se preocupe.

Kyo se dio media vuelta y se alejó deprisa de aquel intercambio. Oyó que el hombre murmuraba algo para sí mismo, de nuevo en su dialecto.

A Kyo le dio un escalofrío.

¿Se llegaría a acostumbrar a cómo hablaban allí?

●

—¿Diga? —Ayako atendió el teléfono de la cafetería al segundo tono.

—¿*Ayako-san*? —dijo la voz crepitante de quien parecía ser el jefe de estación Ono al otro lado de la línea.

—¿Ono-san?

—*Sí, soy yo. ¿Cómo lo ha sabido?*

—¿Alguna novedad?

—*Ya ha llegado. O al menos estoy bastante seguro de que era él.*

—¿Seguro?

Ono hizo una pausa y soltó un gran suspiro.

—*Eh… Le he visto el parecido familiar, Ayako, si sabe a qué me refiero…* —Se quedó callado, con una pausa torpe.

A Ayako se le aceleró el pulso, y soltó un suspiro de alivio.

—¿Ha hablado con él?

—*Sí, aunque parecía un poco molesto con las preguntas. Es un señorito de Tokio que se expresa muy bien, ¿verdad? Me he sentido de lo más ordinario hablándole en nuestro dialecto. Me ha dicho que venía de Osaka, mire usted, y no de Tokio, pero por cómo hablaba sé que es tokiota.*

—Ah, tiene que ser él. Anoche paró en Osaka.

—*De ahí vendrá la confusión, entonces. Debe de haber pensado que le preguntaba de dónde venía hoy. Culpa mía por no ser claro con mis preguntas.*

—¿Ha visto a dónde ha ido?

—*Ha deambulado un poco por delante de la estación, se ha parado en la orilla un ratito y luego ha ido al mercado shotengai. No me sorprendería nada que estuviera de camino a la cafetería.*

—Muchas gracias, Ono-san. Ha sido muy amable.

—*No hay de qué; no me cuesta nada.*

Ayako colgó, y ya se sentía mejor. Tenía que ser él.

Sin embargo, ya no lograba centrarse en lo que hacía. Había pasado a mirar la puerta cada pocos segundos, en lugar de esperar a que sonara el teléfono. No hizo ni caso de la cháchara insulsa de los últimos clientes de la hora de la comida y se quedó a la espera de que sonara el tintineo de la campana de la puerta.

○

Lo primero que pensó Kyo de la ciudad fue lo muerta que estaba. No había casi nadie.

Y las personas con las que sí se cruzaba eran tan mayores que ya tenían un pie en el otro barrio.

Menudo muermo. Para morirse de aburrimiento, sin duda. Lo único que oía eran los tintineos y las campanadas de la estación de tren. Se alejó de los tornos y poco a poco y con cierta dificultad pasó por un tramo de hierba para acercarse al mar. Llegó a la orilla y se quedó mirando el agua. ¿De verdad era el mar eso que lamía el hormigón a desgana? A él le parecía más bien un lago. Ya había salido de Tokio con su madre para ir al mar, en lugares como Kamakura, Chigasaki o Enoshima, y allí había sido testigo de unas olas que rompían con fuerza contra las rocas y soltaban su espuma blanca en el aire.

No obstante, en aquel momento, mirando el mar interior Seto, comprobó que no se movía. Estaba ahí quieto, sin hacer nada. Algunos barcos pasaban de un lado a otro de aquel pequeño estuario, y al otro lado del agua vio el puerto, con el nombre ASTILLERO MUKAISHIMA escrito en los edificios, con una letra enorme. Qué original. Los paletos ancestrales debían de haberle dado un nombre literal a la isla, Mukaishima («esa isla de ahí»), y en aquellos momentos parecía industrial, oxidada y en decadencia. La mayor parte de aquella ciudad parecía oxidada o decadente, o, en general, medio en ruinas.

¿Cómo iba a vivir ahí?

Meneó la cabeza para quitarse la sensación de encima y emprendió la marcha hacia el shotengai.

Por el camino, se cruzó con una estatua de bronce de una mujer con kimono, agazapada junto a un maletín de mimbre viejo con un paraguas apoyado en él. Leyó la placa: HAYASHI FUMIKO.

¿Quién carajos era esa?

Qué antiguo era todo. Qué aburrido. Qué pasado de moda.

Pasó por delante de tiendas cerradas. Se cruzó con algunos ancianos de postura cansada de vez en cuando. Arrastraban los pies con ayuda de carritos, con la espalda encorvada de modo que la columna les quedaba a un ángulo de prácticamente noventa grados respecto a las piernas, con la mirada en el suelo. Aun así, cuando pasaba cerca de ellos se las arreglaban para percatarse de su presencia y lo saludaban con un «Konnichiwa!» amistoso.

Kyo les devolvía el saludo a regañadientes.

¿Es que todo el mundo se hablaba en todo momento en esa ciudad?

Kyo siguió caminando un rato, y no tardó en salir del mercado cubierto y llegar a una zona residencial. ¿Tan rápido? Había caminado un ratito de nada y ya había recorrido el mercado de punta a punta. ¿Tan pequeña era la ciudad?

Se detuvo delante de una máquina expendedora, se compró una lata de café, la abrió y se puso a mirar el teléfono. Los mensajes de LINE que había recibido de parte de su madre le daban instrucciones explícitas de ir directamente a la cafetería de su abuela, en lugar de a su casa. Un temor horrible le revolvió el estómago e hizo que el café le sentara mal. Le iba a caer una buena.

Lo sabía.

Abrió un par de app de redes sociales, una detrás de la otra, y echó un vistazo a las fotos que habían publicado sus compañeros de clase: sus nuevos dormitorios universitarios, las ceremonias de matriculación, las ciudades a las que se habían mudado, las impresionantes facultades a las que asistían, los amigos que estaban haciendo. Cuando vio una foto de su exnovia, Yuriko, con un kimono formal para la ceremonia de apertura de su grado en Medicina en una prestigiosa universidad de Tokio, se detuvo. Pues claro que Yuriko tenía que presumir sí o sí con un kimono, a diferencia de sus compañeros de clase. Dejó el pulgar flotando sobre la imagen y notó una punzada de celos en el abdomen.

Soltó un suspiro.

Pulsó los tres puntitos que había encima de la imagen y seleccionó la opción «Silenciar» del menú desplegable.

Estaba a punto de agotársele la batería. Tenía que seguir adelante.

Kyo se acabó el café y echó un vistazo al reloj que llevaba: eran las 04 p.m., por lo que ya estaba llegando más tarde de lo prometido. Volvió a recorrer el mercado cubierto en dirección a la cafetería de su abuela.

A pesar de que caminó lo más despacio que pudo, fue a parar a la puerta de todos modos.

Cafetería Campamento Base, decía el cartel en letras grandes. Tenía una montaña pintada.

Kyo soltó otro suspiro y abrió la puerta con cuidado.

Una campanita repiqueteó sobre su cabeza.

—¡Irasshaimase!

Ayako soltó el saludo típico sin alzar la mirada. A pesar de que había seguido mirando la puerta desde que Ono lo había llamado desde la estación, cuando la campanita sonó de verdad pronunció el saludo por costumbre, sin mirar quién era.

—¿Abuela? —la llamó una voz tímida desde la puerta.

Ayako alzó la vista y lo vio.

Se le cayó la taza que tenía en las manos, y se estrelló contra el suelo.

Se llevó las manos a la boca, impactada por un instante.

Ahí estaba.

Un jovencito de diecinueve años, con los mismos ojos, la misma barbilla, la misma boca.

Tenía un peinado más moderno, pero ahí estaba.

—Deje que la ayude a recogerlo, abuela —dijo él.

Y, cuando habló, Ayako volvió en sí. El chico hablaba un japonés estándar perfecto, con un ligero acento de Tokio, así que no era su Kenji. Kenji hablaba con el dialecto de Hiroshima.

Ya hacía tiempo que había perdido a Kenji.

Aquel era el hijo de Kenji.

Su nieto.

Y se suponía que tenía que estar enfadada con él.

—Estate quieto —le dijo al chico, conforme este iba a ayudarla a recoger los trozos de la taza—. Siéntate ahí y no digas nada. Ya has causado bastantes problemas.

Kyo le entregó los fragmentos que ya había levantado y fue a sentarse a la mesa que ella le había indicado. Todos los clientes se habían ido ya, antes de que llegara él, y Ayako había estado recogiendo la cafetería antes de cerrar. Mientras limpiaba, su furia borboteó como una olla de curry. Se había permitido mostrar lo que sentía, que estaba preocupada, y que, en el fondo, le importaba. Hasta había roto una de sus preciosas tazas de porcelana e iba a tener que reemplazarla. La habían manipulado hasta conseguir que le importara, y eso hizo que se enfadara aún más.

Pues pensaba quedarse callada mientras seguía con sus tareas.

Kyo observó a su abuela conforme esta lo recogía todo.

Había notado un destello en los ojos de ella cuando lo había visto por primera vez. ¿Había sido alivio? ¿Cariño? Fuera lo que fuere lo que le había pasado por la expresión, había desaparecido tan deprisa como había surgido. Lo único que veía en aquellos momentos era su expresión pétrea conforme iba de un lado a otro de la cafetería para recoger tazas, platillos y cuencos y de vez en cuando lo apartaba para barrer. Y, en lo más hondo de su ser, cada vez se sentía más culpable y avergonzado por haber hecho que su abuela se preocupara.

Su abuela salió de la cafetería sin decir nada, y Kyo la siguió. Recorrieron las calles en silencio, aunque, cada vez que se cruzaban con alguien, los demás saludaban a Ayako, y ella les contestaba con educación, sin hacer caso a las expresiones intrigadas que ponían al mirar a Kyo y preguntarse quién era. Ayako no tenía ni la más mínima intención de darle explicaciones a nadie, por lo que seguía caminando como si nada, unos pasos por delante de él. Conforme subían por la colina que daba a su casa, rompió el silencio por fin.

—Mira que hay que ser irresponsable —dijo su abuela de sopetón—. No se te ocurrió llamar ni avisar a nadie.

Kyo siguió caminando a su lado, cabizbajo.

—Cuando uno hace una promesa, tiene que cumplirla —continuó ella, antes de detenerse para acariciar a un gato negro con un solo ojo que se había subido a una moto Honda Super Cub. Siguió riñendo a Kyo al tiempo que mimaba al gato—. Es lo más insensato que he visto en la vida. Tu pobre madre estaba muerta de la preocupación. Yo no, porque me importa un comino lo que te pase. Pero ¿te paraste a pensar en cómo le sentaría a tu madre? No. Porque eres egoísta. Eres egoísta e irresponsable.

Kyo permaneció en silencio mientras escuchaba sus rapapolvos. Tarde o temprano iba a tener que cansarse.

Llegaron hasta una pared de piedra ancestral con una puerta en medio. Ella siguió con sus reniegos y sus regañinas según empujaba hacia abajo aquel picaporte de hierro enorme y oxidado. Las bisagras chirriaron cuando su abuela se valió de todo su peso corporal para empujar la puerta y abrirla. Entraron a un jardín cerrado que rodeaba una bonita casa de madera construida al estilo tradicional, con unas tejas de cerámica nuevas y relucientes en el tejado.

Pasaron por el recibidor genkan hasta llegar al interior de la casa en sí, cuyo ambiente era fresco. En aquel momento, Ayako lo miró a los ojos por fin y exigió saber:

—Bueno, ¿es que no piensas decir nada?

—Lo siento mucho, abuela —respondió él, tras una breve pausa y una reverencia con respeto—. No lo volveré a hacer.

—Ya te digo yo que no —le espetó ella a toda prisa, y le puso un dedo en el pecho—. *Go ni haitte wa go ni shitagae:* cuando vas a la aldea, te atienes a las reglas de la aldea. —Así que le gustaba recurrir a proverbios—. No quiero ninguna otra tontería semejante mientras vivas bajo este techo, ¿estamos?

—Sí, abuela.

—Bien. Ahora llama a tu madre.

—Sí, abuela. Aunque primero tengo que cargar el móvil.

—¿Cómo que cargar el móvil? Anda, ¡tira y usa el fijo!

—Pero tengo que mirar los mensajes del móvil, por si mi madre me ha enviado un mensaje por LINE.

—Ay, señor. —Ayako meneó la cabeza—. Tú mismo, pero más te vale que te vea hablar con ella en los próximos cinco minutos o se te va a caer el pelo.

Kyo entró en la pequeña habitación con suelo de tatami que iba a ser suya.

Dejó la mochila en el suelo y, de reojo, vio que había un pergamino colgado en un rincón.

Fue mientras rebuscaba en la mochila para sacar el cargador del móvil que se dio cuenta de que el sobre con el dinero había desaparecido.

四

No hablaron mucho durante el resto de la primavera. Ayako mantuvo su propia rutina y, en general, no le hacía caso a su nieto. Siempre que fuera a clase en la escuela de refuerzo, no tenía nada que decirle. Después de que hubiera llegado tarde y de todo el follón que se había armado con el sobre de dinero perdido, Ayako había decidido que el mejor remedio iba a ser una buena dosis de la ley del hielo. Claro que lo había oído llorar con disimulo en su habitación durante la primera noche que había dormido en su casa, y eso la había perturbado, pues no era de piedra, pero no pensaba ir a consolarlo. No, lo mejor era dejarlo que sufriera un poco. Y, mientras tanto, ella se encargó de todo y buscó una solución al problema. Al día siguiente, salió temprano para ir a ver a Ono-san en la estación de tren y darle las gracias por haberla llamado, y mencionó de pasada el sobre perdido. Más tarde aquel mismo día, el jefe de estación se había pasado por la cafetería para dárselo. Como era de esperar, un pasajero se lo había encontrado en el tren y lo había dejado en la estación de Hiroshima, y un compañero de Ono lo había mandado en un tren con un revisor. A modo de agradecimiento, Ayako lo había invitado a su café y su plato de curry de siempre.

El muy idiota de su nieto había dejado el sobre en un bolsillo lateral de la mochila en algún punto del viaje, y se le había caído. Menos mal que Setsuko había tenido dos dedos de frente y había escrito el nombre del insensato de su hijo y la dirección de Ayako en Onomichi en el sobre. Visto lo visto, Ayako imaginó que la madre de Kyo ya había tenido que lidiar con situaciones así antes.

A pesar de que el chico le daba pena, no quería relajarse
con él todavía. Tenía que darse cuenta de que había metido la
pata. La vida podía llegar a ser muy cruel, y eso era una lección
que Ayako quería inculcarle: si rompes una promesa, llegas tarde y pierdes un sobre lleno de dinero, no puedes esperar que
el mundo te dé las gracias por ello, ¿no?

Además, desde lo sucedido se había centrado más en sus
estudios, y eso no estaba nada mal.

○

Kyo, por su parte, sufría más que nunca.

Echaba de menos Tokio. Echaba de menos a sus amigos. Echaba de menos la sensación de vida que aquella ciudad no tenía. Las calles estaban muertas, vacías, y casi no
había nadie de su edad por ahí, pues solo veía a los más
mayores y a los más jóvenes, sin ningún punto intermedio.
Saludaba a los ancianos por la calle, pero los separaba el
muro de la edad. Del mismo modo, cuando veía a los alumnos de instituto deambular por ahí con sus respectivos uni-
formes, le daba la sensación de que ya no tenían nada en
común. Si bien hacía poco que se había graduado del instituto, el espacio que los separaba le parecía un abismo desde
que había dejado atrás aquel ambiente. Ya no podía decir
que era alumno de instituto; aquel título ya no formaba
parte de su identidad. Tampoco podía decir que era un
miembro real de la sociedad, un shakaijin, ni un universita-
rio. Había oído que había una universidad en Onomichi,
pero debía de ser diminuta o encontrarse en una parte de la
ciudad distinta a la suya, porque nunca veía a ningún uni-
versitario por la calle. La Universidad de Hiroshima era la
más grande que había por la zona, pues su campus principal
se encontraba en la ciudad de Saijo. Fuera como fuere, tampoco pertenecía a ese estrato social: era un alumno samurái
sin señor, un ronin-sei.

Cada día iba a sus propias clases en la escuela de refuerzo, con los demás ronin-sei, y sus días se transformaron en una rutina ordinaria. Su abuela lo despertaba sacudiéndolo del hombro cada mañana.

El desayuno ya estaba preparado en la mesa.

El primer día, se había puesto a hacer preguntas. Craso error.

—¿Abuela?

—¿Qué?

—¿Tiene cereales?

—¿Cómo que cereales? Pero ¿qué dices?

—Bueno, es que mi madre me suele dejar desayunar cereales o tostadas…

—¿¡Tostadas!?

—Sí… Es que… Bueno… El arroz, la sopa miso y el pescado no son lo que me…

Alzó la mirada, y, al ver la expresión que había puesto su abuela, decidió que lo mejor era no terminar la frase.

—Come.

Su abuela lo echaba de casa a patadas a la misma hora que salía ella, y recorrían la ciudad juntos. Y no era una forma de hablar: una mañana le había dado una patada en el trasero por ir demasiado despacio. Los primeros días le había costado dormir, al estar en una casa nueva, y, cuando por fin había podido conciliar el sueño, ya casi al amanecer, no había oído la alarma. Su abuela lo había sacado de la cama a rastras con sus brazos robustos, con un agarre firme a pesar de los dedos que le faltaban. Lo acompañaba hasta la puerta de la escuela de refuerzo y lo mandaba a entrar temprano, por lo que se quedaba sentado con un profesor durante una hora, a la espera de que llegaran los demás alumnos. Su abuela conocía a aquel profesor joven y le había pedido que permitiera que Kyo se sentara a estudiar en silencio antes de que empezaran las clases en sí. Los demás alumnos miraban a Kyo con sospecha según llegaban, pues se preguntaban qué hacía allí solo antes de hora.

El resto de los alumnos de la escuela de refuerzo tenían un ánimo similar al de Kyo, un desasosiego incorporado. Todos habían cateado, y aquella era la última oportunidad que tenían para conseguir las notas necesarias para matricularse en Medicina. Todos los que compartían el aula eran enemigos, contrincantes que luchaban por un mismo puesto en la universidad, por lo que nadie intentó siquiera hacer amigos. Los profesores también lo sabían y se aprovechaban de la situación porque así su trabajo era más sencillo: ningún alumno se ponía respondón ni se distraía jugando. No tenían nada de lo que bromear ni a lo que encontrarle el lado divertido. Estaban en una institución privada, y, si se metían en líos o sacaban malas notas, ahí acababa todo: los echaban.

Así fue como Kyo empezó a adecuar su rutina a la de su abuela. Intentaba no molestar para no incurrir en su ira. Su abuela era aterradora cuando se enfadaba.

Las noches habían sido otro problema. A diferencia de en Tokio, donde, cuando no podía dormir, salía del piso en silencio y paseaba por la calle. Allí tenía cafeterías de manga o centros de videojuegos a los que ir, o bien podía pasarse por un supermercado a por algo para picar. Sin embargo, cuando la noche llegaba a Onomichi todo se sumía en un silencio sepulcral, y lo único que oía era el leve ruido de los barcos en el agua. Los supermercados seguían abiertos, sí, pero había pocos y estaban muy distanciados entre ellos. Kyo no se había atrevido a salir de casa mientras su abuela dormía, por lo que todavía no había tenido la oportunidad de explorar el pequeño distrito nocturno, donde había unos cuantos bares. Aun así, hasta esos cerraban antes que los de Tokio, y, técnicamente, todavía era demasiado joven como para pedir alcohol. Los primeros días se había quedado despierto hasta las tantas, dibujando en silencio en el escritorio de su habitación mientras escuchaba música en su walkman, pero eso le había causado problemas por la mañana, cuando su abuela lo sacaba de la cama a rastras.

Con el paso del tiempo, su rutina empezó a encajar con la de su abuela.

Cada tarde, iba derecho a la cafetería después de clase, y Ayako lo saludaba con un ademán de la cabeza cuando llegaba, sin decirle nada. Había una mesa en un rincón, en la que ella había colocado un cartel de Reservado para él, y era ahí donde se sentaba a estudiar. Si alguno de los clientes intentaba preguntarle a Ayako por él, ella negaba con la cabeza y apartaba la mirada, y eso ponía punto final a las preguntas.

Si bien Kyo se centraba en sus libros durante la mayor parte del tiempo, sí que había empezado a observar a los clientes habituales: quiénes eran, a qué se dedicaban, qué pedían. Cada día se sentaba a aquella mesa en silencio para estudiar, y, cuando terminaba, sacaba su cuaderno y un bolígrafo y se ponía a dibujar a los distintos clientes, aunque a hurtadillas para que su abuela no se enterara. Un anciano en particular le llamó la atención, Sato-san, porque mecía la cabeza como un búho nival, así que Kyo lo transformó en uno. Dibujó a su abuela con el mismo estilo que a su padre: como una rana. Mientras dibujaba, escuchaba a los clientes hablar con el dialecto de Hiroshima, y poco a poco los oídos se le fueron acostumbrando a su forma de pronunciar las palabras. No era muy distinto del japonés estándar, sino tan solo más corto y burdo. Preferían valerse de un registro más informal y no solían recurrir a las formas verbales masu y desu. A pesar de que no era capaz de hablar como ellos, sí que los entendía mejor que al principio. Fue anotando las diferencias entre el japonés estándar y el dialecto de Hiroshima en su cuaderno:

El pronombre masculino (coloquial) de primera
     persona: **ore** se convertía en **washi**.
El pronombre femenino de primera persona: **atashi**
     se convertía en **uchi**.
El verbo *ser*: **iru** se convertía en **oru**.
El verbo *llegar*: **todoku** se convertía en **tau**.

El adjetivo *difícil*: **muzukashii** se convertía en **itashii**.
El adjetivo *fácil*: **kantan** se convertía en **miyasui**.
El adjetivo *molesto* o *fastidioso*: **mendokusai** se
    convertía en **taigii***.
El adjetivo *cálido*: **atakai** se convertía en **nukui**.
El sustantivo *golpe*: **aza** se convertía en **aoji**.
*este lo dicen <u>mucho</u>.

Al final de cada jornada, su abuela lo recogía todo y cerraba la cafetería.

Y entonces iban a dar un paseo.

●

El camino que conducía al Templo de Mil Luces era bastante empinado, y, al principio, a Kyo le había costado seguirle el ritmo a su abuela. Se quedaba sin aliento en un abrir y cerrar de ojos y tenía que parar para reposar. Ayako tenía que ralentizar mucho el paso para no dejarlo atrás. Para cuando llegaban a la mitad del camino, Kyo ya estaba empapado en sudor, por lo que Ayako acabó alterando la ruta para que se acomodara más a su nivel físico: evitaba la ruta más directa pero más empinada, por la que solía ir, y empezó a usar una que escalaba la montaña de modo serpenteante, a través de las calles estrechas que había entre las casas de madera antiguas, algunas de ellas en ruinas y vacías ya. A Ayako aquella ruta le parecía un poco triste, pues recordaba los viejos tiempos y se acordaba de quienes habían vivido en aquellas casas (y de cómo habían muerto). Sin embargo, para el chico no eran nada más que pilas de madera podrida. Aquel nuevo sendero era más largo, pero, con el tiempo, iba a poner a su nieto en forma. Estaba segura de que, en cuestión de una semana o dos, ya iba a poder afrontar la ruta más empinada.

Si bien no era la montaña más alta del mundo (Ayako incluso la denominaba «colina», en lugar de «montaña»), sí que tenía que admitir que tenía algunos tramos más escarpados. La primera vez que habían subido hasta la cima, el chico se había doblado sobre sí mismo, sin aliento, y le había pedido, jadeando:

—Abuela… ¿No podemos ir con el teleférico? Creo que vi el cartel de uno en el shotengai…

Ayako negó con la cabeza y sacudió un dedo en su dirección.

—Ese es el problema que tenéis los jóvenes de hoy en día.

Su nieto siguió jadeando, con unos redondeles de sudor bajo las axilas, y Ayako continuó:

—Os gusta llegar a las vistas, pero no estáis dispuestos a esforzaros por ello.

—Pero… es que… —Alzó la mirada para verla y se apartó el sudor de la frente—. Por lo que he visto…, la mayoría de los que usan el teleférico son ancianos, ¿no, abuela?

—*Pfff*. —Ayako resopló e hizo un aspaviento para restarle importancia—. ¿Y tan viejo estás ya?

Su nieto no tuvo nada que decir ante eso.

—Y no te me pongas listillo. —Ayako reemprendió la marcha a su ritmo raudo de siempre.

—Sí, abuela. —Lo oyó seguirle el ritmo por detrás.

—Ya estás metido en suficientes líos sin eso. —No pudo evitar esbozar una sonrisa, pero se la escondió.

Cuando habían llegado a la cima por primera vez, los cerezos todavía estaban en flor. Ayako se había alegrado un poco al ver la sorpresa en la expresión de su nieto. Conforme recorrían el parque poco a poco, bajo los árboles, había visto que su expresión iba pasando del aburrimiento a un asombro de lo más obvio. Había sacado su teléfono cámara o lo que fuera y se había puesto a hacer fotos. Ayako se lo permitió, aunque no pudo evitar acordarse de su hijo cuando era joven, cuando se distraía sacando fotos con su vieja Nikon SLR. En Kyo veía aquella misma inocencia juvenil que había visto en su hijo cuando hacía fotos, aquella forma que tenía de quedarse absorto en su creación artística. Con el tiempo, llegó a verla en muchas más ocasiones, en especial cuando Kyo dibujaba. Se sumía tanto en su arte que no se daba cuenta de que ella lo observaba; una vez, incluso había visto una caricatura de Sato-san en forma de búho, y era tan buena que casi se había echado a reír. No se podía negar que Kyo y Kenji se parecían muchísimo, como dos gotas de agua. El recuerdo de su hijo practicando caligrafía en aquella misma mesa baja de su habitación le rondaba la mente. Cada vez que veía a Kyo dibujar le daba la sensación de que lo que veía era un fantasma, y eso la perturbaba.

Como cada año, los de la ciudad subían hasta el parque Senkoji, en lo alto de la montaña, y desplegaban lonas azules en las que sentarse y organizar sus fiestas hanami para ver los cerezos en flor. Muchos de ellos iban por la tarde, después de trabajar (hasta que las flores desaparecieran), y se sentaban a disfrutar de la compañía de los demás. Había más gente aún durante los fines de semana, cuando las familias y los demás grupos pasaban el día entero en el parque, comiendo, bebiendo y charlando bajo los sakura. Unos puestecitos de comida yatai brotaban de la noche a la mañana y vendían los platos más conocidos de Hiroshima, como los okonomiyaki, unas tortitas por capas, y ostras fritas, además de comida propia del país en general, como maíz tostado y fideos fritos yakisoba.

—¿Abuela? —la llamó su nieto, a su lado.

—¿Qué? —Lo miró de reojo.

—¿Puedo ir a pedir algo al yatai?

—No, que luego no tendrás hambre —respondió ella de inmediato, sin pensárselo siquiera.

Conforme caminaban en silencio por el parque, entre los que disfrutaban de los cerezos en flor, oyeron un grito a su izquierda.

—¿Aya-chan?

Ambos se volvieron para ver a un pequeño grupo de personas de fiesta.

Era Sato quien la había llamado, y estaba sentado en una lona azul con Jun y Emi, el jefe de estación Ono y su mujer, Michiko.

Ayako soltó un suspiro y consideró hacerse la loca. No era que no le cayeran bien (todo lo contrario, de hecho), pero no tenía tiempo para cháchara insulsa. Kyo y ella tenían que volver a casa a preparar la cena, y una conversación extensa con personas que bebían y hacían el vago no sería de ayuda para su nieto. Lo que necesitaba era una disciplina tranquila y una rutina estricta. Estabilidad, no frivolidades.

Kyo le devolvió la sonrisa al grupo. Había visto a la pareja, Jun y Emi, en la cafetería mientras estudiaba, y se había percatado de que parecían ser tan solo unos años mayores que él. Los dos le habían sonreído con amabilidad, y, si no fuera por la presencia de Ayako, seguramente ya habrían entablado varias conversaciones.

Todos los saludaban y les pedían que se acercaran, así que no tuvieron más remedio que pasarse por allí. Caminaron despacio, uno al lado del otro, hacia el grupo sentado.

—No nos vamos a quedar —le dijo Ayako a Kyo, entre dientes.

Kyo soltó un suspiro que no pasó nada desapercibido.

—Buenas tardes —dijo Sato, conforme se acercaban a la lona azul—. ¿A dónde van?

—Estamos de paseo —repuso Kyo. Su abuela lo fulminó con la mirada.

—Así que eres el famoso nieto de Tokio, ¿eh? —dijo Jun, con una reverencia—. Es un placer conocerte por fin.

Kyo le devolvió la reverencia y la formalidad.

—Me alegro de conocerlos.

El jefe de estación Ono le dedicaba una sonrisa tímida a Kyo, y este se percató de su presencia de inmediato.

¡El Tanuki!

—Ya nos conocemos —dijo, con un brillo en los ojos, ya fuera por el sake que estaba bebiendo o como resultado de su interacción previa—. Pero me alegro de verte otra vez. Espero que te lo estés pasando bien por aquí.

La mujer que tenía al lado le dio un codazo en las costillas.

—¿No vas a presentarme?

—¿No puedes hacerlo tú? —repuso él, frotándose el costado con una mueca.

—Me llamo Michiko —dijo ella, meneando la cabeza hacia Ono—. Y estoy casada con este vago. Encantada de conocerte, Kyo-san. Espero que te esté gustando nuestra ciudad. Seguro que no tiene ni punto de comparación con las luces brillantes de Tokio, pero, si podemos hacer algo para que estés más cómodo, no dudes en decírnoslo.

Le dedicó una sonrisa amable a Kyo, y, por el modo en que acababa de hablar, supo que no era de Onomichi. Hablaba en el dialecto de Hiroshima, solo que con un acento un tanto distinto al de los demás. Cuando pensó en su nombre completo, también se percató de un chiste oculto en él.

—Perdone que se lo diga —empezó, con cuidado—. Pero...

Todos clavaron la mirada en él. Estaba en un aprieto, y más aún con la presencia iracunda de Ayako al lado, que le hacía creer que no debería haber hablado cuando no le tocaba, salvo para presentarse.

— ... y, por favor, no piense que se lo digo con mala educación, pero... Si se llama Michiko, ¿no quiere decir eso que su nombre completo es Ono Michiko? Suena como a *hija de Onomichi*... —Concluyó con torpeza y se sintió de lo más tonto por haberse puesto a hablar así. Si bien todos usaban el dialecto informal para hablar entre ellos, él no lograba desprenderse de su japonés estándar, y eso lo hacía sonar más pomposo y remilgado. Como si no estuviera correspondiendo su muestra de amistad.

Ono bajó la mirada al suelo, avergonzado, para evitar la mirada fulminante de su mujer.

—Tienes toda la razón del mundo, Kyo —contestó ella, tras volver a mirarlo con calidez, antes de hacer una mueca en dirección a su marido—. Si hubiera sabido que el idiota de mi marido iba de Onomichi a la ciudad de Hiroshima cada fin de semana para buscar a una chica llamada Michiko con la que casarse, solo para tener su chistecito con sus amigos cada vez que salía el tema, no me habría casado con él.

—Venga ya, cariño —le dijo Ono a su mujer—. No es la única razón por la que me casé contigo. —Miró a los hombres, a Sato y a Jun, en busca de apoyo, con una sonrisita—. Pero es una buena broma, ¿a que sí?

—Sí que es elaborada, desde luego —comentó Sato, con una carcajada.

Kyo sonrió y se encariñó un poco más con el grupo mientras reían; hasta Michiko se olvidó de su mueca y esbozó una sonrisa.

—¿Quieren sentarse con nosotros? —preguntó Sato, e hizo espacio a su lado en la lona azul que crujía mientras indicaba el bento y las bebidas que había en el centro—. Tenemos de sobra para todos.

Kyo dio un paso adelante y notó de inmediato el agarre férreo de su abuela en el hombro.

—Muchas gracias, Sato-san. Es muy amable por su parte —dijo ella, con frialdad pero con educación—. Pero me temo que Kyo y yo debemos volver a casa. Lo siento mucho, pero esta vez no podemos.

Kyo notó un peso en el estómago. El joven Jun lo miró con cierta simpatía, con un plato de yakisoba en una mano y una lata de cerveza Asahi en la otra. A Kyo se le hacía la boca agua al ver aquella bandeja de plástico llena de okonomiyaki. No lograba apartar la mirada. Sato se la siguió.

—Ah, toma. —Se estiró hacia la bandeja y se la ofreció—. Llévatela para cenar, Kyo-kun.

Kyo estaba a media reverencia y casi tenía los dedos en la bandeja cuando Ayako volvió a interceder con la mano.

—Muchas gracias, Sato-san, pero no podríamos llevarnos su comida. —Se volvió hacia su nieto y le espetó—:

Sato-san ha sido muy amable al ofrecértelo, deberías darle las gracias.

—Muchas gracias, Sato-san —repitió él—. Pero no podría aceptarlo. Por favor, disfruten de su comida.

Sato volvió a dejar los okonomiyaki en la lona y se encogió de hombros.

—Qué se le va a hacer.

—Disfruten de la fiesta —dijo Ayako, con una reverencia, mientras tiraba de Kyo para alejarlo del grupo—. Nos vemos en la cafetería.

Continuaron con su marcha y dejaron al alegre grupo detrás.

—¿Es verdad que el Tanuki…? Es decir, ¿es verdad que Ono fue a Hiroshima solo para buscar a una mujer que se llamara Michiko? —le preguntó Kyo, con cautela.

Ayako volvió la mirada y se echó a reír.

—¡Claro que no! Se han inventado esa tontería para que te relajaras y te sintieras mejor después de haber lanzado semejante burrada.

Kyo se puso rojo como un tomate, y Ayako soltó una risita.

—Y para ti es el jefe de estación Ono, no Tanuki. Y te he dicho que no dijeras nada.

—Perdone, abuela —se atrevió Kyo—, pero me ha dicho que no nos íbamos a quedar mucho rato, no que no podía decir nada.

Ayako optó por no hacerle caso.

Caminaron en silencio hasta la torre de observación que había en la cima de la montaña. Ayako solía terminar sus caminatas allí arriba, tras lo cual subían a lo más alto de la torre y se quedaban en la barrera, observando el mar y las montañas en el horizonte.

Sin embargo, aquel día, a pesar del encantador paisaje primaveral, la decepción le recorría los músculos a Kyo, y una oscuridad le cubría el cuerpo entero. Dejó caer los hombros. Ayako lo vio por el rabillo del ojo.

—Ya tendrás tiempo para celebrar a lo largo de tu vida —le dijo en voz baja, con la vista perdida en el paisaje—. Pero no te has ganado el derecho a celebrar. Todavía no.

Kyo asintió, cabizbajo, y Ayako notó una punzada de culpabilidad.

¿Estaba siendo demasiado dura con el chico?

Se paró a pensar, y varias frases le vinieron a la cabeza. Casi se oía a sí misma pronunciarlas:

«Lo estás haciendo muy bien, Kyo-kun. Sigue así. Haz que tu madre esté orgullosa de ti».

Aun así, se limitó a dejar que las palabras le resonaran por la cabeza y le rebotaran por el cuerpo, incluso que algunas le vibraran en la punta de la lengua. Pero se quedaron sin pronunciar.

Lo que le dijo en su lugar fue:

—Venga, vámonos.

Cuando bajaban de la montaña, les gustaba pasarse un rato por Neko no Hosomichi, el callejón de los gatos. Durante su primera caminata, Kyo se había preguntado qué hacían allí plantados para pasar un rato con un puñado de gatos callejeros salvajes, pero, cuando vio que su abuela sacaba las latas de atún y los paquetes de palitos de pescado de una bolsa que llevaba cada día, entendió que era un ritual para ella. Con el paso de los días, Kyo se percató de que el humor de su abuela por la noche parecía depender de si cierto gato negro de un solo ojo hacía acto de presencia o no. Si el gato estaba por ahí, Ayako era un poco más agradable.

Aquel día, tras haber dejado al grupo que disfrutaba del hanami en el parque Senkoji, Kyo se llevó todo un alivio al comprobar que el gato negro ya estaba ahí, a la espera de que le dieran de comer, como a los demás gatos. Se había subido a una pared de baldosas abandonada y los miraba desde lo alto, según se lamía los labios y bostezaba. Kyo dejó que se le relajaran los músculos, tensos desde hacía rato.

—¡Ah! Ahí está —dijo Ayako para sí misma, alegre—. Bien.

Tan diligente como de costumbre, les dio de comer a los demás gatos primero y chasqueó la lengua y le soltó arrullos al gato negro para que bajara a comer. Acabó saltando del muro, y entonces Ayako dejó de hacerles caso a los demás para centrarse por completo en el gato.

Kyo la observó con paciencia, sentado en otro tramo de aquella pared baja, mientras los demás gatos se zampaban el atún y los palitos de cangrejo que Ayako les había dejado. Con suma discreción, se puso a hacerle fotos a Ayako acariciando al gato negro con el teléfono, preocupado por que, si se daba cuenta, se enfadase con él.

Todavía no había anochecido, y quedaba luz suficiente como para ver con claridad, aunque el cielo ya se había tornado de un tono morado oscuro y las calles estaban desiertas. Oían el rumor de voces constante que descendía desde lo alto de la montaña, con las fiestas del hanami en todo su apogeo. Más abajo, los barcos flotaban poco a poco en el estrecho que separaba Mukaishima de la isla principal. Al otro lado del agua, las grúas de los puertos se iluminaban una a una con bellas luces azules, amarillas, verdes y naranjas.

Ayako acariciaba al gato negro, y Kyo echó un vistazo a escondidas a las manos de su abuela, con los dedos que le faltaban.

Se preguntó si algún día aunaría la valentía suficiente como para preguntarle cómo los había perdido. Se lo había preguntado a su madre una vez, pero esta había pretendido que no lo había oído. Según parecía, a toda la familia le gustaban los secretos.

—Eres un buen chico, ¿verdad, Coltrane? —lo arrulló—. ¿Quién es mi gatito precioso?

Kyo captó lo que decía su abuela.

—¿Lo llama Coltrane?

—Sí —repuso ella, sin alzar la mirada—. Porque así se llama.

—¿Quién le puso el nombre?

—Pues yo. ¿A ti qué más te da?

—Ah, no es nada… Es que…, bueno, ¿se llama así por John Coltrane, el saxofonista de jazz?

—A lo mejor. ¿Por qué?

—¿No tenía dos ojos?

—Sí. ¿Y qué?

—Bueno… No quería decir nada, pero…

—¿Qué pasa? —Su abuela alzó la mirada para verlo—. Di lo que tengas que decir.

—Bueno, ¿no es un poco racista llamarlo Coltrane…, ya sabe…, solo porque es negro?

Ayako puso una expresión sorprendida durante un segundo, tras lo cual frunció el ceño y siguió acariciando al gato.

—Ay, qué pregunta más tonta. No sé para qué dices nada.

Kyo se quedó en silencio, con una ligera sensación de victoria por haber dado en el blanco con su pregunta, aunque también un poco arrepentido. Quizá no tendría que haber dicho nada.

—Si tantas ganas tienes de saberlo, lo llamé Coltrane no porque sea negro, ni por nada que tenga que ver con el ojo que le falta, sino por cómo se mueve. Es mágico. Si prestaras más atención a esas cosas, lo entenderías.

—¿Por cómo se mueve?

—Ajá. —Respiró hondo antes de continuar—. Cuando vi a Coltrane el gato por primera vez, caminando por la calle, me vino a la cabeza la música de John Coltrane. Al instante. —Hizo una pausa durante un segundo, meneando la cabeza, y volvió a dirigirse al gato—. ¿A quién llama «racista»? Menudo papanatas, ¿eh?

Un silencio incómodo se estiró entre ellos. Coltrane devoró el atún y se puso a comer los palitos de cangrejo.

—Perdone, abuela. —Kyo se mordió las uñas, nervioso—. Nunca he escuchado su música.

Ayako soltó un resoplido. Solía poner a John Coltrane en la cafetería y en casa, por la noche; estaba claro que el chico nunca prestaba atención.

Coltrane el gato, tras acabar de comer, se alejó poco a poco. Ayako se puso en pie para ver cómo se marchaba y se volvió hacia su nieto.

—Venga, vámonos.

●

De vuelta en su casa, siguieron su rutina de cada anochecer.

Kyo estaba sentado delante del escritorio bajo de su habitación, escuchando su walkman. Sacó el móvil, abrió las fotos que había tomado y se quedó mirando la de su abuela dándole de comer a Coltrane. Hizo zoom en el gato y se puso a dibujar su silueta oscura en el cuaderno.

Ayako estaba sentada en el salón, leyendo una novela: *Kappa*, de Akutagawa Ryunosuke. Ya la había leído muchas veces, y le parecía un relato que podía dejar y retomar sin problema. Sin embargo, aquel día se veía incapaz de centrarse en las páginas, y pasaba la mirada de una línea a otra sin captar la historia que tenía delante. Echó un vistazo al reloj. Quizás un baño antes de hora le podría despejar la mente.

La casa era antigua, por lo que no tenía un baño propiamente dicho. Tenía un fregadero en la cocina en el que podían lavarse la cara y los dientes y un retrete exterior, pero no bañera. Cada noche, Ayako y Kyo caminaban juntos hasta el sento del barrio y se daban un baño antes de la hora de dormir. Cuando volvían, ella le pedía que guardara los platos que había lavado antes.

Con las ideas nubladas y sin ser capaz de concentrarse, decidió que, cuanto antes se diera el baño, mejor. Se puso de pie y se dirigió a la puerta de la habitación de Kyo. Esperó unos segundos, con el cuello estirado para ver qué dibujaba. Había sacado el móvil y estaba esbozando la silueta de Ayako dándole de comer a Coltrane a partir de una foto que debía de haber tomado antes. Le sorprendió lo bien que lo estaba haciendo, pues quiso quedarse con aquel dibujo de ella con su gato favorito al instante. Solo que no quería admitirlo.

—Venga —dijo en voz alta, y disfrutó de haberle dado un buen susto—. Vamos a darnos un baño.

Kyo cerró su cuaderno deprisa y miró la hora en el móvil.

—Ah, es un poco más temprano que de costumbre.

—Las cosas cambian —le espetó ella, mirando el cuaderno con sospecha—. ¿Qué estás escribiendo por ahí?

—Nada.

—No se debe mentir. —Entornó los ojos—. Algo tiene que ser.

—No es mentira, abuela —le insistió Kyo—. Solo dibujo.

—Así que dibujos, ¿eh? —Ayako dudó; pasó la mirada por la pared y se puso a pensar mucho antes de decir nada, por si se arrepentía de lo que estaba a punto de decir. Sin embargo, lo hizo de todos modos y señaló el pergamino que colgaba de la pared—: *Kaeru no ko wa kaeru*; de tal rana, tal renacuajo.

Ya estaba recurriendo otra vez a proverbios que Kyo no acababa de entender. Se quedó mirando el pergamino de la pared, con el poema de Matsuo Basho que había visto en tantas ocasiones, aunque sin prestarle atención.

—¿Cómo dice?

—Tu padre fue un calígrafo excelente —dijo ella, con un resoplido—. ¿No lo sabías?

A Kyo se le iluminó la mirada al oír hablar de su padre, y Ayako detectó una intensidad inesperada que emanaba de su nieto. No había hablado de su hijo fallecido, el padre de él, delante del chico hasta aquel momento, y el efecto que tuvo fue sorprendente. Kyo posó la mirada en el pergamino y lo estudió con atención, como si lo estuviera viendo por primera vez.

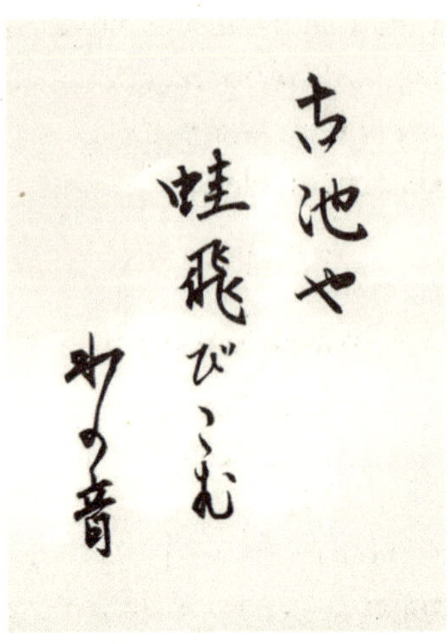

Ayako leyó lo que decía en voz alta:

Furuike ya
kawazu tobikomu
mizu no oto.
«Un viejo estanque;
una rana se mete:
ruido del agua».

Estudió la expresión de Kyo a medida que él se ponía de pie, se acercaba al pergamino y reseguía los trazos con un dedo.

—¿Sabes quién compuso el haiku? —le preguntó ella.

—Basho; lo sabe todo el mundo. —Kyo puso los ojos en blanco. Por suerte, estaba de cara a la pared, por lo que Ayako no lo vio. Se dio media vuelta para mirarla, con un picor en los ojos—. Pero… ¿Fue mi padre quien escribió el pergamino? —continuó, y señaló con intensidad hacia la esquina inferior, que estaba en blanco—. ¿Por qué no lo firmó?

—Porque este es uno de los muchos pergaminos que saqué de la basura y escondí —respondió Ayako, con un suspiro—. Escribió el poema una y otra vez, y ninguno le parecía apropiado. Los tiraba a la basura cada vez que acababa, porque «no eran perfectos», como decía él.

—Pero si está muy bien —dijo Kyo.

—Lo sé —repuso su abuela—. La cosa es que él no lo veía así.

—Pero…

—Kyo —lo cortó Ayako de sopetón—. Al baño. Ya.

☯

Fueron al sento en silencio, hasta que se separaron: Ayako fue a los baños para mujeres, y Kyo, al de los hombres.

Kyo se sentó a solas en el gran baño para hombres, sin ningún otro cliente que le hiciera compañía. La cabeza le daba vueltas. Tenía muchísimas preguntas sobre su padre.

¿Por qué nadie le contaba las historias que tanto quería oír?

Ayako se arrepentía de haber sacado a colación el tema de Kenji y el pergamino. ¿Estaba bien poner aquellas historias delante del chico y desenterrar el pasado? No le iba a hacer ningún bien saber más sobre todo aquello. Los secretos no eran mentiras, ¿verdad? Y a veces la verdad dolía. ¿Qué senda era la más amable? ¿Cuál era la más cruel?

Un arrepentimiento todavía mayor le invadió el cuerpo, por su propio fracaso. Por el miedo a volver a fracasar. ¿Iba a poder hacerlo bien aquella vez?

¿Cómo podía hacerlo mejor?

Los dos se quedaron sentados en su respectivo baño, perdidos en sus cavilaciones.

El *ploc ploc* constante de un solo grifo que soltaba gotas infinitas sobre las aguas tranquilas.

AYAKO CONTRA LA MONTAÑA:

PARTE UNO

Los viernes por la noche, Ayako solía reunirse con sus amigos de la cafetería mientras que Kyo se quedaba solo en casa. Le dejaba algo para cenar, además de instrucciones estrictas de quedarse en casa y hacer algo de provecho. Por su parte, él aprovechaba aquella soledad para ponerse a dibujar en paz. A veces incluso Coltrane se pasaba por allí y se le sentaba en el regazo mientras dibujaba o se refregaba contra él cuando no le prestaba la atención suficiente.

Un viernes por la noche en concreto, había estado acariciando a Coltrane con la mano derecha mientras dibujaba un manga de cuatro paneles con la izquierda. Estaba pensándose si presentarlo en un concurso organizado por una de sus revistas semanales favoritas, *Luces y Sombras*, cuando Coltrane se tensó de repente.

—¿Qué pasa, chiquitín? —le preguntó al gato.

El minino parpadeó a modo de respuesta, antes de darse media vuelta y salir por el espacio abierto que Kyo había dejado en las puertas correderas. Kyo se frotó los ojos cansados y siguió al gato hasta el salón, donde vio la ventana abierta por la que el gato se había metido en casa. En el suelo había un libro enorme, bocabajo y con las páginas abiertas, que al parecer se había caído de la estantería cuando el gato había saltado.

Recogió el libro y lo hojeó, con lo que vio los recortes de periódico que había pegados a sus páginas.

Y supo de inmediato lo que eran: fotografías que había tomado su padre.

Metal arrancado, cuerpos ensangrentados, hormigón destrozado. Todo en blanco y negro.

Se llevó el libro a la mesa baja del salón y lo abrió por la primera página para estudiar cada fotografía poco a poco, página a página, con una mezcla de asco y asombro.

Eran unas escenas espeluznantes: cadáveres tirados por el suelo, soldados que clavaban la mirada en el objetivo, tanques destrozados, niños demacrados, explosiones, incendios y llamas, edificios en ruinas, los restos chamuscados de aldeas enteras que quedaban reducidas a cenizas. A Kyo le impactó ver que su padre hubiera estado en todos aquellos lugares con su cámara. Todo lo que veía en el libro él lo había presenciado con sus propios ojos. Tuvo que parar en una foto en particular que ya había visto antes: la de un niño pálido tumbado bocabajo en el barro, con un perro negro encorvado sobre él o ella.

¿Cómo podía haber sido capaz de presenciar todo aquello? ¿Cómo era posible que no hubiera querido intervenir?

Que no hubiera querido detener la locura.

A Ayako también le habría costado organizar aquel libro de recortes.

El gato le estaba dando con el hocico, y Kyo lo acarició en su pelaje suave sin pensar, mientras pasaba las páginas con la otra mano. Acabó llegando a un artículo sobre la muerte de su padre, y pasó la página deprisa, pues no quería volver a leer sobre el suicidio de su padre. Ya había leído aquel artículo antes; había encontrado un libro lleno de las fotografías de su padre en la biblioteca del barrio de Tokio en el que vivía cuando todavía iba al instituto, y el libro había reproducido el mismo artículo. Kyo casi se lo sabía de memoria. El libro ya era más difícil de encontrar en aquellos tiempos, pues hacía años que no lo imprimían, pero Kyo había acabado comprando un ejemplar de segunda mano en una de las librerías del barrio Jimbocho de Tokio que se especializaba en libros de fotografías. El propietario de la tienda había sido muy amable al ayudar a Kyo a hacerse con una copia. En aquellos momentos, el ejemplar estaba escondido en una caja en su habitación, en el piso de su madre.

Sin embargo, nunca había tenido la oportunidad de ver cómo las fotos aparecían en los periódicos en sí, y contemplarlas en aquel papel de mala calidad, un poco amarillento ya, parecía algo más intenso que cuando las había visto en el libro de fotografías de mejor calidad. Los tonos negros se sumían en la oscuridad absoluta, mientras que los blancos parecían más exagerados y se mezclaban con el propio papel. Había más contraste en aquel papel de periódico burdo. Las imágenes parecían incluso más duras.

Una hoja suelta se salió del libro y cayó al suelo. Kyo se agachó para recogerla y se percató de que no tenía pegamento por ninguna de las dos caras. Se la quedó mirando según la giraba en las manos. Había una foto de su abuela, de Ayako. Seguro que no la había tomado su padre. Estaba de pie en la nieve, con una mochila a cuestas y un pico de hielo alzado sobre la cabeza.

Estaba más joven, pero era ella. Estaba seguro.

Kyo se paró a leer el artículo.

MUJER DE ONOMICHI SOBREVIVE
A LA MONTAÑA DE LA MUERTE

TABATA AYAKO (véase imagen), de Onomichi, está ingresada en un hospital de Tokio para recuperarse de una pierna rota y de la congelación grave que sufrió en las manos y en los pies después de que el Grupo de Rescate de Montaña la encontrara en la base del monte Tanigawa, en la prefectura de Gunma, el viernes.

Tabata había intentado escalar la montaña a solas y, por desgracia, no había informado a las autoridades de la ruta que iba a tomar ni de la fecha en la que planeaba subir a la cima.

El monte Tanigawa ha pasado a conocerse popularmente como «la Montaña de la Muerte», debido al tremendo número de vidas que se ha cobrado desde que lo exploraron por primera vez en los años treinta. En un periodo similar, cerca de 800 personas han perdido la vida en el monte Tanigawa, comparado con las casi 200 en el Everest.

En 1943, un equipo de escaladores entero desapareció en la montaña, e incluso en la actualidad los alpinistas suelen perderse por culpa del temperamento cruel del monte. Las avalanchas y el tiempo inclemente son una ocurrencia común en esa cima aterradora.

No es la primera vez que Tabata ha tenido mala suerte con esta montaña en concreto. Hace varios años, su marido, TABATA KENZO, perdió la vida allí, como parte de un equipo de escaladores.

Tabata Ayako se ha negado a hacer ninguna declaración cuando nos hemos puesto en contacto con ella, pero se dice que pretendía escalar la montaña como homenaje a su marido, cuyo nombre se conmemora en una placa colocada en una de las laderas, junto a los demás miembros de su equipo que perdieron la vida en el mismo incidente.

Los rescatadores que encontraron a Tabata en el pie de la montaña declararon que estaba atrapada en una tormenta y en una avalancha, pero que se las había arreglado para sobrevivir dos noches a solas en la montaña y que había logrado descender hasta una zona segura, a pesar de la pierna rota.

«Es una mujer muy dura», comentó un miembro del Grupo de Rescate de Montaña.

Kyo leyó el artículo una vez tras otra, y, según lo hacía, no dejaba de posar la mirada en la fotografía en blanco y negro de su abuela. Le costaba procesarlo. Su abuela casi había muerto escalando una montaña. ¿Cómo era posible que no se hubiera enterado hasta entonces?

Sin embargo, cuanto más se lo pensaba, más obvio le parecía: su cafetería se llamaba CAMPAMENTO BASE, estaba obsesionada con subir a lo alto de la montaña de Onomichi cada día y le faltaban dedos de las manos y de los pies. Todo encajaba, al pensarlo en conjunto, pero, al mismo tiempo, no haber sabido aquel detalle tan importante de la vida de su abuela le parecía irreal.

¿Por qué su madre no le había hablado de lo cerca de la muerte que había estado su abuela?

Volvió a meter la hoja suelta en el libro de recortes y lo cerró. Kyo no tenía ni idea de qué hacer con esa información que todavía estaba procesando. Incluso después de haber devuelto el libro a la estantería, se pasó el resto de la noche dejando lo que hacía para rascarse la cabeza o negar con ella de vez en cuando, mientras se preguntaba por qué su madre no lo había mencionado nunca.

Flo en verano

F lo se frotó los ojos.

Dejó el pequeño ejemplar desgastado de *El ruido del agua* bocabajo, con el lomo roto, en la mesa que tenía delante, antes de soltar un suspiro. Se quedó mirando las extrañas paredes rocosas del interior de la cafetería y bebió un sorbo de café de una taza de porcelana blanca elegante. El café estaba bien, al menos, pero la atmósfera cargada de aquella cafetería subterránea de Kichijoji hacía que le picaran los ojos. A pesar de que solo llevaba treinta minutos allí, con todos los fumadores compulsivos que habían acudido al lugar aquel día le costaba concentrarse.

Estaba batallando con un par de juegos de palabras de la novela que le costaba traducir. Uno tenía que ver con la palabra *kaeru*, que, de forma un tanto conveniente, sonaba igual que otras tres palabras en japonés, dependiendo de cómo se escribiera:

蛙: Rana　変える: Cambiar　帰る: Volver a casa

Era imposible mantener aquel juego de palabras, el cual involucraba a la rana de juguete de Kyo y sus ganas de volver a casa, a Tokio. También había una broma en el nombre de Sato, en cómo le gustaba el café. Su apellido se escribía 佐藤 (Sato), pero también sonaba como «azúcar», 砂糖 (*sato*). Flo estaba atascada pensando en cómo dejar aquellas dos frases en inglés sin perder el humor que contenía el original. Al menos le servía para distraerse de todo lo que ocurría en su vida y que quería olvidar.

Había ido a aquella cafetería por varias razones. Una de ellas era que no tenía wifi. Hacía unos días, había enviado una muestra de la sección de primavera del libro a su editor en Nueva York, y temía la respuesta que fuera a encontrarse. Otro motivo por el que había ido a aquella cafetería era que servían un café tan bueno como fuerte, por mucho que fuera un poco caro, a 600 yenes la taza. Y también le apetecía dar un paseo por el parque Inokashira después de comer.

Si bien era jueves y no tenía que ir a la oficina, no estaba avanzando mucho con su traducción. Había comenzado el día intentando empezar la sección de la siguiente estación de *El ruido del agua*, pero no había logrado nada y había acabado revisando partes de la sección de primavera que no la terminaban de convencer. Había pasado toda la mañana sufriendo al ver los errores que se le habían quedado en el documento que había enviado a su editor. Menuda metedura de pata había sido mandarle la muestra. Lo había hecho sin pensar, sin repasar siquiera el correo que le había escrito («Quizá tengas curiosidad por ver lo que estoy traduciendo…»), y se arrepentía a más no poder.

Era la temporada de lluvias en Tokio, y su piso parecía un tanto sofocante sin el aire acondicionado. Aquella mañana, cuando se había despertado en su cama, no se estaba tan mal, pero poco a poco el ambiente había empezado a caldearse en su pisito, y hasta Lily se había vuelto insoportable, se había paseado por el teclado de Flo, con quejidos y maullidos constantes para llamar su atención. Al final había decidido que era mala idea trabajar en casa. Los correos solían distraerla, o se entretenía buscando información en internet sobre el trasfondo cultural e histórico de la ciudad de Onomichi en la prefectura de Hiroshima.

Uno de los peligros que entrañaba la traducción literaria era perderse en un laberinto de documentación. Ya fuera al buscar en Google imágenes de abrigos *tonbi* para ver qué era lo que llevaba Ayako (según había comprobado, se parecía a la gabardina de Sherlock Holmes) o al desentramar cómo transmitir en el texto que los japoneses de las generaciones antiguas colocaban tapetes de tela encima del teléfono fijo (lo cual todavía le parecía que lo había hecho mal), se acababa tropezando con una sola frase, y, sin que se diera cuenta, se le iba una hora entera de la mañana.

Nunca había estado en Onomichi, y se sentía insaciable, con ganas de saber más y más sobre el lugar. El último agujero negro que se la había tragado era el de encontrar más información sobre uno de los muchos festivales de Onomichi, el Betcha Matsuri. En esa fiesta, tres de los habitantes de la ciudad, disfrazados de ogro, patrullaban la calle y daban palazos a los niños. Un golpe de uno de los bastones de los ogros prometía inteligencia, mientras que otro auguraba buena fortuna. Flo había visto un número incontable de fotos de padres que sostenían a sus hijos en brazos, petrificados por el miedo y llorando, a la espera de que los ogros les dieran con el bastón. Sin embargo, al caer en la trampa de ponerse a buscar fotos en internet, su traducción había progresado más despacio, como cabía esperar.

Otro detalle básico con el que estaba lidiando era si debía pasarse por Onomichi o no. Había estado pensando si debía visitar la ciudad mientras se encargaba de la traducción o si lo mejor sería que fuera después de terminar. Le parecía toda una lástima no ir en ningún momento, pero le preocupaba que ver el lugar en persona fuera a derribar la imagen que se había labrado en su imaginación al leer el libro. ¿Qué era más importante, la ficción o la realidad?

Todas esas preocupaciones y más la asediaban en todo momento.

Así que había decidido salir del piso, acercarse a Kichijoji y buscar una buena cafetería. Lo único que necesitaba era su ejemplar anotado del libro y su portátil. El lugar en el que trabajaba en aquellos momentos contaba con buenas recomendaciones en internet, con reseñas que alababan el café excelente, además del curry que servían para comer. Si no iba a ir a Onomichi, al menos debería pasarse por una cafetería más tradicional en Tokio para tener la sensación de que estaba en el tipo de cafetería que imaginaba que regentaba Ayako.

Era como una especie de traducción de método.

O al menos eso se decía a sí misma.

⁂

Flo se quedó mirando la pantalla de su portátil.

El cursor parpadeaba frente a ella, a la espera de que escribiera algo. Frunció el ceño, con los ojos entornados, y proyectó toda su ansiedad hacia el pequeño cursor. Parecía desaparecer y reaparecer a un ritmo que la ofendía en lo más hondo de su ser. «¡Más rápido!», le decía. «Pero ¡qué lenta que eres! ¿Cómo puede ser que no hayas acabado el capítulo ya?», le gritaba.

Una parte de ella le hacía preguntas como:	Y otra parte de ella contestaba:
¿De qué te sirve traducir la siguiente sección si ni siquiera sabes si la van a publicar?	*¡Me da igual! Sea como fuere, necesito hacer algo.*
¿No estás malgastando energía para nada?	*Quiero traducir el libro, lo quiera una editorial o no.*
¿Y si fracasas otra vez?	*Puede que alguien lo quiera.*
Eres un fracaso…	*Un fracaso…*
Un fracaso…	*Soy un fracaso…*

Era aquella batalla mental lo que hacía que Flo frunciera el ceño y se quedara mirando el cursor que parpadeaba en su portátil, en lugar de hacer algo productivo, cualquier cosa, como leer la sección de verano que estaba a punto de comenzar.

Cada vez que pensaba en ponerse a trabajar, acababa dando con la idea incómoda de que solo había traducido un cuarto de la novela. Lo que había hecho hasta el momento era tan solo la punta del iceberg, y nadie le garantizaba que su trabajo fuera a salir a la luz. Quizá nadie se lo fuera a leer nunca, y lo que había conseguido se iba a quedar marchito en un vacío digital de su disco duro, o como un documento virtual y espectral que solo compartía con su mentora, Ogawa.

Aun así, era mejor ponerse a trabajar que permitir que sus pensamientos se fueran por los derroteros que la llevaban a acordarse de su intento de traducción que había quedado a medias. El de Yuki. No había salido nada bien, por así decirlo.

Sentada en aquella cafetería, pensando en lo que había pasado, se estremeció. Una camarera se percató de la expresión de Flo y se le acercó para preguntarle si estaba bien. Flo le sonrió con amabilidad y le dijo que no pasaba nada. No pasaba nada, no.

Siempre me dices que no pasa nada, que estás emocionada, pero nunca me dices lo que sientes de verdad. Tengo que adivinarlo yo siempre.

Con la concentración ya perdida del todo, sacó el teléfono y abrió Instagram.

Pasó por las fotos más recientes de la cuenta de Yuki, que se había tomado en Nueva York: en bici, en bares de mala muerte de Brooklyn, en museos, comiendo rosquillas y sonriendo rodeada de gente. En pícnics con amigos. Parecía feliz. Parecía alguien que había tomado buenas decisiones en su vida.

Flo no estaba muy segura de que estuviera haciendo lo mismo con la suya.

▲▲

En su relación, el primer error que Flo había cometido había sido involucrarse muchísimo en un proyecto que significaba mucho más para ella que para ninguna otra persona.

Había sido ella quien había animado a Yuki a escribir sus memorias, *Una queer de Kyushu*, y había leído cada capítulo ni bien lo terminaba de escribir. Para Yuki, todo había comenzado como un proyecto que hacía por diversión, en el que escribía sobre su experiencia como lesbiana del sur rural de Kyushu, en una familia tradicional y conservadora. Flo había leído el primer ensayo que Yuki había escrito en japonés y se había enganchado. No había podido dejar de leerlo. Necesitaba más.

Así había sido que Flo había animado a Yuki (o, mejor dicho, la había presionado) para que escribiera más. Para que siguiera con el proyecto, quizá cuando ni siquiera ella misma quería. Sin embargo, cada semana Flo había importunado a Yuki para que redactara un ensayo nuevo y lo había llamado «capítulo», hasta que se había acabado refiriendo al conjunto como «libro».

—¿Dónde está? —le preguntaba los domingos por la noche en los que no le había llegado nada.

—¡Arg! —se quejaba Yuki, antes de maldecir—. Por favor, déjame tranquila. No me apetece.

Llegadas a ese punto, Flo solía soltar alguna respuesta pasivo-agresiva, como:

—Vale… Si no quieres, no pasa nada. Es que es una lástima… —Con lo cual Yuki desaparecía en una cafetería nocturna durante una hora antes de volver con algo garabateado deprisa en las hojas cuadriculadas que los japoneses usan para escribir a mano.

A Flo le había encantado leer la caligrafía de Yuki.

Una parte de ella sentía envidia por la falta de esfuerzo que tenían los nativos al redactar ensayos en aquellas hojas de papel cuadriculadas como por arte de magia. Algo que Yuki daba por sentado, y que casi hasta la aburría, lo era todo para Flo. Quería haberse criado escribiendo ensayos en *kanji*, *hiragana* y *katakana* en aquellas hojas *genkoyoshi* maravillosas.

La asombraba la forma que Yuki les daba a sus caracteres *kanji*, con una idiosincrasia que se podía discernir en los trazos. Había caracteres que solo podía haber escrito Yuki, y ver los ensayos en aquella escritura humana e imperfecta hacía que Flo se sintiera especial. Hacía que el vínculo que las unía fuera más férreo, el vínculo entre novia y novia, entre autora y traductora. Tenía el privilegio de leer los primeros borradores, los que no iba a ver nadie más. Los que estaban llenos de tachones, los que contenían fallos y errores.

E iba a traducirlo todo al inglés.

En aquellos momentos, al echar la vista atrás, Flo se dio cuenta de que todo había sido un acto egoísta por su parte.

Incluso meses más tarde, todavía se sentía culpable por todo el jaleo.

Se habían quedado en aquella dinámica forzada durante varios meses, hasta que Yuki acabó con algo parecido a un manuscrito entero. Se habían esforzado mucho editándolo y dejándolo pulido. Yuki lo había presentado a varios premios y lo había enviado a distintas editoriales japonesas, pero cada vez que lo hacía se encontraba con rechazos personalizados que decían cosas similares: «Es muy interesante y está muy bien escrito. Nos hemos identificado con el dolor de la narradora. Sin embargo, no creemos que sea conveniente para la situación actual de Japón o que encaje con nuestro sello editorial. Le deseamos toda la suerte del mundo y esperamos que su proyecto pueda salir adelante en la editorial apropiada».

Por tanto, y a pesar de las protestas de Yuki, Flo había decidido que podían intentar publicarlo en el extranjero primero. Si lograban que lo publicaran en Estados Unidos, bien podía salir adelante en Japón más tarde. Había escrito una propuesta y había traducido algunos capítulos de muestra de las memorias de Yuki. Al principio, todo había parecido de lo más prometedor.

Su editor, Grant, se había mostrado contento con lo que había leído al principio, y Flo y Yuki se habían animado ante la idea de que fueran a publicar su historia en inglés. Flo había estado llena de confianza, aunque no la hubiera expresado. Y Grant también. Les había dicho que era justo lo que buscaban los lectores estadounidenses en aquellos momentos.

Yuki había estado incómoda con todo aquello, y también un poco sorprendida por la insistencia de Flo en traducir su obra e incorporarla a su vida profesional, algo que Yuki había admirado sobre Flo cuando habían tenido su primera cita.

—Eres diferente, Flo —le había dicho Yuki, con una sonrisa.

—¿Por qué lo dices? —le había preguntado Flo, alzando una ceja—. ¿En mal plan?

En aquellos momentos, no había podido evitar pensar que la palabra en japonés para expresar «diferente», *chigau*, también podía tener una connotación negativa.

—No eres como la mayoría de los *gaijin*… Perdón por usar esa palabra. Te has esforzado mucho en aprender japonés. Todavía no me creo que hayas traducido a Nishi Furuni al inglés. ¡Si hasta me cuesta leerlo a mí en japonés!

—Ah, venga ya, si no es para tanto.

—Lo digo en serio, Flo. Eres impresionante.

Flo se había ruborizado y había notado que comenzaba a abrirse ante Yuki.

Aquello había sido cuando todo había sido prometedor, antes de que Flo hubiera insistido tanto en traducir y publicar las memorias de Yuki.

Antes de que Yuki hubiera huido a Nueva York.

Flo había estado mucho más nerviosa que Yuki cuando Grant había contactado con ella de un modo más formal. A Flo le había costado mucho darle la mala noticia a Yuki tras haber recibido el breve correo de parte de Grant aquel mismo día.

DE: Grant Cassidy
PARA: Flo Dunthorpe <flotranslates@gmail.com>
ASUNTO: Una queer de Kyushu

Queridísima Flo:
Me temo que tengo malas noticias. Aunque todos los de la editorial han visto el gran potencial de la obra, no podemos justificar

publicar las memorias de una persona desconocida de Japón. Lo siento mucho, pero la editorial ha dicho que no. De todos modos, ¡no te desanimes! Hazme saber en qué vas a ponerte después, ¿vale? Y, si quieres que hablemos por teléfono sobre esto, por mí encantado (aunque la diferencia horaria lo haga todo un poco incómodo).

Un abrazo,
G

Por alguna razón, a Yuki no le había importado. De hecho, parecía un poco aliviada por ello. A Flo le había importado mucho más que a ella, por lo que no diría que había sido aquel rechazo lo que había hecho que Yuki decidiera irse a Nueva York, ni tampoco lo que había acabado con su relación.

Aunque tampoco es que hubiera ayudado.

⁂

—Hola. —Una voz. En inglés.

Flo seguía con la mirada perdida en el cursor que parpadeaba sin cesar. La mente se le había alejado del cuerpo y se había puesto a recordar fracasos y errores anteriores. La voz en inglés la hizo volver a poner los pies sobre la tierra, todavía en la cafetería de Kichijoji. Apartó la mirada del portátil para ver a un caballero entrado en años sentado a la mesa que tenía al lado. Llevaba una camisa informal, aunque parecía elegante de todos modos. Estaba claro que estaba jubilado y tenía un rostro delgado que denotaba inteligencia, con ojos inquisitivos.

—Hola —respondió ella con educación, también en inglés.

—¿De dónde? —le preguntó el hombre deprisa, con lo cual omitió el verbo, tal como hacían muchos japoneses. Lo más probable era que soltaran una traducción literal de la expresión japonesa *dochira kara?*, la cual, palabra por palabra, sí que significaba «¿de dónde?» Y ahí estaba otra vez, yéndose por las ramas.

»¿Estados Unidos? —continuó el hombre, y ella volvió a centrarse en el presente una vez más.

A Flo la carcomía la ansiedad. La cantidad de veces que le habían hecho la misma preguntita la ponía de los nervios.

—Portland, Oregón —repuso poco a poco, con una sonrisa débil.

—Yo viví en Dayton, Ohio —dijo él, masticando su curry.

—Qué bien —contestó Flo—. Habla muy bien inglés.

—¿Lees en japonés? —le preguntó, señalando su ejemplar de *El ruido del agua* con la cuchara.

—No es eso —respondió Flo.

—El japonés es difícil —dijo él, casi como para consolarla.

Tenía que salir de aquella situación. Quería sentarse a traducir en paz. Tenía que irse.

—Lo siento —se disculpó, y se puso de pie deprisa antes de meterse el portátil y el libro en la mochila—. Tengo que irme. —Como llovía, echó mano a un paraguas del paragüero comunitario que había en la entrada de la cafetería.

El hombre pareció sorprenderse un poco, aunque acabó relajando la expresión.

—Que disfrutes del tiempo que pases en Japón —le dijo con amabilidad, e inclinó la cabeza con respeto antes de despedirse de ella con la mano.

⁂

En la calle, Flo abrió el paraguas y descubrió que el que había escogido tenía un agujero. Se puso a reír para sí misma mientras las gotitas atravesaban el agujero y le mojaban la camiseta. Se sentía mal por haber sido tan brusca con el anciano; el pobre hombre se sentía solo y había querido charlar un rato.

La verdad era que la vida no le estaba yendo como quería, y se había desquitado con el hombre. Si hubiera estado de humor, le habría encantado oír sus historias del tiempo que había pasado en Dayton, Ohio. Podría haber sido uno de esos clichés que leía en los libros escritos por los que no eran japoneses: un joven occidental está en Japón, perdido en sus pensamientos, y se encuentra con un anciano japonés que alecciona a su protegido con una sabiduría zen. Los dos aprenden el uno del otro y se convierten en mejores personas. Y *bla, bla, bla*.

Solo que aquella no era una historia agradable. Aquello era Tokio, aquello era una vida real, fría e impersonal, y no tenía tiempo para sentarse de brazos cruzados y esperar a que le llegaran las palabras sabias.

Algo iba mal con ella. ¿Por qué no podía conectar con otros humanos? La propia Yuki se lo había dicho: la agotaba. Había sido una pringada en Portland, y mudarse a Tokio no había cambiado nada. Seguía siendo una inútil que no podía conectar con ninguna persona de carne y hueso, sino solo con personajes imaginarios que existían en una página.

Ahí estaba otra vez, la sensación lúgubre de una oscuridad sobrecogedora que volvía a asomarse.

Su mente no dejaba de darle vueltas a la idea conforme se dirigía al parque Inokashira.

⁂

A Flo le gustaba ir al parque porque podía desconectar y ponerse a caminar sin tener que concentrarse en dónde iba. El acto de pasear tranquilamente y observar su entorno le permitía meditar sobre los problemas con los que lidiaba en su vida. La lluvia se había cansado por fin, y el sol salió desde detrás de una nube para secarle la ropa mojada. Cuando le daba el sol, el calor era sofocante, pero, al seguir el camino que rodeaba el lago reluciente, los árboles le proporcionaban cierta sombra. Se quedó mirando por encima del lago a las parejas que flotaban en barcas de remos o de pedales con forma de cisne blanco. Y se puso a pensar en Yuki de inmediato.

A pesar de que habían roto, seguían intentando ser amigas. Mantenían un contacto doloroso a través de Instagram, donde Flo no podía dejar de mirar las fotos de Yuki, las cuales la llenaban de un arrepentimiento terrible. ¿Por qué no había ido con ella? ¿Por qué había decidido quedarse sola en Tokio? ¿Qué carajos le había pasado por la cabeza? Flo le había contado a Yuki lo mucho que se estaba esforzando con la traducción de *El ruido del agua*, y la respuesta de Yuki parecía haber sido sincera: «Qué bien, Flo. Me alegro de que seas feliz».

Solo que Flo no era feliz. Sí que se había lanzado de cabeza a la traducción de *El ruido del agua*. No sabía muy bien por qué; el libro le había gustado más de lo que se había imaginado en un principio y había quedado atrapada en su mundo. Pasar un tiempo con los problemas de Kyo y de Ayako era una buena forma de distraerse de su propia vida. Porque, si se paraba a pensar en todo (Yuki, su trabajo, su torpeza absoluta y absurda como persona), en concreto mientras esperaba el tren que la llevaba a la oficina, no podía evitarlo. Se ponía a pensar que debía saltar.

Había oído todos los mitos urbanos sobre los que saltaban a las vías del tren. Eran los rumores de siempre entre los *gaijin*.

Solía ser algo así: un «amigo» estaba en el andén, esperando el tren. Y estaba al lado de una máquina expendedora cuando un hombre saltaba delante de un tren que iba a toda velocidad. El tren le daba de lleno, y el hombre rebotaba en la parte delantera, caía en el andén y chocaba contra la máquina expendedora. El cuerpo se estrellaba contra el cristal. Se oía el golpe. El cristal se rompía. Se oía el crujido de los huesos al partirse, el choque horrendo de la carne. La sangre se mezclaba con el gas de latas de refresco rotas.

¿Cómo sería eso?

Sabía que era de lo más macabro, pero solía hacerlo a menudo: pensaba en ponerle fin a todo. Como Kenji en *El ruido del agua*. Morir por sus propias manos. Aun así, no pensaba hacerlo en el agua, pues prefería el tren. Rápido e indoloro, con suerte. Aquella oscuridad la cubría de vez en cuando, normalmente cuando estaba agotada. Sin embargo, el trabajo la distraía de pensar en todo eso. El calor de aquel día ondeaba y nadaba, y los chirridos de las cigarras la hacían pensar en Ayako y en Kyo en la sección de verano del libro que seguía traduciendo. Leer las desventuras de aquellos dos la alejaba de la oscuridad que se asentaba en su interior. En aquellos momentos se sentía más cerca de Ayako y de Kyo que de ninguna otra persona en la vida real: siempre estaban ahí, esperándola en sus páginas. Podía contar con ellos.

Siguió andando por el camino, perdida en sus pensamientos, y pasó por delante del santuario que reposaba en una isla en el lago. Se lo pensó mejor y se dio media vuelta para entrar en el santuario, lanzar una moneda de cinco yenes en la caja de la colecta, hacer sonar la campana, juntar las manos y rezar. Rezó para que a Grant le gustara la sección de primavera que le había enviado. Y para que, si no le gustaba, encontrara algo más que traducir pronto.

Sudando por el sol vespertino, Flo salió del santuario y siguió paseando junto al lago. Se detuvo en el restaurante tailandés del parque para comer, y, mientras estaba en ello, vio la notificación del correo electrónico en el teléfono.

Lo abrió y leyó:

DE: Grant Cassidy
PARA: Flo Dunthorpe <flotranslates@gmail.com>
ASUNTO: El ruido del agua

Querida Flo:
Sí que me interesa. ¿Tienes algo más para compartir?

G

Flo soltó un gritito de emoción. ¿Le habría funcionado la plegaria? ¿Y tan rápido? Pero entonces se llevó una mano a su boca abierta, casi de inmediato.

Menuda idiota había sido al enviarle aquella muestra a Grant en un acto impulsivo. No, no tenía nada más para compartir. Ni tampoco había contactado con la editorial japonesa.

Ni siquiera sabía quién era el autor.

Verano

夏

五

Las gotas goteaban. El sonido de la lluvia era lo único que se oía en la casa.

—¿Qué dibujas?

Tanto Kyo como Ayako llevaban un tiempo sentados en silencio y disfrutaban de la paz y la tranquilidad de un domingo sin mucho que hacer.

Kyo estaba al otro lado de las puertas abiertas, sentado en el porche de madera de cara al jardincito, y dibujaba en su cuaderno. Estaba apoyado contra el marco de madera de la puerta, bajo el cobijo de los aleros del tejado para resguardarse de la lluvia, con Coltrane hecho un ovillo en el suelo, descansando sobre su pierna. Ayako estaba sentada delante de la mesa baja del salón y se bebía una taza de té verde mientras veía la lluvia caer. Había estado examinando el jardín, con sus árboles bien podados, y observaba a los peces koi nadar juntos en el estanque que había debajo del arce japonés, cuyas hojas verdes estaban empapadas por la lluvia. No obstante, de vez en cuando el chico captaba su atención, y lo veía dedicarse a su dibujo. Coltrane había empezado a pasarse más por casa, desde que el chico había ido a vivir ahí. Aquello molestaba y complacía a Ayako a partes iguales: estaba un poco celosa del vínculo que habían formado, pero también era algo que decía mucho del chico, pues Coltrane sabía juzgar a los demás.

Había llegado la temporada de lluvias, por lo que se enfrentaban a aquellas descargas constantes, pero también a una sensación húmeda y sudorosa que se les aferraba a la piel. La temperatura subía gradualmente conforme se aproximaba el verano, aunque todavía no podían disfrutar del cielo azul y de los días soleados. En su lugar, las nubes oscuras, cargadas de lluvia, se cernían sobre la zona como un mal agüero, y los días eran pegajosos, grises y tristones.

—Ah —repuso Kyo, alzando la mirada de su boceto para dirigirla hacia Ayako, quien no estaba muy lejos—. No es nada, una tira de manga.

—A ver —dijo Ayako, y estiró una mano para que le diera el cuaderno.

Kyo le pasó el boceto y se preparó para recibir las duras críticas de su abuela.

Había dibujado un manga de cuatro paneles: un pastiche del haiku de Basho que colgaba en su habitación. No había podido sacarse las palabras de la cabeza desde que se había enterado de que había sido su padre quien había escrito aquel pergamino de caligrafía, y aquello había despertado su interés por interpretar el haiku en sí. El dibujo que había hecho jugaba con la imagen que proyectaba el poema. En la primera viñeta había dibujado su Rana de siempre, que acudía al sento. En la segunda, Rana se había metido en el baño, se había quitado la ropa y se había dirigido a la zona del agua. Había más clientes en el baño comunal, y un panel los mostraba sorprendidos al ver a una rana de tamaño humano que pasaba por la puerta. En la tercera, Rana se lanzaba de bomba desde lo alto, con lo que salpicaba a los demás clientes, quienes se marchaban, asqueados, en el siguiente panel. En la cuarta viñeta, Rana se relajaba, lleno de paz, con una toalla en la cabeza y el baño entero para él solo, con el agua que ondeaba a su alrededor.

Debajo del manga había escrito el haiku entero.

—Mmm —dijo Ayako, estudiando la tira cómica con atención y dándose golpecitos en el labio con el dedo.

—¿Qué pasa, abuela? —quiso saber Kyo, nervioso.

—Está bien —repuso ella—. Está muy bien. Me gusta, pero… —Hizo una pausa. Kyo esperó, hasta que tuvo que alentarla a seguir.

—¿Pero…?

—Pero le falta algo.

Kyo soltó un suspiro en el que se vació los pulmones a través de sus dientes apretados. Ayako puso mala cara al mirarlo.

—Oye, que solo te doy mi opinión. ¿Quieres saber lo que tengo que decirte o no? —Hizo el ademán de devolverle el cuaderno—. Porque si crees que ya lo sabes todo, pues muy bien. Sigue haciendo lo que haces y olvídate del resto del mundo. Que lo disfrutes.

Kyo negó con la cabeza.

—Si escuchas a los demás de vez en cuando, puede que aprendas algo.

—Sí, abuela. —Ocultó la molestia que sentía que transmitía su voz—. Continúe, por favor.

Ayako volvió a echarle un vistazo al dibujo y continuó:

—Como decía, me gusta tu estilo. El dibujo es fantástico. El personaje ese, Rana, está muy pero que muy bien. La única pega es que al dibujo le falta, cómo decirlo, el toque del autor. Tu toque.

—¿Mi toque?

—Sí, eso. —Se rascó la nariz—. Has partido del poema de Basho y lo has reinterpretado, y eso está muy bien, pero ¿no sería mejor que basaras tus obras en tu propia vida? Porque no quieres volver a contar lo que ya contó Basho y quedarte ahí, ¿verdad? Quieres contar algo nuevo. —Alzó la vista para mirar a su nieto—. ¿Sabes lo que te quiero decir?

—Eso creo.

—¿Cómo que «eso creo»? —le espetó ella—. O lo sabes o no.

Le devolvió el cuaderno a Kyo, quien lo volvió a mirar, cabizbajo. Al volver a verlo, le parecía mal hecho. Una pérdida de tiempo. No era un buen dibujo. No valía la pena. Hasta el dibujo de Rana, la versión de su padre sentada en el baño, lo miraba con burla. Meneó la cabeza, enfadado, y una parte de él le pidió que arrancara la página, que la hiciera una bola y la tirara a la basura. Otro fracaso. Habría sido mejor que no lo hubiera dibujado.

Sin embargo, se resistió al fuerte impulso de destruirlo todo.

En su lugar, musitó entre dientes en dirección al jardín:

—Sigo sin entender el poema absurdo ese.

—¿Qué? —dijo Ayako, y se acunó una mano alrededor de una oreja—. Habla más alto que no te oigo.

Kyo, al encontrarse con una nueva oportunidad de evitar la ira de su abuela, suavizó un poco el tono. Se volvió para mirarla y habló con más calma.

—Ah, decía que no entiendo el poema.

—¿Cómo que no lo entiendes?

—Bueno, que no entiendo por qué es tan famoso, ¿sabe? —Miró a Ayako con una expresión sincera—. ¿Por qué es tan importante para todo el mundo?

—No sé mucho de esas cosas —repuso su abuela, con una ceja arqueada—, pero supongo que es famoso porque hizo algo distinto.

—¿Distinto?

—Sí, diferente a todo lo que vino antes que él.

—¿En qué sentido es distinto?

Ayako, a pesar del mal humor que la caracterizaba, parecía tranquila y pensativa. Se quedó mirando la lluvia caer en líneas verticales constantes, escuchando el tamborileo del agua que chocaba con el tejado, que borboteaba y se acumulaba en las canaletas, que bajaba por la colina por las bocas de tormenta. Coltrane se estiró entero y sacó y volvió a esconder sus garras afiladas antes de acomodarse de nuevo con pereza.

—¿Cuál es la palabra de estación del poema? —le preguntó a su nieto con paciencia, tras mirarlo de nuevo.

—Rana.

—Exacto —repuso ella—. ¿Y qué estación representa esa palabra?

—La primavera.

—Eso mismo.

—Pero ¿qué hace que la rana de Basho sea tan especial? No lo entiendo.

—Bueno. —Ayako apoyó la barbilla en una mano, con el codo sobre la mesa—. Antes de ese poema, cada haiku que tenía una rana hablaba de cantar. Las ranas arman un barullo enorme cada primavera, y eso lo sabe todo el mundo. Así que la rana tiene la reputación de ser un animalito muy ruidoso que canta como un músico en los poemas y en las obras de arte. Por eso hay tantas obras clásicas de ranas que tocan instrumentos musicales juntas, con la boca abierta para cantar.

—Ya veo —dijo Kyo, respirando con tranquilidad.

—Pero la rana de Basho no canta, ¿a que no?

—Supongo que no.

—Entonces, cuando oímos la rana del poema, en el segundo verso, el público espera que se ponga a cantar. Pero Basho no deja que pase eso: cambia lo que espera el oyente. Antes de que te des cuenta, la rana se mete en el estanque, y lo único que nos queda es el ruido tranquilo del agua. Ningún canto de rana, sino tan solo las ondas del viejo estanque.

—¿Lo que hizo Basho fue quebrantar las normas?

—Se podría decir que sí. Hizo algo distinto. Los demás poetas hacían que sus ranas cantaran, pero Basho habló de una silenciosa. A veces lo que se queda por decir es tan importante como lo que se dice en voz alta.

Kyo se quedó en silencio durante unos momentos.

—Es muy astuto.

—Sí que lo es. Y el último verso, «ruido del agua», te hace pensar en las ondas del estanque en silencio, en que incluso ese ruido, o esa imagen, dura tan solo unos segundos. Las ondas también van desapareciendo poco a poco.

Los dos se quedaron mirando el jardín, con el tintineo de la lluvia que los rodeaba. Las gotas caían en gran número en el estanque del jardín. Coltrane bostezó. Ayako soltó un suspiro.

—Como nos pasa a todos.

—Venga, vámonos.

Una vez más, miraban la lluvia, solo que en aquella ocasión lo hacían desde el interior de la cafetería.

Kyo se puso la mochila y se quedó mirando el exterior, dudoso.

—¿De verdad?

—¿Cómo que «de verdad»? —le preguntó su abuela, según dejaba un montón de tazas de café. Kyo inspiró hondo antes de contestar.

—Es que…

—¿Es que qué?

—Bueno, es que he mirado la app del tiempo en el móvil —contestó, y le mostró la pantalla llena de nubes de lluvia a su abuela— y dice que va a llover hasta medianoche.

—Ay, tú y tus app. ¿Haces todo lo que te dice la maquinita?

—No, pero…

—Ni peros ni peras. ¿Quieres que nos quedemos aquí hasta la medianoche?

—No, tampoco es eso —dijo Kyo, y se volvió a meter el móvil en el bolsillo—. He pensado que estaría bien saltarnos la caminata hoy. ¿Y si volvemos a casa directamente?

Ayako soltó una risita, negó con la cabeza y siguió recogiendo.

—¿Por estas cuatro gotas que caen?

—Nos vamos a quedar empapados.

—Ah, ya, y el señorito Kyo no puede mojarse sus piececitos, ¿verdad? —dijo ella, burlona—. ¿Qué será de nosotros si se le mojan sus calcetines imperiales?

—Es que la caminata no será muy entretenida si nos cae una lluvia torrencial encima, ¿no?

—No sé —le espetó Ayako—. ¿No lo será? Parece que tú ya te has decidido sin haber intentado salir siquiera. ¿Y quién dice que todo tiene que ser entretenido?

Ayako se desató el delantal y lo colgó de un gancho que había detrás de la puerta antes de sacar su abrigo tonbi pasado de moda para cubrirse el kimono. También fue a por un par de paraguas cualesquiera del paragüero.

Fuera de la cafetería, bajó la persiana metálica, y Kyo sacó un chubasquero de plástico de su mochila para ponérselo. La lluvia arremetía contra el tejado de metacrilato que cubría la calle del mercado, y, cuando Kyo alzó la mirada, vio los estallidos de las gotas que caían contra el material. Se estremeció al pensar en salir a la intemperie.

Una vez más, sacó el móvil del bolsillo, abrió la app del tiempo y se le vino el mundo encima al ver la fila incesante de iconos de lluvia.

—Mmmm.

—Deja ya el aparatito dichoso ese y tira —le instó su abuela.

Giraron a la izquierda al salir de la cafetería y recorrieron la calle cubierta en dirección a la estación de tren, antes de girar a la derecha en la pequeña abertura que llevaba a un puente que pasaba por encima de las vías. Kyo se había percatado de que últimamente Ayako había cambiado de ruta. En lugar de recorrer los callejones que serpenteaban por la ladera de la montaña, subían directamente desde la estación, por el camino escarpado que los llevaba a lo alto de la montaña, más allá del castillo antiguo que había a la izquierda y el hotel View a la derecha. Aquel camino en pendiente estaba lleno de adoquines, con peldaños, un pasamanos resistente del que aferrarse y unas lámparas de gas antiguas, hechas de hierro, que iluminaban el camino a oscuras.

Por debajo de los paraguas y de las gotas de lluvia, subieron por el sendero.

A Kyo le ardían los músculos conforme ascendían. Las primeras veces que su abuela lo había llevado por aquel camino habían tenido que detenerse un rato a descansar, con él aferrado al pasamanos, sin aliento. Aquel día, si bien iba mejor en términos de resistencia física y podía seguirle el ritmo a Ayako, el agua caía por el hormigón, y ya tenía los calcetines empapados. Las vistas que presenciaba desde debajo del paraguas eran grises y tristes, y más que nada se quedaba mirando el suelo, por lo que no disfrutaba nada de la caminata.

Llegaron a lo alto de la montaña y caminaron poco a poco por el camino que cortaba por el parque Senkoji, hasta la torre de observación. Todos los puestos de comida de la temporada de hanami estaban cerrados con tablones o se habían esfumado junto a las flores, y en el parque no había ni un alma. Solo Ayako estaba lo bastante loca como para subir hasta ahí con el tiempo que hacía.

En lo alto de la torre de observación, se detuvieron un par de minutos. Kyo se encorvó para recobrar el aliento. Tenía las deportivas y los calcetines chorreando, y, debajo del chubasquero, la camiseta se le había empapado de sudor. ¿De qué le había servido el paraguas? Al menos le había mantenido seca la mitad de los pantalones cortos.

—Mira —le dijo la voz de su abuela a su lado—. Observa.

Se enderezó y miró a Ayako, quien señalaba hacia algún punto del horizonte.

Había dejado de llover un poco, y Kyo siguió la dirección del dedo de su abuela. A lo lejos, vio un hueco entre las nubes, y el sol se asomaba por él. Unos rayos de luz se colaban desde detrás de las nubes oscuras cargadas de lluvia y se reflejaban en ciertos tramos del mar, con lo que hacían que brillara, se removiera y reluciera bajo aquella luz borrosa.

—«Sin ceder ante la lluvia» —citó Ayako, del poema de Miyazawa Kenji—. «Sin ceder ante el viento».

Apoyados contra el pasamanos mojado, vieron que un arcoíris doble se formaba en el cielo, por encima de la ciudad. La lluvia ya había escampado del todo, y el viento había dejado de soplar. Kyo se llevó una mano al bolsillo para sacar el móvil y hacer una foto, pero Ayako notó el movimiento y le habló sin dejar de mirar el paisaje.

—No hace falta, Kyo-kun —le dijo en voz baja—. No es capaz de capturar la sensación que tenemos aquí. —Se dio unos golpecitos en el pecho.

Kyo dejó caer el móvil de vuelta al bolsillo húmedo de sus pantalones cortos, colocó las manos en la baranda mojada y se quedó mirando el paisaje con atención, igual que su abuela.

Pasaron varios minutos en silencio, acariciados por la suave brisa y bañándose en la tenue luz dorada del ocaso que les rozaba las mejillas.

—Ah… —suspiró Ayako.

Kyo observó los barcos que flotaban poco a poco sobre las aguas en calma, perdido en sus propios pensamientos.

—¿Nos vamos?

Aquella misma noche, en casa, después de bañarse, Kyo había dejado su cuaderno abierto en un dibujo que había estado haciendo desde el paseo bajo la lluvia. Mientras iba al baño del exterior, Ayako se coló en su habitación para echar un vistazo.

Alzó el cuaderno y estudió la única viñeta que había hecho su nieto.

Mostraba a Rana sentado en una silla, de espaldas a la ventana, con una expresión triste mientras miraba su móvil con atención. En la pantalla del móvil había una app del tiempo que le decía que llovía en el exterior. Sin embargo, detrás de Rana, sin que lo viera, había un arcoíris al otro lado de la ventana, uno que Kyo había llenado de colores. La escena estaba toda en blanco y negro, salvo por el arcoíris, lo cual hacía que destacara todavía más.

Ayako esbozó una sonrisa. Era perfecto.

Entonces Kyo volvió a la habitación.

—¿Qué hace?

—Miraba tu dibujo, Kyo-kun —respondió Ayako, alegre—. Ay, es maravilloso.

—Es privado. —Kyo le quitó el cuaderno con fuerza—. No debería buscar entre mis cosas así.

—Habrase visto. —Ayako se colocó en pose de guerra—. Estás en mi casa, no me puedes hablar así. ¿Qué te has creído tú?

—¿Es que no se me permite tener nada ni pensar nada privado?

Ayako no sabía muy bien qué decir o hacer; no era así como había querido que se produjera aquella conversación. De verdad le había impresionado el dibujo y había querido decirle lo mucho que le gustaba. Pero el chico se estaba pasando de la raya. Tenía que tomar una decisión: o atacaba con fuerza o se echaba atrás.

Y no pensaba echarse atrás. Ese no era el estilo de Ayako. Nadie le hablaba así y se iba de rositas. No, ella lo tenía todo bajo control en todo momento. Agitó un dedo en dirección a su nieto.

—¡Insolencia!

Kyo se sobresaltó: no solo por haberse enfadado nada más ver a su abuela mirándole el cuaderno, sino que lo que le había impactado más había sido la velocidad con la que Ayako había pasado del buen humor a la ira. A su abuela le temblaba el cuerpo entero, con una expresión férrea. ¿En qué se había metido? No podría con ella. Sin embargo, se había quedado atrapado en la cuestión de principios que lo había desatado todo. No tendría que haberse puesto a mirar sus pertenencias privadas sin preguntárselo antes, pero ¿cómo podía hacer que ella lo reconociera?

—Discúlpate ahora mismo —le dijo su abuela.

Kyo permaneció en silencio. No se atrevía a hablar, por lo que se quedó mirando el suelo.

—¿No? ¿No tienes nada que decirme? —Ayako bajó el dedo y se llevó la mano al pecho, con unos ojos como hachas de hielo—. Niñato miserable. Tu madre te ha consentido, pero aquí van a cambiar las cosas. Esta es mi casa, ¿estamos?

Mi casa. Mis normas. Y nadie me habla así a mí. En ningún lado.

Ayako seguía temblando, y Kyo dejó que el torrente de furia de su abuela le pasara por encima.

Se los llevaba la corriente. Ayako continuó, incapaz de parar.

—Tú y tu egoísmo. Mira que eres infantil. Esperas que todo el mundo lo haga todo por ti, ¿y qué haces tú? Nada. Vas por la vida sin mover un dedo como un vago sin nada que hacer. Desperdicias la vida pensando en sandeces mientras los demás se parten el lomo para que vivas bien. ¿Y cómo les das las gracias? ¿Con qué modales?

Kyo vio que su abuela posaba la mirada en la rana de juguete que tenía en la mesa, y eso la enfadó mucho más. ¡Qué chico más infantil! Lo había visto con la rana de noche, antes de irse a la cama. Continuó:

—Un niño pequeño, eso es lo que eres, un niño. —Hizo una pausa, antes de seguir a gritos—: ¡Mírame cuando te hablo! Y a mí me contestas si te digo algo. ¿O eres un cobarde? ¡A ver si creces ya! —Y entonces añadió, con frialdad—: Tienes que ser más hombre.

Su abuela salió de la habitación, y no intercambiaron ninguna palabra más durante varios días.

○

Unos días más tarde. Kyo estaba de camino a la cafetería desde la escuela de repaso cuando por fin se decidió a llamar a su madre. Se detuvo y se sentó en un banco al lado de una máquina expendedora para hablar.

—Hola, madre.

—*¡Hola! ¿Cómo estás? ¿Cómo te va todo?*

—De pena.

—*¿Qué pasa? ¿Es por los estudios?*

—No… No es eso…, es que… —Soltó un suspiro.

151

—*¿Tu abuela?* —lo instó su madre, quien ya se lo veía venir.

—Sí.

—*Ah.* —Su madre inspiró con fuerza al otro lado de la línea—. *Cuéntame.*

—Bueno, el otro día discutimos, y ahora no me habla.

—*¿Discutisteis? ¿Qué pasó?*

—Me estaba mirando el cuaderno sin preguntar… Y bueno, ya sé que no tendría que haberle hablado así, pero sí que lo hice, porque me molestó que me hubiera mirado el cuaderno sin pedirme permiso, y bueno… Todo se salió de control a partir de ahí.

—*Ay, Kyo-kun…* —El suspiro de su madre sonó con fuerza por el móvil, y tuvo que bajarle el volumen para que no le hiciera daño en el oído—. *¿Qué has hecho?*

—¿Cómo que qué he hecho? ¡Si ha sido ella! He intentado hablar con ella para disculparme, pero no me hace ni caso. Hace como si no estuviera ahí con ella.

—*Sí, eso haría tu abuela.* —Hizo una pausa—. *Los dos sois igual de cabezones.*

—¿Cabezón? ¿Yo? ¡Pero si es ella, madre!

—*¿Lo ves? Ya estás otra vez.*

—Es que no sé cuánto tiempo más voy a aguantar. Echo de menos estar en casa. La abuela es horrible.

—*Kyo, no digas eso.*

—Es que me pone de los nervios. Siempre cree que tiene razón, ¿sabes?

Su madre hizo una pausa, y un silencio incómodo llenó la llamada hasta que ella continuó a regañadientes.

—*Bueno, ya pronto es verano, ¿no? Quizá puedas volver a casa unos días durante el Obon. A lo mejor eso os da un respiro el uno del otro.*

Pensar en volver a casa lo llenó de ideas, y la emoción le dio tirones al corazón. Podría ver a sus amigos, quienes volverían de la universidad también.

—Sí, quiero ir a casa.

—*Bueno* —empezó a dar marcha atrás—, *estaré de guardia en el trabajo todo el día, y tendré pacientes a los que visitar, así que puede que te quedes solo, pero…*

—Ya. —Los pacientes eran lo primero. Siempre.

—*Pensaba ir a veros en otoño de todos modos, cuando haya menos lío en el trabajo.*

Kyo se animó un poco al pensar en que su madre iba a ir de visita.

—*Solo si puedes dejar el trabajo unos días…*

—*Iré en otoño. Podremos ir a ver Miyajima juntos para disfrutar de los arces rojos. ¿Qué te parece?*

—Suena muy bien. Quizá la abuela sea más amable contigo por aquí.

—*¿Tan mal habéis estado?*

—Todo iba bien antes de que discutiéramos, pero ahora me atraviesa con la mirada, como si fuera un fantasma. Ya ni me lleva de paseo como antes. No me hace caso.

—*¿Has intentado disculparte?*

—Cada vez que intento decirle algo, ni siquiera me mira.

—*¿Y has probado a escribirle algo?*

—¿A escribirle algo?

—*Sí, como una carta para disculparte o lo que sea.*

—Pero ¿por qué tengo que disculparme yo? ¿Por qué el adulto tengo que ser yo? Me dijo que era infantil, pero a veces se comporta como un bebé.

—*Kyo-kun, tu abuela no es mala persona ni nada. Ha pasado por muchas penurias; ¿no has pensado en eso? Tienes que hablarle con respeto, no puedes hablarle como me hablas a mí. Es de otra generación. Antes lo hacían todo distinto a como lo hacemos ahora.*

—Ya.

—*Intenta disculparte, aunque tengas que decírselo con una carta.*

—Vale.

—*Aunque creas que no, en su mundo nunca va a ver lo que hizo como algo malo. Si te disculpas y aceptas la responsabilidad, seguro que te perdona. Dios sabe cuántas veces he chocado con ella. Pero olvida y perdona. No es mala persona, Kyo-kun. Es buena gente.*

—A lo mejor.

—*Inténtalo. A ver qué consigues.*

Kyo soltó un suspiro según se lo pensaba.

—Vale —dijo. Su madre soltó una risita al otro lado de la línea.

—*Ay, tengo que irme. Me suena el busca. Adiós, cariño, te echo de menos.*

Oía el pitidito del busca al fondo de la llamada.

Su madre colgó antes de que a Kyo le diera tiempo a decir «yo también te echo de menos».

Se le había hecho un nudo en la garganta.

Sabía que su madre quería que lo arreglara todo. El plan que había propuesto para que él volviera a casa no era de verdad, porque no iba a ser nada conveniente para ella. Aun así, pensar en que ella iba a ir a verlos en otoño lo animaba. Mientras tanto, podía hacer las paces con su abuela para que su madre se pudiera centrar en su trabajo y en sus pacientes sin distracciones. Dado que había suspendido sus exámenes, sabía que era su deber hacer que la vida fuera más fácil para su madre. Incluso si eso implicaba tener que disculparse ante su abuela.

Caminó despacio hacia la cafetería, sin nada de ganas de llegar.

●

Ayako casi había cedido unas cuantas veces.

Tenía que recordarse en todo momento que estaba castigando al chico por cómo le había hablado, porque, de vez en cuando, casi se le olvidaba lo que había sucedido, y las palabras le llegaban a la punta de la lengua. Y más cuando él se ponía a dibujar, porque quería preguntarle qué hacía, pero era demasiado orgullosa como para romper su silencio. En su lugar, había empezado a mirar los dibujos de soslayo por encima del hombro de su nieto, cuando no se daba cuenta. Un par de veces había tenido que impedirse soltar algún comentario sobre el dibujo que estuviera haciendo. Había dejado de llevarlo de paseo con ella, pero sí que lo echaba de menos. Se sentía sola al ir sin compañía. Y otra cosa que hacía que se sintiera vacía era la ausencia de Coltrane. No se había pasado por allí desde hacía ya una semana, y se estaba empezando a preocupar.

Sato y los demás clientes habituales habían notado la frialdad creciente entre Ayako y Kyo, y el rumor de que ya no caminaban juntos por la tarde como hacían antes no había tardado nada en correr por toda la zona.

—¿Qué pasa con usted y con el chico, Aya-chan? —le preguntó Sato una mañana—. ¿No le habla?

A pesar de que Sato era el único cliente en la cafetería, por lo que Ayako no tenía de qué preocuparse, hizo una mueca nada más oír la pregunta.

—No se meta en mi vida —le espetó.

Sato se echó a reír ante su frialdad.

—Se lo digo en serio, Aya-chan —continuó él—. ¿No cree que está siendo demasiado dura con el chico?

—Falta que le hace. Tiene que aprender buenos modales.

—Pero he oído que le va bien en la escuela de repaso.

—¿Sí? —Ayako arqueó una ceja.

—Eso es lo que he oído de uno de sus profesores. —Ayako parecía sorprendida—. Es un cliente de la tienda de discos —se defendió Sato, con las manos alzadas, como si la mirada penetrante de Ayako pudiera hacerle daño de verdad.

La anciana siguió con su ajetreo por toda la cocina: nerviosa, movía varias tazas de un lado de la cocina al otro y luego de vuelta al lugar original, sin ningún motivo. Se inventaba tareas por hacer donde no había ninguna. En una ocasión normal, se habría preparado un café y se habría sentado al lado de Sato para una buena charla, pero hablar del chico la había puesto tensa. Sato se echó atrás en su taburete.

—Sí, he oído que está sacando muy buenas notas. Que se esfuerza mucho.

—Más le vale —dijo ella, tras una pausa—. Es lo que tiene que hacer.

—Es lo que hace.

—En ese caso, quizá yo sea una buena influencia para él.

Sato se echó a reír otra vez.

—Seguro que sí, al menos en materia de estudios. —Bebió su último sorbo de café y se estiró—. Pero en la vida hay más cosas que los estudios —añadió en voz baja. Ayako meneó la cabeza con fuerza y frunció el ceño.

—No se meta en mi vida, Sato. Los modales y el respeto son algo eterno.

—No sea tan dura con él, Aya-chan. —Se echó a reír otra vez—. Los tiempos cambian.

Después de que Sato se marchara de la cafetería, Ayako se sentó en el taburete que acababa de dejar y se bebió una taza de café a solas.

Tal vez sí que había sido demasiado dura con el chico. Quizá ya lo había castigado suficiente.

Meneó la cabeza otra vez.

No, no pensaba disculparse.

●

A la mañana siguiente Ayako se despertó temprano, como de costumbre, y se encontró una nota en la mesa baja del salón. La vio de reojo al pasar por delante, antes de acercarse para ver qué era. El chico debía de haberla dejado ahí después de que ella hubiera apagado las luces para irse a dormir la noche anterior. Tomó la hoja, la desdobló y la leyó.

Querida abuela:

Por favor, acepte mis más sinceras disculpas por cómo actué. Mi comportamiento fue imperdonable. No volveré a hablar fuera

Miró abajo, a un papel más grueso y pesado que el de la carta, encima de la mesa.

El dibujo de Rana y el arcoíris.

El chico lo había recortado de su cuaderno y lo había firmado en la esquina inferior derecha con katakana: Hibiki. Debía ser el nombre de artista que quería usar. Ayako esbozó una sonrisa. Hibiki, como «eco», la otra forma en la que se podían leer los kanji que conformaban su nombre. Sonaba bien. Pasó un dedo por la expresión maravillosa de Rana y dio un respingo cuando oyó que el chico se movía por su habitación. Se escondió la carta y el dibujo a toda prisa en el interior del kimono, bajo la cinta obi, y se dispuso a seguir con su rutina matutina de siempre al preparar el desayuno y dejarlo todo listo para otro día más.

○

Todavía no le había dicho nada a Kyo desde que le había dejado la carta la noche anterior.

Kyo se preguntó si habría tenido algún efecto. Su abuela siguió sin hacerle caso aquella mañana y no le dijo nada sobre la carta ni sobre el dibujo. Se percató de que ninguno de los dos papeles estaba sobre la mesa cuando salió a desayunar, lo cual quería decir que ella se los había llevado. A menos que una ráfaga de viento los hubiera tirado de la mesa... No. No podía ser eso.

Bueno, había hecho todo lo que había podido. Había intentado disculparse. Le había llegado el turno a su abuela: si quería aceptar la disculpa o no era cosa suya. Él no podía hacer nada más que acudir a la escuela de repaso y estudiar. Sin embargo, aquel día le costó más centrarse en lo que decía el profesor.

¿Qué iba a hacer aquel verano? ¿Su madre le permitiría volver a Tokio?

¿Su abuela le volvería a hablar algún día? ¿Estaba condenado a pasar el resto del año viviendo en silencio? Todas esas preguntas cargadas de nervios lo carcomían por dentro, y le costaba ver cómo solucionarlo todo.

Transcurrieron un par de días desde que le había dado la carta a su abuela sin que sucediera nada más. Kyo estaba sentado a la mesa en la que siempre se ponía a estudiar después de terminar en la escuela de repaso cuando se percató de que algo había cambiado en la cafetería. ¿Qué era? Algo era distinto en el interior. Y entonces lo vio.

En la pared. Algo nuevo, enmarcado y colgado. Su dibujo de Rana.

Parpadeó, y allí seguía. Kyo no pudo evitar sonreír, antes de volver a estudiar. Se enfrascó tanto en sus estudios que no se dio cuenta de que los clientes iban desapareciendo. No se percató de que su abuela recogía la cocina, y solo volvió en sí, con un sobresalto, cuando ella le habló por fin. La miró sin saber qué cara poner, porque no había entendido lo que le acababa de decir.

Su abuela lo miraba, quieta, a la espera de que contestara.

—¿Cómo? —preguntó él, con voz tímida.

—He dicho —le dijo en voz baja— «venga». Vamos a dar un paseo.

Kyo se despertó de otra pesadilla, empapado en sudor, con la rana de juguete en la mano.

Echó un vistazo a la pantalla del móvil: todavía eran las 04 a.m. El corazón le latía a toda prisa, y sabía que no iba a poder conseguir quedarse dormido de nuevo. Con la boca seca, deslizó la puerta para abrirla discretamente y fue a llenarse un vaso de agua en el fregadero antes de volver a su habitación y tumbarse en el futón una vez más.

Sin embargo, la pesadilla seguía dándole vueltas por la cabeza, y no podía volver a dormir. Todavía era muy temprano, a pesar de la luz del amanecer en el exterior, y Ayako no se había despertado. Se levantó y fue a su escritorio bajo, decidido a plasmar la pesadilla en el papel. Si era capaz de dibujarla, quizá podría enfrentarse a ella bajo la luz fría del día, y así dejaría de ejercer su poder contra él.

Empuñó su lápiz con fuerza, sostuvo el cuaderno abierto entre el índice y el pulgar, con las manos sudadas, y se puso a trazar cada panel por encima, tan deprisa como podía, mientras todavía se acordaba de todo. Las ondas en el agua conforme el cuerpo de su padre desaparecía bajo la superficie. Y luego la quietud terrible cuando el silencio lo engullía todo. Entonces las ondas empezaban a formar un torbellino que tiraba de Kyo para acercarlo al agua. Un primer plano de su rostro mientras se enfrentaba a la fuerza inconmensurable del agua arremolinada, seguido de una imagen de sus dedos conforme intentaba aferrarse a cualquier cosa sólida, desesperado, y los objetos se hacían añicos y se le partían en la mano por la fuerza. Un cambio de perspectiva, un plano en picado desde arriba: el cuerpo y los brazos a punto de romperse mientras se hundía.

Tocaba la superficie del agua con los pies y se despertaba, empapado en sudor, aferrado a su rana de juguete, con la boca seca por la sed, desesperado por beber agua. No terminaba nunca.

Oyó que su abuela se movía en la otra habitación.

—*¿Kyo?* —lo llamó, conforme empezaba a hacer ruido por la cocina—. *¿Estás despierto?*

—Ya voy, abuela —respondió él.

Arrancó los bocetos burdos que había hecho y los escondió en el armario.

El calor del verano solo hacía que aquellas pesadillas ocurrieran con más frecuencia.

●

—Pero, Ayako, solo digo que no puede tenerlo encerrado en la cafetería todo el santo día.

Ayako, sin hacerle ni caso a Sato, se remangó el kimono de verano, metió la vajilla en el fregadero y se puso a fregar con fuerza.

—¿No cree que es una pena? —continuó el hombre—. Ha venido desde Tokio y tiene una oportunidad para saber más de sus raíces, de dónde proviene una parte de sus ancestros. Es la oportunidad para que vea lo que Onomichi puede ofrecerle. Tiene la prefectura de Hiroshima entera para explorar, y usted lo tiene ahí atado a los libros un día sí y otro también. Parece un poco… —Sato continuó, sin afectarse, a pesar de que Ayako cada vez ponía peor cara—, bueno, un desperdicio.

—Ha venido a estudiar, no a pasárselo bien.

Sato meneó la cabeza, dio un sorbo a su taza de café y se volvió hacia la pared.

Se la quedó mirando durante unos segundos, con la cabeza ladeada. Tras dejar la taza, se puso de pie y se acercó al dibujo de Rana, enmarcado y colgado en la pared.

—Pero bueno, ¿qué tenemos por aquí? —dijo en voz baja, para sí mismo—. Esto no estaba aquí antes, ¿no?

Ayako siguió fregando las tazas y los platillos y los aclaró antes de colocarlos en un escurreplatos junto al fregadero para que se secaran. Negó con la cabeza según lo hacía. ¿Quién se creía que era? Mira que meterse en los asuntos de los demás. ¡Menudo metomentodo! ¿Cómo se atrevía?

—Hibiki —oyó la voz de Sato a sus espaldas—. ¿Quién es Hibiki? ¿Un artista de la zona?

—¿Eh? —Ayako volvió la mirada al oír el nombre.

—Ayako, ¿quién ha dibujado el cuadro que ha puesto en la pared? —le preguntó Sato, ya a mayor volumen—. Dice «Hibiki» en la esquina inferior derecha. ¿Quién es Hibiki?

Cerró el grifo, se secó las manos con una toalla y rodeó la barra según se alisaba el delantal. Se colocó junto a Sato, sacó el abanico de su cinta obi y se abanicó con fuerza.

—¿Qué le parece? —le preguntó a Sato con cuidado, al cerrar el abanico con un gesto elegante durante un segundo para poder usarlo para señalar. Tenía la otra mano apoyada en la cadera.

—Mmmm… —Sato se rascó su barba blanca—. Bueno…

Ayako volvió a desplegar el abanico y siguió agitándolo, nerviosa. Sato continuó:

—Me gusta. Me gusta mucho. —Esbozó una sonrisa—. Es muy bueno, ¿no cree? ¿El artista es de por aquí? No he visto ninguna otra de sus obras.

Ayako sacó pecho, orgullosa, y sonrió. Estaba bien que a ella misma le hubiera gustado el dibujo de Rana, pero que otra persona de fuera de la familia lo alabara era más alentador incluso. Y lo que era mejor aún: Sato no había conectado el sobrenombre Hibiki con su nieto. Si hubiera sabido que había sido Kyo quien había dibujado el cuadro, no le habría dado una opinión sincera. Sin embargo, que dijera que le gustaba el dibujo sin saber de quién era le daba veracidad a lo que decía.

—¿Ayako? ¿Quién es el tal Hibiki? —insistió él, y se volvió para mirarla y estudiarle la expresión—. ¿Y a qué vienen tantos secretos? No me contesta a ninguna pregunta.

—¿Qué secretos? —Ayako escondió la sonrisa con el abanico tan deprisa como pudo y soltó un resoplido—. Sí, Hibiki-san es un artista de la zona. Me sorprende que no haya visto ninguna de sus obras antes.

—Pues es muy bueno. —Sato miró el cuadro otra vez, asintiendo—. Me gusta mucho. —Se volvió hacia Ayako una vez más, con los ojos muy abiertos—. ¿Podría darme su contacto?

Ayako dejó de abanicarse de repente y escondió todo rastro de sorpresa de su expresión, aunque no pudo evitar soltar:

—¿Por qué lo quiere?

—Porque puede que tenga un encargo para él.

—Claro. —Volvió detrás de la barra, se colocó el abanico en la cinta una vez más y apartó la mirada de Sato mientras hablaba—. Hibiki-san es un cliente habitual. Puedo organizar una reunión hoy mismo, si quiere.

—¿Es un cliente habitual?

—Ajá.

—Me sorprende que no me lo haya encontrado nunca. —Se rascó la cabeza.

Una vez que Sato se marchó, después de prometerle que se volvería a pasar por la cafetería aquel mismo día para reunirse con el elusivo Hibiki, Ayako se puso a tararear al ritmo del disco de jazz que había puesto. Estaba más que entusiasmada por aquella interacción. Meneó la cabeza: ¡qué cosa más tonta la vanidad! ¿Por qué iba a estar orgullosa de que alabaran los dibujos del chico? No tenía nada que ver con ella, y, al fin y al cabo, no era nada más que un comentario de pasada por parte de Sato. Sin embargo, por alguna razón, aquello la hizo feliz y le alegró el día. Estaba mucho más animada que de costumbre.

Tenía ganas de que Kyo pasara por la cafetería más tarde. Mientras tanto, le dio vueltas a todo y trabajó contenta. Sus clientes de siempre no pudieron evitar ver lo alegre que estaba, pero no querían destruir su buen humor, así que ninguno se atrevió a preguntarle qué había pasado.

Si Ayako estaba feliz de verdad, eso ya era bastante bueno de por sí. Sería una tontería echar a perder un acontecimiento tan poco común.

○

Kyo, obediente, siguió a Sato por la calle, sin saber muy bien a dónde se lo llevaba.

Cuando había llegado a la cafetería aquel día, después de la escuela de repaso, no había tenido tiempo de decirle nada a su abuela antes de que ella lo presentara a Sato como «el artista Hibiki». Sato se había sorprendido de lo lindo al principio, mientras que su abuela se tapaba la boca con la mano y escondía una risita. Y a los dos se les habían escapado las carcajadas para sí mismos, como si hubiera ocurrido lo más gracioso del mundo.

Kyo, por su parte, no entendía nada.

—Kyo-kun, si estás libre ahora y no te interrumpiré los estudios, me gustaría que me acompañaras un ratito —dijo Sato, antes de mirar a Ayako y añadir—: Si le parece bien, Aya-chan.

—Por supuesto. —Su abuela tenía una expresión radiante—. Solo tráigalo de vuelta antes de la hora de cerrar.

Y así había sido que Kyo había acabado recorriendo el largo mercado cubierto shotengai en dirección contraria a la estación. Con la sonrisa nada común de su abuela en su mente, mientras Sato caminaba a su lado y silbaba «You Really Got Me», de The Kinks.

—¿Sato-san? —se atrevió a preguntar Kyo.

—¿Sí, Kyo-kun?

—Me preguntaba si podría decirme qué está pasando.

—¡Sí, claro, Kyo-kun! —Sato se echó a reír—. Perdona, nos hemos portado fatal contigo. Me temo que tu abuela me ha gastado una bromita, y creo que los dos nos hemos dejado llevar tanto que al final no te hemos dicho nada. ¡Mis disculpas!

Según recorrían la ciudad, Sato, al igual que su abuela, llamaba la atención de los transeúntes. Todos les dedicaban ademanes con la cabeza y los saludaban con una sonrisa. Sin embargo, a diferencia de su abuela, Sato devolvía cada saludo con una cantidad infinita de jovialidad. Era amistoso y accesible, muy distinto al aspecto aterrador y formidable de Ayako.

—Kyo-kun —continuó el hombre—, he visto un dibujo que hiciste en la pared de la cafetería. —Volvió la cabeza para mirar a Kyo y le guiñó un ojo—. O quizá debería decir que era un dibujo del artista de la zona, Hibiki-san.

—Ah. —Kyo asintió—. *La Rana y el arcoíris.*

—Sí, exacto. —Sato le tiró un poco de un codo, y se dirigieron por un callejón oscuro que salía de la calle principal en dirección al mar, aunque no llegaron tan lejos. Sato se detuvo a medio callejón, fuera de una tiendecita que había a la izquierda, e hizo un ademán con la mano.

—Hemos llegado.

Kyo echó un vistazo a un cartel en blanco y negro desgastado que rezaba Sato Cd's en inglés.

Estaba bastante seguro de que el apóstrofo estaba mal. Pero no dijo nada.

—Bueno… —empezó Sato—. ¡Bienvenido a mi reino!

Sacudió un poco los brazos, entusiasmado, claramente a la espera de que Kyo reaccionara.

—Qué bonito —dijo él con educación.

Sato arqueó una ceja y miró a Kyo con sospecha ante de continuar.

—Me temo que no es mucho —suspiró—, pero es mío.

Sato abrió la puerta, sonó una campanita, y retiró un cartel escrito a mano que había colocado en el cristal de la puerta de la tienda que decía: Vuelvo en cinco minutos.

Con cierta sorpresa, Kyo se percató de que la puerta no había estado cerrada con llave mientras Sato no estaba en la tienda. Aun así, al mirar a través de las ventanas con los ojos entornados, Kyo se preguntó si algún ladrón querría molestarse en atracar un lugar de aspecto tan cutre.

—Pasa, pasa —le pidió Sato, sosteniéndole la puerta.

Se metieron en la tienda, y de sopetón le llegó un olor fuerte, una mezcla de cartón, café y polvo. Después de que se le ajustara la vista al interior más oscuro, en contraste con el día soleado de fuera, Kyo se asombró al ver los cientos (¿o miles?) de discos que delineaban las paredes, los estantes, las estanterías y los expositores en el centro de la sala. Había panfletos pegados en las paredes para promocionar música en directo, la mayoría para estadios en Hiroshima y Fukuyama, aunque también había otros más antiguos que promocionaban conciertos en Onomichi y en Mihara, una ciudad en la que Kyo no había estado nunca, pero que sabía que estaba a dos paradas de tren en dirección a Hiroshima. En la pared también había anuncios escritos a mano:

Se busca batería para grupo de versiones de punk británico.
Se vende guitarra Gibson.
¿Te gusta la música electrónica islandesa?
¡Únete a nuestro club de fans!

—Como te decía, no es mucho, pero es mi imperio —le dijo Sato—. ¿Quieres algo de beber?

—No hace falta —repuso Kyo—. Gracias.

—Estoy seguro de que tengo una taza de café por alguna parte... —Sato se rascó la cabeza—. Ay, ¿dónde la he metido?

Fue al otro lado del mostrador y se puso a buscar por debajo de cajas de CD transparentes vacías, tickets y cartas hasta encontrar una taza de café medio llena que seguro que se había quedado helado por el tiempo que había pasado abandonada. La taza decía: ¡Quiero rocanrolear toda la noche!, también en inglés, y Kyo volvió a dudar de que estuviera bien escrito.

Sato le dio un sorbo al café antediluviano, pensativo, antes de ponerse sus gafas de cerca y sacar un disco de los muchos que tenía detrás del mostrador, en una estantería alta. Sacó el vinilo de su funda con destreza y lo puso en el tocadiscos antes de colocar la aguja por la mitad de la primera pista. La carátula del álbum era principalmente blanca, con una foto de dos hombres que se estrechaban la mano en la parte delantera. Uno de los hombres se había prendido fuego.

—¿Te gusta Pink Floyd? —le preguntó Sato.

—No los he escuchado nunca —contestó.

—¿Cómo? —Sato parpadeó, sorprendido, desde el otro lado de los bordes negros y gruesos de sus gafas de cerca—. Eso es sacrilegio. Escucha.

Un sonido atmosférico, similar al de una persona que pasa un dedo húmedo por el borde de una copa de vino, sonó por los altavoces enormes que había en las paredes. Sato se preparó con dos lápices que había tomado del mostrador. Empezó a sonar la base rítmica, y Sato se puso a tamborilear con los lápices en su taza de café, entusiasmado, al ritmo de la música.

—Están bien, ¿eh? —Sato lanzó los lápices y comenzó a rasgar una guitarra imaginaria.

—Sí —repuso Kyo con educación—. Bueno, eh... ¿De qué quería hablar conmigo, Sato-san?

—¡Ah, sí! —Sato parpadeó de nuevo y bajó el volumen un poco—. Me preguntaba si podría pedirte que me prestaras tus... Ah, ¿cómo decirlo? Tus servicios artísticos profesionales.

—¿Servicios?

—Exacto —continuó Sato a toda prisa, con un ademán de ambas manos hacia la sala en la que estaban—. Como verás, a la tienda le hace falta modernizarse un poco. Es bastante oscura por dentro, y bueno, me gustaría que a mis clientes les fuera más fácil descubrir música nueva. Que conectaran con ella. Y me preguntaba si podrías animar un poco la tienda con algunos de tus dibujos. Nada demasiado elaborado, vaya. Solo para que le den un poco de carácter.

—¿Quiere mis dibujos?

—¡Sí! Algunas ilustraciones, ya sabes. Cualquier cosa que te guste, para decorar.

—Ah, Sato-san… No sé yo…

—No te sientas presionado ni nada. —Sato estiró un brazo, con la palma hacia Kyo y los dedos abiertos—. No espero mucho, solo algo divertido. Algo distinto. Este antro polvoriento necesita un toque de modernidad. —Hizo una pausa para pensar durante unos segundos y luego se dirigió a otra sección de la tienda—. Mira, lo que tengo son carteles escritos a mano.

Señaló hacia las etiquetas que había en distintas zonas de la tienda. Todas estaban escritas con el mismo rotulador negro en un papel desgastado y decían cosas como:

Rock   Música clásica   ¡Todo a mitad de precio!
ロック   クラッシック   セール・半額！

—Quizá podrías hacer sustitutos para todo esto. —Se rascó la barba—. Podrías dibujar algunos personajes, o incluso solo hacer que esté escrito con un poco más de estilo. No sé, la verdad, lo técnico te lo dejo a ti. ¿Qué te parece?

—No sé, Sato-san. —Hizo una pausa—. Tendría que hablarlo con mi abuela.

—Creo que le parece bien, Kyo-kun, pero podemos preguntárselo, claro.

—Ya… —repuso Kyo, sin saber muy bien qué más decir.

—Si no tienes tiempo o no te apetece, no hay ningún problema. Pero si se te ocurre algo, te lo agradeceré mucho. Puedo pagarte en discos o en casetes, tantos como quieras. —Esbozó una sonrisa.

—Ay, Sato-san —dijo Kyo, ruborizándose—. Es muy amable por su parte, pero no sé si mis dibujos… Eh… No sé si son lo bastante buenos para su tienda.

—¡Paparruchas! No digas tonterías. —Sato se lo quedó mirando a la cara y soltó algo entre dientes, como si hablara para sí mismo—. Cielos, eres clavadito a tu padre, y a veces hasta hablas como él.

Un silencio incómodo se cernió sobre los dos, mientras la música seguía sonando de fondo, y Kyo se llenó de un millón de preguntas que le recorrían el cuerpo. Intentaba formar una frase, cualquier pregunta… *¿Conocía a mi…? ¿Cómo conocía a mi…? ¿Cuándo conoció a mi…? ¿Era amigo de mi…?* Sin embargo, antes de que pudiera unir las palabras, aunque fuera solo en su cerebro, notó la presencia de alguien más en la tienda.

Ya no estaban solos.

Un leve maullido sonó al otro lado del mostrador, a los pies de Sato, a quien se le iluminó la mirada cuando la dirigió al suelo.

—¡Anda, Mick! —soltó—. Qué bien que hayas venido a vernos.

Al mostrador saltó un gato negro de un solo ojo con un tramo blanco en el pecho. Sato acarició al gato y sonrió.

—Perdone, Sato-san, pero ¿ese no es…? —murmuró Kyo—. ¿Ese no es Coltrane?

—¿Coltrane? ¿Así lo llamas? Yo lo llamo Mick, como Mick Jagger, por el contoneo ese que tiene al andar. Se mueve como Jagger en el escenario. Y va por toda la ciudad. Es como los Rolling Stones de gira. —Sato se puso a hablarle al gato—. Y vienes cada día para escuchar música y que te mime un rato, ¿verdad, Mick?

Kyo estiró la mano y rascó al gatito negro detrás de la oreja. Coltrane/Mick Jagger parpadeó, dio un enorme bostezo y se tumbó bocarriba con una expresión alegre mientras Kyo le acariciaba debajo de la barbilla y en la panza.

—Sí que le caes bien —dijo Sato—. No suele dejar que nadie le haga eso.

—Es que ya nos conocemos —le explicó Kyo.

Kyo dejó a Sato en la tienda con la promesa difusa de que se iba a pensar si podía ayudarlo de alguna forma, pero que no estaba seguro de ser capaz. Sato se mostró tan amistoso y amable como siempre y le dijo que no se preocupara si no tenía tiempo. Que solo lo hiciera si «tenía ganas o la necesidad de hacerlo», tal como le había dicho con una sonrisa amable.

☯

Unos días más tarde, por la noche, Kyo y Ayako estaban sentados en el salón de su casa, escuchando a Debussy a poco volumen en la minicadena. A pesar de la música relajante, el chirrido constante de las cigarras todavía se oía en el exterior, de fondo.

Kyo había empezado a dibujar en el salón, sentado delante de la mesa kotatsu baja que había allí, en lugar del escritorio que tenía en la habitación. Le gustaba escuchar la música que ponía su abuela por la noche. Ayako estaba sentada al otro lado de la mesa y leía una novela mientras disfrutaba de la música, pero a veces le echaba un vistazo disimulado a lo que dibujaba su nieto. Lo estaba viendo reseguir con un bolígrafo el boceto a lápiz que había hecho de un búho nival con gafas gruesas y vestido de samurái que cortaba por la mitad la palabra PRECIOS con su katana. El búho era clavadito a Sato. La hizo reír.

—¿Le ha hecho gracia algo? —le preguntó Kyo, sin alzar la mirada de su dibujo.

—¿Eh? —soltó Ayako, pues la había tomado desprevenida. Kyo la miró.

—En su libro. —Señaló con el boli hacia la novela que sostenía, y Ayako la miró de reojo.

—Ah, sí.

A pesar de que hacía poco que habían vuelto del baño, Kyo ya estaba sudando otra vez. Ayako estaba a la temperatura perfecta, con la yukata que se ponía para ir y venir del sento, y parecía la mar de cómoda. De vez en cuando meneaba los dedos que le quedaban debajo de la mesa, dentro de sus calcetines blancos. Kyo, por su parte, tenía calor y estaba incómodo. A ratos, asía un abanico que reposaba en la mesa, a su lado, y

169

se abanicaba con fuerza. Ayako se preguntaba si no sería el abanicarse así lo que le daba calor.

—¿Qué te pasa? —le preguntó Ayako, seria.

—Nada. —Kyo dejó el bolígrafo y se quedó mirando la pared durante un segundo mientras se pensaba si decía algo o no.

—Venga, suéltalo. Está claro que algo te pasa, llevas la noche resoplando y quejándote. No puedes pasarte un minuto quieto. ¿Cómo me voy a concentrar en el libro con todo el ruido que haces?

Kyo no sabía cómo abordar el tema. La casa de Ayako no tenía aire acondicionado de ningún tipo, y las noches se le hacían insoportables. Se ponía a dar vueltas en el futón y se quitaba la sábana fina que usaba para taparse. Había adoptado la costumbre de tumbarse en una toalla, de tanto que sudaba por la noche. En el piso moderno de Tokio en el que vivía con su madre, cada habitación tenía un aparato de aire acondicionado, y los encendían durante el verano.

Sin embargo, la casa de Ayako no gozaba de dichos lujos, y las noches húmedas de Onomichi le parecían insoportables y opresivas. Cuando por fin lograba quedarse dormido, soñaba cosas raras, como aquella pesadilla que se le repetía y que había intentado dibujar, pero también había soñado con que perseguía a Sato e intentaba preguntarle por su padre, solo que el hombre se convertía en un búho y salía volando. Y entonces se tenía que quedar mirándolo desde lejos, mientras Coltrane perseguía al búho anciano, sin percatarse de su perdición inminente, por muy alto que Kyo lo llamara.

Todo aquello hacía que estuviera de los nervios durante el día, y le costaba concentrarse en sus estudios. Sin embargo, en aquel instante, delante de la mirada seria de su abuela, no sabía muy bien cómo articular todos esos pensamientos y sensaciones. ¿Cómo iba a empezar a explicarle el origen de su problema?

—Es que hace mucho calor aquí, abuela.

Ayako soltó un resoplido.

—Pues claro que hace calor. Es verano.

—Ya, pero…

—¿Qué esperabas?

—Es que no estoy acostumbrado a este calor. Hace más calor que en Tokio.

—*Bah*, no es para tanto.

—Hay mucha humedad. Y no tiene aire acondicionado.

—Porque es un desperdicio. Y es malo para la salud. —Ayako negó con la cabeza.

—Pero me cuesta dormir, abuela.

—*Pffff*. Eso son tonterías, chico. Eres débil y ya está. Ya te acostumbrarás.

—Pero no puedo dormir, y no consigo concentrarme en la escuela. —Kyo bajó la mirada de nuevo, y su abuela arqueó una ceja.

—¿Ah, sí? —Dejó el libro sobre la mesa, bien abierto porque tenía el lomo roto, y miró a su nieto con atención. Kyo había vuelto a su dibujo y estaba absorto en su tarea—. ¿Estás preparando los dibujos para Sato-san?

—Son unos primeros bocetos. —Kyo frunció el ceño—. Pero los odio.

—Creo que… —empezó a decir, pero se lo pensó dos veces—. Bueno, te da igual lo que opine yo.

—Eso no es verdad. —Kyo alzó la mirada—. No me da igual.

—Bueno, por lo que he visto de los bocetos —continuó su abuela—, esos en los que lo dibujas como un búho nival son geniales. Le encantarán.

Kyo se llenó de orgullo, pero no dijo nada.

Ayako se quedó pensativa un rato antes de hablar.

—¿Kyo? —lo llamó al fin.

—¿Sí?

—¿Cómo vas con los estudios?

—Bastante bien.

—Defíneme «bastante bien». No sé qué me quieres decir con eso.

—Quiero decir que voy bien. —Se rascó la nariz con el bolígrafo—. Bueno, muy bien.

—¿Qué dicen tus profesores? —Ayako lo escudriñó con la mirada.

—Parecen contentos.

—¿Cuán contentos?

Kyo esbozó una sonrisa y sacó el móvil del bolsillo.

—Espere un segundo.

—¿Qué tienes por ahí? Siempre con la dichosa maquinita.

Kyo buscó entre las fotos que había hecho hasta que encontró una en concreto.

—Mire. —Tocó la foto, y esta llenó la pantalla. Le pasó el aparato a Ayako.

Su abuela lo sostuvo plano en la mano, preocupada por si rompía algo al tocarlo, y miró la foto con atención. Era una lista de nombres con notas al lado, impresos en hojas de papel blanco clavadas a un corcho en la pared.

—¿Qué es esto, Kyo?

Su nieto rodeó la mesa para sentarse a su lado y amplió la imagen mientras se lo explicaba.

—Es el cartel de alumnos que ponen cada semana en la escuela de repaso para que veamos las notas. Así vemos cómo nos va. Pero mire.

Amplió la lista y subió hasta que llegó hasta arriba del todo.

—Ese soy yo. —Kyo señaló hacia el segundo nombre de la lista.

—Espera. —A Ayako le dio un vuelco el corazón—. Entonces, ¿eso significa que eres el segundo de todos los alumnos de la escuela de repaso?

—Ajá.

—¡Kyo! —Le dio un golpecito en un brazo—. ¿Por qué no me habías dicho nada? ¡Si es maravilloso!

—No sé. —Se encogió de hombros, se llevó el móvil y se lo metió en el bolsillo, sonrojado.

Pasó al otro lado de la mesa y se dejó caer delante de su cuaderno para seguir con su dibujo. Su abuela se lo quedó mirando.

El segundo. Era increíble. Tenía que contárselo a su madre.

—Aunque… —bromeó Ayako, con la barbilla en alto— ¿segundo?

—¿Eh? —preguntó Kyo, alzando la mirada. Ayako ladeó la cabeza, en un gesto burlón de broma.

—¿Por qué no has quedado primero?

Kyo se pensó la respuesta y se decantó por un proverbio, como habría hecho ella.

—*Saru mo ki kara ochiru*, hasta un mono puede caerse de un árbol. ¿Verdad, abuela? —contestó, sonriente—. ¿No es eso lo que diría?

—No me seas listillo.

Ambos se echaron a reír, y Kyo continuó con la broma.

—Quizá podría quedar primero si me comprara un aire acondicionado para la habitación.

—¡Ja! —resopló Ayako—. Más quisieras.

—Pero, en serio, ¿por qué no tiene ningún aparato eléctrico en casa? Ni siquiera tiene tele.

—Tengo la minicadena y el teléfono —respondió Ayako con una sonrisa, pues disfrutaba del toma y daca—. Y mis libros.

—Debería comprarse una tele.

—¿Para vez la bazofia que echan? No, gracias.

—Podría conectarla a una PlayStation o a una Nintendo Switch y jugar.

—¿PlayStation? —Ayako soltó la palabra, indignada—. ¿Nintendo Switch? ¿Juegos? Para jugar no hace falta una tele, chico.

—Para los juegos buenos, sí. —Kyo siguió dibujando y bromeando—. Pero bueno, seguro que le da miedo perder, abuela.

Ayako se quedó mirando a su nieto con una sonrisa y lágrimas en los ojos. Se llevó una mano a la barbilla, perdida en sus propios pensamientos durante unos instantes. De sopetón, se dio un golpe en la palma de la mano.

—A ver si es cierto —dijo Ayako, alzando un dedo. Se levantó y fue a rebuscar por un armario. Kyo alzó la mirada del dibujo para verla buscar por lo más hondo del mueble. Cerró el cuaderno, lo hizo a un lado y dejó el boli encima.

»Aquí está —dijo ella, desde dentro del armario—. Sabía que lo había metido por aquí.

Volvió con un juego de mesa grande bajo el brazo, con dos recipientes, uno blanco y otro negro.

—Si tantas ganas tienes de jugar —le dijo, según colocaba los recipientes en la mesa. Sopló el polvo del tablero antes de desplegarlo y colocarlo entre ellos en la mesa kotatsu—, aquí tienes.

—¿Go? —preguntó Kyo, con una sonrisa, y miró el tablero, con sus muchos cuadrados—. Vale, juguemos. ¿Prefiere blancas o negras?

—Negras —repuso Ayako, y colocó el recipiente de fichas negras delante de ella antes de darle el de las blancas a su nieto—. Las blancas para ti.

—No vale —dijo Kyo—, las negras tienen ventaja.

—La vida no es justa —le soltó su abuela, con una sonrisa traviesa.

Kyo miró el tablero con atención, le quitó la tapa al recipiente y sacó una de las piedras blancas que contenía. La sopesó en la mano, pensativo, e hizo una pausa.

—¿Cómo se jugaba?

Ayako se echó a reír.

●

Cuando Hayashi-san, uno de los clientes habituales de Ayako, entró en la cafetería a la mañana siguiente, se le ocurrió la idea.

Hayashi regentaba una tienda de aparatos eléctricos de segunda mano en el mercado shotengai, a poca distancia de la cafetería. Mientras le preparaba el café (con leche y dos de azúcar), le preguntó si podría entregarle algo más adelante aquel mismo día. Hayashi, a pesar de que se sorprendió al principio, no tardó en asentir. Así fue como, cuando Ayako y Kyo volvieron de su caminata por la montaña, había un paquete al otro lado de la puerta principal, en el recibidor genkan. Ayako no cerraba con llave su puerta delantera, al igual que la mayoría de sus vecinos.

—¿Qué es eso? —le preguntó Kyo mientras se quitaba los zapatos y le echaba el ojo a la caja extraña con el nombre Hayashi Electronics escrito encima.

—Ah, eso es para ti.

—¿Para mí?

—Sí, para ti. —Soltó un resoplido—. ¿Para quién más va a ser? Y venga ya. Levántalo, tira para dentro y no nos quedemos aquí en el genkan todo el día. Que tengo cosas que hacer, ¿sabes?

Kyo recogió la caja y se la llevó a su habitación.

Ayako se sentó en el salón y pretendió no hacerle caso al ruido del cartón al romperse que salía de la habitación de su nieto. Por el rabillo del ojo lo vio sacar la forma que era el ventilador de la caja. Oyó un grito ahogado y fue a mantenerse ocupada en la cocina, donde hizo ver que preparaba la cena. Oyó los pasos suaves de su nieto a sus espaldas, y luego su voz, temblorosa por la emoción.

—Muchas gracias, abuela.

Ayako no le hizo caso y siguió lavando las verduras en el grifo, mientras le escondía la sonrisa que esbozaba.

七

Una luz verdosa y fantasmagórica iluminaba el cadáver seco de la Cúpula de la Bomba Atómica que contrastaba con el cielo nocturno. El sol se había puesto sobre la ciudad de Hiroshima, y las calles estaban repletas de aquellos que habían ido a presentar sus respetos a quienes habían perdido la vida hacía tantos años. La luna emitía un brillo tenue sobre ellos, a ratos escondida detrás de unas nubes pasajeras. Los tranvías traqueteaban sobre los raíles que los hacían cruzar los puentes, y las luces de los coches que pasaban por allí moteaban las carreteras con un movimiento pesaroso, como luciérnagas que flotaban por la ciudad. Las riberas estaban repletas de personas que rezaban.

Ayako y Kyo estaban en el puente, uno al lado del otro, y observaban la escena.

La Cúpula se cernía sobre las aguas oscuras del río, donde flotaban las lámparas de papel que habían encendido los visitantes: cientos y cientos de lámparas de colores (verdes, amarillas, rosadas, naranjas y azules) que flotaban poco a poco con la corriente, por delante de la carcasa vacía que era aquel edificio gris, cuyas paredes de ladrillo irregulares y expuestas estaban iluminadas por focos verdes.

El 6 de agosto de 1945, una bomba atómica detonó en el aire, directamente encima de la Cúpula, y arrasó con la ciudad de Hiroshima, aniquiló a sus habitantes y les arrebató la vida en un destello de llamas, o, en el caso de los que tuvieron la suerte de sobrevivir, los traumatizó de por vida, les envenenó el cuerpo y los dejó sufriendo durante el resto de su miserable vida. La piel que se les derretía o se les pelaba era un recordatorio tan crudo como constante.

La Cúpula de la Bomba Atómica en sí, en otros tiempos un edificio público, seguía en pie, aunque solo como un esqueleto vacío de lo que había sido. Mientras que a los restos de la ciudad muerta los habían retirado con el paso del tiempo, a la Cúpula la habían reforzado con vigas de hierro y la habían dejado en su sitio para que sirviera de recordatorio de las atrocidades que los humanos pueden cometer unos contra otros cuando así lo quieren. La ciudad de Hiroshima moderna se alzó de las cenizas de la antigua, un lugar vivo y joven, pero la carcasa espectral de la Cúpula de la Bomba Atómica seguía ahí, de pie y en silencio, para que a nadie se le olvidara lo que había ocurrido.

Sin embargo, aquella misma tarde, antes de ir, en la estación de tren de Onomichi, Kyo se había estado quejando.

—¿Para qué vamos a Hiroshima ahora?

—Ya lo verás cuando lleguemos.

Durante los últimos dos días, la idea había sido que la madre de Kyo se fuera a reunir con ellos en Hiroshima, para luego regresar todos a Onomichi y pasar la noche allí antes de volver a Tokio al día siguiente. No obstante, unos minutos antes de subirse al tren bala había recibido una llamada de emergencia del trabajo y había cancelado su viaje en el último momento. Ayako entendía la situación de su nuera, pero se sentía mal por el chico, porque se había desanimado cuando se había enterado. Estaba cabizbajo y de mal humor por ello, por lo que Ayako le estaba dando un poco de margen. Aunque no mucho. Se preguntó cómo podría distraerlo y animar el ambiente un poco.

—¿Y por qué vamos en el tren lento? —siguió protestando—. ¡Tarda una eternidad! ¡Una hora y veinte! Podríamos abordar el tren bala en la estación de Shin-Onomichi y llegaríamos mucho antes.

—Ah. —Ayako esbozó una sonrisa traviesa—. Así que ahora quieres ir en el tren más rápido, ¿eh? ¿Qué le ha pasado al señorito que quería ir de Tokio a Onomichi con los trenes de cercanías? ¿Dónde está ese jovenzuelo al que conocí?

Kyo negó con la cabeza, pero una sonrisita le tiraba de las comisuras de los labios. Lo había atrapado. Miró por la ventana del tren hacia el paisaje vespertino con cada vez menos gente. Las casas pasaban al otro lado de la ventana poco a poco conforme recorrían pueblo tras pueblo. Ayako estaba leyendo un libro llamado *Lluvia negra*.

El chico no dejaba de sacudir la pierna, nervioso. Se le habían acabado las pilas del walkman y no había tenido tiempo de comprar otras antes de subir al tren. No tenía nada que leer, y antes había tenido problemas para dibujar, desde que se había enterado de que su madre no iba a ir a verlos. Había estado pensando una idea más larga para un manga, pero estaba demasiado agitado para sacar el cuaderno.

Ayako ponía mala cara ante la pierna inquieta de vez en cuando. Siguió leyendo su novela, pero la pierna la distraía.

—¿Puedes estarte quieto? —le acabó diciendo, con un tono amable, sin apartar la vista del libro.

—Perdón. —Kyo dejó de sacudir la pierna durante un rato, hasta que se puso a dar golpecitos con los dedos en el alféizar de la ventana, distraído.

Tras unos minutos así, Ayako acabó cerrando el libro y se lo metió en el bolso con un suspiro.

—¿Se puede saber qué te pasa hoy? —le preguntó, a sabiendas de que era por lo de su madre. Kyo se encogió de hombros, pues no quería admitir la verdad.

—Nada.

—¿No te has traído nada para leer?

—Pues no, se me ha olvidado.

—¿Y por qué no te pones a dibujar?

Kyo soltó un suspiro.

—Ese es el problema.

—¿A qué te refieres?

—Antes he intentado ponerme a dibujar, pero no pude —contestó su nieto, con el ceño fruncido.

—¿No pudiste?

—Me he quedado mirando la página en blanco, pero no se me ocurría nada.

Ayako hizo una pausa durante unos instantes.

—¿Ya te había pasado antes?

—No, la verdad. Últimamente he intentado ponerme con un manga más largo. Y todo iba bien al principio, pero he procurado seguir un poco más hoy y no se me ocurría nada. No sabía cómo continuar la historia.

—¿Y eso es lo que tanto te preocupa? —le preguntó su abuela, con un resoplido.

—¿Y si ya no puedo volver a dibujar nunca más?

Ayako no pudo evitar echarse a reír.

—Qué dramático eres.

—Podría tratar de entenderme un poco más —dijo Kyo, ofendido. Ayako se llevó las manos al regazo.

—Lo siento. Es que es solo un día, ¿no?

—¿Qué quiere decir?

—Que has intentado dibujar un día y no has podido, solo una vez.

—Ya.

—Quizá podrías relajarte un poco.

Kyo se frotó la cara, frustrado.

—Pero ¿cómo voy a dibujar un manga entero si me cuesta hasta poner el lápiz en la página? —Soltó un suspiro—. Parece una pérdida de tiempo. Mejor que me rinda y ya está.

Kyo se quedó mirando por la ventana una vez más. ¿Qué era lo que le pasaba?

Ni él mismo lo sabía. No le había ocurrido nunca hasta entonces: siempre se había sentado a dibujar y se le había ocurrido algo sin pensárselo. Sin embargo, aquel día la página le había devuelto la mirada. Era el color blanco de la página lo que peor le sentaba, pues aquella blancura parecía mofarse de él. Había intentado sombrear algunas partes del espacio, solo para eliminar aquella palidez horrible, pero cada vez que colocaba el lápiz en una esquina, decidía que esa sección mejor la dejaba en blanco, por lo que iba a otra, y ahí su cerebro le repetía lo mismo, y así una y otra vez. Colocaba el lápiz a unos milímetros de la página, y el brazo se le resistía cuando quería bajarlo hasta el papel. El miedo se apoderaba de él. Al pasar a otra página del cuaderno, había probado otra vez, pero había sido igual. El color blanco se burlaba de él.

Hasta había recurrido a otros dibujos de su cuaderno, unos que ya había acabado. Se le había ocurrido que tal vez podría copiar algunos de sus bocetos, trazo a trazo, y que así al menos se sentiría como si estuviera haciendo algo. Sin embargo, cuando se había puesto a mirar sus dibujos de antes, le habían dado asco. Eran patosos, horribles. Cuánto los odiaba. Lo llenaban de una sensación de fracaso que le hacía presión en el corazón y le arañaba las entrañas. Era un fracaso colosal que le sentaba como un puñetazo en el estómago.

Entonces había decidido que no le iba a servir de nada quedarse pensando en todo aquello, por lo que se había puesto a leer manga de sus artistas favoritos, y por un tiempo aquello lo había distraído del problema, pero poco a poco, a medida que leía las obras que le gustaban y que admiraba, la misma sensación de fracaso le recorría el cuerpo de nuevo. Nunca iba a ser tan bueno como ellos.

Todos esos pensamientos le daban vueltas por la cabeza y lo torturaban, pero no sabía cómo expresárselo a su abuela. Le faltaban palabras para darles sentido a los sentimientos que experimentaba en la mente y en el cuerpo y articularlos de forma clara. Su modo de expresarse era a través de los dibujos, y, al no poder dibujar, se sentía frustrado por partida doble. Además de tonto por partida doble.

Sin embargo, también le daba miedo que, le dijera lo que le dijera a su abuela, ella se burlara de él por ello.

Una idea macabra se le pasó por la cabeza: ¿serían esos los pensamientos que había tenido su padre antes de morir? Dicen que una imagen vale más que mil palabras; entonces, ¿qué le pasa a una persona visual que pierde la fe en su medio? Pierde miles de palabras con las que expresarse. Parecía algo muy peligroso eso de querer crear arte.

Era mucho mejor ser un mecánico del cuerpo, un médico, como su madre quería que fuera.

Así no se decepcionaría nunca.

Ayako se quedó mirando al chico.

Por los hombros caídos y la expresión desanimada que tenía, sabía que le ocurría algo. Parecía llevar una tristeza de lo más profunda allá adonde fuera. Aquello la hizo pensar en Kenji, y las heridas antiguas volvieron a abrirse. Pensó en todas las veces que lo había visto así y había querido hacer lo que fuera para aliviar su dolor y su sufrimiento. Solo que nunca sabía qué decir ni qué hacer, y menos cuando ni Kenji ni Kyo expresaban lo que sentían.

Y ella misma también tenía otras cosas en las que pensar. Aquel día era uno muy extraño para ella. Cada año iba a Hiroshima para ver las lámparas que flotaban por el río, junto a la Cúpula de la Bomba Atómica. Lo había hecho con su madre desde que era pequeña, hasta que ella había fallecido, pero había continuado la tradición con su marido, hasta que lo había perdido a él también. Y luego a su hijo.

Aquella era la primera vez que iba en compañía desde hacía muchos años, y era una experiencia distinta. Por dentro, intentó aceptar el dolor meditativo que llevaba a la ceremonia, solo que aquel día Kyo también estaba ahí, pensando en otra cosa, y le costaba saber qué pensar, qué decir y cómo sentirse. Los problemas de su nieto parecían pequeños e insignificantes, en especial comparados con una bomba atómica, pero lo perturbaban de todos modos. Eran importantes para él en aquel mismo momento. Consideró en silencio lo que debía decir a continuación. ¿Qué sabía ella de dibujar manga? No lo había hecho nunca. No obstante, sí que sabía otras cosas. Sabía lo que era el fracaso. Sabía lo que era perder a alguien. Sabía muy bien lo que era trabajar mucho para conseguir algo. Y sabía más que de sobra lo que era no rendirse. Quizás algo de su propia vida, de su propia experiencia, de todo lo que había aprendido, pudiera ayudar al chico. Solo tenía que traducirlo a un idioma que él fuera capaz de entender.

Se acabó decidiendo a hablar.

—¿Kyo?

—¿Sí, abuela?

—No le des tantas vueltas a todo. Relájate. Mañana será otro día. Puede que hoy te parezca que no puedes hacer nada, o quizá te cueste, pero hoy se acabará, como todos los días. Esta noche se pondrá el sol y saldrá la luna. Y mañana será otro día. Un punto de vista renovado, una mentalidad renovada.

Kyo la escuchó en silencio, sin moverse, con la mirada clavada en el suelo.

—Algunos días alzarás el bolígrafo y te sentirás como un héroe, imparable, con la sensación de que puedes conseguir todo lo que te propongas, y a veces incluso más de lo que te propongas. —Ayako se miró los dedos que le quedaban, aunque, con los ojos nublados, le parecía ver hasta los que había perdido—. Pero también habrá otros días en los que vayas a dibujar y el bolígrafo te parezca algo raro. Todo te parecerá mal, lo claro será demasiado brillante, las sombras serán demasiado oscuras. Cada trazo del pincel o del boli te dará la sensación de que has cometido un error o de que directamente está mal.

Miró a Kyo una vez más antes de seguir, y él alzó la vista para devolverle la mirada.

—Así es la vida, Kyo. Sube y baja. —Esbozó una sonrisa—. *Yama ari tani ari*. Hay montañas y hay valles.

—Montañas y valles —asintió Kyo.

—No dibujarás un cómic entero en un día. Te llevará días, meses, tal vez años incluso. A lo mejor no acabas uno en toda la vida.

—Ya.

—Pero lo importante es que lo intentes, que aferres el bolígrafo, que dibujes algo pequeño, una línea a la vez. Así es como se acaba consiguiendo algo más grande. No con un salto enorme, sino con diez mil pasitos.

Ayako notó que los ojos se le anegaban en lágrimas. No podía permitirlo. Mira que emocionarse por una tontería como aquella… Por suerte, el tren ya estaba llegando a la estación de Hiroshima; ninguno de los dos se había dado cuenta, de lo enfrascados que habían estado en su conversación.

—Ya hemos llegado —dijo Ayako, señalando hacia el letrero del andén al otro lado de la ventana—. Venga, date prisa. No te entretengas.

☯

Bajaron con el resto de los pasajeros. Las calles estaban abarrotadas aquella tarde, por la ceremonia, pero Kyo no tenía ni idea de qué día era. En su lugar, notó una presión en el pecho por la cantidad de gente que había.

—Ay —se le escapó conforme se abrían paso hasta el tranvía que había delante de la estación—. Cuánta gente.

Ayako se echó a reír.

—No me imaginaba que alguien de Tokio fuera a decir eso en Hiroshima. No es una ciudad tan grande, ¿no? Y yo que creía que eras un pez gordo de la gran ciudad.

Su nieto se sonrojó.

Durante el tiempo que había pasado en la pequeña ciudad de Onomichi, Kyo se había sorprendido a sí mismo por lo rápido que se había acostumbrado al ritmo tranquilo de la zona. Había muchísimo espacio, en relación al número de personas que vivían allí. Incluso hacía poco, cuando Ayako y él habían acudido a la fiesta de fuegos artificiales Sumiyoshi de la ciudad, le había sorprendido la cantidad de gente que se reunía junto al agua por toda la orilla para ver los fuegos artificiales que brillaban y danzaban en el cielo, por encima del mar. Habían comprado yakitori de un puestecito yatai y habían contemplado los fuegos artificiales juntos. Kyo hasta se había puesto un jinbei azul para conjuntar con el yukata de Ayako. En aquel entonces, hasta Onomichi le había parecido abarrotado.

Prefería la paz y la tranquilidad.

¿Cómo iba a volver a acostumbrarse al sudor y el ajetreo de Tokio?

¿Le estaba empezando a gustar la vida rústica? Si así era, no se veía capaz de admitirlo todavía.

Se subieron a un tranvía que iba al Parque de la Paz, y fue entonces cuando Kyo se percató de a dónde iban y por qué. Comprobó la fecha en el móvil y ató cabos de inmediato. Ayako se dio cuenta de que el chico había sacado el móvil y de que algo cambiaba en su comportamiento. Se preguntó qué le pasaría. Quizá había recibido un mensaje de su madre.

No hablaron mucho en el tranvía, pero los otros pasajeros tampoco. Kyo notó el ambiente sombrío de la ceremonia por toda la ciudad. Tras bajar en la parada del tranvía, se pusieron a caminar poco a poco y en silencio alrededor del parque conforme anochecía. Fueron a rezar a la Llama de la Paz y luego a ver las miles de grullas de origami dobladas en homenaje a Sasaki Sadako.

Ayako y Kyo se quedaron en el puente, uno al lado del otro, para observar la escena.

Era la primera vez que Kyo veía la Cúpula de la Bomba Atómica. Había leído sobre el edificio en libros de texto, lo había visto en la tele y, por supuesto, sabía lo que había ocurrido. Sin embargo, ver los efectos en persona no era lo mismo. Las preguntas se le acumulaban, unas que quería preguntarle a su abuela, aunque no estaba muy seguro de si debía.

Se volvió para mirarla.

—Abuela… —empezó a preguntar, pero se detuvo.

—Sí —repuso ella, pues sabía qué le iba a preguntar—. Mi padre. Tu bisabuelo.

—¿Qué pasó?

—No lo sé exactamente, solo sé lo que me contó mi madre. Yo acababa de nacer. —Hizo una pausa después de que la voz le temblara un poco.

—Abuela, no tiene que…

—Trabajaba en la ciudad. —Sorbió por la nariz y continuó—: Venía cada día desde Onomichi. —Se quedó mirando el suelo—. Y ese día, no volvió a casa.

Los dos se quedaron quietos, rodeados de la música que fluía a su alrededor.

—Lo siento, abuela.

—No digas tonterías. —Meneó la cabeza y habló con más ímpetu—. No te corresponde a ti disculparte.

Kyo se quedó callado, sin saber muy bien qué decir.

Oyeron un grito a su izquierda; la voz de un joven que chillaba algo.

Ayako y Kyo se volvieron hacia la voz, y el grito volvió a sonar, aunque desde más cerca.

—¡Kyo! ¡Sí que eres tú!

Los transeúntes habían empezado a girarse en busca de la voz conforme un joven que corría hacia ellos aparecía entre la muchedumbre. Kyo lo reconoció.

—¿Quién es el idiota de los gritos? —le preguntó Ayako entre dientes mientras se acercaba, sin darse cuenta de que su nieto esbozaba una sonrisa enorme a su lado.

—Uno de mis excompañeros de clase de Tokio, abuela. Se llama Takeshi. No sé qué hace aquí, pero es buena gente. Uno de mis mejores amigos en Tokio.

—Tendré que creérmelo —dijo Ayako justo antes de que Takeshi llegara, por lo que tuvo que contenerse para no añadir que parecía un palurdo.

Tenía un rostro redondeado, rollizo y sincero, y la frialdad de Ayako hacía él no tardó en disiparse. Les sonreía con amabilidad a los dos mientras recobraba el aliento.

—Sabía… que eras… tú —dijo Takeshi, entre jadeos—. Creía que te había visto antes entre la gente, pero me ha costado confirmarlo.

—Sí, soy yo —respondió Kyo, sonriendo—. Abuela, este es Takeshi. Takeshi, te presento a mi abuela.

Takeshi se enderezó de inmediato y le dedicó una reverencia profunda a Ayako antes de dirigirse a ella con el registro más educado que había oído desde hacía tiempo.

—Es un honor conocerla —le dijo, con un tono sincero.

Ayako le devolvió el saludo y la reverencia. Le costaba que le cayera mal un alma tan simple.

—¿Qué haces por aquí? —le preguntó Kyo.

—¿Yo? Estudio en la Universidad de Hiroshima —respondió su amigo, antes de mostrarle los dientes y darse unos golpecitos en ellos—. Odontología.

—Impresionante —comentó Ayako.

Kyo oyó la palabra y supo leer entre líneas.

Es impresionante, Kyo, y tú no. ¿Por qué no eres impresionante?

Takeshi hizo un ademán para restarle importancia, avergonzado, y le siguió hablando a Ayako con educación.

—Solo es mi primer año. —Se volvió hacia Kyo—. Pero no sabía que estabas en Hiroshima. ¿Qué haces tú por aquí?

—Vivo en Onomichi con mi abuela —murmuró Kyo—. Solo hemos venido de visita por la ceremonia.

—¿En Onomichi? —repitió Takeshi, con una expresión radiante ante Kyo y Ayako, antes de dirigirse a ella directamente—. ¿No es ahí donde se basa *Cuentos de Tokio* de Ozu? ¡Me muero por ir a ver la ciudad!

—Sí, exacto. —Ayako asintió y sonrió, orgullosa porque aquel joven encantador de Tokio conociese su ciudad—. Qué bien informado estás. Tienes que venir a vernos.

—Sería un honor —dijo Takeshi, asintiendo entusiasmado. Pasaba la mirada de Ayako a Kyo en todo momento, para no abandonar a ninguno de los dos—. Bueno, estoy por aquí con algunos amigos de la universidad. —Señaló hacia un grupo de personas a lo lejos.

—¡Ah, qué divertido suena! —comentó Ayako.

—Sí —dijo Takeshi—. Nos hemos juntado para salir esta tarde. Estamos todos en el mismo club social en la universidad. —Dio un respingo, como si un rayo lo hubiera alcanzado—. ¿Quieres venir con nosotros, Kyo?

Kyo miró a su abuela, y supo que no se lo iba a permitir.

—Ah… Takeshi, muchas gracias por la invitación, pero creo que…

—Suena maravilloso —lo cortó Ayako antes de que pudiera acabar—. Kyo, no seas maleducado. Acepta la invitación.

—Pero, abuela —dijo Kyo, sorprendido—, tenemos que subir al tren de vuelta juntos.

—Soy más que capaz de subir al tren yo solita, Kyo. —Miró a Takeshi y puso los ojos en blanco por su nieto—. ¿Seguro que quieres que este vaya con vosotros?

Takeshi se echó a reír.

—Sí, vente, Kyo. No me seas muermo. Puedes quedarte a dormir en mi casa o en mi dormitorio, o puedes abordar el último tren hasta Onomichi. Como te vaya mejor.

—Quédate con tu amigo, Kyo —le dijo su abuela con firmeza—. Puedo volver a casa sola. —Y entonces añadió en voz más baja, solo para Kyo—: Mereces pasártelo bien de vez en cuando.

—Vale —repuso Kyo, y se volvió hacia Takeshi—. ¿Seguro que está bien que vaya?

—¡Que sí! —soltaron Ayako y Takeshi al mismo tiempo.

●

Ayako observó al chico desaparecer entre la muchedumbre con su amigo. Se detuvo para mirar atrás una sola vez y se despidió de ella con la mano antes de desaparecer del todo. Le devolvió el gesto, y no supo qué pensar de la última expresión que le vio en el rostro. ¿Qué emoción era la que había detrás de aquella mirada? La boca en expresión triste, los ojos que relucían bajo la luz tenue de la noche. ¿Tristeza? ¿Por qué iba a estar triste? Imaginaba que se habría alegrado de pasar un rato con jóvenes de su edad, para desahogarse un poco. Estaba sola en medio de un montón de gente, abrumada. El chico se había ido por el momento, y ella se había quedado sola con sus pensamientos una vez más.

Quizás el problema fuera que proyectaba parte de su tristeza en el chico.

Había estado pensando en las palabras de Sato, en que Kyo tenía la oportunidad de saber más de sus ancestros al estar en Onomichi. Creía que llevarlo a ver el Monumento a la Paz era un buen comienzo, pero entonces el amigo de la escuela había aparecido de la nada. Kyo debía aburrirse mucho, con la única compañía de una anciana. Los viejos y los jóvenes... Qué distintos que eran. Aun así, unos no podían existir sin los otros.

Echó un último vistazo a la silueta de la Cúpula de la Bomba Atómica, inclinó la cabeza y juntó las manos en una plegaria antes de dar media vuelta y alejarse del puente. Se abrió paso entre la gente poco a poco.

Mientras iba en el tranvía en dirección a la estación de tren de Hiroshima, pensó en todo lo que había ocurrido desde que el chico había ido a vivir con ella. Ya había visto que había cambiado, eso estaba más que claro.

Hacía varios domingos, había comenzado una nueva rutina: llevaba al chico a casa de Jun y Emi, la cual estaban remodelando. Además del proyecto que ya hacía para Sato, Ayako intentaba integrarlo en la ciudad al hacer que ayudara a la joven pareja. Por el camino, su nieto se había quejado un poco.

—¿Cómo? ¿Voy a trabajar para ellos de gorra?

Ayako había soltado un suspiro. Típica mentalidad tokiota.

En la zona rural del país, los favores eran una moneda con una buena tasa de cambio. Sin embargo, no tenía tiempo para explicárselo.

—¡Así harás ejercicio! Te ayudará a despejar la mente.

Un par de domingos después, había salido a pasear, y estaba claro que él ya había terminado con sus tareas de la remodelación, porque se lo había encontrado sentado en una roca escarpada en lo alto de la montaña, con la mirada sobre el mar y el cuaderno en el regazo, a la sombra de los árboles.

Se había sorprendido al verlo desde lejos. Aquel día llevaba una camiseta sin mangas, y había podido ver la transformación a la que se le había sometido el cuerpo. Estaba más en forma y más sano que cuando había llegado a la ciudad, en primavera. Le habían salido músculos en las piernas de todas las caminatas que hacían día tras día, y tenía los brazos más fuertes de ayudar a Jun y a Emi.

Se estaba convirtiendo en un hombre fuerte.

Aun así, según le pareció, todavía tenía algo en la expresión. Una tristeza residual que había llevado consigo desde Tokio.

Se parecía mucho a su padre. Muchísimo.

Y era eso lo que le preocupaba a Ayako.

El tranvía traqueteaba por las vías, y Ayako se mecía suavemente al ritmo del movimiento. Las mismas preguntas de siempre le rondaban por la cabeza.

¿Aquella vez lo estaba haciendo mejor?

¿Iba a fracasar otra vez?

Intentó apartar aquellos pensamientos según se metía en el tren que la iba a llevar a casa.

Se sentó junto a la ventana, sola, y sacó el libro, pero no dejaba de distraerse pensando en otras cosas. Las palabras de la novela fluían a través de ella sin que las retuviera.

Poco a poco, se le fue desviando la mirada de la página a la ventana, y se quedó contemplando la oscuridad de la noche, en la que solo veía de vez en cuando la silueta oscura y espectral de sí misma.

Una forma vacía que le devolvía la mirada.

○

Kyo ya se había bebido tres vasos de cerveza en el izakaya y estaba un poco achispado. La sala le daba vueltas a su alrededor, e intentó centrarse en lo que le decía la chica que tenía al lado.

—Entonces, eres un ilustrador o algo así, ¿no?

—Más o menos…, pero no…

—Sus dibujos son increíbles —interpuso Takeshi, tras inclinarse hacia ellos—. Enséñale el cuaderno, Kyo.

—Qué guay —dijo la chica.

Un tipo que estaba sentado al otro lado de la mesa se fumaba un cigarrillo y miraba a Kyo con sospecha.

Kyo rebuscó el cuaderno en su mochila. Pese a que no tenía ganas de enseñárselo a nadie, Takeshi estaba haciendo todo lo posible por ayudarlo a presumir, y no quería decepcionar a su amigo ni parecer desagradecido. Cada vez estaba de mejor humor, y, aunque a aquellas alturas no lo había vivido aún, se estaba empapando del espíritu de la fiesta, rodeado de un grupo de universitarios que comían y bebían. Que reían y se lo pasaban bien. Se había sumado al grupo con discreción, pero Takeshi, sociable como él solo, hacía todo lo posible por presentarlo a todo el mundo como su «amigo ilustrador de Tokio».

Un apodo que a Kyo lo incomodaba un poco.

El chico que había al otro lado de la mesa también lo incomodaba.

Después de haberse despedido de su abuela en el Parque de la Paz, la tristeza se había apoderado de él, al pensar en dejarla sola. Cuando se había dado la vuelta para mirarla, le había sorprendido la imagen: una mujer anciana y débil a solas en un puente. No parecía fuerte y feroz como siempre, sino que le había dado la sensación de que su abuela había envejecido diez años en lo que había tardado en dar aquellos pocos pasos. Cuando la había visto, un poco encorvada y enfundada en su kimono mientras se despedía de él, con la luz verde y tétrica de la Cúpula de la Bomba Atómica de fondo, le habían dado ganas de volver con ella. Todavía había estado a tiempo de despedirse de Takeshi y regresar con su abuela para asegurarse de que estuviera bien, pero había oído los gritos alegres de Takeshi que le pedía que se diera prisa para no perderse entre la multitud, y se había alejado de su abuela a regañadientes. Se había puesto a caminar al lado de su amigo.

—¿Qué tal te va todo, colega? —Takeshi dejó el japonés formal que había estado usando delante de la abuela de Kyo—. ¡No tenía ni idea de que estabas aquí!

—Ya, todo bien, ya sabes —murmuró Kyo.

—¡Pero si has perdido peso! Te estás poniendo cachas, hombre. —Y entonces hizo una pausa, como si no supiera si debía decir algo o no—. Y veo que… se te ha pegado un poco el acento de Hiroshima, ¿no?

—¿Ah, sí? —preguntó Kyo, sorprendido—. No me había dado cuenta.

—Tranqui, colega. —Takeshi se echó a reír—. Me parece guay, la verdad. Ya me gustaría a mí hablar como hablan aquí, pero me da miedo que crean que me estoy burlando, ¿sabes?

Caminaron deprisa hacia los amigos de Takeshi, quienes se habían reunido en círculo.

—Estamos todos en el mismo club, y vamos de camino a un izakaya.

—Guay. ¿Qué club?

—No sé, me he metido en muchos. ¿En el de bádminton, quizá? —Takeshi se echó a reír ante la cara de sorpresa de su amigo, pues los dos sabían que no era el más deportista del mundo precisamente—. Pero bueno, hay un montón de chicas guapas, así que no te preocupes.

—Ah… —dijo Kyo, incómodo. Takeshi se dio una palmada en la frente, como si se acabara de acordar de algo.

—Ay, joder, ¿sigues con Yuriko?

—No, lo dejamos. —Kyo negó con la cabeza.

—Lo siento, macho.

—No pasa nada. Me alegro, si te soy sincero. Soy feliz si ella es feliz.

—¿Qué pasó? Si no te molesta la pregunta.

—Todo se fue a la ruina cuando suspendí los exámenes para entrar en Medicina. —Kyo puso una expresión lúgubre—. Ya no formaba parte del plan de su vida. Me dio la sensación de que la estaba retrasando, ¿sabes? Si te soy sincero, no sé si era el plan de vida que quería yo tampoco.

—Mala suerte, colega. —Takeshi asintió, con un gesto sabio—. Sé que lo pasaste mal en primavera. —Le dio un golpecito en el brazo a Kyo—. ¡Pero no me contestaste ni a un solo mensaje!

—Perdona… —se disculpó Kyo, sin saber qué más decir—. Es que…

—No te preocupes —lo tranquilizó Takeshi para rescatarlo—. Si te soy sincero, desde que empecé la universidad no he seguido en contacto con nadie del insti. Me da lástima, pero he estado liado. Y ya sé cómo es. Pero los amigos siempre somos amigos, ¿verdad?

Kyo asintió, aunque no dijo nada más. En su caso, no era que hubiera estado demasiado ocupado como para responder a los mensajes de sus amigos; el problema era que se avergonzaba por haber suspendido y no quería ser una carga para los demás. Así que se había escondido de todos, hasta que los mensajes habían dejado de llegar, con lo que había logrado aislarse por completo. Últimamente había estado disfrutando de su vida en Onomichi, ese no era el problema, pero sabía que echaba de menos a los de su edad, a la gramática sencilla que compartían los jóvenes.

—¿Vas a volver a casa por el Obon? —le preguntó Takeshi—. Podríamos quedar cuando estemos todos en Tokio.

—Ah, gracias, pero creo que el Obon lo pasaré en Onomichi con mi abuela.

Kyo todavía no había sacado el tema ni con su madre ni con su abuela; de hecho, no estaba seguro de si era eso lo que quería hacer o si solo era una excusa improvisada para evitar tener que quedar con el grupito de siempre en Tokio. No quería ser el lastre que los hundía a todos. Estaban disfrutando de su nueva vida y pasándoselo bien, y él era un alma en pena, un ronin-sei sin nada de lo que alegrarse. Aquello había hecho que le fuera imposible ir con el grupo cuando todos se habían juntado después de haber recibido las notas de los exámenes.

Takeshi se detuvo a pocos metros del grupo.

—Vale, ¿estás preparado?

—Supongo.

—Intentaré presentarte a la más guapa —bromeó Takeshi—. Tú dime cuál te gusta más.

—No hace falta —dijo Kyo, con un ademán de las manos, avergonzado—. Prefiero quedarme charlando contigo. Me alegro de volver a verte.

○

Habían paseado por la ciudad, por Hondori, la calle comercial cubierta de Hiroshima, larga y llena de gente, que hacía que el shotengai diminuto de Onomichi pareciera insignificante. En la gran ciudad había un montón de gente de la edad de Kyo, disfrutando de la noche. Fue un cambio muy drástico para él, con toda la gente que salía de fiesta, después del ambiente sombrío del Monumento a la Paz.

Estar en Hiroshima, tan llena de gente y de vida, era como volver a Tokio, rodeado de alegría. Taxis, tranvías, oficinistas, estudiantes, cafeterías, bares, restaurantes, librerías, centros de juego, cafeterías de manga, de gatos y de sirvientas… Hiroshima contaba con casi todo lo que ofrecía Tokio. Las posibilidades infinitas se le abrían de nuevo. En Onomichi no tenía opciones, porque no tenía nada más que hacer que dibujar, estudiar, ayudar a Jun y a Emi con las remodelaciones o hablar con su abuela mientras jugaban al go o se iban de paseo. Sin embargo, en la gran ciudad una vez más, recorriendo las calles con personas de su edad, reconoció la libertad que se le apoderaba del cuerpo.

Se habían metido en un izakaya de franquicia nada más salir de Hondori, y Kyo estaba charlando con una chica que quería ver sus dibujos. Rebuscaba en la mochila, un poco borracho, e intentaba sacar el cuaderno. El hombre al otro lado de la mesa seguía fumando y miraba a Kyo con una expresión cargada de desdén.

—Aquí está —dijo Kyo, al sacar el cuaderno.

La chica se lo quitó de las manos y lo hojeó deprisa.

—¡Vaya! —soltó, mientras miraba los bocetos—. ¡Son increíbles!

Kyo sonrió y le restó importancia al halago con educación.

—No es nada, unos dibujos y ya está.

—Kawaii. ¡La rana es muy mona! Y me encanta el búho y el tanuki.

El chico que estaba al otro lado de la mesa miró el cuaderno por encima antes de dirigirse a Kyo.

—¿Qué estudias? —le preguntó.

—Ah, no estoy en la uni —repuso Kyo.

—Entonces, ¿eres ilustrador profesional? —Miró a Kyo a los ojos.

—No exactamente, no.

—¿Tienes página web?

—Pues no.

—Ah, debes de tener una cuenta de Instagram, entonces.

—Sí, pero no subo nada. Estoy intentando pasar menos tiempo con el móvil.

—¿Te han publicado algo?

—No.

—En ese caso, y perdona mi mala educación —el tipo apagó el cigarrillo—, ¿por qué te haces llamar «ilustrador»?

Kyo no sabía muy bien cómo responder a una pregunta tan directa.

Miró en derredor, en busca de la respuesta.

La chica había dejado de hojear el cuaderno y los estaba mirando, a la expectativa, a Kyo y al chico intenso del otro lado de la mesa. Takeshi estaba distraído hablando con alguien más.

—No lo hago —dijo Kyo—. No he dicho que sea ilustrador.

—Entonces, ¿qué eres? —El chico se cruzó de brazos—. ¿De qué trabajas?

—Soy un ronin-sei —dijo Kyo.

El chico esbozó una sonrisita satisfecha.

—Debe de ser duro —le dijo la chica a Kyo, antes de devolverle el cuaderno y darle una palmadita en la muñeca—. Pero dibujas muy bien. —Le sonrió con amabilidad.

El chico se echó atrás en su asiento, con una expresión engreída, y se encendió otro cigarro.

—Hay que tener presencia en internet si uno quiere ser ilustrador —continuó, aunque le hablaba a la chica, como si Kyo ya no existiera—. Yo también dibujo.

Con la sensación de que ya no estaba en su propio cuerpo, Kyo observó cómo el tipo sacaba el móvil y abría una cuenta de redes sociales con varios miles de seguidores. Las imágenes estaban muy estilizadas, llenas de colores estridentes. Kyo tragó en seco.

—¡Qué guay! —soltó la chica, y se olvidó de Kyo—. ¿Qué usuario tienes? Así te sigo.

El chico le deletreó su nombre de cuenta, y Kyo se quedó mirando en silencio cómo ella lo buscaba en su teléfono y echaba un vistazo por las imágenes mientras se maravillaba por los dibujos. Kyo bebió un trago de cerveza, pero le supo amarga y caliente.

Le dieron ganas de salir corriendo. De irse de allí. De alejarse de aquel grupo en el que no encajaba. Dejó algo de dinero en la mesa para pagar por lo que había comido y bebido, se puso de pie, recogió la mochila y casi había salido por la puerta cuando Takeshi salió corriendo tras él.

—¡Oye! ¿A dónde vas?

Kyo le puso una mano en el hombro a Takeshi y trató de mostrar una expresión relajada. De verdad le estaba agradecido a su amigo.

—Ah, voy a pescar el último tren para volver a casa —contestó—. Pero gracias por invitarme.

—¿Seguro que llegarás a tiempo? —Takeshi había sacado el móvil y estaba buscando el horario de los trenes—. Se está haciendo tarde. Mejor que te quedes aquí conmigo, ¿no? No tenemos que quedarnos mucho rato, pero espera que miro los horarios. Hi-ro-shi-ma. —Le dio un toquecito al móvil y habló en voz alta mientras escribía, sílaba por sílaba—. O-no-mi-chi.

—No te preocupes. —Kyo aprovechó la oportunidad para irse mientras Takeshi seguía distraído con el móvil—. Gracias por invitarme, ha sido una pasada. —Sacó sus zapatos de la taquilla de la entrada y se los puso deprisa—. Nos vemos pronto, ¿vale? Será mejor que me vaya ya, antes de que se me escape el tren.

Se dio media vuelta y salió corriendo.

A duras penas, llegó a oír a Takeshi que le gritaba a su espalda.

—¡Espera! ¡Kyo! ¡Que ya se te ha escapado!

Kyo salió a la calle y se alejó del izakaya tan deprisa como pudo.

Y la ciudad se lo tragó entero.

八

Ayako atendió el teléfono al cuarto tono.

Había estado desayunando, a la mañana siguiente de la ceremonia, cuando el teléfono había sonado, y al principio se había sobresaltado un poco. Dejó los palillos, tragó el pescado que había estado masticando y fue a sacar a quien había perturbado su paz de debajo de su tapete de tela bordada.

¿Quién la llamaba a aquellas horas de la mañana?

—Moshi moshi? —contestó, un poco dudosa.

—*Buenos días, ¿es usted Tabata Ayako-san?* —la saludó una voz de hombre de mediana edad, entre crujidos, desde el otro lado de la línea.

—Sí, soy yo —dijo Ayako—. ¿Con quién hablo?

—*Soy el agente Ide.* —Hizo una pausa, tal vez para darle un efecto dramático—. *Del Departamento de Policía de Hiroshima.*

Ayako no pudo evitar llevarse una mano a la boca, que se le había quedado abierta.

Se quedó de piedra, incapaz de decir nada.

—*¿Es usted la abuela de Tabata Kyo-kun?*

—¿Está bien? —preguntó, a través de los dedos.

—*Sí, sí.* —El agente de policía puso un tono más ligero—. *Está bien; por favor, no se preocupe. Esta mañana nos lo hemos encontrado un poco perdido, así que lo hemos recogido y lo hemos traído a la koban. ¿Podría venir a buscarlo?*

—Por supuesto, agente. Estaré ahí lo antes posible. ¿Podría darme la dirección?

—*Claro. ¿Tiene un boli a mano?*

El agente Ide le dio la dirección de la pequeña cabina de policía koban, y ella la anotó en un bloc de notas que tenía al

197

lado del teléfono. A pesar de que ya estaban a punto de colgar, Ayako no pudo evitar hacerle otra pregunta.

—¿Agente Ide?

—*¿Sí?*

—¿El chico se ha metido en algún lío? ¿Ha hecho algo malo? —preguntó, nerviosa, e hizo una pausa hasta que se decidió a añadir—: ¿Está a salvo?

—*Todo está bien* —repuso el agente Ide con amabilidad—. *No se preocupe, Tabata-san. Es que cuando lo hemos recogido estaba un poco... desorientado, digamos. Estaba en el Parque de la Paz, cerca del puente. Unos de nuestros agentes de patrulla han ido a hablar con él, y se ha mostrado amable y educado. Pero nos hemos preocupado cuando nos ha dicho que tenía diecinueve años, así que no tendría que haber estado tan... desorientado como lo hemos visto a las cinco de la madrugada. Solo queríamos asegurarnos de que volviera a casa a salvo. Pero...*

Se produjo una breve pausa al otro lado de la línea. Ayako no soportaba la espera.

—¿Sí?

—*Eh... Quizá sea mejor que se lo explique cuando venga, pero parecía un poco... reacio a que contactáramos con usted.*

—¿Ah, sí?

—*Sí.* —Ide se echó a reír—. *No le diga que se lo he contado, pero creo que le tiene más miedo a usted que a nosotros.*

Ayako se sonrojó, tanto por la vergüenza como por el enfado.

—Gracias —dijo con frialdad—. Me pasaré por allí lo antes posible, agente Ide. Y ya hablaré yo con el chico. Le aseguro que preferirá que lo hubieran encerrado y hubieran tirado la llave.

Ide soltó otra risita, aunque más nervioso que antes.

Colgó el teléfono, pidió un taxi para la estación de Shin-Onomichi y se preparó para salir. Después de vestirse, reparó en que no iba a poder abrir la cafetería aquel día. Llamó al móvil de Sato y le preguntó si podía ponerle un cartel en la puerta para informar a los clientes de que había tenido una emergencia personal e iba a tener que cerrar durante el día.

—*Faltaría más, Aya-chan* —le dijo Sato, antes de seguir con un tono más preocupado—, *pero ¿va todo bien?*

—El chico —fue lo único que Ayako pudo decir.

—*¿Qué ha pasado?* —quiso saber Sato.

—Se le va a caer el pelo.

—*No se pase mucho con él.*

—Métase en sus asuntos —le dijo Ayako—. ¡Y ponga el cartel en la cafetería!

Colgó y se dirigió a la calle principal, donde había pedido que la esperara el taxi. La estación Shin-Onomichi, donde paraba el tren bala, estaba demasiado lejos de su casa como para ir andando, y los callejones que conducían hasta su casa, aunque estaban bien para ir en bici o en moto, eran demasiado estrechos para un coche. Salió deprisa por la puerta y recorrió los callejones a toda velocidad.

Aquel día iba a ir a la ciudad en tren bala.

○

Kyo había deambulado por Nagarekawa, el distrito de la vida nocturna.

Se había sentado a la barra de cada bar diminuto, y al principio solo había pedido cerveza, hasta que había avanzado al whisky mientras charlaba, abatido, con los distintos barman.

—¿Sabes de dónde viene la palabra «whisky»? —le preguntó un barman después de que Kyo hubiera pedido.

—¿De Escocia?

—Sí, pero ¿sabes qué significa?

—No —repuso—. ¿Qué significa?

—Proviene del gaélico, de *uisge beatha*, y eso significa «el agua de la vida».

Kyo se quedó mirando el líquido ámbar que tenía en el vaso a través de sus ojos beodos. El agua de la vida.

El agua solía significar *vida*, sí. Pero también podía significar la muerte.

Fue dando tumbos de antro en antro. Miró a los fiesteros felices del Mac Bar bailar al ritmo de Bob Marley y de la canción de Violent Femmes «Blister in the Sun», mientras la sala entera entonaba el «¡Let me go on!» del estribillo. Luego fue a Barcos y vio a un grupo de personas distinto bailar al ritmo de otra música, más hiphop y R&B que la panda de música indie del Mac. Entraba en un bar, pedía algo de beber, se quedaba a mirarlo todo un rato y luego se iba a otro. Fuera adonde fuere, siempre se quedaba mirando, nunca participaba, porque no encajaba. Las luces coloridas de las discotecas parpadeaban, brillaban e iluminaban el vaso de lo que hubiera pedido en el momento. Las notas graves de los altavoces le arremetían contra los oídos, y miraba a chicos y chicas de su edad bailando juntos. Todos parecían felices, contentos. Aun así, Kyo no dejaba de darle vueltas a lo mismo, a una pregunta que le rebotaba por el cráneo: ¿cómo encajaba él en todo eso?

Salió de la discoteca y acabó en un bar pequeño que servía gyoza y cerveza. Se pidió uno de cada, pero solo consiguió beberse medio vaso antes de quedarse dormido en la barra. El propietario lo despertó para decirle que estaba a punto de cerrar, y Kyo siguió tambaleándose por la calle según amanecía. Iba a tener que ir al tren hacia Onomichi, solo que no tenía ni idea de dónde estaba ni de dónde quedaba la estación.

Los servicios de lavandería matutinos dejaban toallas limpias en los burdeles con baños conforme pasaba por ahí y se llevaban bolsas enormes de toallas sucias para lavarlas para los siguientes clientes. Vio a un hombre que salía a trompicones de uno de los burdeles, y la tristeza se apoderó de él. Le dolían las piernas de tanto caminar y le estaban saliendo ampollas en los pies, pero avanzó más allá de las *sex shops* sórdidas y de los servicios de acompañantes del distrito nocturno, bañado por la luz gris del amanecer, hasta que acabó llegando al borde del

Parque de la Paz. Cruzó el primer puente y se quedó mirando por encima del agua tranquila y de los barcos amarrados, hacia el sol cálido que se asomaba entre los edificios del horizonte. La ciudad estaba preciosa a aquella hora de la mañana. Si todavía le quedara batería en el móvil, habría sacado una foto.

広島 — Hiro Shima — Isla Amplia.

Eso era lo que significaban los caracteres, y, al ver todos los puentes que pasaban por encima de los distintos ríos que atravesaban la ciudad y dividían el terreno en una isla, entendió por qué le habían dado ese nombre. Siguió andando por el Parque de la Paz, antes de volver al mismo puente en el que había estado con su abuela la noche anterior.

Se detuvo en medio del puente y miró la Cúpula de la Bomba Atómica. Parecía distinta, al verla bajo el brillo anaranjado del sol.

Sin embargo, cuanto más se lo pensaba, más se imaginaba la bomba que caía sobre la ciudad. Se imaginó que volvía a caer, solo que la noche anterior, y que aniquilaba a todas aquellas personas que bailaban en las discotecas, a todos los que habían rezado en las riberas. Le costaba hacerse a la idea de que todas aquellas vidas intensas y variopintas podían llegar a su fin al instante. ¿Cómo podía funcionar el resto de la humanidad si sabían que los seres humanos eran capaces de llegar a cometer unos actos tan atroces contra ellos mismos? ¿Cómo podían seguir viviendo como si nada? Se puso a pensar en lo que su padre debía de haber presenciado a lo largo de su vida como fotógrafo de guerra. No le extrañaba que hubiera hecho lo que había hecho.

Notó la oscuridad que se alzaba en su interior según miraba el agua.

Estaba tranquila. Quería experimentar lo que había experimentado su padre.

Según decían, morir ahogado era una sensación maravillosa.

Encantadora, tentadora, con un frescor que contrastaba con el calor del día.

Dejó la mochila en el suelo.

Se subió a la barrera de piedra del puente.

Y saltó.

Ruido del agua.

●

Ayako estaba sentada en el tren bala y lo alentaba mentalmente a que corriera más de lo que ya corría.

Lo que iba más deprisa aún eran las preguntas que le recorrían la mente. ¿Qué pasaba? ¿Se le estaban escapando las riendas de la situación? ¿Cómo podía ser que el chico hubiera acabado en la policía? ¿Se había equivocado al haberle permitido que se fuera con su amigo la noche anterior? ¿Qué se suponía que debía hacer?

Sacudía la pierna, nerviosa, hasta que, cuando un oficinista que estaba sentado en su fila la miró con desdén, se detuvo.

Y entonces empezó a tamborilear con los dedos en el alféizar.

El oficinista le dedicó la misma mirada desdeñosa a los dedos de Ayako, pero, al ver que le faltaban algunos, clavó la mirada en su periódico, asustado. Ayako ya estaba acostumbrada a que los demás se imaginaran que era miembro de la Yakuza; al principio le había molestado, hasta que había empezado a hacerle gracia que los hombres de cualquier edad se achantaran ante su presencia. Sin embargo, aquella mañana estaba demasiado preocupada por el chico como para que le importara.

Se bajó en la estación de Hiroshima, y en aquella ocasión salió por el Shinkansen, en el lado opuesto que la noche anterior. En el exterior había un montón de taxis, y se subió por la puerta abierta del que le quedaba más cerca antes de leerle en voz alta al conductor la dirección de la cabina de policía koban que el agente Ide le había dado por teléfono.

En el taxi, ensayó la buena riña que le iba a dar a su nieto.

Hasta ahí habían llegado. Esa era la gota que colmaba el vaso.

○

Un par de policías de patrulla habían sacado a Kyo del agua al instante, sin mucha amabilidad que digamos.

—¿Qué coño haces? —le había gritado el agente más joven conforme lo sacaban hasta la ribera y él tosía y escupía agua—. Serás gilipollas. ¿Qué hacías en el agua? ¿Es que eres tonto? ¿Estás mal de la cabeza?

—Te has metido en un buen lío, chico —le había dicho el agente mayor, con una mueca.

Lo habían empujado a la parte trasera del coche patrulla, le habían lanzado la mochila a su lado y lo habían llevado a la koban más cercana. Había dejado el asiento del coche resbaladizo por el agua de su ropa empapada.

Los dos policías lo habían sacado del coche a empujones y lo habían llevado a la pequeña koban.

Detrás del escritorio había un hombre rollizo de rostro amable. Tenía el pelo corto a los lados, un poco más largo por arriba, y tenía la costumbre de frotarse la cara con una mano cuando pensaba. Tenía unos antebrazos enormes, como un par de jamones pegados al hueso y cubiertos de piel estirada.

—Siéntate ahí, capullo —le dijo el policía a Kyo, señalando hacia una silla al otro lado del escritorio, delante del agente encargado. A pesar de que Kyo estaba recobrando la sobriedad deprisa, en términos de equilibrio seguía bastante beodo y con dificultades para caminar. Se percató de que el agente encargado hacía una mueca ante el lenguaje soez del joven.

—Lo hemos encontrado nadando en el río, al lado de la Cúpula de la Bomba Atómica, agente Ide —le explicó el otro policía a su superior.

—No estaba nadando —dijo Kyo, terco.

203

—¿Y qué hacías ahí metido entonces, pedazo de idiota? —le preguntó con brusquedad el joven—. ¿Te hundías?

El agente Ide se quedó mirando a Kyo con atención.

—¿Te has caído?

—No, he saltado. —Kyo no sabía muy bien qué contestar, por lo que optó por la verdad.

—¿Por qué has saltado? —le preguntó Ide, tras echarse hacia adelante en su asiento.

—No sé. —Kyo se miró los pies. Claro que lo sabía, pero no quería decir nada. Estaba tiritando.

Ide hizo una pausa y se quedó mirando a Kyo y sus temblores mientras se pensaba algo.

—Yahata —le dijo al policía mayor—, ve a buscar ropa seca en objetos perdidos.

—Sí, señor —repuso Yahata.

Kyo e Ide se quedaron sentados en silencio, mientras el policía joven musitaba «idiota» de vez en cuando.

—Fujikura —le soltó Ide de repente al policía joven—, déjalo estar ya, ¿quieres?

Yahata volvió con un mono gris y una toalla y se lo dio todo a Kyo con educación. Kyo fue a la sala de al lado para cambiarse y secarse, y, cuando volvió a la sala principal con la ropa mojada metida en la toalla húmeda, Ide se dirigió a los dos policías de forma brusca, con un aire de autoridad.

—Llevaos la ropa mojada a una secadora de la lavandería. Traedla cuando acabe.

—¿Los dos? —preguntó el joven, con aspecto molesto.

—Sí, los dos —insistió Ide—. Venga, que es para hoy.

Los dos policías se marcharon de la cabina de policía koban, por lo que Ide y Kyo se quedaron a solas, mirándose por encima del escritorio. Kyo estaba avergonzado y se puso a observar la sala. En una pared había un mapa detallado de la zona en la que estaban; otra estaba llena de carteles que explicaban que hacer tal y tal cosa era un delito. En una pared distinta a la de esos carteles educativos había un montón de carteles de «se busca» con fotos de criminales empedernidos, además de la cantidad de dinero que ofrecían por información que los ayudara a detenerlos. Kyo se preguntó si, si salía corriendo por la puerta, su foto iba a acabar en esa pared. ¿Cuánto iban a ofrecer por alguien que saltaba al río?

—Bueno —dijo Ide, cruzándose de brazos. Kyo alzó la mirada y vio que el agente le sonreía con amabilidad—. ¿No tienes nada que decir?

—Lo siento mucho.

Ide esbozó una sonrisa más grande todavía.

—Es un buen comienzo. —Se echó adelante en el escritorio y sacó un boli y un bloc—. Ahora que estamos solos, antes de nada, ¿dónde vives?

—En Onomichi. Con mi abuela.

—Pues vas a decirme tu nombre, tu dirección y el número de teléfono de tu abuela. La voy a llamar para pedirle que venga a buscarte.

—Sí, señor —contestó Kyo. Y se preguntó por qué lo estaba llamando «señor».

—Y luego —continuó Ide— me vas a contar por qué has saltado al río a las cinco de la mañana.

Kyo se removió en su asiento, y, tras unos segundos, soltó un suspiro.

—Puedo contárselo todo, agente Ide —le dijo, con voz temblorosa—. Pero, por favor, no le diga a mi abuela que he saltado al río. Me matará.

—No puedo prometerte nada tan concreto, es posible que tenga que decirle que te hemos sacado del agua. Si es que llega antes de que se te seque la ropa. —Ide se echó a reír—. Pero si quieres hablar, te escucharé y te prometo que no le contaré a nadie lo que me digas. A menos que sea sobre quebrantar la ley. Cumplo con mis promesas, así que puedes confiar en mí.

Kyo seguía un poco borracho; no tenía nada que perder.

—Agente Ide, no se lo he dicho nunca a nadie, pero siempre he sabido que mi padre se suicidó en Osaka cuando yo era un bebé. Era un fotógrafo de guerra, uno bastante famoso, y siempre me he imaginado que todo lo que vio y las fotos que hizo lo marcaron de por vida. Se tomó una sobredosis de medicamentos además de un montón de alcohol y luego saltó al canal de Dotonbori y se ahogó. Sé que le parecerá una tontería, y seguro que no me cree, pero le prometo que no pretendía suicidarme como él...

—Entonces, ¿qué hacías?

—No lo sé, creo que intentaba entender qué experimentó él antes de morir. No lo llegué a conocer, y creía que, al hacer lo mismo que hizo mi padre, podría sentirme más cerca de él. Pero no quiero morir, se lo prometo.

Esa última frase no era del todo cierta.

De hecho, Kyo había pensado en quitarse la vida varias veces. Muchas veces. Se había imaginado todas las formas en las que lo podía hacer: podía cortarse las venas en la bañera, ahorcarse, llenar el coche de gas, saltar de un edificio, meterse en la autopista o con una sobredosis de pastillas. Sin embargo, el ahogarse era lo que siempre le acababa llamando más la atención. La gente decía que era una forma fácil de morir, pero ¿y si le salía mal y acababa viviendo el resto de sus días como un vegetal?

Era demasiado cobarde como para hacer algo más que pensar en ello; el dolor le daba demasiado miedo. Aunque la vida también estaba llena de dolor. Era un dilema que no sabía resolver. Con todo, siempre se guardaba aquellos pensamientos para sí mismo. Incluso en aquel momento.

No obstante, se había puesto a hablar con el agente Ide como nunca había hablado con nadie, ni siquiera con sus amigos del instituto ni con su exnovia. Y mucho menos con su madre. Kyo tenía los pensamientos sobre su padre guardados a buen recaudo, encerrados en lo más hondo de su ser. Aun así, por alguna razón, aquel policía le parecía mucho más abierto y accesible que los miembros de su familia. Todo lo que quería hablar con su madre, con su abuela y con sus amigos, todo aquello de lo que no era capaz de hablar, le salió como un torrente por la boca.

—Mi padre se ahogó. Puedo vivir con eso; he acabado aceptando que fue así como escogió perder la vida. Pero lo que me molesta es que en mi familia nadie me ha hablado de eso. He ido entendiéndolo todo a partir de trocitos de información que he oído a los demás decir con el paso de los años. Solo que no hay nadie con quien pueda hablar de él. No hay nadie que se haya sentado conmigo a contarme historias sobre mi padre, sobre qué tipo de persona era, qué le gustaba hacer.

Tras acabar, se enjugó las lágrimas de las mejillas y alzó la mirada al fin para devolvérsela al policía. Ide no lo había interrumpido mientras hablaba y seguía en silencio. Kyo no sabía leerle la expresión: ¿era miedo? ¿O tal vez compasión? Ide cambió de postura, y Kyo vio que era una expresión cargada de preocupación lo que escondían sus ojos. Un color en sus iris que no había estado ahí antes.

Aun así, Kyo no se lo había contado todo. No le había hablado de las ideas más oscuras y dolorosas que tenía, las de darse por vencido del todo. Esas las dejó encerradas en su interior. Si las dejaba ahí, quizá lograra convencerse de que valía la pena vivir la vida.

●

Ayako llegó a la cabina de policía koban y entró con el corazón latiéndole desbocado.

El chico estaba sentado a un escritorio, delante de un policía rollizo, y los dos se estaban riendo, con unos vasos de ramen y palillos en las manos. Se quedaron en silencio de inmediato cuando Ayako entró en la sala y dejaron los fideos en el escritorio. El chico puso cara de vergüenza de inmediato, dejó caer la cabeza y se quedó mirándose los pies. El agente tras el escritorio, al notar el cambio en el comportamiento del chico, se puso de pie deprisa y le dedicó una reverencia formal a Ayako.

—Debe de ser Tabata-san —le dijo—. Soy el agente Ide. Hemos hablado por teléfono ates, pero me alegro de conocerla en persona.

—Siento muchísimo los problemas que le ha causado mi nieto —se disculpó Ayako, con una reverencia tan baja como pudo para transmitir la vergüenza de la situación.

—No se preocupe, no hace falta que se disculpe. —Ide hizo un ademán para restarle importancia—. No ha pasado nada.

—Tú. —Ayako se volvió hacia el chico y le habló con ímpetu—. ¿Cómo puedes quedarte ahí riéndote? Discúlpate ahora mismo al agente Ide por causar tantos problemas.

—Lo siento mucho —dijo Kyo.

—Ah, no es nada —respondió Ide—. Es mi trabajo. Y me ha hecho mucha compañía esta mañana. Hemos charlado mucho, ¿eh? —Se volvió hacia Kyo—. Venga, como lo hemos hablado antes.

Kyo asintió, se puso de pie y le dedicó una reverencia baja a Ayako.

—Siento mucho haberla preocupado, abuela. No lo volveré a hacer. He actuado sin pensar y de forma irresponsable. Por favor, perdóneme.

Ide les sonreía a los dos. Sin embargo, una ira ardiente como un volcán bullía dentro de Ayako.

¿Por qué aquel policía gordinflón no se lo tomaba en serio?

—Tú —le dijo a Kyo—. Fuera. Nos vamos.

Kyo recogió su mochila y salió de la koban. Ayako lo siguió y casi había salido por la puerta cuando oyó la voz de Ide a su espalda.

—Eh... ¿Tabata-san?

—¿Sí? —Se dio media vuelta para mirarlo. Todavía estaba de pie detrás del escritorio.

—¿Podría hablar un momentito con usted?

—Claro.

—Eh… No quiero pasarme de la raya, por decirlo así.

—Agente Ide —Ayako estaba muy cansada—, por favor, diga lo que tenga que decir.

—Es que… Bueno, el chico me ha contado algunas cosas. —Se rascó la barbilla, nervioso—. Cosas que le he prometido que no le diría a nadie.

—Siento mucho que lo haya molestado.

—No, no. —Ide negó con la cabeza—. No es eso. Es un buen muchacho.

—Después de haber tenido que tomar dos taxis y un tren bala desde Onomichi para venir a sacarlo de una koban, ahora mismo no me lo parece, agente.

—Sí, bueno… —tartamudeó—. Ya, pero…

—Lo siento, no pretendo ser maleducada, pero ¿qué es lo que quiere decirme, agente?

Ayako seguía allí plantada, cruzada de brazos, y no dejaba de mover un pie. Ide se echó atrás un paso.

—No lo sé, Tabata-san.

—¿No lo sabe?

Ide soltó un suspiro.

—Supongo que lo que quiero decir es que no se pase mucho con él. Es un buen chico, no como algunos de los gamberros de la ciudad con los que nos toca lidiar por aquí. Es honesto y decente, y también muy educado. Usted y su familia deberían estar orgullosos de él. Tiene muchas cosas que necesita contarle, y le he dicho que lo hiciera. Pero creo que también hay mucho que le gustaría oír de su parte sobre su padre. Sobre su hijo, vaya.

Ayako se ruborizó, y un escalofrío la recorrió entera.

—¿Eso es todo, agente?

—Lo siento, Tabata-san —dijo Ide, con una reverencia—. Quizá me he metido donde no me llaman.

—Que pase un buen día.

Se dio media vuelta y se marchó, no fuera a ser que le cantara las cuarenta a un agente de la ley.

Se sentaron en el tren lento, en silencio.

Ayako estaba aliviada de ver que Kyo estaba vivo y a salvo. Cuando la habían llamado aquella mañana, había sido como un *déjà vu*, porque la policía de Osaka también le había dado una llamada similar hacía tantos años. También estaba aliviada de que no se hubiera metido en un lío de verdad, por decirlo de algún modo. Había desperdiciado un día entero con el estrés de ir a buscarlo, y eso la molestaba, pero su ira se acabó sustituyendo por otra sensación. El comportamiento del chico había cambiado y parecía ansioso cuando la miraba. Hambriento. Tal vez el tal Ide le había dicho algo que lo había hecho cambiar de actitud. Aún no le había dedicado ni una palabra al chico, pues era una de esas ocasiones nada comunes en las que no sabía cómo proceder.

Parecía arrepentido, aunque no hablaba mucho, más allá de unas cuantas disculpas más que le había dedicado en voz baja mientras compraba los billetes para volver a casa. Aun así, aquel policía idiota tenía algo que la molestaba. ¿Quién se creía que era para darle consejos sobre asuntos familiares? ¿Cómo se atrevía a hablarle así de su Kenji? ¿Cómo podía llegar a saber siquiera una fracción del sufrimiento y del dolor que había tenido que superar a lo largo de su vida? ¿Y qué le hacía creer que tenía derecho a decirle cómo tratar a su nieto? ¡Semejante insolencia! Si quería castigarlo, eso era asunto suyo, no del agente.

Kyo también le estaba dando vueltas a todo. Repasaba la conversación que había mantenido con el agente Ide y pensaba en lo que habían hablado. Parte de los consejos que le había dado todavía le daban miedo: «Habla con ella, haz las preguntas que tengas que hacer. No te guardes todo lo que piensas y lo que sientes, eso no le servirá a nadie». Todo le había parecido de lo más simple cuando se lo decía Ide en la cabina de policía koban y solo estaban los dos, se había sentido inspirado para cambiar la relación que tenía con su abuela. Para hablarle con franqueza sobre el padre que nunca había tenido, pero también para saber más de la vida de ella y de su roce con la muerte. De cómo se había sentido en la montaña, sola y helada. Quería que le dijera qué se le había pasado por la cabeza para seguir los pasos de su abuelo en la Montaña de la Muerte. ¿Las emociones que se habían apoderado de ella habían sido las mismas que había experimentado Kyo al saltar al agua desde un puente tal como había hecho su padre? Quizás hubiera un gen depresivo y suicida en su familia que no había cómo erradicar. No obstante, sentado al lado de su abuela de la vida real, llena de ira, aquellas charlas le parecían una fantasía. ¿Cómo iba a sacarle el tema? Ya le costaba más que de sobra disculparse por los problemas que había causado, así que mucho más ponerse a hacer preguntas difíciles sobre la historia familiar, las cuales sabía que nunca le iba a responder (y que seguro que la enfadaban más todavía). ¿Qué podía hacer? ¿Cómo debía actuar?

No hablaron en todo el viaje de vuelta a casa.

● ○

Transcurrieron días enteros, con los dos sumidos en un silencio incómodo.

No era como el vacío que le había hecho Ayako a su nieto en la ocasión anterior, porque todavía se hablaban para lo básico. Se comunicaban, solo que con una barrera entre los dos. Ayako tenía miedo de que, si se ponía a hablar de algo serio con su nieto, fuera a perder el control de sí misma. Descubrió que su ira se disipaba deprisa, pero las palabras del agente Ide la torturaban. Kyo, del mismo modo, se sentía demasiado acobardado como para formular las preguntas que tenía en mente, tal como le había sugerido el agente. En muchas ocasiones, estuvo a punto de decirle algo, pero se echó atrás. Sí que era un cobarde. Un fracaso.

Se comprometió de verdad con el plan de quedarse con su abuela durante el Obon, en lugar de volver a Tokio. Lo habló con su madre por teléfono, y ella se alegró de que se quedara. A pesar de que había querido que su madre le respondiera con emoción, su simple «Ah, vale» le hizo preocuparse de que se hubiera aliviado.

Dibujó a Coltrane el gato y dejó el boceto en la mesa kotatsu del salón para su abuela.

Escribió el nombre del minino debajo, antes de pensar que no hacía falta, pues quedaba más que claro quién era. Ayako le dio las gracias sin mucho ánimo y enmarcó el dibujo para colgarlo en la pared.

Quería con desesperación que todo volviera a la normalidad.

Sin embargo, lo que le parecía era que cada día se alejaban más el uno del otro.

● ○

Durante la mañana del Obon, Ayako despertó a Kyo temprano.

Desayunaron en silencio, su abuela lo sacó de casa y recorrieron un callejón que Kyo no había pisado nunca. Se preguntó a dónde lo llevaba. Acabaron llegando a un cementerio pequeño, lleno de tumbas menudas, rodeado por una pared de piedra antigua y con un templo detrás. A pesar de que ya lo había visto de vez en cuando en sus paseos por la ciudad, nunca había entrado.

Ayako fue a por un cubo de madera con un cazo largo y se dispuso a llenarlo de agua. Kyo ya había visto aquel tipo de cubos, porque había estado en un cementerio similar para ir a visitar las tumbas del otro lado de la familia, en Tokio, con su madre y los padres de ella. Aun así, no había estado en aquel cementerio en particular y nunca había llevado a cabo aquel ritual con Ayako.

Le dio el cubo de madera, ya lleno, y Kyo la siguió hasta la tumba. Su abuela había llevado consigo una mochila llena de comida y bebida para dejar en la base de la piedra, como ofrenda para los difuntos.

Llegaron a la tumba de la familia, y Kyo vio el nombre de sus ancestros. Estaba el de su padre, Tabata Kenji, tallado en la lápida. Ayako y Kyo se purificaron las manos con el agua del cubo de madera antes de lavar y limpiar la lápida con el cazo largo para recoger el agua y echarla sobre la piedra. A pesar de que todavía eran las primeras horas de la mañana y no hacía calor, las cigarras ya soltaban sus chirridos sonoros y continuos.

Una chispa de electricidad le recorrió el cuerpo entero a Kyo cuando echó agua sobre la tumba de su padre.

Lavaron la lápida en silencio, tras lo cual dejaron latitas de cerveza Asahi, naranjas mikan y dulces para los difuntos.

—¿No les vas a decir nada? —le preguntó Ayako.

Kyo se paró a pensar qué podía decirle a su padre, a su abuelo, a todos aquellos ancestros a los que no había conocido, a los que no había visto. Al no haber hablado con ellos nunca, no sabía qué decir. Se lo pensó un rato antes de hablar.

—Me gustaría haberte conocido —dijo en voz baja—. Me gustaría haberos conocido a todos. Y me gustaría saber más sobre vosotros.

Ayako miró a su nieto, emocionada.

Qué desalmada había sido al no hablarle nunca de su padre al pobre chico.

Kyo miró a su abuela, quien desvió la mirada hacia la lápida y se puso a hablar como si él no estuviera ahí.

—Eras un fotógrafo con muchísimo talento, de verdad te lo digo. —Le temblaba la voz—. Pero te presionaba mucho. Cómo nos peleábamos siempre, ¿verdad, Kenji?

Dejó caer la cabeza, y Kyo se apartó un poco de la lápida, pues no quería interrumpir a su abuela, quien continuó:

—Todavía me culpo a mí misma, Kenji. No tendría que haber permitido que te llevaras tu talento a la guerra. Tanta violencia… Qué cosas más horribles habrás presenciado.

Tendría que haberte dejado ir a las montañas, como tu padre. Debería haber alentado la pasión por la naturaleza que tenías de pequeñito. Pero fue porque me importabas, Kenji. Lo sabes, ¿verdad? Solo lo hice porque me daba miedo perderte en las montañas, como perdí a tu padre. Y acabaste yendo a un sitio incluso más peligroso, solo para plantarme cara. No tendría que haber dejado de hablarte como hice. Intentaba controlarlo todo. Creía que, si no te hablaba, dejarías de querer esquivar balas en el campo de batalla. Creía que era lo correcto.

Kyo vio que a su abuela le caía una lágrima por la mejilla.

—Lo siento mucho, Kenji. Te fallé.

Kyo se acercó a su abuela. Quería estirar una mano para tocarla, decirle que no pasaba nada. Solo que no fue capaz de acercarle más la mano.

Ayako soltó un suspiro. Kyo dejó escapar el aire.

Los dos juntaron las manos en una plegaria.

Y volvieron a casa en silencio.

AYAKO CONTRA LA MONTAÑA:

PARTE DOS

A pesar de que Kyo tenía mucha curiosidad por enterarse de lo que le había pasado a su abuela en la montaña, no tenía la confianza suficiente como para ir a preguntárselo sin más. A una parte de él también le preocupaba que fuera a reaccionar mal ante cualquier pregunta sobre su pasado, y, al desvelar lo que había visto en el libro de recortes, podría parecer que había estado husmeando entre sus pertenencias, aunque no hubiera sido así. Había sido Coltrane quien había tirado el libro de la estantería, solo que Ayako no toleraría ninguna crítica hacia el gato.

Kyo también se sentía incómodo al pensar en que bien podría tener que decirle que había descubierto las fotografías de su padre, pues le preocupaba que eso hiciera que su abuela se cerrara más aún respecto a él, que nunca llegara a oír las historias que había enterrado en lo más hondo de su ser.

Así que siguió asistiendo a la escuela de repaso y dibujando, sin saber muy bien qué hacer con la información con la que se había encontrado por casualidad.

Aun así, a veces el destino interviene.

Kyo llevaba cerca de un mes ayudando a Jun y a Emi con su remodelación.

El hostal era un edificio antiguo precioso al que en aquellos momentos le faltaban las puertas y las ventanas. La primera vez que había ido, Ayako lo había llevado un domingo, y no sabía qué pasaba, más allá de que su abuela quería que ayudara a la pareja. Kyo se lo había pasado bien una vez que su abuela se había marchado, y Jun y Emi lo habían acribillado a preguntas sobre cómo le iba en la escuela de repaso, si se lo estaba pasando bien en Onomichi, si había tenido alguna oportunidad para explorar otras partes de la prefectura de Hiroshima. A Kyo le resultaba fácil hablar con ellos; no solía tener la oportunidad de estar con personas de su edad, o cerca de su edad (sin contar aquella noche de juerga fallida en Hiroshima), así que fue todo un respiro poder hablar de forma despreocupada.

Habían entrado al hostal a través del jardín, el cual tenía herramientas, una mesa de trabajo y madera por doquier. Le habían explicado por el camino que lo necesitaban para el trabajo pesado que Emi, a quien ya se le notaba la barriga, ya no podía hacer. Así que Jun y él se habían dispuesto a despejar una de las habitaciones y a lijar tablones del suelo, mientras Emi se encargaba de tareas de carpintería más sencillas en la mesa y paraba de vez en cuando para apoyarse una mano en el vientre o darles algún consejo. Antes de ponerse a trabajar, Jun metió un CD en un reproductor portátil, y se pusieron a escuchar a un grupo de hiphop llamado Tha Blue Herb, quienes daba la casualidad de que también le gustaban a Kyo. Mientras tanto, disfrutó del ejercicio físico y de las bromas. Según trabajaban, charlaban sobre la música que preferían, los programas de la tele que les gustaban y los videojuegos a los que jugaban.

Un domingo en particular, estaban lijando los tablones del suelo.

—Bueno —empezó Kyo—, ¿a qué has estado jugando últimamente?

—Ah… No he tenido mucho tiempo para jugar a nada estos días —dijo Jun.

—Está demasiado ocupado. —Emi entornó la mirada hacia Jun mientras lo decía—. Y estará más ocupado aún cuando sea padre. Hay que llevar el pan a casa.

—Pero siempre me ha gustado el Mario Kart de la Super Nintendo —dijo Jun, guiñándole el ojo.

—No lo he jugado nunca —repuso Kyo—. Pero sí al de la Switch.

—Ah, no es de tu época, ¿verdad? —comentó Jun.

—¿Ves? Ya está viejo —le susurró de broma Emi a Kyo, entre risas.

Se sentaron a descansar y a beber té verde caliente que Emi sirvió de un termo en tres vasos de plástico. También sacó tres pastelitos momiji manju de su mochila para que se los comieran con el té.

—¿Y qué tal te va con tu abuela? —le preguntó Jun, después de soplarle a su vaso hirviendo.

Kyo se lo pensó antes de contestar. Quizá durante demasiado rato, porque Emi se echó a reír.

—Da un poco de miedo, ¿verdad? —respondió Kyo, nervioso. Jun y Emi asintieron con una sonrisa.

—Un poquitín —repuso Emi—. Pero es muy buena persona, y eso es lo que cuenta.

—Siempre nos ha ayudado —dijo Jun, pasándose el dorso de la mano por la frente—. Siempre que hemos necesitado ayuda o consejo ha estado ahí para nosotros.

Kyo clavó la mirada en sus pies con sandalias.

—Mmm… —empezó a decir, antes de preguntarse si debía continuar o no.

—¿Qué pasa? —le preguntó Emi. Kyo meneó la cabeza, pero no pudo evitar soltar la pregunta.

—¿Sabéis qué le pasó en la montaña?

Los dos se quedaron en silencio e intercambiaron una mirada incómoda, hasta que Jun acabó respondiendo por fin.

—No sabemos mucho, Kyo. No hace tanto que vivimos en Onomichi, y lo único que sabemos son rumores.

—Sí —asintió Emi—, no creo que podamos decirte qué le pasó exactamente. Lo más seguro es que alguien como Sato-san lo sepa mejor.

Kyo se quedó mirando los tablones de madera del suelo, sin barnizar.

—Pero ¿por qué no se lo preguntas a ella? —le sugirió Emi—. Seguro que te lo contará todo. No es que lo esconda ni nada; la ciudad entera sabe que casi murió en el monte Tanigawa. No es ningún secreto.

Jun asintió para mostrar que estaba de acuerdo y ladeó la cabeza un poco, como si estuviera pensando mucho.

—Y supongo —dijo, casi para sí mismo— que la única persona que sabe lo que pasó en la montaña de verdad es tu abuela.

Emi rodeó la mesa, apiló los tres vasos de plástico ya vacíos y se llevó los envoltorios de los momiji manju. Se fue por la salida de atrás para tirar la basura.

—Bueno, Kyo —dijo Jun, con un tono más alegre—, ¿qué te parece si montas una exposición de arte aquí?

—¿Aquí? —Kyo miró en derredor, confuso. Estudió las paredes sin decorar de la sala y se imaginó sus dibujos allí.

—Sí —dijo Emi, según volvía—. Hemos estado pensando que podríamos organizar una especie de exposición de tus dibujos cuando inauguremos el hostal por fin. Hemos visto los dos que hay en la cafetería de tu abuela y nos gustaron muchísimo. ¿Y si expones los dibujos que hayas hecho últimamente? Podemos invitar a un montón de amigos y montar una fiesta para celebrar la gran inauguración. ¡Será una pasada!

Los dos se quedaron mirando a Kyo, a la expectativa.

—Ah... —dudó—. Suena muy bien..., pero no sé si tengo algo que quiera exponer...

—Sin presión —dijo Jun con amabilidad—. Solo si a ti te apetece.

Kyo les dedicó una sonrisa débil a los dos. Por dentro estaba lleno de dudas.

Flo en otoño

—¿Seguro que estarás bien sin mí? —le preguntó Flo a Lily mientras le pasaba una mano por su suave pelaje.

La gata, como cabía esperar, no contestó.

Lily estaba tumbada en el regazo de Flo, dormitando, ajena a las emociones complicadas que experimentaba ella. El pecho diminuto de la gata subía y bajaba poco a poco, al ritmo de sus ronquidos. Con los ojos bien cerrados, Lily tenía la cabecita apoyada en la curva del brazo de Flo, quien, como siempre, se asombraba por lo suave que era el largo pelaje de la minina mientras la acariciaba con los dedos suavemente.

Con todo el cuidado del mundo para no perturbar el sueño tranquilo de Lily, Flo alzó la cabeza y echó un vistazo a la mochila ya preparada que tenía al otro lado del piso. Repasó mentalmente la lista de todo lo que ya había hecho para prepararse para el viaje que tenía por delante; más que nada proporcionar ropa de cama y toallas limpias para Ogawa, quien iba a ir a hacer de canguro de Lily mientras Flo no estaba. Ogawa era la exprofesora de japonés de Flo, de cuando había vivido en Kanazawa, nada más llegar a Japón por el programa JET, hacía muchos años. Ogawa iba a estar en Tokio de todos modos para ir a ver a unos amigos, así que era el momento perfecto. Los nervios la habían llevado a dejar un montón de instrucciones por el piso, en notas adhesivas, además de una carta más larga en la que describía con todo lujo de detalles cómo y cuándo darle de comer a Lily mientras ella no estuviera.

Movió un brazo despacio para mirar la hora. Lily se quejó. Iba a tener que marcharse pronto si no quería que se le escapara el tren, pero, con la barriguita cálida de Lily en el regazo, pensar en dejar el piso y a la gata le parecía una locura.

¿No era absurdo que fuera hasta Onomichi para buscar al tal Hibiki? ¿No tenía nada mejor que hacer?

Lily cambió de posición la cabeza sobre el brazo de Flo para ponerse más cómoda.

⁂

Durante los últimos meses, Flo había intentado con desesperación contactar con el autor de *El ruido del agua*, conocido tan solo como Hibiki. Había buscado el libro en internet y vio que lo habían publicado hacía unos años. Solo tenía un puñado de reseñas, la mayoría de ellas positivas, aunque también alguna que otra negativa. El consenso era que el libro no era para nada conocido en Japón.

El siguiente paso había sido buscar el nombre del autor; con un pseudónimo tan críptico como Hibiki, le había costado encontrar información. La mayoría de los resultados hablaban de un whisky japonés famoso que producía la empresa Suntory y que tenía el mismo nombre. La palabra también significaba «eco», lo cual confundía aún más los resultados de la búsqueda.

Por tanto, el mejor método habría sido contactar directamente con la editorial, Senkosha. El primer resultado era una página web sospechosa que indicaba una dirección de correo electrónico a la que Flo había escrito de inmediato. Por desgracia, el correo le había sido devuelto con una respuesta de error por parte del servidor. No había encontrado la dirección. Desde su primera visita, la página web en sí había caducado, y en aquellos momentos solo mostraba un error de dominio 404 cuando intentaba volver a verla. Por suerte, había anotado la dirección postal que había indicado la parte inferior de la web de la empresa Senkosha. En aquel entonces había reparado en que, al igual que en la novela, la dirección la llevaba a Onomichi. Flo había atado cabos con el nombre de la editorial: la parte *senko* de Senkosha era una referencia al templo Senkoji de Onomichi, el Templo de Mil Luces. Imaginaba que el libro lo debían de haber publicado desde una editorial pequeña, o que incluso lo había autopublicado el autor. Estaba prácticamente convencida de que el autor era del lugar, pues la novela se desarrollaba en Onomichi. Tenía sentido.

Sin embargo, hasta ahí llegaba el rastro. Había pensado en darse por vencida, en volver a hablar con su editor para decirle que no lograba ponerse en contacto con la editorial ni con el autor. Solo que pensar en ello le helaba la sangre. Qué poco profesional por su parte, el haberse puesto a traducir una novela y a mandarla a su editor sin haber pedido permiso antes. Grant iba a enfadarse con ella por hacerle perder el tiempo. Tal vez no volviera a publicarle ninguna traducción.

Habían sido Kyoko y Makoto quienes le habían sugerido que fuera a Onomichi para seguirle la pista a la editorial y encontrar a Hibiki.

—¡Tienes que ir! —le habían dicho los dos al unísono en el *izakaya*.

—¡No puedes rendirte así como así! —le había dicho Kyoko.

—Pero ¿y si echa a perder la traducción? —les había discutido ella—. Puede que la realidad contraste con lo que ya he traducido.

—Eso son tonterías —le había contestado Kyoko—. Solo hará que sea mejor.

Habían sido ellos quienes habían pagado por el billete del tren bala para que fuera a Onomichi. El gesto la había conmovido y avergonzado a partes iguales. Si bien el billete no era muy caro, se sentía incómoda al aceptarlo de parte de los dos. A pesar de que había intentado negarse una y otra vez, del mismo modo que había intentado escaquearse de la cena en el *izakaya* en primavera, no era rival para el agarre férreo de Kyoko en su muñeca cuando la había obligado a aceptar el billete. Para sus adentros, les daba las gracias por haberlo puesto todo en marcha, pues ella no lo habría hecho por sí misma;

necesitaba un empujoncito. Makoto incluso había preparado unos carteles para Flo, con un código QR y una frase en letras grandes que decía:

—¡Venga, Flo-chan! —La había señalado con el cigarro—. Escanéalo con el móvil.

Flo había escaneado el código a regañadientes, y este la había llevado a una página web que Makoto había hecho para ella. Tenía un diseño simple, en inglés y japonés, y decía «¿Eres Hibiki?» y «Por favor, contacta conmigo». También había añadido la dirección de correo de Flo y había incluido una imagen de un gato negro de un solo ojo.

—Es Coltrane —le había explicado Makoto, avergonzado—. Me hablaste de él; no sé muy bien qué aspecto tendrá, pero quizás ayude al Hibiki de verdad a saber que se trata de su libro.

—Ay, Makoto —había dicho Flo, a punto de que se le saltaran las lágrimas.

—Es una tontería, ¿verdad? —se burló Kyoko—. Tiene cien de estos carteles absurdos impresos. Y no sé por qué ha escrito la página web en inglés y en japonés.

—¡Solo quería ayudar!

—Eres tonto. —Kyoko había negado con la cabeza—. ¿Qué va a hacer la pobre Flo con cien carteles encima?

Flo se había echado a reír, antes de ponerse a llorar de repente.

—¿Qué pasa? —Kyoko se había desanimado.

—No tienes que llevarte los carteles, Flo-chan —la había tranquilizado Makoto—. Perdona si te he dado trabajo extra.

—No. —Flo había negado con la cabeza, con la intención de esconder su vergüenza. El muro que se había erigido a su alrededor se había desmoronado durante unos instantes, y se sentía más expuesta que nunca. Aun así, ni Kyoko ni Makoto parecían haberse molestado—. Gracias. Muchas gracias. Sois los mejores.

Los dos se habían quedado con una expresión radiante.

⁂

En la estación de Tokio, Flo echó un vistazo al teléfono. Tenía un mensaje de parte de Ogawa.

Flo-chan:
He llegado a tu piso y he encontrado la llave sin problema. Lily se ha puesto a maullar y a maullar, así que le he dado unas galletitas. Espero que no te moleste.
Que tengas un muy buen viaje hasta Onomichi, y muchas gracias por dejar que me quede en tu piso con Lily. Nos cuidaremos la una a la otra.

Pásalo muy bien, y te veremos cuando vuelvas,
Ogawa

Estaba claro que había dejado a Lily en buenas manos, lo cual fue todo un alivio para Flo. Mantuvo el dedo flotando por encima del logotipo de Instagram en el teléfono. Si bien Yuki y ella habían intercambiado cada vez menos mensajes durante aquellos últimos meses, Flo le había comentado que iba a ir a Onomichi. El mensaje todavía estaba sin leer. Flo hizo un cálculo mental para ver qué hora era en Nueva York, por si Yuki estaba despierta o no. Últimamente, casi al mismo ritmo al que sus conversaciones habían disminuido de frecuencia, Yuki había estado apareciendo en fotos con la misma chica. Pero no tenía agallas para preguntarle si estaban saliendo.

Apartó la vista del teléfono para ver las pantallas de la estación.

Su Shinkansen iba a ponerse en marcha pronto.

Pese a que había pensado si debía ir en trenes de cercanías hasta Onomichi y pasar la noche en Osaka, tal como había hecho Kyo, el gesto amable de Kyoko y de Makoto le había ahorrado la molestia. El mero hecho de pensar en todo el tiempo que habría pasado en el tren la agotaba. El dinero que se había ahorrado con el billete iba a emplearlo para pagar por su estancia.

Se echó la mochila al hombro y pasó por las puertas.

⁂

Hacía tiempo que Flo no iba en el tren bala.

Lo había usado más a menudo antes de mudarse a Tokio. Cuando vivía en Kanazawa, había pasado bastante tiempo viajando por el resto de Japón. Al principio, una parte de ella había estado resentida por tener que vivir en las zonas provinciales, por lo que los fines de semana y los días de fiesta subía al tren bala para ir a ciudades como Osaka, Fukuoka y Tokio. Envidiaba a sus compañeros del programa JET que vivían en aquellas comunidades tan llenas de vida. Había tiendas que vendían comida estadounidense, restaurantes que servían platos de otros países. Había fiestas. Había museos y galerías de arte. Bibliotecas con libros en inglés, librerías con libros en inglés. Incluso clubes de lectura en inglés.

Y, por encima de todo, había comunidades que aceptaban a los no japoneses.

Sin embargo, cuando se había mudado a Tokio por el trabajo se había dado cuenta de lo que había perdido de la comunidad más reducida que había tenido en Kanazawa. Estar en el Japón rural le había proporcionado más oportunidades para sumergirse en el idioma y la cultura del país, pues no muchos habitantes de esas zonas hablaban inglés. Había notado cómo iba mejorando con el idioma, mientras que sus amigos que vivían en ciudades más grandes se atascaban al aferrarse a su círculo de personas que hablaban inglés para sentirse más cómodos. Según traducía *El ruido del agua*, Flo acababa asintiendo a menudo al leer las experiencias de Kyo al mudarse de la ciudad al pueblo. Eran mundos distintos.

Miró por la ventana, hacia las nubes grises. Estaba demasiado nublado como para atisbar el monte Fuji.

Estaba lloviendo, y, a pesar de que el otoño era su estación favorita, el paisaje era gris y tristón. Se quedó mirando las gotas de lluvia que caían al otro lado del cristal y pensó en cómo había colado una frase de *Guerra y paz* en su traducción de *El ruido del agua*: «Las gotas goteaban». La había sacado de la versión de Pevear y Volokhonsky que había estado leyendo en verano.

Claro que no tenía cómo saber si alguien iba a llegar a leer la frase. No si no lograba contactar con el autor, eso estaba claro.

En aquel punto del trayecto, los edificios de cristal y metal de Tokio se habían visto sustituidos por plantaciones de arroz azotadas por el viento, acompañadas por las casas de pueblos satélite más pequeños que se iban reduciendo conforme el tren se alejaba más y más de la ciudad. Sacó el ejemplar de *An'ya koro*, de Shiga Naoya, que estaba leyendo y encontraba muy entretenido. Poco a poco, a medida que leía, notaba que su ánimo se transformaba en agotamiento, que le costaba mantener los ojos abiertos. Se puso una alarma en el móvil, apoyó la cabeza en el respaldo del asiento, cerró los ojos y disfrutó de la sensación del tren que avanzaba a toda máquina y que aceleraba como un avión a punto de despegar. Se quedó dormida y se perdió en un sueño breve pero intenso: perseguía a Coltrane por los callejones serpenteantes de Onomichi y subía por una montaña por la que no parecía llegar a avanzar, siempre diez pasos por detrás de Coltrane, hasta que doblaba una esquina y se encontraba con el cuerpo sin vida de Ayako y de Kyo, tirados en el suelo. Intentaba despertarlos, pero no se movían.

Se despertó con un sobresalto ante el sonido de su alarma. En Fukuyama también llovía.

∴

Mientras hacía trasbordo en el tren de cercanías de Fukuyama, se empezó a poner nerviosa. Las dudas le invadieron la mente ante la realidad inminente de llegar a Onomichi. Se preguntó si habría sido mejor no ir, porque ver el lugar antes de acabar de traducir seguro que le alteraba el flujo de trabajo. Podría echarle a perder la traducción. Aun con todo, ¿cómo iba a conseguir el permiso para traducir la novela si no lograba ponerse en contacto con la editorial ni con el autor?

Se puso a pensar en el viaje de Kyo conforme salía hasta la línea JR West, con la línea azul en un lado, de la cual él se había percatado. El vagón traqueteaba y se sacudía sobre las vías, y, cuanto más se acercaba a Onomichi, más le parecía que el viaje era un error. Desde la ventana del tren llegaba a ver el mar interior Seto, aunque aquel día tenía un color tan apagado como el plomo, pues el cielo triste arrojaba sombras sobre el agua.

Lo gris que era todo le recordó a un pasaje de la obra de Mishima Yukio, *El pabellón de oro*, que había leído en la universidad hacía tantísimos años, antes de vivir en Japón. El libro era difuso y no lo recordaba del todo, pero la sensación que le había transmitido todavía seguía en ella. Su profesor en la Universidad Reed había escogido dicho libro para una clase de Literatura japonesa del siglo veinte, la única asignatura que el Departamento de Literatura ofrecía sobre Japón. Había mucho que no le gustaba de Mishima, tanto del libro como de lo que había leído sobre el autor. Había visto una película sobre él, dirigida por Paul Schrader, y eso la había confundido más aún. Que Mishima se hubiera suicidado desde lo alto de un edificio del gobierno… Nada tenía sentido. ¿Por qué iba un autor a hacer algo así? ¿Por qué desperdiciaba su vida alguien con tanto talento, con tanto por lo que vivir? La hacía pensar en Kenji, quien había desperdiciado su vida y su talento como fotógrafo. ¿Por qué lo había hecho? ¿Las decisiones de algunas personas tenían sentido? Y, de forma un tanto egoísta, pensó en sus momentos más oscuros, cuando unas ideas similares se le habían pasado por la cabeza.

Dejando de lado al autor y su vida, la parte de *El pabellón de oro* en la que estaba pensando era en la que el monje que narra la novela se obsesiona con el templo y acaba sumido en un idilio lleno de celos con el edificio en sí. Todo estaba basado en un monje real que de verdad le había prendido fuego al Templo del Pabellón de Oro de Kioto. Sin embargo, la sección que en realidad le tocaba la fibra sensible a Flo era cuando el monje llega a ver el templo en persona. Antes de esa escena, solo ha leído sobre él o lo ha visto en alguna imagen, pero nunca en la vida real. Cuando llega a ver el edificio, ya se ha creado una imagen de cómo es en su imaginación, una imagen perfecta, por lo que, cuando ve el templo frente a sí por primera vez, se lleva un chasco. El tiempo es gris y nublado, y el edificio parece plomizo y sin vida. El monje se queda consternado y cree que ha dedicado su amor a algo que no debía.

Y entonces, de sopetón, aparece un hueco entre las nubes, y el templo queda iluminado por el sol. El edificio dorado reluce y brilla bajo la luz, y el ave fénix del tejado parece volar, con las alas desplegadas. En un abrir y cerrar de ojos, el monje se queda prendado de la verdadera gloria del templo al que tanto quiere.

En el tren, aquel paisaje perturbaba a Flo.

¿Y si, como el monje, había idealizado Onomichi hasta creer que era algo que no era en realidad? ¿Y si la verdad no cumplía con las expectativas? Y lo que era peor aún, ¿y si se acababa enamorando de la ciudad, tal como le había pasado al monje con el templo? Iba a tener que volver a Tokio después, de todos modos.

Aun así, lo que le daba más miedo era:

¿Y si, incluso si acababa encontrando al tal Hibiki, fuera quien fuere, él le decía que no?

Justo en ese momento, se abrió un hueco entre las nubes que le dejó ver un atisbo del cielo azul. El castillo de Onomichi se cernía en lo más alto de la ladera. En un intento por distraerse, le hizo una foto al castillo con el móvil y la subió a Instagram.

尾道に着いたよ。　¡Ya he llegado a Onomichi!

Makoto le dio a «Me gusta» de inmediato. «頑張れ! ¡Buena suerte!», le comentó.

Yuki estaba conectada, porque Flo podía ver cuándo comprobaba los mensajes, pero no le había dado a «Me gusta». Soltó un suspiro. Había subido la foto en gran medida para captar la atención de Yuki, y no había surtido efecto. El corazón le latía desbocado.

—*Próxima parada: Onomichi. Próxima parada: Onomichi. Se abrirán las puertas del lado derecho.*

⁂

El mar interior Seto. Gris y nublado, oxidado y lleno de viento. De verdad estaba ahí.

Se extendía por delante de ella, y no pudo evitar pensar en cómo se había sentido Kyo cuando había ido ahí por primera vez. Ningún Tanuki le recibió el billete, pues había barreras automáticas que debían haber instalado hacía poco. La impresión que le dio la ciudad no fue la misma que a Kyo: le parecía viva. Claro que era un lugar más tranquilo que Tokio, pero había personas que iban de un lado a otro también.

Y ahí estaba, igual que en el libro: la montaña, la estación de tren y el viejo mercado (el *shotengai*, una palabra que le había costado lo indecible transmitir en inglés, hasta que se había quedado con el término largo y pesado «mercado cubierto *shotengai*»). Giró sobre sí misma en el tramo de hierba, sin saber muy bien a dónde ir primero.

Encontró la estatua de la autora feminista Hayashi Fumiko, la que a Kyo le había parecido pasada de moda. Una vez más, Flo no compartió su opinión para nada. A pesar de que nunca había leído nada de Hayashi Fumiko, sabía que a Yuki le gustaba cómo escribía.

Sacó otra foto y la subió a Instagram en un nuevo intento por captar la atención de Yuki.

Hayashi Fumiko (1903-1951). Autora feminista.
¡Fue al instituto Higashi de Onomichi!

Todo estaba tal como se lo había imaginado, aunque un poco más extraño. Ya había visto imágenes del lugar en internet, solo que nada se comparaba a estar allí en persona, con la suave brisa marina en el rostro, las nubes en la bahía y el leve murmullo de los transeúntes en los oídos.

Lo primero que tenía que hacer era presentarse en el hostal y dejar su mochila.

Entonces sí que podría ponerse a explorar.

⁂

El hostal era un edificio reconvertido junto al mar, remodelado para poder contar con huéspedes. La pareja que regentaba el lugar se mostró bastante amable, y los dos se parecían a como Flo se imaginaba a Jun y a Emi. Sopesó, nerviosa, si debía preguntarles cómo se llamaban o no, porque estaba segura de que eran ellos, pero también le daba miedo que no lo fueran. No podían serlo, porque la vida y la literatura nunca estaban tan relacionados, ¿verdad? Aun así, aquellos dos tenían algo que no encajaba con los personajes de la novela. Parecían más sombríos, más serios. Conforme subía a su habitación, los oyó llamarse por fin, con un nombre distinto. No pudo evitar desanimarse.

La habitación de Flo estaba muy bien para lo poco que había pagado. Tenía vistas a la carretera de la costa y al mar interior. Se quedó frente a la ventana grande un rato para observar el agua.

De verdad estaba allí.

⁂

Tras un breve descanso, Flo cargó con una bolsa llena de los carteles que le había preparado Makoto y se puso a deambular por la ciudad. Lo primero era encaminarse hacia la dirección de la editorial Senkosha que tenía escrita en su bloc de notas. Cuando la había encontrado por internet, después de que el correo electrónico no hubiera surtido efecto, había intentado llamar por teléfono al número que indicaban, pero se había topado con un mensaje de «El número al que llama no existe». Si bien no esperaba conseguir mucho aquel día, fue hacia allí con la más ínfima de las esperanzas. De vez en cuando se detenía para pegar uno de los carteles de Makoto a un tablón de anuncios o a un poste eléctrico, pero más que nada se centró en disfrutar de la ciudad tanto como pudo.

Según paseaba, le daban ganas de volver a secciones previas de la novela para cambiar cómo había descrito algo. Reconoció algunos aspectos del lugar que ya había traducido y, al ver la versión real de lo que fuera, se le ocurría una palabra o una frase mejor para describirla. Al menos el viaje le iba a servir para ser más precisa con su traducción, aunque, si no lograba encontrar a Hibiki, ningún lector iba a llegar a verla nunca.

Tras subir por una pendiente más escarpada de lo que parecía, llegó a la dirección de Senkosha. Y la confusión la embargó de inmediato. En el lugar en el que debía estar la editorial había un edificio de oficinas abandonado, con las puertas cerradas y un cartel que indicaba que lo iban a demoler pronto.

Flo se quedó quieta, con el corazón latiéndole a mil por hora.

No podía ser. Seguro que se había equivocado de dirección. Sacó el móvil otra vez para comprobar la app de mapas, pero no, todo estaba bien. Se suponía que estaba ahí. Solo que lo que había ahí era más bien nada.

Por suerte, había una cabina de policía *koban* al otro lado de la calle, por lo que fue ahí a pedir indicaciones. Según se acercaba, se acordó del incidente de Kyo en Hiroshima, de que había acabado en una *koban* con el agente Ide. Traducir el término *koban* le había costado: si se quitaba la palabra de encima y lo dejaba como «cabina de policía», le parecía que eliminaba parte de la cultura japonesa que transmitía. Además, también le sonaba un poco a *Doctor Who*. Las *koban* eran unos edificios pequeños de los que se encargaba un solo policía y que ayudaban a la comunidad, en lugar de ocuparse de crímenes más importantes, los cuales recaían en las comisarías en sí. La mayoría de los ciudadanos acudían a las *koban* para informar de algún objeto perdido o para pedir indicaciones, que era lo que hacía ella en aquel momento.

¡Ya se había puesto en modo traductora otra vez! Meneó la cabeza para volver a centrarse y se metió en la *koban*. El policía que había detrás del escritorio se quedó de piedra al instante, con una expresión incómoda.

—P… Perdón —tartamudeó en inglés, con un ademán de la mano—. No inglés. Perdón.

—No pasa nada —se apresuró a calmarlo Flo en japonés—. No hay ningún problema; hablo japonés.

El agente soltó un suspiro de alivio y le sonrió.

—Uf, ya me había preocupado. El inglés era lo que peor se me daba en la escuela. Suspendí todos los exámenes, cómo no. —Se echó a reír antes de seguir—: Si me permite el comentario, habla muy bien japonés.

—Solo tengo una pregunta rápida —dijo ella, sin hacer caso del cumplido, y sacó el bloc de notas en el que había escrito la dirección—. Busco esta dirección, pero creo que me he equivocado. Lo único que he encontrado ha sido un edificio abandonado que están a punto de echar abajo.

—Ah, sí, señorita —contestó él, asintiendo—. Me temo que no se ha equivocado: es la dirección correcta del edificio que hay al otro lado de la calle. Era un edificio de oficinas hasta hace unos meses, pero la última empresa que alquilaba el espacio debe de haberse ido, y ahora el ayuntamiento ha declarado el edificio en ruinas y lo van a demoler. Seguro que construyen otra cosa pronto para poner un supermercado, un centro de *pachinko* o vaya usted a saber.

—Ya veo. —Flo se mordió el labio—. ¿Imagino que no conoce la editorial Senkosha?

—¿Senkosha? —repitió, frotándose la barbilla—. ¿No querrá decir Senkoji? Es el templo que hay por ahí. —Señaló hacia la montaña.

—No se preocupe —dijo Flo—. Muchas gracias.

—No hay de qué, señorita. ¡Disfrute de su paso por Onomichi!

▲

No se le ocurría a quién más llamar y tenía que hablar con alguien para despejarse las ideas. En aquel mismo instante, de inmediato. La sensación lúgubre se había vuelto a apoderar de ella y amenazaba con dejarla por los suelos. Llamó a Ogawa, quien, por suerte, contestó al poco tiempo.

—¿Flo-chan? ¿Estás bien? —le preguntó Ogawa—. *Justo estaba mimando un poco a Lily. Ay, es monísima. ¿Sabías que le gusta chupar la manta lila?*

—Ogawa-sensei…

—¿*Sí?* —Entonces se puso a hablarle a la gatita, que no dejaba de maullar—. ¡*Lily! No puedo mimarte y hablar con tu mami al mismo tiempo. Ten paciencia, por favor.* —Se dirigió a Flo una vez más—. *Flo-chan, ¿qué ocurre?*

—Lo siento mucho, Ogawa-sensei, pero no sabía a quién más llamar.

—¿*Qué pasa, Flo-chan?*

Flo se quedó mirando los escaparates de la ciudad desde al lado de una máquina expendedora. Se acordó de Kyo llamando a su madre y se preguntó si sería la misma máquina expendedora en la que había estado él mientras la llamaba. Todas las escenas que ya había traducido, todas aquellas palabras… Soltó un suspiro e hizo todo lo posible por no emocionarse más de la cuenta.

—¿Cómo está Lily?

—¡*Está bien! Las dos estamos bien, Flo-chan. ¿Ha pasado algo?*

Flo no sabía por dónde empezar. La única pista que había tenido no la había llevado a ninguna parte. A pesar de lo desesperada que había estado por hablar con alguien, en aquel momento le pareció más sencillo, además de menos molesto para los demás, erigir un muro que no permitiera que Ogawa supiera lo que pasaba de verdad.

—No —contestó—. Estoy bien, solo me preocupaba la gata.

—*Ah, ¡pues está la mar de bien! Asegúrate de que te dejas tiempo para pasártelo bien por ahí* —le dijo Ogawa con amabilidad—. *No sueles tener la oportunidad de descansar.*

Flo no se atrevió a decirle que no estaba de vacaciones, que había ido ahí a buscar a Hibiki. Aquella era la única razón por la que había viajado, y, al perder la única esperanza que tenía, la desesperación había podido más que ella.

—¡Ah, *sí!* —soltó Ogawa de pronto, como si hubiera recordado algo importante—. *Espero que no te moleste, Flo-chan, pero te he comprado un regalo por internet. Lo traerán a tu piso de Tokio.*

—¿Un regalo?

—*Sí* —respondió Ogawa, dudosa—. *Espero que no te parezca una metomentodo, pero he visto que te has quedado sin espacio para los libros, así que te he comprado una de esas estanterías modernas de las que habla todo el mundo. Tiene forma como de serpiente, y se entrelazan, así que puedes combinarlas para hacer una estantería más grande. La idea se le ocurrió a un diseñador japonés, pero son populares en todo el mundo.*

Flo no pudo evitar avergonzarse por las pilas de libros que había tirados por el piso. Menudo desastre le había dejado a su pobre profesora.

—Ay, Ogawa-sensei. No sé qué decirle.

—*Por favor, Flo-chan, si no es nada.*

Se despidieron y colgaron. Lo último que le dijo Ogawa fue «¿Seguro que estás bien, Flo?», y, una vez más, Flo le había insistido que sí, que estaba bien.

«Se supone que la japonesa poco comunicativa soy yo y que tú eres la estadounidense abierta y sociable que habla de lo que siente. Es agotador, Flo. Me agotas». La voz de Yuki le resonaba en los pensamientos.

No tenía ni idea de qué hacer, por lo que paseó por el *shotengai*, sin rumbo fijo, hasta que encontró una cafetería que se imaginaba que se parecería a la de Ayako, más o menos a la misma altura a la que debía estar la de la novela. Era un establecimiento antiguo, con una decoración interna que parecía ser de la era Taisho, a principios del siglo veinte. De madera pulida. Elegante, con un toque europeo. Se sentó a una mesa, y la atendió un hombre delgado de mediana edad que llevaba una camisa blanca sin corbata y unos pantalones de vestir negros. Cuando el camarero le llevó el café, le dijo que se le daba muy bien el japonés. Flo le dio las gracias, y, según lo miraba, se percató de un cuadro que había colgado en una pared. Se puso de pie y se acercó a verlo mejor.

Ahí estaba.

Rana.

Mirando la predicción del tiempo en la tele, con un arcoíris en el fondo. Igual que en el dibujo de Kyo. Y, en la esquina inferior derecha, estaba la firma de Hibiki en *katakana*.

El hombre la observaba mientras ella miraba el cuadro, hasta que Flo lo miró.

—¿Es la cafetería de Ayako? —preguntó Flo, de sopetón. El hombre se rascó la barbilla.

—¿Ayako?

—Sí, una anciana a la que le faltan dedos. ¿El dibujo es de su nieto?

—Me temo que no la entiendo. —El hombre parecía confuso.

—¿Quién es Hibiki? —le preguntó.

—No lo sé, disculpe —repuso el hombre, con una risita incómoda—. Me encargo de la cafetería, pero es de una amiga. Hace unos cinco años que la tiene ya. Creo que se la compró a una pareja de ancianos que querían jubilarse.

—Ah, ya veo. —Flo se echó atrás.

Volvió a su mesa y siguió bebiéndose el café. Sin embargo, no lograba apartar la mirada del cuadro. La única diferencia era que, en la versión de Kyo, la rana miraba un móvil, mientras que en aquel cuadro el tiempo lo veía en la tele. Buscó cualquier rastro de un cuadro de Coltrane el gato, solo que no vio ninguno.

Tienen que estar aquí, pensó para sus adentros. *Tienen que ser reales.*

⁂

Intentó dejar de pensar en el lío de Hibiki e hizo lo posible por disfrutar del tiempo que le quedaba en Onomichi. El billete de vuelta que tenía era para el domingo, por lo que tenía tiempo de sobra. Se sorprendió a sí misma al dormir a pierna suelta aquella noche, con lo que pudo descansar. El primer día, paseó por la ciudad y buscó la tienda de discos de Sato por todas partes, aunque no encontró nada parecido. Sí que llegó a una tienda que vendía suministros de pintura, con un gato en el cartel, y le hizo una foto para su Instagram.

猫画材屋さん — Tienda de arte con gatos.

Una vez más, Yuki no le dio a «Me gusta». Aun así, Flo vio que le importaba menos. Le parecía curioso: por alguna razón, se sentía más alejada de Yuki, más tranquila respecto a todo lo que había sucedido. Tal vez fuera aquella sensación inmersiva que le proporcionaba el explorar la ciudad que tanto había recorrido mentalmente. Había pasado a subir fotos para que Kyoko, Makoto y Ogawa supieran cómo le iba el viaje, en lugar de con la esperanza de que Yuki decidiera ofrecerle una dosis de dopamina al darle a «Me gusta».

Por la tarde, recorrió los callejones estrechos y se perdió en las calles que iban por aquí y por allá a través de la ladera de la montaña. Todavía no quería subir a lo alto de la montaña, donde estaba Senkoji, el Templo de Mil Luces. Se lo estaba guardando para el último día, pues la predicción del tiempo indicaba que iba a mejorar para entonces.

Para cenar, se metió en un *izakaya* acogedor, dejó que el camarero le recomendara platos y gozó de los precios más baratos y de los ingredientes de la zona más frescos que cualquiera que pudiera haber en Tokio. Poco a poco, acabó disfrutando de sus vacaciones y se olvidó del estrés de la vida que la esperaba en la ciudad.

Un *izakaya* en el mercado *shotengai*. Estaba todo riquísimo.

Al día siguiente, se despertó temprano y fue a Hiroshima en tren. Paseó por la calle, comió *okonomiyaki* en un restaurante que Kyoko y Makoto le habían recomendado, fue a ver la Cúpula de la Bomba Atómica y le dedicó una plegaria a los que habían perdido la vida. Entonces se fue a la isla Miyajima. Hizo fotos de las hojas otoñales de un color rojo sobrenatural, les dio de comer a los ciervos con la mano y observó la puesta de sol desde detrás del famoso arco *torii* que flotaba en el agua. Mientras estaba en la isla, se aseguró de comprar cuatro cajas de *momiji manju*, los mismos pastelitos que Kyo había comido con Jun y Emi. Tenía la intención de darle una caja a Kyoko, Makoto y Ogawa como *souvenir omiyage* y de quedarse con una para ella. Mientras observaba los arces japoneses, pensó en las opiniones que compartía con Ayako en cuanto a las hojas de otoño y los *sakura*. Sin embargo, algo le molestaba.

Todavía se moría de ganas de presentar a Ayako y a Kyo a los angloparlantes. Creía que lo estaba traduciendo bien. Quería acabar lo que había empezado.

Y quería encontrar a Hibiki.

⁂

En su último día en Onomichi, Flo subió a lo alto de la montaña y pasó por el Templo de Mil Luces. Conforme subía, se iba encontrando con cosas que le recordaban a Ayako y a Kyo.

猫の細道！ 本当に存在してる！ — ¡El callejón
de los gatos existe de verdad!

Pasó un rato en el callejón de los gatos, acariciándolos y haciéndoles fotos. Subió una, y Makoto, Kyoko y Ogawa le dieron a «Me gusta» de inmediato. Cuando volvió a comprobarlo treinta segundos más tarde, se sorprendió al ver que Yuki le había dejado un comentario:

¡Me alegro de ver que te lo estás pasando bien!

Flo esbozó una sonrisita irónica.

Un gatito durmiendo. Dato curioso: «gato» en japonés se dice *neko*, y se cree que el término proviene de las palabras para «niño durmiendo».

Al ascender por unas escaleras de piedra, vio a un gato negro. El corazón le dio un vuelco. ¿Y si era Coltrane? No obstante, vio que tenía dos ojos, por lo que no podía ser. Sacó otra foto y la subió de todos modos.

黒猫 — Gato negro.

Lo que se le hizo más raro fue cuando pasó por un cementerio. Debió de haber sido el mismo que habían ido a ver Kyo y Ayako, donde Kenji estaba enterrado. Flo buscó una lápida que indicara TABATA por todas partes, pero no la encontró.

Paseó por el parque Senkoji y se imaginó lo impresionante que debía estar con los cerezos en flor. ¿Habría sido mejor si Yuki hubiera estado allí con ella? Quizá no, según pensó mientras paseaba poco a poco. No era la sensación que tenía en sus adentros. Quería compartir la ciudad, pero no solo con su pareja, ni siquiera con Kyoko, Makoto y Ogawa. ¡Qué bonito era aquel lugar! ¡Cuántas ganas tenía de compartirlo con el mundo entero! Y qué horrible era que no pudiera encontrar a Hibiki, que no fuera a tener permiso para poder presentarle Onomichi al mundo de los angloparlantes. Flo notaba el peso de su responsabilidad: como traductora, se suponía que era un puente entre culturas, el modo de conectar a aquellos que no podían comunicarse entre ellos. Saber que había un escollo en su camino, que el puente estaba bloqueado, la frustraba y la entristecía a más no poder.

Cuando llegó a la cima de la montaña, hizo una foto, y la estaba subiendo cuando creyó oír algo a su izquierda.

Se volvió y vio a dos personas: una anciana delgada que llevaba un kimono al lado de un chico de unos diecinueve o veinte años, vestido con ropa más informal. Los vio observar el mar interior Seto desde lo alto, sumidos en su conversación. La anciana hablaba, y el chico la escuchaba.

Se dieron media vuelta para mirarla.

Eran inconfundibles.

Sin embargo, mientras los miraba, se fueron desvaneciendo en la nada. Hasta que pudo ver a través de ellos. Parpadeó, y ya no estaban ahí. Nunca lo habían estado, por muchas ganas que tuviera de que fuera así.

Un espejismo y nada más.

Otoño

秋

九

El verano fue llegando a su fin, y, con el paso del tiempo, el fresco del otoño se asentó en el lugar.

Las mañanas y las noches se volvieron más frías de forma gradual, según descendían la temperatura y la humedad. Kyo y Ayako empezaron a dormir mejor, aunque tiritaban por la mañana, al salir de debajo de las sábanas de su futón. Las hojas del arce japonés que había junto al estanque del jardín de Ayako comenzaron a adquirir un tono rojizo encantador.

Los supermercados también cambiaron al ritmo de las estaciones, y la comida caliente volvió poco a poco, después de desaparecer de las estanterías durante el verano. Bollos nikuman rellenos de carne, oden cocidos y salchichas rebozadas llamaban la atención de los transeúntes con frío desde el mostrador y los tentaban con un bocado calentito para resguardarse de las bajas temperaturas. Las máquinas expendedoras cambiaron sus etiquetas, de un muro de carteles azules que decían Comida Fría a una división por mitades que compartían con carteles rojos que decían Comida Caliente.

Mientras que otros alumnos de primaria o de la universidad habían disfrutado de la emoción de las vacaciones de verano en las playas cercanas, en los distintos festivales o al ir de viaje con su familia, Kyo había seguido con el programa tan estricto como estructurado de la escuela de refuerzo yobiko en la que se había matriculado. Las clases habían continuado durante todo el verano, y seguían en otoño. Los exámenes de acceso a la universidad se tomaban en invierno, y se esperaba que Kyo y los demás ronin-sei se esforzaran todo lo posible durante el poco tiempo que les quedaba.

Por todo ello, el verano fue una época nada reseñable para él.

Pasaba las mañanas estudiando en la escuela de refuerzo y las tardes con sus dibujos. Los domingos ayudaba a Jun y a Emi con la remodelación, y luego tenía libertad para deambular por la ciudad por la tarde.

Por su parte, Ayako estaba un poco más ocupada que de costumbre.

Con las vacaciones de verano llegaban los turistas de todas partes del país y del mundo que iban a visitar la pintoresca ciudad que era Onomichi. Su cafetería diminuta se llenaba a rebosar de turistas y viajeros, quienes abandonaban la calle con la esperanza de comer o tomarse algo en una de las cafeterías de estilo más tradicional de la zona. Por ello, Kyo había empezado a creer que ocupaba un espacio muy valioso en el negocio, pues tenía una mesa solo para él que bien podrían haber usado los clientes que pagaban por ello.

Así había sido que Ayako y Kyo habían llegado a un nuevo acuerdo, por el periodo de más clientes y la dedicación a los estudios de Kyo: iba a ir a otro lugar a estudiar por la tarde. Ayako le sugirió la biblioteca de la ciudad, y Kyo estuvo de acuerdo.

A lo largo del tiempo que habían pasado juntos, Ayako había empezado a confiar más en su nieto respecto a los estudios. Todavía sacaba buenas notas, y dejar que fuera a la biblioteca y que tomara más las riendas de su propio tiempo de estudio era una oportunidad para que creciera como adulto. Si quería estudiar, podía hacerlo; si quería descansar un rato, también.

Ayako ya no iba a obligarlo.

En los días más ajetreados de verano, incluso la había ayudado en la cafetería: tomaba los pedidos de los clientes o hacía de camarero. Ayako no lo había dejado ni acercarse al café o a la comida, pero sí que le había agradecido mucho su ayuda durante aquellos días tan exigentes. Kyo se lo había pasado bien charlando con los clientes de todo Japón, preguntándoles de dónde eran y transmitiéndoles parte de la sabiduría de Onomichi que había aprendido con el tiempo que había pasado allí.

Ayako le estaba más agradecida aún por la ayuda que le prestaba con los clientes gaijin. Si bien entendía inglés, le daba vergüenza hablarlo. En su época de estudiante, el inglés se enseñaba como el latín, como si fuera una lengua muerta, con frases sueltas que se analizaban por el mero hecho de aprender gramática y ya está. No había tenido muchas oportunidades de hablar el idioma, mientras que Kyo había disfrutado de un enfoque distinto a la enseñanza del idioma en la escuela. Había contado con un hablante nativo en sus clases en el instituto, por lo que no había tenido ningún problema con tomar la comanda de los extranjeros que iban a la cafetería. Ayako le estuvo muy agradecida y se enorgulleció al verlo hablar con total soltura con los clientes extranjeros, incluso bromeando con ellos.

Sin embargo, cuando habían empezado a tener menos clientes, Ayako había rechazado la ayuda de su nieto, terca como ella sola, y le había insistido en que ya no necesitaba ayuda, en que debía centrarse en sus estudios y no perder el tiempo en la cafetería con ella.

En realidad, Ayako había decidido que el chico necesitaba más libertad. No podía estar incordiándolo el resto de su vida para decirle qué hacer; su nieto tenía que aprender a ser independiente, a encargarse de sí mismo.

Irónicamente, Kyo no sentía ninguna necesidad de hacer el vago con sus estudios. Se había sumergido en una rutina agradable y prefería la idea de sentarse en la biblioteca en silencio para repasar en vez de deambular por la calle sin nada que hacer, como había hecho el año pasado. La biblioteca era un lugar idóneo para estudiar, y también era lo bastante tranquila como para que pudiera ponerse a dibujar sin que nadie lo molestara. Después de ello, iba con Ayako para subir por la montaña, cuando ella cerraba la cafetería.

La primera vez que Kyo entró en la biblioteca, se había sorprendido al ver una cara conocida detrás del mostrador.

La mujer del jefe de estación Ono, Michiko, alzó la mirada al verlo entrar.

—¡Kyo-kun!

—¡Ah, Michiko-san!

Le había mostrado cómo funcionaba la biblioteca y le había dado una visita guiada por las pocas estanterías de libros que tenían, según soltaba comentarios como:

—No es como la biblioteca de Hiroshima, claro. Esta es más pequeña, ¡diminuta!

Lo llevó por todas las estanterías y le indicó las distintas secciones: ficción, no ficción, historia, ciencia, historia del arte y, por supuesto, manga. Kyo se emocionó al ver que tenían ejemplares de *Ayako*, de Tezuka Osamu, y hasta la edición en dos volúmenes de la autobiografía de Yoshihiro Tatsumi, *Una vida errante*, y los pidió de inmediato. Después de ello, Michiko lo llevó a una sala de lectura con escritorios pequeños y biombos de madera, donde podía sentarse a estudiar sin que nadie lo molestara.

Y así, la rutina que Ayako y Kyo compartían evolucionó paso a paso.

Pero siempre pensando el uno en el otro.

○

Un día de principios de otoño Kyo estaba en la biblioteca, encargándose de sus dibujos, cuando se sobresaltó y perdió la concentración.

—¿Qué haces? —preguntó la voz de un hombre a unas pocas mesas de distancia.

Kyo alzó la mirada por instinto, al imaginarse que se lo estaba preguntando a él.

Lo que vio fue a un hombre de mediana edad que hablaba con una chica de la edad de Kyo, la cual estaba sentada a solas leyendo un libro, de espaldas a él.

El hombre, por decirlo de algún modo, parecía un ungüento. Tenía el cabello grasoso, la cara grasosa, la ropa grasosa. Todo él parecía rezumar. Tenía una barba corta y gris, se estaba quedando calvo y era de complexión media. Llevaba un chubasquero tan viejo como sucio, a pesar de que no había llovido aquel día (y nada indicaba que fuera a llover luego).

En cuanto a la chica, Kyo solo la veía de espaldas, pero iba vestida con ropa que le parecía demasiado de moda para Onomichi: vaqueros y una blusa elegante de colores otoñales. De su silla colgaba una fina chaqueta verde con una capucha con un ribete de piel. Estaba sentada con el libro abierto y leía como si no hubiera oído al hombre. Pese a que Kyo no le veía la cara, sí que llegaba a ver su cabello castaño recogido en una coleta, además de su cuello largo y atractivo. Su postura indicaba que el hombre no la perturbaba.

Kyo alternaba entre centrarse en sus dibujos y en mirar a los dos a escondidas.

—¿Qué lees? —le insistió el hombre.

La chica tomó un marcapáginas decorado de la mesa, lo colocó en el libro y lo cerró.

—Un libro —respondió—. Bueno, lo intento.

Kyo se percató de que la voz le sonaba de algo. Pero ¿de dónde?

—¿Qué clase de libro? —le preguntó el hombre, a un volumen inaceptable en una biblioteca.

—De ficción —contestó ella en voz baja.

—*Pffff*. Menuda pérdida de tiempo —dijo él—. ¿Para qué lees ficción? Si son todo mentiras.

—¿Mentiras?

—Sí, los autores de ficción son todos unos mentirosos. —El hombre pareció enorgullecerse en exceso por su frase, pues se echó atrás y se cruzó de brazos.

—¿Cómo que mentirosos? —La chica había dejado el libro sobre la mesa y se había cargado de paciencia para seguirle el rollo al desconocido. Kyo estaba seguro de que la conocía de algo, pero no recordaba de dónde.

—Bueno, es que se inventan cosas que no son verdad —explicó el hombre en voz alta, con un ademán que abarcó toda la biblioteca, animado—. Y eso es lo que hacen los mentirosos. Mejor ponte a leer un libro de historia o uno de ciencia. No pierdas el tiempo con mentiras.

La chica hizo una pausa y reflexionó antes de contestar.

—No lo veo así.

—¿No?

—Creo que ha confundido el concepto de lo que significa mentir. Una mentira es algo no cierto que dice alguien para engañar a quien lo escucha, normalmente para conseguir algún tipo de beneficio…

—Los autores ganan dinero escribiendo, ¿no? Ese es el beneficio.

La chica hizo caso omiso de la interrupción del hombre y siguió con lo que había estado diciendo antes de que la cortara:

— … pero la ficción es algo distinto. Es un contrato tácito entre el autor y el lector, pues la propia palabra *ficción* indica que todo está inventado y que tanto el autor como el lector lo saben. No hay ningún engaño de por medio. Tanto los autores como los lectores creen la historia para que…

—*Pffff*. Sandeces.

—¿Cómo que «sandeces»? ¿No está de acuerdo con lo que digo? —Kyo se sorprendió al oír que ponía un tono de interés sincero, en lugar de exasperado.

—Que solo dices tonterías. Los libros de no ficción, como los de historia, ciencia y demás, están escritos para buscar la verdad y los hechos. La ficción es todo mentira. Nada se basa en la verdad.

—¿Y cómo sabe usted lo que es verdad y lo que no? —Ladeó la cabeza—. ¿Se cree todo lo que hay en un libro de referencia solo porque le dicen que es verdad? ¿No cree que nadie ha mentido nunca en un libro de no ficción?

—Estúpida —soltó el hombre, negando con la cabeza—. Qué chica más estúpida.

Kyo había estado escuchando y observando la situación desde el principio y pensaba en lo que decían. Sin embargo, una parte de él se avergonzaba. Quería acercarse y decirle a aquel rarito de mediana edad que dejara de molestar a la pobre chica, que solo quería leer. Aun así, conforme más escuchaba las respuestas tranquilas y bien pensadas por parte de ella, más se daba cuenta de que no le temía a nada, de que controlaba todo lo que decía y de que aquel hombre no la intimidaba en lo más mínimo. Si el hombre hubiera incordiado a Kyo por sus dibujos, se habría rendido en poco tiempo y habría estado de acuerdo con lo que le dijera, con la esperanza de que el hombre lo dejara en paz y continuara con lo que estaba haciendo, al decirle algo como: «Sí, sí, los manga son una pérdida de tiempo. Sandeces, sí, estoy de acuerdo. ¡Los odio!». Y la pobre chica… Estaba intentando leer, y el hombre había ido a robarle su tiempo y su energía. Había algo de lo más maleducado en todo ello.

Aun con todo, ¿no la estaría tratando con condescendencia si intervenía? Porque estaba claro que ella lo tenía todo controlado. ¿O solo era una excusa para no involucrarse?

Aunque el hombre estaba montando un gran alboroto, y estaban en una biblioteca.

Kyo le daba vueltas a los argumentos y las contradicciones, solo que sin hacer nada. Solo escuchaba.

—Bueno, ¿y tienes novio? —le estaba preguntando el hombre.

—Me temo que no es asunto suyo, señor.

—Qué maleducada. Con ese tono, seguro que no tienes.

Kyo casi se había puesto de pie para ir a decirle al hombre que la dejara en paz cuando, antes de que lo hiciera, Michiko se dirigió hacia los dos con ímpetu. Descargó de inmediato toda su artillería de bibliotecaria contra el hombre ungüento.

—Por favor, Tanaka-san —le dijo con educación—. Que ya hemos hablado de esto antes. No puede venir a molestar a los demás lectores, que han acudido a concentrarse en paz. No puede ponerse a hablar con quien le plazca. Que está usted en una biblioteca, por el amor de Dios.

—Pero... Pero...

—Nada de excusas. —Michiko alzó un dedo—. Siéntese a leer en silencio o márchese. No tengo que llamar al agente Ando otra vez, ¿verdad?

La chica se metió el libro en una bolsa de tela, la cual, según vio Kyo, tenía una ilustración de un gato bicolor, blanco y negro. Recogió la bolsa y se puso de pie.

—No pasa nada —dijo con tranquilidad, con una reverencia al hombre de mediana edad y a Michiko—. Ya me iba de todos modos. Perdone por haber causado tanto alboroto.

Se dirigió a la salida deprisa y, antes de marcharse, se volvió para echar un vistazo por la sala. Captó la mirada de Kyo, y, al verlo, le sonrió.

Estaba seguro de que la conocía, pero ¿de dónde?

¿Y qué transmitía aquella sonrisa? ¿Gracia por el hombre raro? ¿Una sonrisa burlona que se mofaba de Kyo por no haber acudido en su ayuda?

La sonrisa lo atravesó entero.

Al verle la cara bien por primera vez, le dio un vuelco el corazón y se ruborizó de inmediato. Era la chica del tren. A la que había abandonado en Osaka. Ayumi.

Volvió a clavar la mirada en la página en la que había estado dibujando.

Y, cuando volvió a alzar la vista, la chica ya se había ido.

Kyo se puso con un dibujo nuevo de inmediato e hizo un esfuerzo casi desesperado por trazar el rostro de Ayumi antes de que se le olvidara.

Solo que las líneas y el sombreado blanco y negro se escapaban de su alcance.

☯

—¿Puede contarme más de cómo conoció al abuelo?

Ayako alzó la mirada de la mesa y estudió la expresión de Kyo con más atención aún de la que le había dedicado al tablero de go hasta el momento. La partida que libraban estaba bastante equilibrada, por lo que había tenido que concentrarse más.

A su nieto cada vez se le daba mejor.

—¿Cómo conocí a tu abuelo? —respondió ella, brusca pero no tensa—. ¿Por qué lo quieres saber?

—¿No puedo preguntar por eso?

—Sí, claro que puedes. Pero a lo mejor no te contesto. —Tosió y negó con la cabeza—. Ya te lo expliqué. Nos conocimos en la universidad, estábamos en el mismo club de escalada.

Kyo sopesó una piedra blanca en una mano y la colocó en el tablero.

Ayako soltó un suspiro, llevó la mano a la misma piedra blanca y le dio la vuelta.

—Ay —dijo él, apesadumbrado—. ¿La he puesto al revés otra vez?

—Sí. ¿Si no para qué le doy la vuelta?

—Si son iguales por los dos lados —dijo entre dientes, después de mirar otra piedra—. No les veo ninguna diferencia.

—Ya me imaginaba que dirías algo así.

Estaban sentados a la mesa kotatsu del salón. Kyo y Ayako habían organizado una nueva rutina otoñal: se sentaban con las piernas debajo de la mesa caliente para jugar al go. Dado que por la mañana y por la noche hacía más frío, Ayako había sacado una manta gruesa del armario y había levantado la parte superior de la mesa para colocar la manta en el marco antes de volver a ponerla bien.

Sato les había llevado una bolsa enorme de naranjas mikan que cultivaba en su propio huerto, por lo que tenían un buen suministro de ellas en un cuenco en la mesa. Jun y Emi, a quien ya se le notaba de sobra el embarazo, se habían presentado en su casa con una bolsa de caquis también. Kyo reparó en aquellos intercambios de bienes gratuitos por toda la ciudad y volvió a notar lo distinto que era al aislamiento gélido de Tokio. En Onomichi, sus habitantes no dejaban de dar ni de recibir regalos de productos de temporada que habían cultivado en su propia casa: arroz, patatas, naranjas mikan, limones y caquis. También estaban los artículos hechos a mano que fabricaban en su tiempo libre, como objetos de madera o de cerámica. Cuidaban los unos de los otros.

Kyo solía pensar en que no se podría vivir en el arroyo en una de aquellas ciudades rurales, aunque fuera a propósito, sin que alguien fuera a verte y a preguntarte si estabas bien en cuestión de segundos. Kyo había visto a tokiotas pasar por delante de personas sangrando en la calle, pero aquello no podría suceder en Onomichi, y, con el tiempo, se había enorgullecido de la ciudad. Respetaba a los ciudadanos, y, para sus adentros, se sentía uno de ellos.

De vez en cuando, Kyo y Ayako discutían sobre alguna cosa u otra. A Ayako le gustaba importunar a Kyo y hacerlo enfadar durante su turno en las partidas de go. A pesar de que le había llevado un tiempo darse cuenta de ello, mientras decidía su siguiente jugada, ella lo sumía en una discusión o en un debate complicado para distraerlo. Se trataba de una táctica tan astuta como cruel que Ayako había perfeccionado a lo largo de los años: una mala arte. Distraer al oponente y ganar a toda costa. Ser tan bellaco como fuera posible, si hacía falta.

Una de sus conversaciones más recientes había sido así:

Ayako: ¿Vas a ir a votar mañana?

Kyo: Yo no voto.

A: ¿Cómo que no votas?

K: Pues que no voto.

A: ¿Cómo se te ocurre decir eso?

K: No creo en la política.

A: ¿Que no crees en la política? ¡Qué disparates dices!

K: ¿Por qué?

A: Porque da igual si crees en ella o no, ¡está ahí! ¡Existe!

K: Pero nunca cambia nada. Da igual lo que votemos; los políticos son todos unos mentirosos.

A: ¡Por eso tenemos que votar!

K: Eso no tiene sentido.

A: Claro que lo tiene. Hay que votar para que los políticos mentirosos no se salgan con la suya.

K: Pero mienten igualmente, ¿no? Así que ¿qué sentido tiene?

A: Qué egoísta. ¡Hay personas que murieron por tu derecho al voto! ¡Las mujeres no podíamos votar!

K: Bueno, yo no soy mujer, pero moriría por mi derecho a *no* votar.

A: Serás cabeza de chorlito. No tendrían que dejarte ir en bus, no tendrían que dejarte pisar un parque público. No tendrías que poder ser parte de la sociedad si no votas. ¡No tienes derecho a quejarte de nada!

K: De acuerdo. No quiero quejarme de nada. Solo déjeme tranquilo, ¿vale?

A: Qué chico más tonto. Pazguato. Zopenco.

K: Además, ¿no soy yo el que tiene más derecho a quejarse? Son los demás los que han votado para meternos en los líos en los que estamos. ¿No es su culpa que ahora estemos como estamos? La culpa es de los que sí votan.

A: ¡Date prisa y haz tu jugada ya! Que llevas tres horas mirando el tablero.

K: ¡Sería más rápido si no me estuviera dando la vara con la política!

Pasaban horas discutiendo y debatiendo así, sin llegar a ninguna parte, sino que se limitaban a tomar posturas opuestas para enfadarse por alguna cosa u otra. Era un modo de entretenerse que compartían, junto a la partida de go. Kyo acabó dándose cuenta del juego sucio de Ayako y empezó a emplear la misma táctica en su contra a veces.

Era el turno de su abuela.

—¿Puedo preguntarle algo, abuela?

—Dime.

—Es que… ¿Cómo supo que el abuelo era con quien quería estar? Ya sabe, cuando lo conoció.

Ayako hizo una pausa, con su piedra negra entre los dedos, y lo miró a través de los párpados. ¿Qué se traía entre manos?

—¿Qué quieres decir? —le preguntó, para tantear el terreno.

—Es que… —Kyo se apoyó la barbilla en una mano, con el codo sobre la mesa, y se quedó mirando hacia la oscuridad al otro lado de la ventana—. ¿Cómo supo que estaba enamorada de él?

Ayako le estudió la expresión: parecía sincera.

—¿Por qué lo preguntas? —quiso saber, mirando el tablero.

—Por curiosidad.

—Mmm… —Ayako echó un vistazo a una de las piedras blancas de Kyo que quería capturar—. Es difícil decir lo que fue en concreto. ¿Qué admiraba de tu abuelo? Su pasión, sin duda. Los dos compartíamos un interés en la universidad, y nos impulsaba el amor que le teníamos a la escalada. No había conocido a nadie a quien le apasionara tanto la montaña como a mí, esa sensación de estar fuera, a merced de la naturaleza. No hay muchas personas que entiendan esa sensación, que entiendan por qué un escalador está dispuesto a arriesgar la vida para experimentar esa conexión. Pero, por encima de todo, me respetaba. Era un buen hombre.

—Pero ¿y si dos personas tienen intereses distintos? ¿Significa que no son compatibles?

Ayako se mordió un labio. Echó un vistazo momentáneo a la foto de su marido que reposaba en el altar familiar Butsudan. Su marido le devolvió la sonrisa en blanco y negro, al lado de un Kenji sonriente, como si los dos la estuvieran animando a seguir. Volvió a mirar al chico.

—No necesariamente. Creo que lo importante es la pasión que alguien siente por algo. Tu abuelo y yo… —Ayako dudó, antes de añadir—: Incluso tu padre, antes de que se metiera más en la fotografía… A todos nos apasionaban las montañas. Esa pasión la veo en todos nosotros. —Ayako soltó una fuerte tos—. Pero bueno, que me voy por las ramas. No es el qué nos apasione, sino el hecho de que sintamos y entendamos la pasión. Hay muchas personas que viven sin sueños, sin ambición, que solo quieren ir a trabajar y dormir por la noche, y eso las hace felices. Y eso no tiene nada de malo, porque mira, cada cual tiene sus prioridades. *Junin toiro*, como se suele decir: «Diez personas, diez colores». Pero, cuando uno conoce a alguien a quien le importa algo tanto como a ti, no sé, tiene algo de atractivo, ¿no te parece? Y más cuando resulta ser la misma pasión que tienes tú.

—Entonces, ¿fue por su personalidad?

—Sí, pero también era guapo, de una forma masculina. —Señaló hacia la foto de su marido, y, mientras Kyo estaba distraído, posó la mirada en el tablero. El chico tenía que haber cometido algún error del que se pudiera aprovechar—. Pero bueno, ¿a cuento de qué vienen estas preguntas tan personales ahora? —Entonces lo vio: una abertura en el tablero. Su piedra blanca estaba ahí mismo, a la espera de que la capturara. Le iba a llevar varias jugadas, pero…—. ¿Has conocido a alguien que te guste?

Kyo se sobresaltó cuando su abuela le dio la vuelta a la tortilla. Estaba claro, lo había pescado.

Lo tenía donde lo quería.

—No sé… —Kyo no estaba seguro de si debía mostrar sus cartas a aquellas alturas.

—Qué evasivo estás. O has conocido a alguien o no.

—Vi a alguien y noté algo, pero…

—Pero ¿qué?

—¿Cómo puedo estar seguro de qué sentimientos son esos?

—Pues, ¿qué es lo que te gustó de ella? ¿Era guapa? —Ayako colocó su piedra negra en el cuenco de nuevo y agitó una mano en dirección a Kyo—. Con vosotros es siempre lo mismo. Todos sois igual de superficiales.

—No, no fue eso... —Kyo negó con la cabeza, indignado—. Sí que es guapa, pero no es eso. Es lo que dijo.

—¿Y qué te gustó de lo que dijo? ¿Su voz?

—No es lo que dijo, sino cómo lo dijo. O a lo mejor no. Quizá fue lo que dijo también. —Hizo una pausa antes de continuar—: Tal vez sea lo que decía usted sobre la pasión. Cómo se puso a hablar de literatura. Supe que le apasionaba el tema y que le daba igual si los demás pensaban que era una tontería o algo así. Sonaba valiente. Como si no le tuviera miedo a nada.

—Conque literatura, ¿eh? —Ayako sonrió.

Los dos se quedaron mirando el tablero.

—¿Cuándo va a hacer su jugada, abuela? Que lleva años pensándoselo.

Ayako meneó la cabeza. Se le había olvidado el plan que tenía para capturar la piedra blanca.

Su nieto se las había arreglado para distraerla.

—Qué trampa más furtiva y cruel —musitó entre dientes.

●

—¿Y qué tal le va al chico? —le preguntó Sato.

Ayako soltó un resoplido y dejó la jarra que había estado usando para servirles agua a Jun y a Emi.

Siempre igual. Últimamente todo giraba en torno a su nieto, no le hablaban de otra cosa. Echaba de menos las charlas distraídas que mantenían antes de que hubiera ido a vivir con ella, porque a partir de entonces parecía que la ciudad entera quería saber qué pasaba con Kyo, y eso significaba que Ayako ya no podía quedarse escuchando en silencio las historias sobre Yamada-sensei, el director del instituto de Onomichi, a quien su mujer había atrapado en Hiroshima, del brazo de su amante. Ese era el tipo de historias que solía oír y que la hacían reír, aunque no era nada cotilla, por supuesto. Sin embargo, en aquel entonces parecía que a todos les interesaba más preguntarle por cómo le iba a su nieto, en lugar de contarle los rumores jugosos que tanto quería oír.

—Ahí va —dijo, tajante.

—Bueno, como ya sabe, lo echo de menos por la tienda. Me encantan las ilustraciones que hizo —contestó Sato, asintiendo con tranquilidad antes de dar un sorbo a su café y tragar deprisa—. De verdad. Estoy pensando en pedirle al viejo Terachi que me imprima un cartel nuevo para poner encima de la puerta, con el logotipo que me dibujó Kyo. Lo ampliaré y lo imprimiré en un cartel grande y quitaré por fin el antiguo, que está hecho un desastre. Parece que el apóstrofo del cartel estaba mal, mire usted por dónde.

—¿Puedo verlo? —le pidió Jun.

—Claro —le dijo Sato, y sacó el móvil para mostrarle fotos de los dibujos que le había dado Kyo—. Les hice fotos a todos.

Le pasó el móvil a Jun, quien cambió de una foto a otra mientras Emi miraba por encima de su hombro.

—¡Ja, ja, ja! Mire ese búho, es clavadito a usted, Sato-san. ¿Y le ha puesto discos en lugar de ojos? Qué ingenioso —dijo Emi, señalando hacia la pantalla en la mano de Jun—. Son buenísimos. —Le dio un golpecito a Jun en el hombro y le habló al oído—. A ver si acaba preparando la exposición como le dijimos.

—Sí —dijo Jun, asintiendo—. Estaría bien, para darle las gracias por todo lo que nos ha ayudado. ¿Quizá después de su ceremonia de mayoría de edad? ¡Podríamos convertirlo en una fiesta!

—¿Cree que le interesará? —Emi se volvió hacia Ayako.

—No sé. —Soltó un suspiro—. Habrá que preguntárselo a él.

Al ver que todos se animaban tanto por las ilustraciones de Kyo, notó que su mal humor se disipaba. Sí que era cierto que a veces quería que la dejaran en paz con el tema de su nieto, pero, al mismo tiempo, se enorgullecía muchísimo al ver cuánto lo admiraban.

Aun así, también le preocupaba qué era lo mejor para él. La vida le había inculcado un montón de lecciones duras; más concretamente, había visto el cambio que había atravesado Kenji cuando su fotografía había pasado de ser su pasión a su trabajo. No quería que le ocurriera lo mismo a su nieto. Ya estaba muy ocupado con los exámenes de acceso, y su madre había confiado en Ayako para que se asegurara de que se comportara y de que estudiara como era debido. Que se distrajera con lo de las ilustraciones quizá no fuera lo mejor para su futuro. Aun con todo, en lo más hondo de su ser sabía que el chico tenía un don.

Había muchas rutas para llegar a lo alto de la montaña, como bien sabía ella.

Y el tiempo y la experiencia le habían enseñado que algunas rutas eran más fáciles que otras.

Tenía que ayudarlo a alcanzar la cumbre, y, si pudiera caminar por él y cometer los errores en su nombre, así todo sería más fácil. Solo que era imposible.

Ayako se puso a llenar los vasos de agua vacíos de los clientes habituales que estaban sentados a la barra y los escuchó hablar muy animados de todos los planes que tenían para el chico y sus ilustraciones.

Y, mientras tanto, Ayako se quedó callada y le dio mil vueltas a todo.

Al final, todo el mundo tenía que emprender su propio camino en la vida.

A solas.

$$\dagger$$

Conforme el tren avanzaba hacia la estación Saijo, ya había viejos borrachos hechos ovillos en el andén, bien dormidos. Kyo echó un vistazo por la ventana a los hombres tumbados en bancos o en el suelo, todos sin hacerles ningún caso a los demás pasajeros que los rodeaban para pasar por su lado. La mayoría iban bien ataviados, con camisas y pantalones de vestir. Algunos incluso tenían sombrero, el cual se les había caído al suelo a su lado.

Kyo se miró el reloj: solo era mediodía.

Tenía que mantener aquel viaje en secreto; su abuela no podía enterarse.

Porque no le iba a parecer nada bien que fuera a un festival de sake.

$$\circ$$

Situada más o menos a medio camino entre Hiroshima y Onomichi, Saijo era una ciudad pequeña en la que estaba el campus principal de la universidad de Hiroshima. Una vez al año, en octubre, era la sede del festival de sake Saijo, y en aquellos momentos estaba en su punto álgido. A pesar de que el festival duraba tan solo dos días, empezaba cada mañana y seguía hasta bien entrada la noche.

Kyo bajó del tren, esquivó a un par de borrachos dormidos y se dirigió a las barreras. Según metía el billete en la rendija y pasaba al otro lado, oyó una voz que le sonaba y que lo llamaba:

—¡Kyo!

Miró en dirección a la voz y se encontró con un rostro amable y algo sonrosado.

—Takeshi —lo saludó—. ¿Cómo te va?

Se dieron un pequeño abrazo.

—Sigo sobrio —repuso su amigo, al tiempo que se enjugaba el sudor de la frente con una toalla—. Bueno, más o menos.

Era un día de otoño cálido, conocido como koharu, una pequeña primavera: un veroño que se extendía hasta octubre, con cielos despejados y un sol amarillo que les sonreía con su calidez desde lo alto.

—¿Y tus amigos? —le preguntó Kyo, mirando en derredor.

—Ah, están en el recinto —dijo Takeshi, y señaló con el pulgar hacia atrás—. Por aquí.

Se abrieron paso a través de la muchedumbre hasta llegar a la zona principal del festival. Cuando llegaron a la entrada, Kyo pagó la tasa, y a cambio le dieron una bolsa y una pulsera que le permitía volver a entrar en el recinto. Takeshi le mostró la muñeca al segurata y pasaron al interior. Estaba un poco nervioso por tener que pasar por la entrada, porque técnicamente todavía era demasiado joven para consumir alcohol, por mucho que le quedara poco para cumplir los veinte y que ya tuviera pinta de ser mayor. Aun así, le daba miedo volver a meterse en líos con su abuela. Sabía que se lo iba a tomar con calma aquel día.

—¡Oye, Kyo! —Takeshi se giró hacia él, con los ojos muy abiertos por la emoción, e hizo un ademán a los muchísimos puestos que los rodeaban, donde los trabajadores servían botellas de sake enormes en los vasos de los visitantes—. A ver si conseguimos probar algo de cada una de las cuarenta y siete prefecturas.

—Uy, no. —Kyo negó con la cabeza—. No quiero acabar como los pobres desgraciados esos, tirados por el suelo del andén.

—¿No? —le preguntó Takeshi, con una expresión llena de sorpresa—. Lástima, quería probar eso hoy.

Ambos se echaron a reír y pasearon por el recinto, por delante de los otros grupitos de gente que disfrutaban del festival. La mayoría de ellos estaban sentados en lonas azules desplegadas en el suelo, como en una fiesta hanami de primavera. Había puestos de comida que vendían cosas como fideos fritos yakisoba, calamar seco y demás tentempiés grasosos y salados que alentaban a beber más. Mientras que fuera del recinto todo había estado lleno de gente (adolescentes ebrios que se juntaban fuera de los supermercados, música en directo en los parques, borrachos que dormían sin tapujos en el suelo), el interior parecía estar más tranquilo, con menos desmadre. Había lámparas de papel colgadas en todos los árboles, solo que todavía estaban apagadas.

Llegaron hasta un grupo de amigos de Takeshi, sentados en círculo.

—Tranqui —le había susurrado Takeshi al oído mientras se acercaban—. No son los mismos de la otra vez. Son buena gente, colegas de mi curso. Todos estudian odontología. Hay un par de médicos también.

Kyo se quitó los zapatos y se sentó en silencio al lado de Takeshi, sobre la lona azul. Los demás se presentaron ante Kyo, y notó que les caía bien de inmediato. Fue muy distinto a la fiesta a la que había ido la otra vez, en Hiroshima. Aquel grupo parecía más adulto, por lo que Kyo se comportó con educación y se presentó.

—Mucho gusto. Me llamo Kyo y soy un ronin-sei —empezó, con una reverencia—. Estudio para los exámenes de acceso a la universidad, para Medicina. Es un placer conoceros a todos.

—Mucho gusto, Kyo-san —entonaron los demás, con otra reverencia.

—Buena suerte con los exámenes —le dijo un chico delgado con gafas redondas de marco fino que estaba sentado en el lado opuesto de la lona.

—Eso, ¡buena suerte! —repitieron los demás—. ¡Tú puedes!

—Yo también fui ronin-sei —le dijo otro que tenía a la derecha, con una sonrisa amable.

—¿Ah, sí, Fujiyama? —interpuso uno desde el otro lado—. No lo sabía. ¡Yo también!

Kyo sonrió y se asentó en la fiesta, más relajado en aquella ocasión y cómodo con su situación. Antes había estado nervioso por presentarse con sinceridad como un ronin-sei, en lugar de esconderse detrás del intento fallido de Takeshi de hacerlo pasar por ilustrador.

Se puso a escuchar con educación a los demás según hablaban de su experiencia, de cómo habían suspendido los exámenes de acceso y habían tenido que repetirlos al año siguiente. Y, al oír sus historias sobre fracaso y redención, se sintió menos avergonzado por la posición que tenía en la vida en aquellos momentos, por primera vez delante de un grupo de gente de su edad. A base de los asentimientos y de los ánimos de los demás, se tranquilizó al ver que la situación en la que estaba metido no era irremediable. Otros habían pasado por lo mismo y todo les había acabado saliendo bien. Poco a poco, ciertas ideas se le pasaron por la cabeza, y oyó unas palabras optimistas y silenciosas que le susurraban por el cuerpo.

Solo que las palabras no tenían forma, por lo que no lograba distinguirlas. Todavía no sabía qué era lo que quería en el futuro. Por el momento, disfrutaba de aquella emoción refrescante que le daba conocer a tantas personas. Dio sorbitos a los distintos vasos de sake que le indicaban los amigos de Takeshi.

Algunos eran dulces. Otros, amargos. Otros más, secos.

Y todos ellos le parecieron algo fresco y nuevo.

○

Kyo y Takeshi estaban sentados el uno al lado del otro, y de vez en cuando se ponían de pie para pasear entre los puestos y probar las distintas marcas. Caminaban poco a poco y tranquilos.

Notaba la calidez del sake que se le esparcía por el cuerpo y lo ponía contento.

Mientras hacían cola para pedir yakisoba, Kyo rompió el silencio.

—Oye, siento mucho lo que pasó la otra vez, ya sabes... —empezó a decir, sin saber cómo seguir.

—Ah, no pasa nada. —Takeshi negó con la cabeza.

—No —dijo Kyo, con una mano alzada—, tengo que disculparme. No tendría que haberme ido corriendo así, y menos después de que fueras tan amable de presentarme a tus amigos.

—Bueno —contestó Takeshi—, no te voy a mentir, sí que me sorprendió un poco que salieras por patas. Pero no eran amigos de verdad, ¿sabes? Pasó al principio, cuando me metía en cualquier club que se me ocurría para conocer gente. Y esa noche, más tarde, hablé con la chica con la que habías estado hablando, Fumiko o yo qué sé, y me comentó lo que había dicho el otro tipo, así que me hice una idea.

Kyo asintió.

—Aun así, no tendría que haberme ido sin darte ninguna explicación.

—No tienes que darme ninguna. —Takeshi se volvió para mirarlo—. Siento haberte metido en esa situación.

—Sí que se pasó un poco el chico —dijo Kyo—. Ojalá pudiera dejarlo un ratito con mi abuela.

—Seguro que se llevarían bien, ¿eh?

—Sería un baño de sangre —se rio Kyo.

Los dos esbozaron una sonrisita.

Llegaron a la parte delantera de la cola, pidieron un par de raciones de yakisoba y emprendieron la marcha de vuelta hacia el grupo.

Antes de llegar, Takeshi le puso una mano en el hombro.

—Un segundo —le dijo, volviéndose hacia él—. Antes de que volvamos, quería contarte algo.

—Dime.

Takeshi dejó de hablar un instante y soltó el aliento con fuerza. Kyo intentó mirarlo a los ojos, pero su amigo posaba la mirada por todo el parque sin dejarla quieta en ningún sitio, así que mucho menos en Kyo. Al final dijo:

—No se lo digas a nadie de los de Tokio, pero… estoy pensando en dejarlo.

—¿En dejarlo? —Kyo hizo todo lo posible por no mostrar la sorpresa que sentía—. ¿La universidad?

Takeshi asintió.

—Pero ¿por qué?

—Porque creo que no puedo —repuso Takeshi, con un suspiro.

—¿Que no puedes con qué? ¿Con el curso? ¿Te exigen mucho?

—No, no es eso. —Takeshi negó con la cabeza—. Es que, bueno, no me veo capaz de levantarme todos los días del resto de mi vida para ir a mirarle la boca a la gente. No puedo.

Hizo una pausa durante unos instantes antes de continuar.

—No sé qué les voy a decir a mis padres. Me van a matar.

—Seguro que lo entienden —dijo Kyo, aunque no se lo creía del todo.

—¿Tú crees? —Lo miró a los ojos por fin—. No sé yo. Odontología… Es lo que estudió mi padre, es lo que estudió mi abuelo. Lleva en mi familia muchas generaciones. Mi padre ya tiene la idea de que voy a ir a trabajar con él en su clínica de Ochanomizu cuando me gradúe. No sé cómo se lo voy a decir.

—¿No puedes terminar el grado y luego dedicarte a otra cosa? ¿Con eso se conformarían tus padres?

—Me lo he pensado, podría ir a trabajar para una empresa de suministros de odontología o algo. Ya lo había pensado, sí. Pero cuando me imagino acabando el grado me acuerdo de las prácticas en clínicas que tenemos que hacer. Y me acuerdo del día que pasé viendo a viejales meterse ese enjuague rosa en la boca después de examinarlos. Lo mueven de mejilla a mejilla hasta que lo escupen en una bandeja metálica. Cada vez que lo veía me daban ganas de vomitar. Me acuerdo ahora y me pasa lo mismo. Eso o me viene el bajón porque eso sea lo único que me espera, ¿sabes? Que me vaya a pasar la vida viendo a los demás escupir el enjuague antes de limpiarse la baba de la barbilla. Y eso una y otra vez hasta que me muera.

Se quedaron allí plantados, con los fiesteros vitoreando y cantando a su alrededor bebiendo y riéndose.

A Kyo le daba muchísima lástima su amigo, pero no sabía qué decir para hacer que se sintiera mejor. Takeshi continuó:

—Y lo que fue peor aún: una vez estábamos viendo una operación en la que le cortaban las encías a un tipo y le serraban los dientes. Vi que el cirujano le extraía un diente roto con unas pinzas. Aquel día no había desayunado, y había un montón de sangre…, y sonaba como que se le iba a partir la mandíbula, con sangre y hueso y saliva todo mezclado en un tubo que la enfermera le metía en la boca. —Takeshi se ruborizó—. De lo siguiente que me acuerdo fue que me desperté en una cama del hospital y de que una enfermera me dijo que me había desmayado. Que me había caído y me había dado un golpe en la cabeza como un idiota. Y adiós.

—Joder.

—Menuda vergüenza pasé. —Meneó la cabeza—. Imagínatelo, un dentista que no puede ver sangre. Así que no valgo para las operaciones. ¿Quién habría dicho que era tan aprensivo?

Se quedaron callados y quietos, con los envases de yakisoba en la mano. Takeshi bebió su vaso de sake de un solo trago e hizo una mueca. Debió de ser uno malo.

—¿Y qué vas a hacer entonces? —le preguntó Kyo unos segundos más tarde, aunque se arrepintió de inmediato.

—Esa… —Takeshi se secó el sudor de la frente con el dorso de la mano, todavía con el envase de yakisoba. Un fideo se le quedó pegado a la cara, pero no se dio cuenta—. Esa es la pregunta del millón, Kyo. ¿Qué voy a hacer? No tengo ni idea.

—¿Puedes pasarte a otro curso?

—No sé.

Los dos se quedaron mirando a los fiesteros sentados en el suelo en grupos pequeños mientras disfrutaban del ambiente alegre del día. Kyo se sentía aislado de todo aquello, sin saber qué decir ni qué hacer. Se quedaron allí plantados un rato, incómodos, y Takeshi frunció el ceño y sopesó sus siguientes palabras con cuidado. Se rascó la nariz con un dedo antes de mirarlo.

—¿Sabes qué?

—¿Qué? —le preguntó Kyo.

—Hay algo por lo que siempre he estado celoso de ti.

—¿Celoso?

—Sí, celoso. —Takeshi sonrió, pero la tristeza acechaba detrás de la sonrisa, como una moneda de plata que se asoma entre las rocas de un estanque hondo: destelló durante un segundo y desapareció—. Tienes algo que se te da la mar de bien, algo que te apasiona, que te ha apasionado desde siempre. Eres artista. Hagas lo que hagas, siempre has sido artista y siempre lo serás.

Kyo se ruborizó y negó con la cabeza.

—Que no…

—Es verdad, Kyo. —Takeshi parecía más serio—. Eres artista, decidas lo que decidas en tu vida. Tienes un don para dibujar y es algo que puedes hacer en cualquier momento que te apetezca. Da igual lo que acabes estudiando: aunque te gradúes y vayas a hacer de oficinista, incluso si no vas a la universidad y te pones a trabajar en un supermercado o de albañil, siempre tendrás tu arte. Y eso nadie te lo puede quitar. Es algo especial, Kyo. Muchas personas matarían por tener algo así en la vida.

—Pero estudio para ir a Medicina. Voy a ir a Medicina —dijo Kyo, no muy convencido.

Se quedó callado, sin saber si había acabado de hablar o no, cabizbajo.

Esperó, y, tras unos segundos, Takeshi volvió a hablar.

—Pero no tienes que hacerlo —le dijo su amigo, ladeando la cabeza—. Puedes hacer lo que quieras, es tu vida. No la vivas por los demás.

Si bien fue una frase bastante simple, caló hondo en Kyo.

Estaban a punto de volver a la fiesta cuando Takeshi los paró una última vez.

—Gracias por escucharme —le dijo, poniéndole una mano en el hombro y mirándolo a la cara—. Creo que eres la única persona a la que puedo hablarle de estas cosas.

—No es nada —repuso Kyo, con una palmadita en la espalda a su amigo—. No es nada.

Volvieron con los demás, y, cuando Kyo volvió a mirar a Takeshi a la cara, casi no se le notaba todo lo que le daba vueltas por la cabeza: bromeaba y se reía con los demás como si no pasara nada.

Kyo miró abajo, a su vaso de sake vacío. Las palabras de su amigo se repetían en sus adentros.

«No tienes que hacerlo. Es tu vida».

○

Un rato después, la fiesta acabó, y todos salieron del recinto en una fila ordenada y recorrieron la calle que conducía a la estación de tren poco a poco. Los del grupo charlaban y se reían, y la mayoría de ellos querían volver a la ciudad y seguir bebiendo. En especial Takeshi, quien ya se había puesto rojo del todo y estaba animado ante la idea de seguir de fiesta.

Por su parte, Kyo estaba cada vez más tranquilo.

Al final no había bebido tanto sake y no se sentía borracho.

Takeshi le tiró de la manga y le suplicó que los acompañara a la ciudad, pero Kyo se negó. No le apetecía, y punto. La fiesta había llegado a su fin para Kyo; era hora de volver a casa.

Por tanto, se quedó en el otro andén a solas, a la espera de un tren que lo llevara de vuelta a Onomichi, en dirección opuesta a la ajetreada ciudad de Hiroshima. Se quedó mirando al grupo embriagado hacer el tonto y reírse mientras llamaban a Kyo a gritos y con gestos, antes de que el tren de cercanías, con su insignia de JR West y su franja azul en el lateral, pasara por allí para recogerlos. Se rio al ver que Takeshi y los demás ponían la cara contra el cristal y le hacían muecas y se despedían de él conforme el tren se marchaba poco a poco y los llevaba hacia la oscuridad fría de la noche, hacia un rato de desenfreno embriagado en la ciudad.

Y entonces se quedó solo.

○

El tren estaba casi vacío, y el viaje no iba a ser muy largo.

Kyo sacó su walkman y pulsó la tecla de reproducir para escuchar un casete de Pink Floyd, *Wish You Were Here*, que había sacado de la sección de segunda mano de la tienda de Sato. Se puso los cascos, sacó el cuaderno y se dispuso a dibujar, centrado en las emociones que notaba en lo más hondo de su ser desde la conversación que había mantenido con Takeshi. Empezaron a tomar forma, a formar patrones y oscilaciones de tinta negra contra la página blanca.

No llevaba mucho rato dibujando cuando alguien se sentó delante de él.

Alzó la mirada.

Tardó una fracción de segundo en reconocer quién era. La chica de la biblioteca. La chica del viaje en tren. La chica del bar de Osaka.

Ayumi.

La chica le sonrió y lo saludó con la mano.

Kyo se quedó petrificado, sin saber qué hacer. Joder.

—Hola —articuló ella. Kyo se quitó los cascos.

—Eh… Hola.

—Todavía tengo el lápiz que me diste —le dijo—. Y te vi en la biblioteca, me acuerdo de ti. ¿Te acuerdas tú?

—Ayumi —musitó, inclinando la cabeza para intentar esconder lo rojo que se había puesto—. Lo siento. —Fue lo único que pudo añadir.

—Exacto. —Soltó una risita—. Y tú eres Kyo, ¿verdad?

—Sí —dijo él, y la vergüenza se le esparció por el cuerpo e hizo que se pusiera a sudar. Ayumi le dedicó una mirada intensa.

—Tendría que estar enfadada contigo por haberme dejado tirada. Fue muy cobarde por tu parte. Aunque al menos dejaste dinero para pagar la cuenta. Quizá hasta te perdone.

Kyo no pudo seguir mirándola durante mucho rato, pero, al volver a verla de cerca, le pareció incluso más guapa que la primera vez. Por lo sonrosadas que le veía las mejillas, supo que había estado bebiendo. Aquel día no llevaba el cabello recogido como en la biblioteca.

No tenía ni pajolera idea de qué decirle. Una parte de él quería explicarle por qué la había dejado tirada, que había ido adonde su padre se había suicidado, solo que todavía le daba demasiada vergüenza admitir algo tan personal ante alguien a quien no conocía mucho. Por tanto, se quedó mirando a la oscuridad que había al otro lado de la ventana. Aun así, las luces brillaban con intensidad en el interior del tren, por lo que no veía lo que había al otro lado, sino tan solo el reflejo de lo que estaba en el interior. Incluso cuando intentaba apartar la mirada de los dos, solo veía sus propios reflejos. Kyo vio un periódico *Chugoku Shimbun* tirado en el asiento al otro lado del pasillo, y pretendió quedarse mirando el titular. Se quedaron ahí sentados durante un rato, en un silencio incómodo, mientras el vagón vacío se mecía al traquetear por encima de las vías. Parada tras parada, se iban acercando a Onomichi.

Se les acababa el tiempo.

Solo que Kyo no sabía qué decir.

Palabras. Palabras. Palabras.

Ayumi miró el cuaderno de Kyo, el cual aferraba con sus manos sudorosas. Emborronaba el dibujo que había estado haciendo, y se había manchado la punta de los dedos de tinta negra.

—¿Sigues dibujando? —le preguntó, señalando el cuaderno.

—Ah, sí.

—Me alegro. ¿Y cómo te va la escuela de repaso? ¿Todavía quieres ser médico?

—No estoy seguro… —Se interrumpió a media frase.

—Te digo que tendrías que ser dibujante de manga. Se te da muy bien. Eres un capullo que deja a una chica tirada en un bar de Osaka, pero un capullo con talento.

El sonrojo de Kyo le había llegado a los dedos de los pies ya. Ayumi continuó, con total inocencia.

—¿Dibujas lo que ves con los ojos o lo que ves en la cabeza? —Hizo un ademán hacia cada parte del cuerpo según hablaba.

Mantener una conversación con ella le hacía más fácil distraerse de la culpabilidad que sentía por lo que le había hecho, así que siguió y se perdió en su diálogo.

—Creo que… ¿los dos?

Ayumi asintió, con los ojos brillantes, y estaba claro que esperaba que siguiera. Así que eso hizo.

—Me imagino cosas, y a veces se funden con la realidad. No sé qué es lo que pasa primero, si es que veo un objeto y luego le pasa algo raro o si lo primero que veo es la idea en sí.

—¿Cuándo empezaste a dibujar o a imaginarte cosas así? —Señaló hacia las formas extrañas y en espiral, las emociones que había estado dibujando, el blanco y negro que danzaba en la página. A Kyo le dio la sensación de que era fácil hablar con Ayumi y comenzó a abrirse con ella otra vez sin darse cuenta de ello.

—Creo que tenía cinco años o así.

—¿Tan pequeñito eras?

—Sí… —Kyo tragó en seco, avergonzado, pero siguió hablando—. Mi madre solía llevarme al trabajo con ella, porque no tenía a nadie más. Mi padre… murió cuando yo tenía dos años. Y bueno, ella es médica, así que me llevaba al hospital, y yo me quedaba sentado en recepción, y el equipo de enfermería me vigilaba por turnos.

Ayumi asintió, con los ojos bien abiertos, atenta a la historia que le contaba, como si fuera lo más interesante del mundo. Kyo continuó, sin pensar que casi no había hablado de aquellas experiencias de su infancia con nadie antes de aquel momento.

—Era demasiado pequeño como para leer, y en recepción no había tele ni nada, así que a veces me quedaba mirando la pared y ya está. No tenía lápices, bolígrafos ni papel con los que dibujar.

—Suena duro —dijo ella.

—No fue para tanto. —Kyo negó con la cabeza poco a poco—. Ahí fue cuando empecé a dibujar con la mente. Me quedaba mirando los patrones del papel pintado y me ponía a mover lo que veía con la mente. Era como si estuviera viendo mi propia tele particular. Si dejaba que mi imaginación divagara, a una bolita le crecían patas y se convertía en una araña gigante, y luego esta… —Kyo se puso a hacer gestos con las manos, como si todavía fuera capaz de ver el papel pintado que describía, como si estuviera en el espacio que había entre los dos— esta forma larga y delgada de aquí se convertía en un caballero anciano, como los de los cuentos europeos. Y el caballero tenía que matar a la araña, que se había juntado con otras bolitas del papel pintado y se había transformado en un dragón, pero el caballero era viejo, y aquella iba a ser su última batalla…

Kyo se quedó callado y miró a Ayumi según se preguntaba si la había perdido o no.

¿Qué carajos decía? Agitaba las manos por ahí para hablarle de caballeros ancianos que se enfrentaban a dragones en el papel pintado. Ayumi creería que estaba loco.

—Perdona. —Meneó la cabeza—. Seguro que te suena absurdo todo, ¿verdad?

—Para nada. —Le sonrió—. Me parece fascinante. Y sé cómo te sentías, ¿sabes?

—¿Sí? —le preguntó Kyo, un poco extrañado—. ¿En qué sentido?

—Sé lo que es perder a un padre de pequeño. —Clavó la mirada en el suelo—. Mi madre murió cuando yo tenía tres años.

Ayumi alzó la mirada, triste, hacia los ojos de Kyo, quien asintió. No necesitaban palabras, porque los dos sabían cómo se sentía el otro.

El tren dio una sacudida al detenerse.

Onomichi.

○

Bajaron en silencio y pasaron por las barreras uno detrás del otro.

Cobarde. Fracasado.

Las palabras se repetían una y otra vez en la cabeza de Kyo.

Cobarde. Fracasado.

—¡Ah, mira! —soltó Ayumi, señalando hacia los cientos de lámparas coloridas y decoradas que habían colocado en el suelo hasta donde alcanzaba la vista—. Ay, se me había olvidado —añadió en silencio para sí misma—. Es el Festival de la Luz en la ciudad. Está preciosa con todas las lámparas.

Intercambiaron una mirada, y a Kyo le pareció un fantasma pálido, con la luz parpadeante de las lámparas que le iluminaba el rostro por debajo y la llenaba de sombras al mismo tiempo.

—Será mejor que vuelva a casa —dijo Kyo—. Mi abuela me estará esperando.

—Ya —repuso ella. ¿Qué tono era ese que le había parecido notar?

—Adiós —se despidió.

—Adiós —contestó Ayumi, inclinando la cabeza.

Se dieron media vuelta y se alejaron el uno del otro.

Kyo notó algo que ardía en su interior. Se volvió y vio su silueta cada vez más lejos a medida que desaparecía por un sendero oscuro que atravesaba las lámparas.

—Espera —la llamó, incapaz de contenerse. Ayumi se dio media vuelta, sorprendida.

—¿Sí?

—¿Nos volveremos a ver?

—¿Quizá? —Se encogió de hombros. ¿O también sonreía?—. Si quieres. Ven a verme a la cafetería Yamaneko. Los miércoles trabajo ahí. Sabes dónde está, ¿verdad?

Kyo asintió, aunque no tenía ni idea. Ya la buscaría.

—Nos vemos.

—Nos vemos.

Ayumi estaba a punto de marcharse cuando recordó algo.

—¡Ah!

—¿Sí? — Kyo la miró a los ojos.

—Solo puedes venir —respondió ella, con una sonrisa de verdad aquella vez y los ojos relucientes ante la luz de las lámparas— si me prometes que no saldrás corriendo como la otra vez.

A Kyo le dio un vuelco el corazón. Ayumi solo lo decía de broma.

—Te lo prometo.

—Nos vemos. —Ayumi se dio media vuelta y se marchó antes de que Kyo se pusiera rojo del todo.

La vio desaparecer en la oscuridad, maldijo para sí mismo y volvió a casa.

—Cafetería Yamaneko. Cafetería Yamaneko.

Se repitió el nombre de la cafetería una y otra vez según caminaba.

Cafetería Yamaneko.

Cafetería Yamaneko.

Cuando volvió a casa, su abuela seguía despierta y lo esperaba en la mesa kotatsu, leyendo una novela.

—Okaeri —lo saludó ella, pasando página sin apartar la mirada.

—Tadaima —repuso él, mientras se quitaba los zapatos y entraba en casa.

Se sentó delante de ella, al otro lado de la mesa, y estudió el tablero de go.

—Todavía te toca —le dijo Ayako, sin alzar la mirada.

—¿Eh? —preguntó Kyo, perdido en sus ensoñaciones.

Ayako bajó el libro y entornó la mirada hacia su nieto.

¿Qué le pasaba? ¿Estaba borracho?

—¿Qué tal el festival de sake? —le preguntó, a sabiendas de que había ido.

—Ha estado bien, sí —respondió él, distraído.

Ayako alzó una ceja. Algo le tenía que pasar, si ni siquiera se había molestado en intentar ocultar el hecho de que había ido al festival.

Tras un rato, Kyo acabó rompiendo el silencio.

—¿Abuela?

—¿Qué pasa?

—¿Dónde está la cafetería Yamaneko? Me suena que ya he ido una vez, pero no me acuerdo de dónde está.

—¿Por qué lo preguntas? —Intentó bromear—: ¿Y por qué quieres darle dinero a la competencia? ¿Qué le pasa a mi café? Si quieres uno, pídemelo a mí.

—Nada, es por curiosidad.

—Bueno, si no tienes ningún motivo para preguntármelo, no tendrás tantas ganas de saberlo. ¿Verdad?

Kyo se arrepintió de su impaciencia; podría haber buscado la cafetería en el móvil cuando fuera a la habitación.

—Por favor.

—Por favor, ¿qué?

—Por favor, dígame dónde está.

Ayako soltó un suspiro y dejó el libro.

—Pásame ese boli y el papel y te dibujaré un mapa.

—Gracias, abuela.

Kyo escuchó las explicaciones de Ayako mientras dibujaba, pero, en su interior, notó que el corazón le latía desbocado. La cafetería estaba cerca de la orilla, y, en cuanto su abuela empezó a dibujar el mapa, supo dónde estaba, aunque escuchó la explicación completa de todos modos. Una parte de él se preguntaba por qué no lo había buscado en el móvil y ya, en lugar de preguntárselo a su abuela. En el fondo sabía que era porque quería tener a alguien con quien compartir aquella emoción.

A Ayako, por su parte, no le molestó que le pidiera indicaciones o que le dibujara un mapa, pues era lo más normal en su trabajo de cada día. Sin embargo, según le explicaba dónde estaba la cafetería, notaba que algo había cambiado en su nieto, solo que no sabía qué era exactamente. No era nada malo. La escuchaba con atención y con educación, pero pasaba algo más, lo notaba en la mirada perdida del chico.

Había cambiado.

Los rumores no tardaron nada en llegar hasta Ayako.
Se esparcían a toda prisa por aquella ciudad. Por ejemplo, si Keiko, la chica que se encargaba de la taquilla del pequeño cine que había junto a la estación, veía a una pareja que iba al cine una tarde, no tardaba en mencionárselo a Ota el cartero cuando pasaba por allí a entregar el correo. Y Ota el cartero seguro que se lo decía a Tada el sacerdote cuando se pasaba por el templo para charlar y tomarse una taza de té verde. Y lo más normal era que Tada el sacerdote se lo comentara a Miyuki, la joven que iba cada martes a ayudar a limpiar el templo, y ella le contaba a su madre todo lo que había hablado con el sacerdote aquel día. Luego la madre de Miyuki solía darle la vara a Michiko la bibliotecaria cuando iba a por algún libro. Y después solo era cuestión de tiempo que Michiko le dijera algo a su marido, el jefe de estación Ono, en su descanso para comer. Ono se lo acababa contando a Sato mientras bebían en Ittoku, el izakaya que había detrás de la estación. Y Sato, como cabía esperar, no dudaba ni un segundo en comentárselo a Ayako al día siguiente, con su café matutino.

—Dicen por ahí que Kyo se ha echado novieta —dijo con una sonrisita.

—¿Cómo? —Ayako volvió la mirada de repente, como un gato que oye un ruido repentino.

La sonrisita de Sato se tornó más engreída cuando se dio cuenta de que Ayako no tenía ni idea.

—Según parece, el otro día fue al cine con una jovencita —le explicó Sato, alegre—. Fueron a ver *Cuentos de Tokio*.

—Qué hará viendo una película antigua en blanco y negro como esa. —Ayako se rascó la barbilla con el dedo índice que le quedaba.

—A lo mejor la chica tiene buen gusto. —Sato ladeó la cabeza, y Ayako entornó la mirada en su dirección.

—¿Quién es la chica?

—Se llama Ayumi. —Sato asió su taza de café y sopló al vapor que se alzaba—. Trabaja en la cafetería Yamaneko.

—¿Ayumi? —Ya ataba cabos.

—Eso creo. —Sato bebió un sorbo de café y su expresión de superioridad se transformó en una de molestia cuando se quemó la lengua. Volvió a dejar la taza en el platillo y bebió agua del vaso que Ayako le había dejado al lado del café. Se enjuagó la boca, con los ojos muy abiertos. Por su parte, Ayako se quedó mirando al mar por la ventana.

—Ya sabía yo que le pasaba algo.

—El amor está en el ambiente —dijo Sato, arrastrando las palabras por los cubitos que se había metido en la boca.

—¿Quién es la chica? —preguntó Ayako de nuevo, antes de soltar preguntas como una ametralladora—. ¿Es de aquí? ¿Cómo se apellida? ¿De dónde proviene? ¿Conocemos a alguien que la conozca bien?

Sato meneó la cabeza y tragó.

—No es de aquí, según sé. —Hizo una pausa y alzó una mano ante Ayako para pararle los pies—. Pero, Aya-chan, no vaya a echarlo todo al traste, por favor.

Ayako se mostró dolida.

—Solo me interesa. Es mi nieto.

—Sí, pero no le conviene ir corriendo a verla, solo la asustará.

—Solo quiero saber cómo es. —Ayako alzó la barbilla—. ¿Acaso es un crimen? Me interesa saber con quién se junta mi nieto y ya.

Sato se removió en su asiento, incómodo.

—Bueno…, lo único que sé de ella es que va a la universidad.

—¿Y qué estudia? ¿En qué universidad?

—En la de Hiroshima. En la cafetería solo trabaja a tiempo parcial; vive en Onomichi y va en tren a la universidad. Me lo contó el jefe de estación Ono.

—Interesante. —Ayako se dio unos golpecitos en los labios con un dedo—. ¿Por qué no habrá ido a vivir a la ciudad o a Saijo como los demás estudiantes?

—Como decía, quizá tenga buen gusto —dijo Sato, de nuevo con la expresión de superioridad, al haberse olvidado ya de la lengua quemada.

—O a lo mejor es que es rarita —comentó Ayako, con la mirada perdida en la pared, ensimismada—. Interesante.

—Oiga —dijo Sato—, no vaya a presentarse ahí a lo loco. Que la va a asustar.

—*Pffff*. Ya verá que no —negó Ayako, tras volver en sí.

Se dispuso a prepararse una taza de café mientras pensaba en cómo iba a abordar el tema.

Lo primero que tenía que hacer era conocer a la chica, eso estaba claro.

Tenía que averiguar qué ocurría exactamente.

Había notado ciertos cambios en el chico aquellos días, y el más reciente era también el más alarmante. Ayako se había alegrado al ver que todo le iba bien en Onomichi: estaba sacando buenas notas en la escuela de repaso, sí, y eso le venía de perlas, pero lo que más le alegraba era ver que su arte cada vez estaba mejor. Aunque sabía que el chico tenía talento, también era una buena oportunidad para ella, para corregir lo que había hecho mal con Kenji. Había desalentado a su hijo para que no se dedicara al alpinismo, y tenía que admitir que había llegado a manipularlo para que no fuera a la montaña como su padre. Ya veía con total claridad lo que tendría que haber hecho: permitir que Kenji persiguiera su propia pasión.

Sin embargo, su nieto no necesitaba que viniera una chica a echarlo todo al traste. Los amores de la juventud estaban muy bien, pero todo a su debido tiempo. Si la chica solo le seguía el rollo o no sentía nada serio por él, podría hacerlo perder el rumbo. Podría interponerse en el camino de su pasión. Debía de haber una forma en la que pudiera conocer a la chica y saber qué intenciones tenía. Kyo no necesitaba más drama en su vida, sino menos tonterías. Necesitaba una mentalidad despejada para centrarse en sus estudios y aprobar los exámenes de acceso o (y eso es lo que Ayako creía que más le apetecía a él) para ser artista de manga. La madre de Kyo le había confiado una tarea, la de cuidar del chico, y no pensaba dejar que todo se fuera a la ruina en el último momento solo porque se había colado por una chica.

Su seguridad era lo único que le importaba.

Si la chica era un obstáculo para la felicidad de Kyo…

… tendría que quitarla del medio. Y punto en boca.

Ayako iba a hacerlo mejor aquella vez.

○

Kyo había estado temblando la primera vez que había ido a la cafetería Yamaneko.

Había recorrido poco a poco la calle costera que lo llevaba hasta el establecimiento, había pasado por delante de la cafetería abierta y había intentado mirar a través de la ventana, aunque sin éxito. El brillo del sol de aquel día se reflejaba en el cristal, por lo que lo único que veía era el mundo del exterior que se le reflejaba de vuelta, su silueta larguirucha y su mirada confundida. Se dio otra vuelta, pasó por delante de la cafetería una vez más y echó un vistazo al cartel de madera blanco, con el logotipo de un gato salvaje animado. Kyo nunca había visto a un yamaneko en su vida, por lo que no tenía ni idea de si el dibujo lo retrataba bien. Parecía un gato normal y corriente, con una sonrisita arrogante en la expresión.

—Kyo, ¿vienes o qué? —le preguntó Ayumi, asomada desde la puerta—. ¿O vas a seguir dando vueltas un rato?

—Ah, perdona —dijo Kyo.

—O… —Soltó una risita—. ¿Vas a irte corriendo sin decir nada otra vez?

—Eh… —Kyo se quedó helado. Todavía creía que le debía una disculpa como era debido por haberla abandonado en Osaka. Notó la vergüenza como un peso en el estómago.

—No te preocupes. —Ayumi hizo un ademán para restarle importancia—. No volveré a sacar el tema, te lo prometo. O puede que sí.

La siguió a la cafetería.

El interior estaba mejor iluminado de lo que parecía desde fuera. La cafetería estaba decorada con carteles y recuerdos antiguos, todos de la era Showa, del siglo veinte. Había anuncios desgastados de tabaco, Coca-Cola, caramelos, refrescos Ramune y de un montón de productos más por las paredes. Las mesas y sillas eran objetos variopintos que no tenían mucho que ver en conjunto, pues sin duda los habían juntado a base de distintas compras en mercadillos y tiendas de antigüedades. Kyo se preguntó qué pensaría su abuela de la decoración: seguro que no le gustaba, con su punto de vista tradicional en cuanto a la estética. Aun así, a Kyo le agradaba.

Le recordaba a donde solía ir en Tokio, a establecimientos que se encontraban a lo largo de las distintas paradas de la línea Chuo: barrios como Nakano, Koenji, Nishi-Ogikubo, Asagaya y Kichijoji. Incluso había franquicias de cafeterías del centro de Tokio, en lugares populares como Shibuya y Shinjuku, que trataban de replicar aquella estética, solo que siempre acababan pareciendo artificiales. La Yamaneko sí que le parecía auténtica.

Ayumi lo acompañó a la barra de madera, y él se quedó mirando la cafetería mientras ella atendía a los demás clientes. En las paredes había fotografías de la zona, todas hechas por fotógrafos del lugar, con su nombre e información de contacto detallada debajo. Parecía que era alguna especie de exposición.

Kyo siempre se andaba con cuidado con eso. Algunos amigos de Tokio le habían propuesto la idea de exponer su arte en lugares como aquel, pero nunca le había hecho mucha gracia la idea. Siempre acababan mencionando que iba a tener que pagar para exponer sus dibujos, y no había ninguna garantía de que alguien fuera a comprarlos. Desde que Jun y Emi lo habían invitado a mostrar sus ilustraciones en su hostal, una parte de él había estado organizando una pequeña exposición imaginaria, mientras que otra se preocupaba de cuándo iban a soltarle lo que iba a tener que pagar. No había vuelto a sacar el tema, por miedo de que sí quisieran cobrarle, aunque parecían sinceros, por lo que tal vez no hubiera ninguna trampa.

Ayumi volvió a él con un vaso, y Kyo sonrió e inclinó la cabeza en su dirección.

—Bueno —dijo, según dejaba el vaso en la barra a su lado y lo llenaba con la jarra que llevaba. Los cubitos tintinearon contra los laterales al echar el agua, y varios de ellos cayeron al vaso junto con el líquido—. ¿Qué te apetece?

Kyo dio un respingo. Ni siquiera le había echado un vistazo al menú.

—Eh…

—¿Tienes hambre? —le preguntó ella.

—Un poco.

—Vale. ¿Te gusta la pasta?

—Sí, me encanta.

—¿Quieres un café?

—Vale.

—Yo me encargo.

Ayumi fue hacia la cocina. Kyo llegaba a ver a un joven con el uniforme blanco de un chef en el interior y vio que ella le daba instrucciones antes de volver a ir detrás de la barra y ponerse con la máquina de expresos.

—Bueno —le dijo ella, mientras sacaba leche de la nevera y la echaba en una jarra de metal antes de usar la espumadora—, ¿cómo estás?

—Bien, gracias, ¿Y tú?

—Bien también.

Kyo se lo pensó antes de atreverse a decir otra cosa.

—Es muy maleducado por mi parte a estas alturas, pero… —Hizo otra pausa mientras la veía quedarse inmóvil, con la jarra metálica en las manos— Pero… siento mucho lo que pasó en Osaka. Es imperdonable. —Le dedicó una reverencia baja.

—Por favor, es agua pasada. —Ayumi hizo una reverencia tensa antes de darle la espalda de nuevo y seguir preparando el café.

Kyo se encogió en sí mismo. Quizá no tendría que haber dicho nada.

Sacó un manga de Tanikawa Sakutaro sobre dos maestros del go que estaba leyendo e intentó hacer como si nada, pero casi no lograba centrarse en la página. En su lugar, observaba a Ayumi mientras le preparaba un latte con suma destreza. Llevaba la misma camisa formal a rayas azules y blancas que el resto de empleados de la cafetería. La observó según vertía la leche en la taza de café con unos movimientos de muñeca diestros y usaba un instrumento delgado para remover la espuma. Kyo se echó adelante para ver mejor: estaba haciendo alguna especie de dibujo con la espuma, pero no llegaba a ver qué era. Cuando vio que se acercaba a él con el café, se volvió a poner bien en su asiento y desvió la mirada al manga para hacer ver que leía.

—Aquí tienes. —Dejó la taza de café en un platillo delante de él. Había dibujado un gato en la espuma, que lo miraba con superioridad.

—Hala —soltó Kyo, impresionado de verdad—. ¿Cómo has aprendido a hacer eso?

—Practiqué en casa —repuso con una sonrisa—. Y mira que me costó.

—¡Qué guay! —Kyo sacó el móvil para hacerle una foto—. No sabría hacer algo así.

—Claro que podrías —le aseguró ella, alegre—. Todo el mundo puede si practica. Después de ver cómo dibujas, seguro que le pescas el tranquillo en un momento.

—Casi no me lo quiero beber —dijo Kyo, echándole un vistazo a la taza de porcelana blanca desde distintos ángulos. Tenía el logotipo del gato de la cafetería impreso en un lateral—. No quiero estropear el dibujo perfecto que has hecho.

—Ya sabes lo que se suele decir… *bijin hakumei*; persona bella, vida corta.

Así que le gustaban los proverbios, como a su abuela.

—Pero bueno —continuó ella—, prefiero que lo pruebes y que disfrutes del café que te he preparado mientras esté caliente. No dejes que se te enfríe.

Kyo dio unos sorbos rápidos, y Ayumi se rio ante sus expresiones cómicas.

Oyeron un grito que salía de la cocina, y Ayumi volvió con un plato de espaguetis humeantes cubiertos de berenjena y de salsa de carne. Eran las dos de la tarde, y Kyo se percató de que era el único cliente del establecimiento. Ayumi se sentó a su lado y se pusieron a hablar mientras él se comía los espaguetis y se bebía el café.

Charlaron de libros y de manga; Ayumi le recomendó sus autores favoritos, mientras que él le habló de sus artistas de manga favoritos. Sin que se diera cuenta, transcurrieron dos horas.

—Ay, no —dijo él, al ver la hora en un reloj antiguo—, si ya son las cuatro.

Iba a llegar tarde para encontrarse con su abuela antes de que cerrara la cafetería y fueran a dar el paseo de cada tarde. Kyo sacó la cartera e intentó pagar, pero Ayumi no se lo permitió. Por tanto, le pidió el número de teléfono, con la promesa de que volverían a verse para que él pudiera invitarla y devolverle el favor.

Kyo salió de la cafetería con un andar jubiloso. Ya había tenido novia antes, sí, pero Ayumi tenía algo diferente. Era inteligente y sabía hablar y escuchar. Sabía muchísimo de literatura, y Kyo estaba seguro de que iba a aprender mucho de ella. Le daba la sensación de que lo respetaba, a pesar de ser más joven que ella. Si bien no quería adelantarse a los acontecimientos, estaba animado.

○

A lo largo de las siguientes semanas, Kyo y Ayumi quedaron con frecuencia.

Cuando ella libraba, salían a pasear y a charlar; y, cuando trabajaba en la cafetería, Kyo se sentaba a la barra y bebía una taza de café mientras se ponía con sus dibujos y hablaba con ella cuando tenía un respiro. No hace falta decir que prefería los días en los que contaba con toda su atención, y le daba la impresión de que ella también lo prefería. Le parecía muy fácil hablar con ella sobre cualquier tema, y Ayumi se mostraba relajada y sincera con él. Estudiaba en la Universidad de Hiroshima, aunque no le dijo qué, sino que le pidió que lo adivinara. Probó con Literatura, por el encontronazo del que había sido testigo en la biblioteca.

—No —había dicho ella, negando con la cabeza—. Me gusta demasiado como para estudiarla. No quiero convertir lo que me gusta en un trabajo, porque me preocupa que me eche a perder lo bien que me lo paso leyendo.

Entonces Kyo había probado con Medicina.

—Ni hablar, se me da fatal todo eso. Y soy hipocondríaca también. —Se había echado a reír, con un brillo en los ojos—. Si me pusiera a estudiar todas esas enfermedades y trastornos, seguro que acababa pensando que yo padecía de todo.

Al final, Kyo se había dado por vencido, y Ayumi le había contado que estudiaba Derecho.

—¿Derecho? —preguntó él, un poco abatido—. No lo habría adivinado nunca.

—Supongo que es porque me van las historias —repuso ella, pensativa—. Y debatir. Es lo único que se me ocurría que se pareciera a la literatura sin llegar a serlo. En los juicios se habla de la historia de la vida de alguien. —Hizo una pausa,

pensativa durante unos segundos, antes de echarse a reír—.
Eso y que quiero encontrar trabajo cuando acabe de estudiar.

Kyo asintió, lúgubre. Desde su charla con Takeshi, le había
dado muchas vueltas a lo que quería hacer.

—¿Y tú esperas entrar en Medicina? —le preguntó ella.

—Ajá —respondió, con un suspiro.

—Pues no pareces muy entusiasmado que digamos —dijo
Ayumi, preocupada.

—Es que no sé…

—Bueno —interpuso ella, pensándoselo—, no sé mucho,
pero diría que, si vas a pasarte la vida entera haciendo algo,
deberías asegurarte de que fuera algo que te apetezca. Porque
si no te condenarás tú solo, ¿no?

Kyo asintió.

La imagen de Takeshi mirando a los pacientes que se en-
juagaban la boca y escupían día tras día le pasó por la cabeza.

Enjuagar y escupir.

Enjuagar y escupir.

●

Era la gota que colmaba el vaso.

Le habían llegado rumores de que las notas de Kyo estaban
bajando un poco en la escuela de repaso, pero eso no le molestaba demasiado. Lo que sí le molestaba era algo que había notado cuando fotocopiaba el cuaderno de su nieto.

Hacía un tiempo que se había dado cuenta de que podía
sacar el cuaderno a escondidas cuando los dos iban a bañarse
por la noche. Había sido una jugada arriesgada, una que la
emocionaba.

Ayako se había justificado a sí misma lo que hacía: fotocopiaba las obras de su nieto en parte para tenerlas, aunque
también era un «por si acaso» enorme. Ya había aprendido la
lección con su hijo, cuando, de la noche a la mañana, les había prendido fuego a sus propias fotos. Kenji lo había hecho

sin ningún motivo aparente, y Ayako se había sorprendido, pero también había experimentado el arrepentimiento doloroso de su hijo unos días más tarde. Kenji se había encerrado en su habitación y se había negado a hablarle. Ella lo había pasado fatal y no había sabido cómo comunicarse con él. Aquello era lo peor: no saber qué decir.

Sin embargo, al fotocopiar sus dibujos, si Kyo hacía algo similar, ella podría interceder y salvarlo todo. Pensaba guardar sus dibujos. Sí, el método era un poco travieso, pero era por el bien del chico.

Kyo siempre dejaba el cuaderno en casa cuando iban a darse un baño, por lo que a ella no le costaba nada birlarlo de vez en cuando y escondérselo en su yukata. Pretendía ir al baño de mujeres, y, cuando él ya estaba en el de los hombres, salía a escondidas y se iba al supermercado que había cerca del sento para fotocopiar los nuevos dibujos. Sakakibara-san, el encargado de la tienda, le guardaba las fotocopias detrás del mostrador para que ella las fuera a buscar al día siguiente, cuando fuera a fotocopiar el menú escrito a mano de la cafetería.

Luego volvía al baño deprisa, se daba un pequeño chapuzón y se llevaba el cuaderno a casa a escondidas. Lo volvía a dejar donde lo había encontrado, después de pedirle al chico que secara y recogiera los platos de la cena, a modo de distracción.

Sin embargo, una noche, mientras fotocopiaba el cuaderno en el supermercado, se percató de que Kyo casi no había dibujado nada durante la última semana. Y al día siguiente, mientras comprobaba su colección de dibujos, vio el patrón: la cantidad de dibujos había disminuido en gran medida desde que había conocido a la tal Ayumi.

Y eso sí que no lo iba a permitir.

Si bien le había seguido el rollo a Sato desde la última vez que habían hablado de la chica, todo se había salido de control. Tenía que ver qué ocurría; que la chica lo distrajera de sus estudios se lo podía pasar, pero que fuera un escollo ante su sueño de ser un artista de manga no podía ser, no señor. Asintió, decidida, escribió un cartel a mano y lo colgó en la puerta de la cafetería.

Vuelvo en diez minutos.
Ayako

Recorrió el mercado shotengai un rato, giró para salir de la calle cubierta, se metió en un callejón estrecho y pasó por delante de la tienda de discos de Sato a toda prisa, con la esperanza de que no la viera, en dirección a la calle costera. Siguió por la acera que seguía la forma del mar un rato, hasta llegar al establecimiento que buscaba. Echó un vistazo al cartel.

Cafetería Yamaneko

Negó con la cabeza y entró.

Se sentó a la barra y esperó que alguien fuera a atenderla. Tomó un menú de papel con el logotipo de la cafetería impreso y le echó un vistazo. El lugar le pareció de lo más recargado según estudiaba lo que ofrecían. Se puso a doblar el menú para pasar el rato y le dio forma de abanico. Sin embargo, al mirar más allá de la barra, se sorprendió al ver a la chica guapa que se le acercaba, con una sonrisa educada y una vestimenta impoluta. Se metió el menú en la manga y puso una expresión firme.

—Irasshaimase. ¿Quiere algo de comer o prefiere algo de beber? —le preguntó la camarera.

Su aspecto, su comportamiento y su forma de hablar eran de lo más educados.

Llena de confianza.

—No me apetece nada hoy —repuso Ayako, seria—. He venido a hablar con una chica que me han dicho que trabaja aquí, una tal Ayumi.

La camarera se sobresaltó, pero se mantuvo firme.

—Soy yo —le dijo con una sonrisa que le dejó ver sus hoyuelos—. ¿En qué puedo ayudarla?

—Para empezar, puedes decirme qué intenciones tienes con mi nieto.

—¿Intenciones?

—Sí. ¿Qué quieres con él?

—¿Que qué quiero con Kyo? —La chica formó un triángulo con las manos, en un gesto que hizo aflorar sus estudios de abogada—. Supongo que nada en particular. Nos lo pasamos bien juntos y nos estamos conociendo. Es un chico muy interesante. Tiene usted un nieto muy encantador; debe estar orgullosa.

Ayako pasó por alto los halagos y fue al grano.

—Entonces, ¿no vas en serio con él?

—Sí que voy en serio. Me gusta mucho y nos lo pasamos muy bien juntos. —Hizo una pausa—. Y no quiero parecer maleducada, pero ¿de verdad es asunto suyo?

Ayako se quedó boquiabierta. Si bien la pregunta no era agresiva del todo, era un desafío más que claro. Se quedó mirando a la chica a la cara en busca de un punto débil.

—Es mi nieto. Claro que es asunto mío.

—Pero es su vida, ¿no cree que puede ser amigo de quien él quiera?

—Entonces, ¿solo quieres ser su amiga? ¿No te interesa de forma más romántica? ¿Se lo has dicho?

—No sé cómo quiero que sea nuestra relación. Como le decía, todavía nos estamos conociendo. Se lo digo sin acritud, pero los tiempos cambian. No hablamos de un matrimonio concertado omiai, ¿verdad? Hablamos de su nieto y de con quién quiere pasar el rato por voluntad propia. Es su vida, al fin y al cabo.

Ayako estaba a punto de explotar. ¿Cómo se atrevía a hablarle así? Habrase visto.

—¿Quién te crees que eres? ¿Cómo le hablas así a una clienta? —siseó—. ¿Es que no tienes ningún respeto por los demás? —Alzó la voz un poco más al pronunciar aquellas últimas palabras. Los demás clientes de la cafetería empezaron a volverse hacia el alboroto.

Ayako vio un cambio en la expresión de la chica, como si acabara de recordar que estaba trabajando, que no era una abogada ante un tribunal, sino una chica con un delantal que trabajaba en una cafetería. Se ruborizó. Por mucho que Ayako no hubiera pedido nada, técnicamente era una clienta, y *kyaku-sama wa kamisama*, el cliente es un dios.

—Mis disculpas —le dijo ella, con una reverencia baja—. Me he pasado.

—Y que lo digas —repuso Ayako, con voz más baja de nuevo—. Suerte tienes de que no llame al gerente. Ahora escúchame bien, chiquilla.

Ayako la señaló con un dedo y se alegró al ver que abría mucho los ojos al percatarse de que le faltaban algunos dedos. Así se enteraría mejor.

—El chico ya lo ha pasado bastante mal en su vida, y ahora tiene mucho que hacer. No pienso permitir que alguien que no se lo toma en serio lo distraiga o le rompa el corazón. No pido mucho, solo que lo dejes en paz durante esta época difícil para él. —Miró a la chica de arriba abajo—. Y también después, no me apetece mucho que lo veas si no sabes qué es lo que quieres de él y si no aprendes a respetar más a los demás. Piénsate bien qué es lo que quieres. No me lo marees. No voy a permitir que interfieras en su vida.

Ayumi asintió como una niña pequeña a la que acabaran de regañar mientras Ayako seguía con su sermón.

—Lo entiendo —repuso con voz amable—. Siento haberla molestado, ha sido de muy mala educación por mi parte. Le diré a Kyo que no podemos vernos hasta que acabe con sus exámenes. Le diré que se centre en sus estudios y que podremos volver a vernos cuando haya terminado.

—Es lo único que pido —dijo Ayako—. ¿Tan difícil era?

—Haré exactamente lo que me pide si cree que es lo mejor para Kyo. —Y entonces añadió, triste—: Solo quiero que sea feliz.

Ayako se levantó de su asiento y se marchó sin más, sin dignarse a soltar ni una sola palabra. Volvió a su cafetería tan deprisa como pudo, y, cuanto más cerca estaba, más se permitía respirar tranquila.

Aun así, las palabras que acababa de pronunciar se le repetían en la cabeza.

No voy a permitir que interfieras en su vida.

Siguió atormentándose con ellas durante el resto del día, y no fue hasta que vio a Kyo dirigirse hacia ella conforme bajaba la persiana de la cafetería que se le empezó a olvidar qué era lo que había dicho exactamente.

Mientras subían a lo alto de la montaña y se detenían a la vuelta para darle comida y mimos a Coltrane, la decisión creció en el interior de Ayako.

Había hecho lo correcto.

A la larga, iba a ser lo mejor.

☯

Kyo colgó el teléfono.

Por las respuestas que había oído de parte de su nieto, se imaginaba lo que le había dicho su nuera.

—No tenemos que ir hoy si no puede ser —le dijo Ayako—. Podemos esperar y vamos otro día, cuando ella pueda.

—No —repuso Kyo, firme—. Las hojas se acabarán cayendo si no vamos hoy.

La madre de Kyo había vuelto a cancelar el viaje que habían planeado para ir a ver las hojas de otoño en la isla Miyajima. Por tanto, Ayako y Kyo fueron al tren de cercanías en dirección a Miyajima los dos solos. El ambiente estaba un poco tenso: Ayako sabía que su nieto estaba desanimado porque su madre había vuelto a romper una promesa; por su parte, Kyo notaba que su abuela quería aplacarlo, y eso lo ponía incómodo. Tenía derecho a estar molesto.

Hacía unos meses, Kyo había mencionado de pasada que todavía no había ido a ver el arco torii rojo que había en el agua en Miyajima, y Ayako se había sorprendido.

298

—¿Todavía no lo has visto?

—Pues no.

—¡Pero si es una de las tres maravillas de Japón! —soltó su abuela, sorprendida—. ¿Cómo puede ser que no lo hayas visto?

—Si no me tuviera atado tan corto, quizá me habría pasado por allí.

—¡Cuidadín con lo que dices! —lo riñó Ayako, sacudiendo un dedo.

Al pasar por la estación para subirse al tren de Miyajima, saludaron al jefe de estación Ono, quien se acercó a hablar con ellos.

—¡Kyo! —lo llamó, animado—. Justo se acaba de ir Ayumi. Ha subido al tren para Saijo.

—Ah —repuso Kyo, intentando indicarle con la mirada a Tanuki que era un momento incómodo: todavía no le había contado nada a su abuela, y hacía un par de días que no sabía nada de Ayumi. Miró a Ayako, pero, por fortuna, parecía distraída con un horario de tren.

—¿A dónde vais? —le preguntó Ono, pues notó la incomodidad de Kyo y decidió cambiar de tema.

—A Miyajima —repuso Kyo.

—Ay, ¡qué envidia! —comentó Ono—. Hacedles fotos a las hojas para mí.

El tren llegó, y se despidieron de Ono, quien les hizo un ademán con la mano desde el andén según se alejaba el tren.

Las montañas y las aldeas pasaban poco a poco al otro lado de la ventana. Las hojas de los árboles que cubrían las montañas eran de color rojo, amarillo, ámbar, dorado y naranja. Kyo dio un trago a un café caliente que había comprado en la máquina expendedora del andén, mientras que Ayako bebía de una pequeña cantimplora de té verde que se había llevado de casa.

Kyo había llevado un libro que Ayumi le había dado la última vez que se habían visto.

Se trataba de *Orillas desoladas*, de Nishi Furuni. Ayumi le había hablado maravillas del autor, le había dicho que era su favorito y que tenía que leerse ese libro en concreto sí o sí. Aunque a Kyo no le gustaba demasiado leer novelas, pues prefería los manga, siguió con ello porque quería complacer a Ayumi. Astuta como ella sola, también le había señalado que, si quería ser artista de manga, iba a tener que comprender el arte de contar historias, y no había un mejor modo de aprender que a base de leer novelas. Poco a poco, el libro lo iba atrapando cada vez más, pero aquel día, en el tren, estaba distraído con el móvil.

—¿Qué haces con eso? —le preguntó su abuela—. Siempre con la dichosa maquinita.

—Nada… —Se guardó el móvil y soltó un suspiro.

A decir verdad, Kyo esperaba un mensaje de Ayumi, pero no quería tener que hablarle de ella a Ayako.

—¿Estás triste porque tu madre no ha podido venir? —le preguntó Ayako.

—Sí —admitió Kyo.

—No se lo tengas mucho en cuenta. Lo hace lo mejor que puede.

—Lo sé.

—Es difícil ser madre soltera.

Kyo asintió.

—Pero es raro, si lo piensa.

—¿Qué es raro? —le preguntó Ayako. Kyo la miró.

—Los dos crecimos solo con nuestra madre.

—Sí —dijo Ayako, sin aliento por el comentario—. Es verdad.

Se sumieron en un silencio incómodo en el que claramente se quedaron pensando en el tema que permanecía en el ambiente y que parecía ocupar los asientos vacíos del vagón. Los dos habían perdido a su padre de muy pequeños; tenían mucho en común. Cuando era pequeña, Ayako se había jurado a sí misma que iba a intentar formar una familia estable y segura para los hijos que tuviera, porque ella misma había crecido viendo cómo a su madre soltera le costaba salir adelante. Sin embargo, el destino había intervenido, y Ayako había perdido a su marido de forma muy prematura. Y a su nieto le había ocurrido lo mismo, había experimentado una tristeza casi idéntica. Querían poder abordar el tema, pero ninguno de los dos sabía cómo.

—¿Qué lees? —le preguntó Ayako, para cambiar de tema.

—Un libro —repuso Kyo, abatido.

—¿Qué libro? —insistió ella.

Su nieto le mostró la cubierta: *Orillas desoladas*.

—Ah, vaya —soltó Ayako, sorprendida—. Es un clásico, uno de mis favoritos. ¿Desde cuándo lees libros de Nishi Furuni? ¿Te lo recomendó Michiko en la biblioteca?

—No, me lo prestó alguien.

—¿Quién?

—Nadie que usted conozca —dijo Kyo, cerrado.

Ayako se quedó mirando por la ventana. Así que la chica le había prestado el libro.

Al menos tenía buen gusto con las novelas.

Llegaron a la estación Miyajima-guchi cerca de la hora de comer, y Kyo había suplicado que fueran a por ramen, pero Ayako no pensaba ceder. Sabía exactamente dónde los iba a llevar a comer, y todavía tenían tiempo antes de subir al transbordador que los iba a llevar a la isla. Arrastró a su nieto a un restaurante de madera zarrapastroso que había cerca del puerto. Kyo leyó el menú con atención.

—¿Anguila con arroz? —preguntó.

—Sí. —Su abuela sonrió—. Es lo mejor, ya verás.

Pidieron dos cajas de anguila con arroz, y Ayako se alegró al ver que a su nieto se le iluminaba la mirada al ver el plato. Ninguno de los dos dejó ni un solo grano de arroz en el cuenco.

Cuando acabaron de comer, fueron al transbordador que los llevó hasta la isla Miyajima. El tiempo era perfecto: un cielo azul con nubes bajas. El sol estaba medio oculto y arrojaba una luz tenue sobre el agua. Los árboles de la isla irradiaban sus colores otoñales bajo la luz del sol.

Los pasajeros del transbordador se dirigieron al mismo lado de la embarcación para ver el famoso arco torii rojo, que, en marea alta, parecía flotar en el agua.

Desembarcaron, y los dos pasearon poco a poco por el viejo camino de piedra que conducía a un mirador en la orilla opuesta al santuario. Conforme caminaban, los ciervos de la isla paseaban bajo los arces rojos. Algunos de ellos se acercaron a los dos para pedirles comida.

—Atrás, cabroncete —le soltó Ayako al animal, brusca.

—Pero ¡si son monísimos! —le dijo Kyo, sorprendido—. ¿Por qué les dice eso?

—Espera a que uno te muerda el trasero —contestó su abuela, con una carcajada—. O a que te den un cabezazo. A ver si te parecen «monísimos» entonces.

Conforme se acercaban al santuario, Ayako tiró de la manga de Kyo.

—Aún no —indicó ella, negando con la cabeza—. Vamos a dar una vuelta antes.

Los condujo en dirección opuesta a los demás, y subieron a buen ritmo hasta lo alto de la montaña. Iban solos por aquel camino, pues la mayoría de los turistas se limitaban a pasar por la orilla para ver el arco torii y quizá gastaban algo de dinero en las tiendas y restaurantes de la calle antes de volver a subirse al transbordador que los devolvía a su punto de origen. Claro que Ayako prefería un reto que exigiera un mayor esfuerzo físico.

Llegaron a lo alto, y Kyo se alegró al apreciar las vistas, rodeados de hojas de otoño. Al desplazar la mirada por la bahía, vio a qué se debía tanto esfuerzo. Había visto un número incontable de fotos del santuario flotante en internet, pero nunca desde aquel ángulo. Una vez más, su abuela le estaba mostrando una forma distinta de enfocar la vida.

Hizo una foto del paisaje con el teléfono, para dibujarlo más tarde. Ayako chasqueó la lengua.

—Siempre con la dichosa maquinita.

Según guardaba el móvil, le llegó un mensaje de texto de Ayumi a través de LINE:

Hola, Kyo:
Tenemos que hablar. ¿Podemos quedar mañana?
Un beso, Ayumi.

Kyo se quedó mirando el mensaje, y le empezaron a sonar todas las alarmas.

Tenemos que hablar.

Ayako ya estaba volviendo por el camino hacia abajo. Kyo se metió el móvil en el bolsillo y la siguió, pero estaba preocupado por el mensaje.

Cuando volvieron a bajar al mirador, se quedaron allí un rato y vieron la puesta de sol detrás del santuario. El firmamento se tiñó de un tono rosa y morado glorioso a medida que el sol se escondía poco a poco. Kyo sacó tantas fotos como pudo, y Ayako se lo quedó mirando, conmovida por alguna razón. Su rostro, sus ojos, su expresión. Todo él cambiaba cuando se ponía a hacer fotos. Se parecía muchísimo más a Kenji cuando se concentraba en una tarea creativa. Era eso lo que le gustaba a Ayako de la expresión de su nieto cuando dibujaba: la trasladaba a la época en la que Kenji se encorvaba sobre el pincel y la tinta mientras pintaba los trazos fluidos y elegantes de los caracteres en sus pergaminos de caligrafía o cuando se agachaba encima de los negativos para buscar fotos que quisiera ampliar e imprimir. Ayako se preguntó si era por eso que alentaba a Kyo a dibujar, para volver a tener una versión de Kenji que había perdido hacía mucho tiempo, incluso antes de su muerte.

Estaban uno al lado del otro, al borde del agua. Kyo, ansioso por responderle a Ayako, sacó el móvil y se puso a escribir.

—Sabes… —comenzó Ayako, aunque se quedó callada, porque no quería interrumpir lo que fuera que escribiera.

Kyo alzó la mirada del móvil y se lo metió en el bolsillo, al notar algo en la voz de su abuela.

—¿Sí? —preguntó.

—No es nada —repuso Ayako, con un ademán para restarle importancia.

—No; dígame, abuela —le pidió Kyo—. Diga lo que quería decir.

Ayako negó con la cabeza, pero se lo pensó mejor.

—Eres clavadito a él —le dijo, todavía con la mirada fija en el sol que descendía poco a poco por detrás del arco torii rojo—. Y más cuando haces fotos o cuando dibujas. Eres igual a tu padre cuando tenía tu edad. Y tienes el mismo don para encontrar la belleza.

Kyo se quedó mirando a su abuela a la cara ante la luz cálida del sol.

El corazón le latía a toda prisa, y una calidez le recorría el cuerpo. Se volvió hacia la puesta de sol, y se quedaron uno al lado del otro un rato en silencio, hasta que la noche los cubrió de gris. Entonces volvieron al transbordador, rumbo a casa.

Ni siquiera le había preguntado. Y su abuela le había hablado de él.

AYAKO CONTRA LA MONTAÑA:

PARTE TRES

Una noche, estaban sentados a la mesa kotatsu, jugando al go, cuando Kyo aunó la valentía suficiente para sacar por fin el tema del recorte de periódico. Aunque habían transcurrido varios meses desde que se había enterado, sabía que su abuela no iba a creerse cómo lo había descubierto, por lo que se guardó esa parte.

—Abuela —la llamó con cautela—, ¿me podría contar lo que pasó en el monte Tanigawa?

Ayako desvió la mirada hacia arriba poco a poco.

Kyo se tensó entero y se preparó para la tormenta que se le podría venir encima.

Solo que no hubo ni un trueno.

Su abuela soltó una leve carcajada y relajó la expresión. Se rio de verdad.

—Ah, esa tontería. —Meneó la cabeza—. ¿Quién te lo ha contado? ¿Sato? Qué viejo más chismoso.

—Es que he oído rumores, varios lo han mencionado. —Esperaba que no se diera cuenta de que le estaba mintiendo. Su abuela colocó su piedra negra en el tablero.

—Te toca.

Kyo dudó una vez más. El reloj de la pared hacía sonar su *tic tac*.

—Pero, abuela —Llevó la mano a una piedra blanca—, ¿no me va a contar lo que pasó?

—¿Lo que pasó cuándo?

—En la montaña.

—Ah, claro, te lo puedo contar todo. Pero primero necesitas que te cuente cosas que pasaron antes.

Kyo asintió. Ayako respiró hondo y comenzó su historia:

—Descubrí las montañas cuando era adolescente. Mi madre pasó gran parte de mi niñez de luto, así que yo aprovechaba cualquier excusa que se me presentaba para ir a la montaña, para desaparecer en la naturaleza. Era la única actividad que me tranquilizaba, era algo que me daba la sensación de que en el mundo había algo más grande que mi ira y que la tristeza de mi madre. Pasé la infancia enfadada, y es algo que todavía me pasa. Creo que el hecho de perder a mi padre cuando era tan pequeña hizo que me cuestionara el universo: ¿por qué me habían puesto la vida en contra desde el principio?

Kyo se sumió en la historia de su abuela y se sintió más cerca de ella que nunca. Tenían muchísimo en común. Se quedó quieto, pues no quería perderse ni una sola palabra.

—Pero, cuando salía a pasear y estaba en la naturaleza, con los elementos a mi alrededor, la falta de control me resultaba liberadora. Mis problemas diminutos no eran nada más que problemas diminutos, y el tamaño de la montaña me tranquilizaba, me calmaba. Unos años más tarde, también descubrí las obras de Tabei-san.

—¿De quién? —le preguntó Kyo.

—¿No te suena Tabei Junko-san? —respondió Ayako, con la boca abierta por la sorpresa.

Kyo negó con la cabeza.

—Pues tendría que sonarte. Fue la primera mujer del mundo en llegar a la cima del Everest. Y era japonesa, claro. Leer sus ensayos me animó más que nada en el mundo. Me di cuenta de que hasta una chica japonesa diminuta como yo podía llegar a lo más alto. Que el mundo físico no impone límites en una persona, como sí lo hace la sociedad.

»Había pasado la vida aguantando que me dijeran lo que podía hacer y lo que no, como mujer, y ahí vi a una mujer que no le había hecho caso a esas tonterías y había ido a demostrarle a todo el mundo lo que era capaz de hacer con sus actos, no solo con sus palabras. Leer a Tabei-san me inspiró. Leí todo lo que pude sobre ella.

»Cuando estudiaba en la universidad, conocí a tu abuelo. Los dos éramos miembros del club de escalada, y no tardé en enamorarme de él. Tenía algo especial. Era apuesto, claro, y las demás chicas lo perseguían, pero tenía algo distinto: estaba obsesionado con las montañas. Como yo. Aunque muchos otros hombres se metían en algún club como un acto social, para hacer amigos o para conocer a chicas, nunca vi eso en tu abuelo. La montaña era lo que más nos gustaba en la vida.

»Cada fin de semana salíamos en alguna expedición, y creo que los dos intentábamos ir más lento para hablar con el otro mientras avanzábamos. Pero el día que me enamoré de él fue… No, es una tontería.

Kyo le hizo un gesto para que continuara.

—Bueno, todavía me acuerdo de que un día me dio su onigiri, porque yo me había olvidado de meterme la comida en la mochila. Me dijo que tenía dos, así que me lo comí entero. Y debió de ser el mejor onigiri que he comido en la vida. Pero entonces vi que no se comía el suyo, y, por su sonrisa, supe que solo tenía uno, el que me había comido yo. Me dijo que ver cómo me lo comía lo había hecho más feliz de lo que habría estado al comer él. Y ahí fue cuando me quedé prendada de él. Sin vuelta atrás. Sé que sonará raro, pero, cada vez que regalo un onigiri en la cafetería, lo hago en homenaje a él.

Hizo una pausa y enderezó la postura antes de continuar.

—Lo que tenía tu abuelo era que respetaba mi habilidad para escalar por encima de cualquier expectativa social que me correspondiera en teoría. Me dijo que éramos un equipo, y eso éramos. Abrimos la cafetería en la ciudad los dos juntos, con el dinero que había heredado de sus padres cuando fallecieron. La llamamos Campamento Base porque nos gustaba el chiste.

La idea era que íbamos a turnarnos para salir de expedición, porque uno se quedaba en la cafetería mientras el otro escalaba. Y aquel era el lugar en el que descansábamos.

»Sin embargo, cuando nació tu padre, Kenji, todo cambió. No pude estar tan activa cuando estaba embarazada, y, si te soy sincera, estaba resentida con el pequeñín por impedir que me dedicara a la mayor pasión de mi vida. Pero tu abuelo me sorprendió y se mantuvo fiel a su palabra: en vez de pedirme que me quedara en casa para cuidar de Kenji, me ofreció una libertad por la que muchas mujeres de mi edad habrían tenido que luchar para conseguir. Ay, pasamos unos años más felices que nadie. Pero todo lo bueno acaba.

Ayako soltó un suspiro.

Kyo colocó la mano en la mesa, aunque sin acercarla a la de su abuela, a quien se le anegaban los ojos en lágrimas.

—Y entonces pasó lo del monte Tanigawa.

—¿El abuelo murió en la montaña?

Ayako se sorbió la nariz y asintió.

Devolvió la piedra negra que sujetaba al cuenco y se quedó perdida en sus propios pensamientos, con la mirada clavada en el tablero de go. Entonces habló, cabizbaja.

—Fue la primera expedición de tu abuelo en cierto tiempo. Había estado animándolo para que volviera a la montaña, y algunos de sus amigos del club de escalada habían conseguido reunir fondos suficientes de los patrocinadores para cubrir los gastos de la expedición. Le dije que fuera, que ya me las podía arreglar yo sola con tu padre. Le tocaba disfrutar. ¿Cómo iba a saber que no iba a volver nunca?

Ayako se quedó mirando el tablero con una sonrisa irónica.

—Ahí empezó mi vida como madre soltera. Dejé de escalar durante esa época y me dediqué a cuidar de tu padre. Intenté vivir a través de su éxito y animarlo a seguir con la fotografía, pero él estaba empeñado en seguir los pasos de tu abuelo, y bueno, hice todo lo que pude para alejarlo de la montaña. Y ya sabemos cómo acabó eso... No sé... Fui demasiado dura con él. Una parte de mí estaba resentida por tener que cuidar de mi hijo yo sola, por haber perdido la montaña. Me aterró que le interesara la escalada, así que hice todo lo posible para alejarlo de ello. Sé que la primera reacción que tengo suele ser el enfado, y no fui la madre más amable del mundo precisamente. Ahora ya lo sé. Fue el mayor fracaso de mi vida.

Se enjugó una lágrima de la mejilla, y Kyo se mordió el labio.

—No tiene que contármelo si le duele, abuela.

—No. —Ayako negó con la cabeza—. Quiero contarte mi historia, es importante.

Así que continuó:

—Después de que tu padre se suicidara, pensé en hacer lo mismo. Había perdido todo lo que más quería y no entendía qué había hecho mal. Me daba la sensación de que había algo por ahí que me castigaba, una fuerza en el universo que se burlaba de mí, que se alegraba de jugar conmigo, con mi vida y con mis seres queridos. Todo lo que había querido me había sido arrebatado en algún momento u otro. Ya no me quedaba nada por lo que vivir, y me costaba hasta salir de la cama. Bebía demasiado. Me peleaba con los demás. Perdí las ganas de vivir. Me alejé de ti y de tu madre, y casi de mí misma también.

—No lo sabía —interpuso Kyo, meneando la cabeza—. Mi madre no me contó nada.

—Ah, no sabe la historia entera. Ya estaba bastante ocupada con su propio dolor, con su trabajo y con tener que criarte sola.

—¿Y qué pasó?

—La escalada volvió a encontrarme —dijo Ayako, con una sonrisa—. Me dediqué de lleno a la montaña y volví a ponerme en forma. Ya me daba igual la vida, así que cada vez me arriesgaba más. Llevé mi cuerpo al límite, porque ya no me importaba el dolor. Lo había perdido todo. Cuando clavaba el pico en una pared de roca o de hielo, lo hacía sin pensar. Tomaba las peores rutas, las que les dan miedo a los demás. Y parecía que salía bien: mi habilidad era innegable. Me sentía como si hubiera vuelto a nacer. Me había convertido en la escaladora que siempre había soñado ser, y todavía me daba igual si vivía o moría. Solo quería una cosa: escalar.

Se quedó callada y miró el reloj.

—Ya casi es la hora del baño.

—¡Abuela! —Kyo se quedó boquiabierto—. ¡Por favor, acabe la historia!

Ayako frunció el ceño.

—Bueno, pues esa época no duró mucho. Mi egoísmo me llevó a hacer algo imperdonable. Decidí que iba a subir a la cumbre del monte Tanigawa yo sola, con una porción de las cenizas de tu padre. Quería llevar una parte de tu padre a la montaña, para dejar sus cenizas en la placa que conmemora a tu abuelo. Me obsesioné con la idea. No hice caso de las medidas de seguridad y fui sola, en pleno invierno, cerca del aniversario de la muerte de tu abuelo. Lo único que quería era reunir las cenizas de tu padre con el espíritu de tu abuelo. No llegaron a encontrar su cadáver, y me torturaba la idea de que su espíritu vagara por la montaña, perdido y solo. Así al menos tendría la compañía de tu padre.

»Seguí adelante yo sola, a sabiendas de que, si salía de madrugada, todavía de noche, tendría más tiempo para llegar a la cima y volver. En aquel entonces no lo sabía, pero no iba a haber nadie más en la montaña aquel día. Si lo hubiera comprobado, habría oído las noticias de la radio que informaban de la tormenta que estaba en camino, y, si le hubiera contado a alguien lo que planeaba hacer, no me habrían permitido subir. Solo que estaba decidida a alcanzar la cumbre, me costara lo que me costara.

»Así que fui a ello. Completamente sola, fui subiendo por la montaña, sin pensar en el riesgo. Me metí en la oscuridad sin la ayuda de nadie, en plena noche.

»Y al principio todo iba bien. Subía a buen ritmo y podía obligarme a seguir adelante aunque estuviera perdiendo la sensación en el cuerpo por el frío. Seguí adelante, y en mis adentros sabía que iba a poder aguantar la escalada. Sabía que podía sobrevivir a cualquier dolor que pudiera sufrir. Conforme amanecía, mantuve el ritmo e iba bastante bien. Veía lo que sabía que era la roca con la placa conmemorativa de tu abuelo a lo lejos, así que también me inundó una sensación de emoción. Iba a conseguirlo.

»Llegué a la placa, metí la pequeña urna con las cenizas de tu padre en un hueco de la roca y les dediqué una plegaria a los dos y a la montaña.

»Al darme la vuelta, vi las nubes oscuras de tormenta en el horizonte. Sabía lo que significaban, pero estaba llena de arrogancia. Además, para entonces ya me daba igual si sobrevivía o no. Debería de haber emprendido el descenso en aquel momento, solo que decidí seguir adelante. Ya alcanzaba a ver la cumbre y quería llegar a lo más alto, solo por mi propio orgullo. Seguí subiendo hasta que me di cuenta de que la tormenta estaba cada vez más cerca. El viento soplaba más fuerte que nunca y me tiraba la nieve helada encima. Fui más despacio conforme avanzaba la mañana, y al final fue como si me estuviera moviendo a través de melaza. Me pesaban los crampones en los pies con cada paso que daba, así que cada vez me costaba más. No había avanzado nada.

—¿Por qué siguió avanzando? —Kyo se había llevado las manos a la cara, horrorizado.

—«La fiebre de la cima», según dicen. —Ayako se echó a reír—. Los alpinistas se obsesionan tanto con la idea de llegar a la cima que no pueden hacer otra cosa. No pueden darse media vuelta y rendirse.

—¿Y qué pasó?

—Seguí un poco más, hasta que vi lo peligroso que se estaba poniendo todo. Cuando el viento sopla tan fuerte que te tira al suelo de verdad, empiezas a entender que no es una broma, que la naturaleza es mucho más fuerte de lo que podrías haberte imaginado. Ahí sí que noté lo frágil que era contra los elementos. Pasé mucho miedo. No te lo creerás, pero oí la voz de tu abuelo en aquel momento. «Da la vuelta, Aya-chan», me decía.

»Así que le hice caso. Vi que había cometido un error, que lo que estaba haciendo era un suicidio. En lugar de una alegría que me recibía con los brazos abiertos, lo que sentí fue pavor. En lo más hondo de mi ser, lo que quería era seguir con vida. Solo que, cuando me di la vuelta para descender, me encontré con la gravedad de la situación: no veía nada. El viento levantaba la nieve y formaba una niebla blanca y espesa que se arremolinaba a mi alrededor, por lo que no tenía ni idea de dónde estaba. Por el pánico, me tropecé con una roca, me caí al suelo y noté un dolor agudo en el tobillo. Intenté ponerme de pie, pero un dolor horrible me recorrió el tobillo y la pierna. Me lo había roto.

Su historia quedó interrumpida por la vibración del teléfono de Kyo. Era su madre. Kyo se puso de pie.

—Un segundo, abuela. ¡Lo siento mucho!

Salió corriendo de la sala, y Ayako lo oyó decirle a su madre, con prisa pero con educación, que sí, que todo iba bien, pero que no podía hablar en aquel momento.

Ayako se echó atrás y se quedó mirando las estrellas al otro lado de la ventana. ¿Qué iba a contarle al chico? ¿De qué iba la historia de verdad? Quizá podría decirle que había pasado la noche cobijada debajo de un saliente, mientras el viento la golpeaba, y que había intentado hacer todo lo posible por mantenerse despierta, por no perder el conocimiento, porque le daba miedo resbalarse sin darse cuenta y acabar siendo otro cadáver helado sacrificado a la Montaña de la Muerte, como tantos otros. Todo el tiempo que había pasado allí arriba había sabido que tenía que seguir moviéndose. Conocía muy bien el peligro, solo que la tormenta la había obligado a detenerse.

Su marido y su hijo la habían ido a ver a la ladera de la montaña. Le habían dicho que siguiera adelante. Que viviera. Y aquello había sido lo que le dio fuerzas suficientes para arrastrarse a la base de la montaña a gatas. Sin embargo, nunca se lo había contado a nadie. Sabía que, si le decía a alguien que había visto fantasmas en la montaña, los demás lo achacarían a una alucinación provocada por su estado, pero Ayako sabía que eran reales. Sabía que aquellas visiones tenían algo más. Significaba mucho para ella que todavía siguieran allí. Los había visto, y ellos le habían dicho que no se rindiera. La habían animado a luchar por sobrevivir.

Kyo volvió, con una expresión arrepentida, y ella continuó.

—No voy a alargar mucho más la historia, porque ya sabes cómo acaba. Si no, no estaría aquí para contártela, ¿no? Ya sabes que pude bajar de la montaña. Aun así, hay algunas cosas que recuerdo con total claridad. Recuerdo que estaba cobijada debajo de un saliente, intentando mantenerme despierta. Recuerdo que la tormenta amainó y que, de repente, la quietud de la noche me rodeó. Recuerdo que me quedé mirando el cielo nocturno y recuerdo sentir algo que hacía mucho tiempo que no sentía: quería seguir con vida. Al haber estado tan cerca de la muerte, supe que no estaba lista para morir. El mundo en el que vivimos me había llenado de asombro, me había impresionado. Qué increíble es la existencia, la casualidad de que estemos aquí, el que hayamos sobrevivido como especie en esta motita de polvo en el universo. Me invadió el deseo de seguir con vida, de experimentar más de eso a lo que llamamos *existencia*. Me di cuenta de lo preciada que es la vida.

»Y me enfrenté a mi propio cuerpo. Me decía que me tumbara y que me quedara dormida, pero yo sabía que, si hacía eso, no iba a volver a despertar. Así que me propuse metas diminutas. Sabía que tenía que bajar de la montaña, y me quedaba mucho trecho hasta ello, pero me dije «mira, lo único que tienes que hacer es gatear. Ponte en posición y ya está». Y después de eso, me dije «vale, ahora acércate a esa roca de ahí. Solo hasta esa roca; tú puedes». Y entonces fui hasta la roca. Y después de llegar, busqué la siguiente meta diminuta.

»Y así seguí, en el silencio de la noche, arrastrándome por la montaña, poco a poco, bajo la luz de la luna, sin permitirme descansar. Sabía que tenía que bajar todo lo posible si pretendía volver a casa con vida y que no podía depender de que nadie fuera a rescatarme. El sol salió al día siguiente, y eso lo empeoró todo. Me abrasaba. Ya se me había acabado el agua y había dejado atrás la mochila, por lo que no tenía nada con lo que derretir el hielo para beber. Había perdido los guantes, así que tenía las manos expuestas al frío. Notaba el cuerpo caliente, ardiente, pero sabía que solo era un síntoma de las condiciones extremas. Me resistí a las ansias de quitarme la ropa que me pedía el cuerpo, porque sabía de sobra que, si me quitaba la chaqueta, moriría. Lo único que tenía que hacer era bajar todo lo posible, y se me acababa el tiempo. Cada segundo que desperdiciaba me acercaba más a la muerte.

»Aun así, mientras me arrastraba, también empecé a ser muy consciente de la sed que tenía. Lo único en lo que pensaba era en beber agua. Me echaba a reír como una loca por lo irónico que era todo: estaba rodeada de agua, congelada, y no era capaz de beber nada. Notaba la lengua hinchada y seca, y lo único que oía era el ruido del agua, el goteo. Me imaginaba un estanque lleno de agua. Me acordé del que tengo en el jardín, debajo del arce japonés que hay ahí, con agua que corría por un trozo de bambú hasta caer al estanque en sí. Y el *ploc ploc ploc*, el ruido que hace el agua, las ondas que salen de las gotitas. Me estaba volviendo loca. Agua: algo tan simple que damos por sentado en nuestra vida cotidiana. Y no tenía ni una gota.

»Pero seguí adelante. Me frustré más aún cuando llegué a una de las cabañas de emergencia de la montaña, porque estaba vacía y no había nadie. Me paré un rato a llorar, al pensar que ya se acabó lo que se daba, que iba a morir. Todavía me quedaba un largo camino por delante y me iba a morir de sed. Sin embargo, después de veinte minutos, me di cuenta de que aquello no me servía de nada. Así que seguí adelante, arrastrándome poco a poco, decidida a salir de la montaña. Decidida a seguir con vida.

»Estuve a punto de darme por vencida, pero no lo hice. Y fue así que me di cuenta de que mi vida iba a ser distinta si conseguía llegar a casa sana y salva.

—¿Qué pasó?

—Seguí adelante, sin rendirme. Llegué a la base de la montaña, donde me encontraron los del Grupo de Rescate, y me llevaron al hospital. Los días que pasé recuperándome fueron raros. Algunos parecían avergonzados por mí, como si hubiera fracasado.

»Solo que yo sabía la verdad, Kyo. No había fracasado, no señor. ¡Había triunfado! Fue un punto de inflexión en mi vida, uno que nunca olvidaré. Fue un éxito rotundo, y no podría avergonzarme de ello ni aunque quisiera. El fracaso me enseñó que la vida es sagrada.

Echó un vistazo al reloj.

—Y ya es hora de ir a bañarnos.

○

Kyo no pudo dormir aquella noche.

Cada vez que cerraba los ojos, le venía a la mente la imagen de su abuela, sola en la montaña, con la mirada perdida en las estrellas. Le dolía acordarse de lo egoísta que había sido al pensar en quitarse la vida. Recordó el bochornoso «chapuzón» que se había dado en el río de Hiroshima en verano y se avergonzó más que nunca. De verdad no se le había pasado por la cabeza cómo iba a sentirse ella si él hacía lo mismo que había hecho su hijo. Qué desconsiderado había sido.

No obstante, había aprendido mucho con aquella historia, y, poco a poco, la culpabilidad y la vergüenza se disiparon y dieron paso a un gran respeto por su abuela. Lo había pasado mucho peor que él y seguía adelante. Pensar en ella lo inspiraba.

A la mañana siguiente, se puso a dibujar una serie de cuadros que pretendía exponer en el hostal de Jun y Emi en enero. Los hizo en secreto, sin enseñárselos a su abuela, por miedo de lo que pudiera decirle.

Flo en invierno

Flo se cobijó más bajo la mesa *kotatsu* con el libro en la mano para intentar entrar en calor. Se pasó una mano por el cabello y se sorprendió al notarlo más grasoso que nunca. No se había duchado ni bañado en todo aquel tiempo.

Lily había desaparecido hacía dos semanas. Todo había ocurrido muy deprisa: Flo había vuelto a casa desde la cafetería y se había percatado de inmediato de lo frío que estaba el piso. Había dejado la ventana abierta, como de costumbre, lo cual seguramente había sido un poco insensato, ya que casi era invierno. Aun así, le gustaba dejarla abierta para que Lily entrara y saliera cuando quisiera. Lily nunca iba muy lejos, pero le gustaba sentarse en el balcón del piso y quedarse mirando el mundo pasar.

Por tanto, había entrado en pánico al llamar a Lily para cenar y ver que la gatita no se presentaba. No estaba por ninguna parte del piso, e incluso cuando la llamó fuera, la gata no volvió.

Flo no había salido desde entonces, por temor a no estar en casa cuando volviera Lily.

Había estado haciendo caso omiso de su móvil y del ordenador y se había limitado a leer secciones de su ejemplar desgastado de *El ruido del agua* mientras hacía anotaciones en los márgenes o en un cuaderno que siempre tenía a mano. El ejemplar se caía a pedazos: tenía el lomo a punto de ceder, estaba todo subrayado, algunas páginas tenían las esquinas dobladas y había distintas notas adhesivas de colores variopintos que hacían las veces de marcapáginas. Ya hacía tiempo que se le había olvidado el esquema de colores que utilizaba, y no parecía importarle mucho. Se centraba en las palabras y en nada más; cada día que pasaba quería estar más tiempo con

Ayako y con Kyo. Al menos en aquel mundo tenía un poco de control sobre lo que sucedía.

En el exterior, hacía un tiempo horrible. En el interior, la situación no era mucho mejor.

▲▲

Flo abrió su portátil para preparar un cartel de GATO PERDIDO para Lily. Tenía la intención de ir a imprimirlos a una tienda cercana y pegarlos por la ciudad. ¿Qué más podía hacer? Se sentía fatal cada vez que pensaba que Lily estaba ahí fuera, con el frío que hacía. Sí, había sido una gata callejera cuando Yuki la había acogido. Flo se acordaba de cómo se habían encontrado con ella: una gatita adorable, con pelaje largo y blanco y una sola mancha negra en el pecho, con unos ojazos verdes y una cola larga y peluda. La habían encontrado lloriqueando en un callejón, con frío, cuando habían salido a pasear juntas. Pero ¿y si todo el tiempo que había pasado con Flo había hecho que se olvidara de cómo sobrevivir? ¿Y si tenía hambre, estaba asustada o se había hecho daño?

Tenía que encontrarla.

Cuando abrió el portátil, recibió una llamada de Kyoko. Dejó que sonara, sin hacerle caso, como había hecho con tantas otras llamadas durante aquellas dos semanas. Estaba segura de que los correos se le apilaban en la bandeja de entrada, así como los mensajes de texto en el móvil. No le hacía caso a nada.

El móvil dejó de sonar, y, unos segundos más tarde, le llegó un mensaje de Kyoko.

CONTESTA. YA. O ME PRESENTO EN TU CASA.

A Flo le dio un vuelco el estómago. No quería hablar con nadie. No quería tener que lidiar con ningún ser humano. Lo único que quería era quedarse en paz con Kyo y con Ayako, y que Lily volviera a casa.

Kyoko la llamó otra vez. En aquella ocasión, Flo dejó la mano encima del botón de RECHAZAR antes de contestar.

—¿Diga?

—*Flo, ¿estás bien?*

—Sí, todo bien. —Hasta ella misma se dio cuenta de lo robótica que sonaba al hablar—. ¿Qué pasa?

—*¿Cómo que qué pasa?* —Kyoko tenía la voz entrecortada—. *Lo que pasa es que llevas dos semanas sin responder el teléfono ni contestar correos. Flo, ¿qué pasa? Estaba preocupadísima por ti. ¿Estás bien?*

Flo se tensó. El muro crecía cada vez más. Antes de que pudiera contestar («Estoy bien, es que estoy liada con la traducción»), Kyoko siguió hablando.

—*Y no me digas que estás bien y que estás ocupada. Flo...*

Cerró los ojos. Cuando habló, lo hizo con voz temblorosa.

—Lily se ha escapado —susurró.

—*¿Sí?*

—Sí.

—*Ay, Flo, lo siento mucho... Pero... ¿Por qué no nos has dicho nada? Podemos ayudarte a buscarla. ¿Quieres que Makoto y yo nos pasemos por ahí después del trabajo?*

Flo soltó un largo suspiro.

—No es solo eso, Kyoko.

—*¿Qué pasa, Flo?*

Flo se preparó mentalmente. Le costaba traducir lo que pensaba para ponerlo en palabras, resumir todo lo que le había pasado aquel año en una frase. Podía hacerse una lista de todo lo que le había ocurrido: había perdido a Yuki, a Lily, a Ayako, a Kyo y, por supuesto, no había llegado a encontrar a Hibiki. Pero ¿cómo podía traducir aquellos sentimientos imposibles de poner en palabras que le recorrían el cuerpo y la mente? ¿Cómo podía transmitir aquel dolor con palabras que los demás pudieran entender y comprender? ¿Acaso era posible?

—Kyoko... —empezó a decir Flo.

—*¿Sí?*

—Mira… —Aunó fuerzas e hizo todo lo posible, solo que el muro que había construido era demasiado alto—. Estoy bien, de verdad.

—*¡Aaaaaah!* —Kyoko casi gritó de pura frustración.

—¿Qué pasa?

—*Que siempre te lo guardas todo.* —Kyoko soltó un suspiro—. *Es agotador.*

«Agotador». La misma palabra otra vez.

—Pero puedo cambiar —dijo Flo, con los ojos anegados en lágrimas.

—*Nadie cambia nunca* —repuso Kyoko, y sonaba agotada—. *Las personas somos lo que hacemos.*

Flo oía ruidos de oficina de fondo, al otro lado de la línea.

Contuvo el dolor que le subía por la garganta. Tenía que haber una palabra que condensara a la perfección todo lo que experimentaba, solo que no lograba dar con ella.

—*Tengo que irme, Flo* —le dijo su amiga—. *Siento mucho lo de Lily, pero estoy muy ocupada. Si me necesitas, aquí estoy, aunque, la verdad, no creo que lo hagas. Adiós, Flo.*

—Kyoko, no…

Solo que Kyoko ya había colgado.

Flo se puso a llorar contra la manta. Lloró hasta que se quedó dormida y se despertó a oscuras.

«Agotador». Ella misma estaba agotada, claro que resultaba agotadora también.

Sin embargo, las otras palabras de Kyoko también le pasaron por la cabeza.

«Nadie cambia nunca. Las personas somos lo que hacemos».

Sí que podía hacer algo. Podía hacer algo por Lily en aquel preciso instante.

Volvió a su portátil, decidida a preparar el cartel para encontrar a Lily. Primero necesitaba una buena foto de la gata, y recordaba que hacía poco que le había mandado una a Ogawa, por lo que debía estar en alguna parte de su Gmail.

Fue entonces cuando lo vio, al abrir su bandeja de entrada, en lo más alto, por encima de una veintena de personas más, el más preocupante de los cuales era Grant, con un correo cuyo asunto era «¿Alguna novedad?».

No obstante, abrió el más reciente por lo que vio en el asunto:

DE: Henrik Olafson
PARA: Flo Dunthorpe <flotranslates@gmail.com>
ASUNTO: Conozco a Hibiki

Querida Flo:
Me encontré con un cartel raro con un código QR en Onomichi, donde vivo ahora. Por cómo me llamo (Henrik Olafson) imagino que ya supondrás que no soy ni Hibiki ni japonés, pero sí que lo conozco y es una persona muy importante en mi vida. ¿Puedo preguntarte por qué lo buscas y por qué quieres contactar con él? ¿Es sobre su novela *El ruido del agua*?
Imagino que el gato de un ojo es Coltrane.

Un saludo desde Onomichi,
Henrik

No podía respirar. ¿Podía ser mentira? ¿Una estafa? ¿Qué hacía un hombre de nombre escandinavo en Onomichi y por qué le escribía sobre un autor japonés? ¿Y si era un turista que quería burlarse de ella? Escribió un correo a toda prisa en respuesta para explicar la situación y suplicarle a Henrik que la pusiera en contacto con Hibiki lo antes posible. Adjuntó un documento de Word al correo, con el primer borrador de su traducción de las secciones de primavera, verano y otoño.

Después siguió encargándose del cartel de Lily a oscuras mientras actualizaba la bandeja de entrada cada minuto, obsesionada.

Un tiempo después, le llegó la respuesta.

Se acomodó en el asiento del Shinkansen, sacó el portátil, el cuaderno y, una vez más, su ejemplar maltrecho de la novela. El tren había salido de la estación y avanzaba a buen ritmo según se alejaba de Tokio. Sacó un bolígrafo y se puso a traducir el primer borrador de la última sección mientras bebía sorbitos de una lata de café caliente que había comprado en una máquina expendedora del andén. Tras traducir el primer borrador a mano en un cuaderno, lo pasaba a máquina en el portátil y corregía sobre la marcha.

Nevaba cuando había salido de casa, y, al mirar por la ventana del tren, veía los copos de nieve que danzaban en el aire y caían poco a poco hacia un mar blanco que cubría el paisaje que iba desapareciendo en la niebla. Miró la mesa plegable que tenía delante, con el portátil y el cuaderno. Había llegado el momento de acabar la última sección de *El ruido del agua*: invierno.

Desde el otoño, había estado batallando con aquella última parte y había evitado con astucia las preguntas de parte de su editor sobre si ya había conseguido el permiso del autor y de la editorial original. Lo había mantenido a raya al marear la perdiz: todavía seguía intentando contactar, tenía varias pistas prometedoras y demás mentiras. Para apaciguarlo, le había mandado las tres secciones de la novela que ya había completado, y en aquellos momentos preparaba el primer borrador de la sección de invierno y la estaba alargando al enviársela fragmento a fragmento, en un plan propio de Sherezade, lo cual había surtido efecto durante un tiempo antes de que perdiera la gracia. «Me encanta, Flo, pero ¿ya tienes permiso? Si no, no podemos hacer mucho». Había dejado el último correo sin responder.

Le había costado mantener el ritmo con el proyecto al pensar que quizá solo lo llegara a traducir para sí misma. Sin embargo, era algo que hacer, algo que la mantenía ocupada, y, por encima de todo, disfrutaba del proceso. Solo le quedaban las últimas páginas y estaba segura de que no iba a tardar mucho en acabar. La idea de completar el proyecto la ponía nerviosa. ¿Qué iba a hacer sin Kyo y Ayako en su vida? Al escribir la última frase de la novela en el cuaderno y al transcribirla en su portátil, un miedo intenso se apoderó de ella. ¿Ya estaba? ¿Ya había acabado con el proyecto? ¿Qué iba a hacer entonces?

Se quedó mirando por la ventana un rato, hacia el paisaje invernal, sin saber muy bien cómo sentirse. Una parte de ella quería echarse a llorar, y otra, a reír.

Sacó el móvil y vio un mensaje de Kyoko.

Lo siento, Flo. Fui muy dura contigo la última vez que hablamos. En parte es el estrés del trabajo. Pero lo siento, no tendría que haberme desquitado contigo.

Flo escribió su respuesta.

No pasa nada. Tenías razón. He estado muy cerrada últimamente.

Dudó unos segundos, pero siguió escribiendo.

He tenido una ruptura muy dura este año. ¿Podemos quedar para tomar un café pronto? Te lo contaré todo, te lo prometo. Lo siento, Kyoko. Eres muy buena amiga, y no quiero perderte. Por favor, no te rindas conmigo todavía. Seré mejor. Te lo prometo.

Se le saltaron las lágrimas antes de darle a ENVIAR. Parecía que últimamente todo la hacía llorar, desde que Lily había desaparecido. Se puso a darle golpecitos a la ventana con un dedo y se acordó de que Ayako hacía lo mismo, nerviosa, cuando iba a buscar a Kyo a la cabina de policía de Hiroshima. Todavía faltaba bastante para llegar a Fukuyama, donde tenía que hacer transbordo. Volvió a leerse el correo que había recibido de parte de Henrik la noche anterior.

Tenía los dedos tan sudados que dejó manchas en la pantalla del teléfono según subía y bajaba por el correo para leerlo con detenimiento.

Estaban pasando por Osaka; todavía faltaba.

Tenía que entretenerse con algo. Todavía quería saber si podía averiguar quién era Hibiki, si había alguna foto de él con Henrik. ¿O acaso Hibiki era el propio Henrik? ¿Podría ser?

Buscó el nombre de Henrik Olafson en Google con el móvil, por si le proporcionaba más información. El primer resultado era la página de Wikipedia de una estantería.

Estantería Onore

己

Diseñador	Kentaro Tanikawa
Fecha	1990
Vendido por	MUKU

El diseñador japonés <u>Kentaro Tanikawa</u> creó la estantería en 1990, en colaboración con el gestor de productos Henrik Olafson[2]

La fotografía de la estantería le sonaba muchísimo. Se la quedó mirando un rato y amplió la imagen. La forma de los estantes, como una S al revés, parecía una serpiente.

Cuando se dio cuenta de ello, casi se le cayó el teléfono.

Era el mismo tipo de estantería que Ogawa le había comprado por internet. Estaba en su piso en aquel preciso instante, desde otoño. Flo la había sacado de la caja y la había montado ella misma cuando había llegado. Se había asombrado por el diseño exótico que tenía, por su forma tan agradable a la vista. Era un diseño de lo más ingenioso, y todo estaba en el lugar apropiado para permitir que la estantería se pudiera enviar con facilidad en una caja plana. Había recogido sus libros desperdigados por doquier para ponerlos en la estantería y ya no había pensado más en ella.

Sin embargo, aquella forma… No era la primera vez que la veía. Buscó su ejemplar de *El ruido del agua* y se quedó mirando el logotipo de Senkosha del lomo.

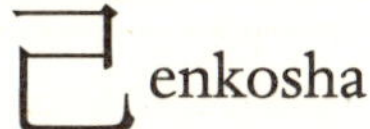

Pasó la mirada del *kanji* a la foto de la estantería y luego de vuelta al logotipo.

¡El *kanji* y la estantería tenían la misma forma!

Se leyó el resto de la página de Wikipedia tan deprisa como pudo: al parecer, aquel tipo de estanterías eran muy famosas por todo el mundo. Para 2013, ya se habían producido treinta millones de ellas en todo el planeta, y se vendía medio millón al año.

Dejó de leer, con el corazón desbocado. Volvió a la parte superior de la página, donde había visto un nombre japonés: Kentaro Tanikawa. También tenía un enlace que llevaba a su propia entrada de Wikipedia. El apellido también le sonaba; si bien era uno lo bastante común, había un personaje en *El ruido del agua* que lo compartía, el artista de *manga*, Tanikawa Sakutaro, que escribió el cómic sobre la partida de go. Flo pulsó en el enlace, y la página cargó.

Soltó un grito ahogado al ver dónde había nacido: Onomichi.

Otros pasajeros del tren se volvieron para fruncir el ceño en su dirección, pero ya le daba igual todo.

Hibiki y Tanikawa Kentaro tenían que ser la misma persona. El logotipo de la editorial en el libro era una estantería, no el *kanji* de *onore*. A pesar de que no había ninguna foto de Tanikawa en internet y que la información era bastante escasa, pasó la siguiente hora devorando todo lo que encontró.

Tanikawa Kentaro había nacido en Onomichi en 1950, y no había ninguna fecha de fallecimiento. Había estudiado en el instituto Onomichi Kita, antes de mudarse a Tokio a finales de los años sesenta para ir a la facultad de Diseño. Tanikawa había dejado Japón a principio de los años setenta, durante veinte años, y fue el primer diseñador japonés de una empresa escandinava famosísima que estaba por todas partes y que creaba y suministraba muebles de madera. Allí había conocido a un gestor de productos llamado Henrik Olafson, y los dos habían colaborado para diseñar y elaborar el proceso de fabricación de la estantería Onore. Unas citas de una entrevista que le habían hecho en 2005 afirmaban que Tanikawa decía que se le había ocurrido la idea al ver el *kanji* de *onore*, una versión arcaica del pronombre de segunda persona «tú». Había diseñado la estantería para imitar la forma del carácter, además del concepto del significado del *kanji*, pues era capaz de encajar con lo que cada uno quisiera y necesitara como lector. La estantería podía usarse por sí misma o en una gran variedad de configuraciones con otras unidades Onore para formar estanterías más grandes. «Todo depende de ti, del lector», citaba el artículo de boca del diseñador.

No había ninguna información clara sobre qué le había ocurrido a Tanikawa, ni tampoco nada sobre *El ruido del agua*. El artículo más reciente mencionaba que todavía concedía charlas como visitante en distintas universidades de Japón y que en aquellos momentos vivía en Onomichi.

Los pensamientos le iban a mil por hora. Tanikawa Kentaro era Hibiki; por fin tenía un nombre.

Estaba más cerca que nunca.

Cerró los ojos. Todavía le faltaban unas cuantas paradas.

⁂

Al llegar a la estación de Onomichi, se encaminó de inmediato hacia la dirección que Henrik le había proporcionado.

En invierno, la ciudad tenía una belleza completamente distinta a la que tenía en otoño: los callejones estaban cubiertos de una fina capa de nieve que crujía bajo sus pasos. Paseó por los senderos que conducían a lo alto de la montaña, pues un impulso la llevó a visitar el callejón de los gatos primero. Desde que Lily había desaparecido, había estado tensa. ¿Y si la habían atropellado? ¿O acaso había encontrado otro hogar? O quizá había pasado a ser otro más de los muchos gatos callejeros que deambulaban por las calles de Tokio y vivían la gran vida.

Lo que más le perturbaba era el no saber qué le había ocurrido, aunque también la asediaba otra idea: ¿y si Lily volvía a su piso cuando ella no estaba? ¿Y si se había perdido y justo lograba encontrar el camino de vuelta a casa cuando no estaba?

Tenía demasiadas preguntas sin respuesta.

Se agachó para mimar a un gato atigrado que comía de una lata de atún. Pobres gatos callejeros; vivían a la intemperie, sin nadie que cuidara de ellos. Tantas cosas sobre las que ella no podía hacer nada… Ojalá pudiera controlar su vida del mismo modo que controlaba sus traducciones, con las palabras que plasmaba en la página, una cada vez.

Al alzar la mirada, lo vio.

Un gato mayor, negro. Con un ojo, y un poco gris. Con una manchita blanca en el pecho.

No podía ser.

Estaba en lo alto de un muro y le parpadeaba poco a poco. Le devolvió los parpadeos, con el corazón latiéndole a toda velocidad.

Coltrane.

Saltó del muro con torpeza, y Flo lo siguió por los callejones, a cierta distancia. De vez en cuando, el gato se detenía y la miraba con su ojo verde; parecía esperarla un rato antes de seguir adelante. Flo lo siguió hasta que se detuvieron delante de una puerta en un muro. Miró la placa que indicaba el apellido del habitante:

谷川 – Tanikawa

Coltrane se sentó en la calle y la observó mientras parpadeaba poco a poco con su único ojo. Flo sacó el móvil para comprobar la dirección y confirmarla. Sí que era ahí.

Había llegado, había encontrado a Hibiki.

Coltrane se quedó mirando la pared y luego la miró a ella. Sin embargo, en lugar de abrir la puerta y cruzar, Flo se quedó inmóvil. Era como si se hubiera quedado helada. Los dedos de los pies se le estaban quedando dormidos dentro de las deportivas que llevaba.

«¿Piensas entrar o qué?», parecía preguntarle Coltrane.

Solo que el minino no era capaz de ver el millón de pensamientos que le recorrían la mente. La abrumaban y amenazaban con engullirla y asfixiarla. Solo era una traductora. Se había hecho traductora porque no quería que la vieran, porque no quería ser el centro de atención, porque no quería tener que lidiar con personas de verdad con emociones de verdad. Había pasado toda la vida escondida detrás de personajes ficticios, de quienes se hacía amiga. Ellos nunca la decepcionaban, nunca la defraudaban. Siempre estaban con ella cuando los necesitaba. ¿Cómo iba a conseguir convencer a aquel hombre de que debía permitirle que tradujera y publicara su novela? ¿Y si le decía que no? ¿Y si le ofendía que ya se hubiera puesto a traducirla sin su permiso? ¿Y si la echaba de su casa? Nunca había tenido que tratar con un autor de carne y hueso; Nishi Furuni había muerto mucho antes de que ella leyera sus obras. Sus hijos le habían dado permiso para traducir sus relatos de ciencia ficción por pura casualidad. Nunca había tenido que negociar ni ofrecer sus servicios como traductora.

Lo más fácil sería marcharse en aquel mismo instante, evitar cualquier posible confrontación y desaparecer.

Coltrane la seguía mirando; bostezó y se subió al muro, desde donde se la quedó mirando. «¿No puedes? ¿Solo por esta vez? No es tan difícil».

—No puedo. —Fue al decirlo en voz alta que Flo se percató de lo cierto que era. Sacudió la cabeza, pero la idea no se le fue—. Tengo miedo —susurró.

Coltrane apartó la mirada y saltó del muro. Oyó un leve golpecito al otro lado, el sonido de unas patitas al caer con destreza sobre la nieve crujiente. Flo se había quedado sola, tiritando delante de casa de Hibiki.

Aunque estaba tan cerca de conseguir algo de verdad, la idea de fracasar una vez más le parecía insoportable.

¿Y si no quiere que publiquemos su libro en inglés? ¿Y si todo lo que he hecho hasta ahora ha sido para nada?

Intentó obligar a sus piernas a avanzar hacia la puerta, pero era como si caminara a través de melaza. Las deportivas le pesaban según daba un paso tras otro. No había avanzado nada.

¿Y si lo que haces es lo que ya le hiciste a Yuki y presionas a alguien a hacer algo que no le apetece?

Intentó levantar el brazo, y entonces se percató en carne propia de lo frágil que era contra los elementos.

Eres agotadora. Eres un fracaso. Una cobarde.

Tragó en seco. Puso la mano sobre la anilla, con dedos temblorosos. Metas diminutas: eso era lo que podía hacer. Como Ayako en la montaña, una cosa a la vez. Tiró de la anilla, la cual soltó un chirrido por el óxido. La siguiente meta diminuta: empujar la puerta pesada con toda su fuerza. Las bisagras antiguas emitieron un sonido agudo al moverse.

Tú puedes, le dijo la voz de Ayako en su mente. *Tú puedes*.

Invierno

十二

El invierno descendió sobre la ciudad, helado y deso-
lado.

La lenta muerte del otoño había llevado consigo un estallido de color, solo que el color ya había desaparecido, se había retirado para dejar paso al aspecto lúgubre. Las ramas del arce japonés junto al estanque de Ayako estaban desnudas. A los peces koi los habían sacado de allí para que pasaran el invierno en otro lado.

Lo peor de todo era la frialdad que se había asentado en la casa de Ayako.

Y, en aquella ocasión, la sensación gélida provenía de Kyo, no de su abuela.

○

Había sido repentino. Kyo y Ayumi habían quedado después de aquel mensaje de texto tan críptico, y él había ido a la cafetería Yamaneko un día mientras ella cerraba. Había sido entonces cuando Kyo había empezado a notar la presencia de su abuela, que acechaba en todas las partes de su vida.

Cuando Kyo había llegado a la cafetería, había visto a Ayumi estresada, por lo que ya sabía lo que se le venía encima.

—No creo que debamos vernos más hasta que acabes con los exámenes —le soltó Ayumi.

—¿Por qué no?

—Porque… —Se mordió un labio—. Porque tienes que centrarte en tus estudios.

—Pero si ya me estoy centrando en mis estudios.

—Lo sé, es que… —Soltó un suspiro y se quedó mirando el horizonte por encima del mar, algún lugar que Kyo no lograba entrever—. No quiero distraerte ni quitarte lo que es más importante para ti ahora mismo.

—No me distraes, Ayumi —le dijo Kyo, haciendo todo lo posible por enmascarar su voz temblorosa—. Me ayudas.

—Te lo prometo —continuó ella, cabizbaja—. Te prometo que nos iremos de excursión a algún lado los dos juntos, pero solo cuando acabes con los exámenes, ¿vale?

—Vale.

—A cualquier lado que quieras ir, ya me dirás —siguió ella, alegre—. Puedo pedir prestado un coche.

—Vale —repuso Kyo.

La sonrisa de los dos parecía forzada.

Había muchísimo que Kyo quería decirle y preguntarle. No habían estado saliendo, no de verdad, sino que solo habían quedado para pasar el rato. Y Ayumi había sido quien más lo había animado a seguir con su arte en lugar de con sus estudios. No lo entendía.

Y, si todo hubiera acabado así, todo habría ido bien. Por descontado, Kyo estaba triste por no poder quedar con Ayumi durante los siguientes meses, pues ya se había acostumbrado a las charlas que mantenían siempre y al tiempo que pasaban juntos. Se animaba cada vez que salía para ir a verla; el corazón le latía más deprisa y le sudaban las manos. Sin embargo, por alguna razón que no terminaba de entender, todos aquellos nervios se disipaban cuando estaban juntos, cuando se reían y charlaban. Se había acostumbrado a tenerla en su vida. Se había convertido en parte de su rutina diaria, y, al no tenerla, su vida se quedó con un vacío por llenar.

También le daba la sensación de que había hecho algo mal, de que lo había echado todo a perder, de que ya no le gustaba a Ayumi. Poco a poco, con el transcurso de los días, se lanzó de lleno a sus estudios e intentó olvidar lo que había ocurrido. La situación iba a mejorar cuando se quitara los exámenes de en medio. Ya no quedaba mucho, y, después de ello, podría relajarse e irse de viaje con Ayumi a cualquier parte.

Todo iba a salir bien.

O, mejor dicho, todo habría salido bien si su abuela no hubiera cometido un error.

Una noche, había estado dibujando un manga de cuatro paneles que tenía la intención de presentar a un concurso. Le gustaba cómo estaba quedando, pero estaba inquieto. Ayako, al notarlo, le había pedido que la ayudara a ordenar la casa, por lo que se había encargado de las tareas que ella le asignaba: había barrido la entrada y había sacado la basura. Sin embargo, al encargarse de eso último, vio algo que hizo que el corazón le diera un vuelco.

En la base de la papelera de la habitación de su abuela había un menú de la cafetería Yamaneko, arrugado.

Y así fue como se enteró.

Kyo se mantuvo firme en la nueva situación que habían acordado. No le veía sentido a hablar con Ayumi de lo sucedido, porque aquello solo lograría incomodarla más. Al mismo tiempo, también le costaba pasar tiempo con su abuela, pues ya se había dado cuenta de que se había entrometido en su vida personal. Aquella vez se había pasado de la raya. Había interferido, y ya no podía confiar en ella. Le costaba incluso estar en la misma sala que alguien que podía ser tan taimada y maquiavélica. Ya se había hartado.

●

Ayako notaba que al chico le pasaba algo. Un día todo estaba normal, y al siguiente, ya no. Estaba tristón, taciturno. Cada vez que le preguntaba algo, su nieto le respondía con una sola palabra. Había dejado de acompañarla durante las caminatas que daban después de cerrar la cafetería y no tenía ganas de jugar al go con ella. Se limitaba a deambular por la calle a solas, y, cuando por fin volvía a casa, se quedaba en su habitación como había hecho al principio, para ponerse con sus dibujos y escuchar música en su aparato personal. Seguro que la chica le había dicho algo, seguro que le había hablado del encontronazo que habían tenido en la cafetería. Una prueba más de que la chica no se traía nada bueno entre manos. Si ni siquiera tenía la decencia de guardarse la conversación privada que habían mantenido, estaba claro que no era nada de fiar.

Sin embargo, el modo en el que su nieto había respondido a lo sucedido la perturbaba.

Le afectaba que la hubiera excluido de su vida de forma tan repentina.

¿Qué era esa sensación extraña que notaba de pronto?

¿Soledad?

● ○

—¿Qué mosca te ha picado hoy?

—Nada.

—Entonces, ¿a qué se debe esa cara? Pareces un bulldog masticando una avispa.

—No estoy bien.

—¿Te has puesto malo?

—No.

—¿Tienes fiebre?

—No.

—¿Qué te pasa?

—¿Puede dejarme tranquilo, por favor? Estoy ocupado con el dibujo.

—Tú mismo.

● ○ ●

—¿Quieres venir a pasear conmigo mañana? Coltrane te echa de menos.

—No me apetece.

—¿Qué te pasa?

—Nada. Me estoy centrando en mis estudios, ¿no es eso lo que quiere que haga?

—Claro, pero ya sabes… No por mucho madrugar amanece más temprano, como se suele decir.

—Estoy dibujando un manga.

—¿Puedo verlo?

—No está acabado.

—¿Y no puedes enseñarme lo que has hecho hasta ahora?

—No quiero que nadie lo vea hasta que termine.

—Ya veo… ¿Quieres que te cuente alguna de mis historias de escalada?

—En otro momento, quizá. Ahora estoy liado.

—Tú mismo.

—¿Kyo?

—¿Sí?

—¿Quieres terminar la partida de go que tenemos a medias?

—No me apetece.

—Es que quiero quitar el tablero; ocupa mucho espacio en la mesa.

—Pues quítelo.

—Pero no hemos acabado la partida.

—Digamos que ha ganado usted.

—Pero… Tal como va la partida, parece que ganas tú.

—Seguro que habría ganado usted al final.

—Kyo.

—¿Qué?

—Por favor.

—No quiero.

—Por favor, acabemos la partida.

—No quiero jugar más con usted, abuela. Ya me he cansado.

Ayako se enjugó la lágrima de la mejilla en cuanto la notó. Estaba en el umbral de la puerta, mirando a su nieto, quien estaba de espaldas a ella en la habitación que había sido de su hijo. Negó con la cabeza con ímpetu. Toda aquella tontería le estaba afectando. Y aquello le sorprendía. ¿Qué había provocado aquella mezcla de emociones? El arrepentimiento le daba vueltas por la cabeza, la mantenía en vela por la noche y no dejaba de pensar si su nieto iba a perdonarla algún día. ¿Qué les había pasado a sus defensas? Siempre había dicho que nadie iba a conseguir atravesarlas. Hacía mucho tiempo que no se sentía así. Nada de lo que decía le llegaba a su nieto, pues él mismo se escondía detrás de un muro demasiado alto. Sabía qué era lo que tenía que hacer.

Al día siguiente, volvió a la cafetería Yamaneko.

En aquella ocasión, le pidió a Ayumi que saliera para hablar con ella fuera. Se percató de que la expresión contenta de la chica se desvanecía en cuanto la vio. Le sentaba bien que los demás le tuvieran miedo.

Ayako pasó a la ofensiva.

—No sé qué le has dicho a Kyo, pero espero que estés orgullosa.

Ayumi se quedó estupefacta.

—Lo siento, pero no sé a qué se refiere.

—Está enfadado conmigo, y eso significa que le has hablado de nuestra conversación. No podías quedarte calladita, ¿no? ¡Habrase visto!

—Lo siento, Tabata-san, pero no le dije nada de nuestra conversación —repuso la chica con amabilidad—. Se lo prometo; no haría eso.

Ayako clavó la mirada en la cara de la chica para verla con atención.

¿Se había equivocado?

—Algo tienes que haberle dicho de mí —insistió Ayako.

—Le prometo que no dije nada —dijo Ayumi, negando con la cabeza—. Le dije lo que usted me pidió que le dijera, que quería que se centrara en sus estudios. Le dije que podíamos quedar cuando acabara con los exámenes, le prometí que lo llevaría de viaje a algún sitio para celebrar.

Ayako estudió la expresión de la chica.

Parecía sincera. Lo que decía parecía ser verdad.

—Entonces, ¿por qué ha dejado de hablarme? —preguntó Ayako, con voz temblorosa—. ¿Qué has hecho?

—Puedo decirle que no tiene nada que ver con usted —sugirió Ayumi, amable—. De verdad, Tabata-san, no quiero causar ningún problema entre los dos.

—Serás estúpida. —Ayako meneó la cabeza—. ¿Qué has hecho?

La expresión de ira de Ayako se fue desmoronando poco a poco y le empezaron a temblar los labios, como si se avecinara un terremoto.

—¿Qué he hecho?

Y entonces, tras una ardua batalla, su expresión feroz se quebró del todo.

Ayumi volvió a la cafetería a por un vaso de agua y una caja de pañuelos y se lo llevó todo a Ayako mientras le daba palmaditas en la espalda y ella se sonaba la nariz.

—Lo siento —se disculpó Ayako—. Lo siento.

○

Kyo se sorprendió más que nunca al ver que recibía un mensaje de LINE de parte de Ayumi. Estaba sentado a la mesa baja de su habitación, acariciando a Coltrane, distraído, y añadía los retoques finales al manga de cuatro paneles que estaba preparando para el concurso. Sin embargo, el teléfono se encendió con una notificación y lo desconcentró. Cuando vio el nombre Ayumi, pulsó en la notificación de inmediato.

Hola, voy a tocar el koto y el shamisen en un concierto el sábado por la mañana y me gustaría que vinieras. ¿Estás libre?

Se rascó la cabeza. ¿Qué concierto? ¿Se dedicaba a la música? ¿Y no se suponía que no iban a hablar ni a quedar hasta después de los exámenes? Escribió varias respuestas para pedirle más información, solo que acabó borrándolas todas sin enviar. Tenía demasiadas preguntas que le rondaban por la cabeza. Se acabó decantando por:

¡Claro!

Y le dio a ENVIAR. Ayumi respondió de inmediato.

Genial. Podemos ir en tren juntos. ¿Nos vemos en la estación a las 9 de la mañana?

Kyo respondió otra vez:

¡Vale!

Y recibió otro mensaje de parte de Ayumi.

Ah, y trae a tu abuela. Es importante. No te dejaré venir si no viene ella.

Kyo puso el móvil bocabajo sobre la mesa baja de su habitación. ¿Que llevara a su abuela? ¿Por qué? ¿De verdad tenía que llevarla? No tenía nada de ganas.

Se pasó el resto de la tarde retocando el manga antes de cerrar el sobre. Por fin había terminado.

Lo pensaba enviar el día siguiente.

●

A la mañana siguiente, Ayako oyó que su nieto se despertaba en su habitación.

Los desayunos se habían convertido en encuentros silenciosos. Ayako ya se había dado por vencida en sus intentos por entablar conversación, por lo que solían quedarse comiendo su arroz y su sopa miso sin decir nada. En alguna ocasión, Kyo incluso había llegado a salir de casa sin probar bocado. Ayako imaginaba que se compraría un onigiri en el supermercado, de camino a la escuela de repaso, y le dolió encontrar los envoltorios. Casi le parecía que lo había hecho a propósito, después de que ella le hubiera explicado lo mucho que significaba para ella preparar y regalar los onigiri. La puso muy triste, al igual que cada vez que tenía que tirar la sopa miso por el desagüe. También había preparado demasiado arroz, y aquello tenía que envolverlo en film transparente antes de guardarlo en la nevera. Incluso había dejado de cocinarle pescado a la parrilla por las mañanas, porque nada le aseguraba que Kyo fuera a comérselo.

Aun así, se alegró al ver que aquella mañana sí que desayunaba en casa.

Los dos estaban comiendo, y Ayako notaba que su nieto le estaba dando vueltas a algo. Un rato después, Kyo acabó hablando.

—Seguro que está ocupada —empezó— y que no le interesa, pero…

—¿Sí?

Kyo soltó un resoplido.

—Este sábado, una amiga va a un recital de música tradicional en Saijo y nos ha invitado a los dos a ver las actuaciones.

Le dije que le preguntaría si quería venir con nosotros, pero seguro que está ocupada.

—¿Este sábado? —preguntó Ayako, con una sorpresa fingida. Apoyó la mejilla contra la mano con la que sostenía los palillos y puso una expresión pensativa—. Ah, sí, estoy libre.

—¿Seguro?

—Sí, me encantaría ir.

—¿Y qué pasa con la cafetería?

—Ah, la puedo dejar cerrada. O puedo pedirles a Jun y a Emi que se encarguen.

—¿De verdad? —Kyo no supo esconder la decepción de su expresión—. No se sienta obligada ni nada.

—No es eso —respondió Ayako, y le dio otro bocado a su arroz—. Quiero ir.

—Vale —dijo Kyo, tenso—. Se lo diré.

Ayako recogió los cuencos del desayuno y los enjuagó en el fregadero.

—Nos vemos —se despidió Kyo.

—Que pases un buen día —respondió ella.

Sonrió. Parecía que el plan de la chica iba a surtir efecto.

○ ●

Aquella mañana fría, Ayako iba en kimono y Kyo llevaba su traje.

Fueron a la estación juntos. Kyo caminaba con cierta incomodidad, con su traje con corbata negro y formal, junto con una camisa blanca bien planchada que no se había puesto en todo el tiempo que llevaba en Onomichi. Se metió las manos en los bolsillos, a sabiendas de que su abuela lo iba a reñir por ello, pero, en su lugar, se limitó a entrelazar un brazo con el suyo y a apoyarse en él mientras caminaban. Kyo no la había visto nunca con aquel kimono blanco, y le sorprendió lo llamativa que acababa siendo. Llevaba una cinta obi por encima, y las dos prendas tenían un diseño sutil a juego: copos de nieve pequeños que flotaban por la tela, como si soplara un vendaval.

Cuando llegaron a la estación, Ayumi los estaba esperando.

Llevaba una funda de shamisen en una mano, tenía una mochila colgada en el hombro contrario y también iba vestida con un kimono precioso. Si bien era más moderno y colorido que el de Ayako, de un tono azul claro con un patrón floral en los bordes, le quedaba a la perfección.

Kyo no pudo esconder la sorpresa que pasó al verla.

Ayako y Ayumi se sonrieron y se dedicaron una reverencia baja y educada a modo de saludo.

—Me alegro de verla —dijo Ayumi.

—Lo mismo digo —repuso Ayako.

—Mucho gusto —dijeron las dos al unísono.

Kyo no era tonto. Notaba que aquella interacción tenía algo forzado o artificial; ni siquiera se habían presentado con el nombre. Sabía que pasaba algo, pero ya le daba igual. Se alegraba de volver a ver a Ayumi.

—¡Kyo! ¡No seas maleducado! —ladró su abuela—. Encárgate de su mochila y de la funda.

Mientras esperaban el tren, el Tanuki, el jefe de estación Ono, se les acercó para charlar un rato. Se limitó a alabar la apariencia de las mujeres, y de vez en cuando miraba a Kyo y meneaba la cabeza.

—Y tú también estás de lo más apuesto con ese traje que me llevas, ¿eh? —le dijo, con una sonrisa de oreja a oreja.

Tanuki rio para sí mismo, como si se le acabara de ocurrir el chiste más gracioso de la historia.

—«Una flor en cada mano», como suelen decir, ¿eh? —Le dio un codazo a Kyo en las costillas y arqueó las cejas.

—Una de las flores está mucho más fresca que la otra —interpuso Ayako, alegre.

—Ah, no se pase con la jovencita —bromeó Tanuki—. Que no todos podemos ser tan jóvenes y radiantes como usted,

Ayako. Debería andarme con cuidado, que Sato-san se va a poner celoso.

Ayako le dio un golpe juguetón a Tanuki en un brazo, y Ayumi escondió una risita detrás de una mano.

Los tres fueron en tren hacia Saijo.

Ayako y Ayumi se pasaron el trayecto charlando sobre una cosa y otra y acabaron hablando de los restaurantes que más les gustaban de Onomichi. Las dos dijeron que les encantaba el restaurante tailandés que había en el hotel View, junto al castillo de Onomichi. Cuando Kyo dijo que no había ido nunca, las dos lo regañaron, como si hubiera cometido un error muy grave. Más que nada se limitaron a hablar entre ellas, y, cuando sí se dirigían a Kyo, era para soltarle pullitas cariñosas, aunque también resultaban un poco irritantes. De vez en cuando, Ayumi le decía algo a Ayako en voz baja, con la boca tapada con una mano, mirando a Kyo, y las dos cuchicheaban y se echaban a reír.

Por su parte, Kyo no les hizo caso y se quedó mirando por la ventana.

El concierto se celebraba en un auditorio bastante grande.

Había un programa impreso en un papel, con una lista de todos los recitales, y Ayako y Kyo ocuparon sus respectivos lugares para esperar que comenzara. Kyo miró el programa con atención e hizo una nota mental de todas las partes en las que participaba Ayumi.

El concierto se hizo un tanto largo. Había demasiadas partes, y a algunos músicos se les daba mejor que a otros. Era mucho tiempo que pasar quieto, y, si bien Ayako se quedó inmóvil durante todo el concierto, Kyo se removía en su asiento de vez en cuando, incómodo. Ayako se percató de que su nieto se echaba adelante cada vez que Ayumi se dirigía al escenario. Incluso cuando tocaba el shamisen con los demás miembros de la banda, Kyo dejaba su postura encorvada y relajada y se sentaba al borde del

asiento para centrarse en el escenario como si no quisiera perderse ni un solo detalle. Ayako sonrió para sí misma al verlo.

Cerca del final del concierto, Ayumi se dirigió al escenario
para tocar un solo de koto. Recorrió el suelo de madera poco
a poco y le dedicó una reverencia al público antes de dirigirse
al centro. Se llevó una mano bajo el kimono en un gesto elegante mientras se sentaba sobre un cojín. Colocada en la posición seiza tradicional delante del instrumento, cerró los ojos
para concentrarse según rasgaba las cuerdas con sus dedos delgados y rompía el silencio atento de la sala.

Kyo estaba ensimismado mientras la veía tocar, perdido en
la música que reverberaba por el auditorio. Contenía el aliento,
pues le preocupaba que soltar cualquier sonido fuera a quebrar
el hechizo que su amiga lanzaba con su música. Ayako se quedó
mirando la expresión de su nieto discretamente. Estaba coladito
por Ayumi, eso estaba claro. Sin embargo, ya lo había entendido. Lo había visto todo por sí misma.

Cuanto más se lo pensaba, más sentido le veía.

Se sentía más tonta que nunca por haberse entrometido,
aunque lo había hecho por amor. Había hecho lo mismo con
los padres de Kyo hacía tantísimos años, y le parecía raro que
no se hubiera dado cuenta de que estaba volviendo a hacerlo.
Solo que aquella vez podía ser diferente. No tenía que mantener a Kyo lejos de ella. Tenía que dejar de intentar controlarlo
todo; aquel era el origen de sus problemas. Tenía que aprender
a dejar pasar las cosas.

Ya lo sabía, estaba segura de ello.

Lo oía en las vibraciones que pulsaban en el ambiente que
los rodeaba.

El sonido del koto.

Ayumi se quitó el kimono después del concierto y se puso
unos vaqueros y una camiseta.

El concierto había durado bastante, por lo que al público se le había proporcionado una caja de comida a la mitad. Volvieron en el mismo tren a Onomichi, en el trayecto de una hora de duración, y cuando llegaron, alrededor de las 05 p.m., los dos jóvenes se quedaron con una expresión incómoda, sin saber qué hacer ni qué decir. Se miraban cohibidos, mientras Ayako los contemplaba y se lo pasaba bien al ver su timidez juvenil.

—Bueno —dijo Ayako, para romper el silencio por fin—, felicidades por el concierto, Ayumi-san.

—Muchas gracias por haber venido —repuso Ayumi, con una reverencia a los dos.

Kyo se estaba poniendo escarlata y no sabía qué hacer.

—¿Ayumi-san? —continuó Ayako, mirando a la chica—. ¿Quieres venir a cenar con nosotros?

—¿A cenar? —soltó Kyo, sobresaltado—. ¿Qué?

Ayako miró a su nieto con una expresión de lo más seria.

—Estoy hablando con Ayumi-san, no contigo. —Negó con la cabeza y se volvió hacia Ayumi—. ¿Qué te parece?

—Me encantaría. —Sonrió y le dedicó una reverencia—. Siempre que no sea molestia.

Guardaron las pertenencias de Ayumi en una taquilla a monedas de la estación, y Ayako lideró la marcha. Cruzaron las vías del tren en dirección a la montaña, al lado opuesto del mar. Kyo se preguntó a dónde los llevaba; quizás a Ittoku, el izakaya que había detrás de la estación. Sin embargo, siguieron caminando por el sendero estrecho que conducía a lo alto de la montaña.

Según subían por aquel camino escarpado, con sus adoquines ancestrales y pasamanos de acero, se percató de que se dirigían al castillo de Onomichi. Entonces supo a dónde iban, aunque no dijo nada.

Subieron por los peldaños, por debajo de las farolas de hierro antiguas que iluminaban el camino cada cierto tramo. Unas siluetas con forma de gato acechaban entre las sombras. Acabaron llegando a lo alto de la montaña y pasaron por delante de la forma angular del castillo, el cual llevaba mucho tiempo cerrado al público.

—Antes se podía entrar —le explicó Ayako a Ayumi.

—¿Incluso los que no somos señores feudales? —se rio Ayumi.

—Ajá —asintió Ayako—. Pasó años abierto al público en general. Pero por la razón que sea lo cerraron. Todavía se ve el modelo tétrico de un hombre ahí metido. ¿Lo ves?

—¡Qué miedo! Me da escalofríos solo de verlo, Ayako-san.

—Anda —soltó Kyo, quien se interpuso en su conversación con una expresión traviesa—. ¿Cómo sabes que mi abuela se llama Ayako? No se ha presentado antes, y creía que esta era la primera vez que os veíais.

Ayako se quedó helada.

—Ay, Kyo —repuso Ayumi, como si nada—. No digas tonterías. ¡Si todos los de Onomichi conocen a Ayako-san! ¡Es famosa!

Ayako sonrió y asintió en dirección a Ayumi antes de ponerle mala cara a su nieto, de broma.

—¡No seas tan maleducado!

Cuando llegaron al restaurante, Ayako fue a hablar con la camarera, quien los condujo a una mesa junto a la ventana.

Había un cartel de RESERVADO encima, y Kyo se rio para sí mismo. Era lo último que necesitaba para confirmar que todo aquel día había estado planeado. Su abuela había hecho la reserva con antelación, y tenía que haberlo hecho antes de salir de casa, porque no tenía móvil.

No sabía cómo se las habían arreglado, pero las dos lo habían planeado desde el principio.

Sin embargo, no estaba enfadado.

Todo lo contrario: aquello lo conmovía.

No era nada propio de su abuela que se hubiera esforzado tanto por organizarlo. Casi era como si se estuviera disculpando. Sabía que nunca le iba a pedir disculpas directamente, pero aquel gesto amable bastaba.

Se sentaron y pidieron los entrantes y platos principales para compartir: sopa tom yum kun, curry verde con pollo, curry massaman con ternera y pad thai con tofu. Kyo se echó atrás en su silla y admiró el paisaje por la ventana. Más abajo alcanzaba a ver toda la ciudad cubierta por la noche: el brillo cálido y anaranjado de las farolas; las luces amarillas diminutas que salían de las casas, tiendas y oficinas, y la oscuridad del mar que se extendía hasta el cielo nocturno, con la negra silueta de las montañas y de las islas apenas visible. En algunos tramos, las estrellas emitían un brillo tenue en el firmamento, pero las luces azules, naranjas, amarillas y verdes que iluminaban las grúas del Astillero Mukaishima eran el centro de atención y captaban la mirada. Las luces de posición rojas y los focos blancos de los vehículos se movían poco a poco por las carreteras que serpenteaban por la ciudad. Cómo cambiaban las vistas de noche.

Comieron y bebieron, contentos, y Ayako pagó la cuenta discretamente, sin que Ayumi ni Kyo la vieran ni se dieran cuenta de ello. Con la panza llena, bajaron por la montaña oscura, de vuelta a la estación, para sacar las pertenencias de Ayumi de la taquilla a monedas.

Kyo acompañó a Ayumi a la fila de taxis que había delante de la estación. La ayudó a cargar con los bártulos, mientras Ayako esperaba con cierto tacto en la estación. Antes de que Ayumi se subiera al taxi, se volvió hacia Kyo y le habló deprisa.

—Tu abuela me cae muy bien, Kyo. —Las luces brillaban y se le reflejaban en los ojos.

Kyo se rascó la cabeza y cambió de postura, nervioso.

—Ya no queda mucho, ya pronto acabarás los exámenes —continuó Ayumi—. Cuando acabes lo celebraremos, te lo prometo. Ya he decidido a dónde te llevaré.

—¿A dónde? —preguntó Kyo, con una ceja arqueada.

—Al Dogo Onsen, en Matsuyama.

—¿El del libro *Botchan*?

—Exacto —asintió Ayumi—. El mismo.

—Genial. —Kyo sonrió.

Ayumi se agachó para pasar por la puerta del taxi.

—Dale las gracias a tu abuela de mi parte por la cena. Estaba riquísima.

—Se lo diré.

—Y trátala bien, Kyo. Es buena persona. Se preocupa mucho por ti, aunque no sepa cómo demostrarlo.

—Lo sé, y eso haré. Te lo prometo.

—Buenas noches.

—Buenas noches.

Kyo se quedó mirando el taxi conforme se alejaba; Ayumi se despidió de él con la mano desde la ventana, y él le devolvió el gesto.

El taxi desapareció al doblar una esquina, por lo que Kyo volvió con su abuela.

Regresaron a casa juntos poco a poco, en la oscuridad de aquella noche.

—¿Kyo? —lo llamó su abuela, con lo que rompió el silencio.

—¿Sí?

—Me cae bien —dijo en voz baja—. Me cae muy bien.

十三

Unas pocas semanas después, Coltrane desapareció. Los primeros días no había estado en el callejón en el que les daban de comer a los gatos, y a ninguno de los dos les había parecido nada raro. Su naturaleza de trotamundos lo llevaba a ir y venir así: era un espíritu libre. Sin embargo, como mucho se perdía una hora de la comida o dos, por lo que, después de una semana entera sin verlo, Ayako se había ido poniendo cada vez más nerviosa cuando salían a pasear. La invadían las expectativas cada vez que se acercaban adonde esperaba que le dieran de comer.

Kyo notaba los nervios de su abuela y los suyos también, pues Coltrane no estaba a su lado mientras dibujaba. Y ninguno de los podía hacer nada por remediarlo, era algo que se escapaba de su control. La marcha de Coltrane los afectó en mayor medida de la que permitían que el otro notara. Si bien no hablaban de su ausencia, el ambiente parecía más cargado. Kyo había ido a ver a Sato a su tienda para ver si sabía algo de «Mick Jagger».

—Pues no —respondió Sato, triste—. Hace días que no se pasa por aquí… Quizás una semana o así.

El día de Navidad llegó y se fue, y luego llegó la víspera de Año Nuevo. Kyo había planeado volver a Tokio para el oshogatsu, pero, con la desaparición de Coltrane y el desaliento de Ayako, decidió que lo mejor era quedarse, aunque el viaje hubiera sido solo durante los tres días de fiesta nacional.

—Deberías ir a ver a tu madre —le dijo Ayako cuando le contó sobre su cambio de planes.

—Prefiero quedarme y hacerle compañía.

—*Bah*. —Le restó importancia con un ademán—. Ya me las apaño yo sola. Vuelve a Tokio, que seguro que tu madre te echa de menos.

—Dijo que vendría para mi ceremonia de mayoría de edad.

—Eso estaría bien —repuso Ayako, aunque en sus adentros tenía miedo de que su nuera fuera a cancelar los planes otra vez.

Pasaron los tres días del oshogatsu bajo el calor de la mesa baja, según comían osechi ryori tradicionales que Ayako había encargado de una tienda cercana.

—Qué pereza me da cocinar todo eso —dijo, gruñona—. ¡Es demasiado elaborado!

Se comieron sus fideos soba y pastelitos de arroz mochi de Año Nuevo y fueron a lo alto de la montaña para recibir el nuevo año viendo el amanecer. Luego se dirigieron al Templo de Mil Luces para el hatsumode, la primera plegaria del año.

☯

El día antes de su ceremonia de mayoría de edad, Kyo se dio cuenta de que la rana tallada no estaba en su habitación.

—¿Abuela? —la llamó, según se acercaba a ella en el salón. Estaba sentada a la mesa, leyendo un libro.

—¿Sí?

—¿Has visto a Rana?

—¿El juguete ese que tenías al lado de la cama? —preguntó ella, tras alzar la mirada de la novela.

—Sí, ese. —Kyo estaba al otro lado de la mesa de donde estaba ella—. ¿Lo has visto? No está en la habitación.

—Sí —asintió su abuela—, se lo he dado a Jun y a Emi.

—¿Por qué? —Kyo se quedó boquiabierto.

—Para la pequeña Misaki, por supuesto. —Ayako parecía sorprendida—. Su bebé.

Un sudor frío le recorrió el cuerpo a Kyo, quien hizo todo lo posible por conservar la calma.

—Pero, abuela… ¿Por qué se lo ha dado sin preguntarme?

—¡*Pfff*! —Ayako frunció el ceño—. ¿Para qué quiere un juguete un hombre hecho y derecho como tú? Creía que no te molestaría, que no te importaría dárselo a la pequeña Misaki. La hará feliz.

—Pero… podría habérmelo preguntado antes.

—Quizá. —Ayako alzó la barbilla—. Pero ¿qué más da? ¡Ya eres adulto!

—Porque… —Kyo se sentó y cruzó los brazos por encima de las rodillas—. Es que mi padre talló esa rana de un trozo de arce japonés. Eso es todo.

La expresión seria de Ayako desapareció, y los ojos se le anegaron en lágrimas.

—Ay, Kyo, no lo sabía. Iré a verlos ahora mismo y se lo pediré. —Se puso de pie, decidida, y fue al recibidor genkan para ponerse los zapatos.

—No. —Kyo negó con la cabeza y alzó la barbilla—. No se preocupe.

—Pero es… —Lo miró y le estudió el rostro con una expresión compasiva que Kyo no había visto nunca—. No sabía que…

—No pasa nada. —Kyo se encogió de hombros—. Ya no lo necesito. Prefiero que se lo quede Misaki-chan.

—¿Seguro? —Ayako hizo el ademán de ir a por su abrigo—. Porque puedo ir a buscarlo ahora mismo.

—Sí, no pasa nada —insistió Kyo en voz baja—. Me alegro de que se lo haya dado a ella. Rana tiene un nuevo hogar.

Ayako volvió a sentarse y puso una mano en la mesa.

—Lo siento.

—No pasa nada, de verdad.

Kyo alzó la mirada y le dedicó una sonrisa tranquilizadora.

Antes de que Ayako pudiera decir nada más, Ota el cartero los llamó con la alegría matutina que lo caracterizaba. Kyo y Ayako lo saludaron mientras les entregaba un sobre dirigido a «Hibiki». Ayako se quedó mirando el sobre antes de dárselo a Kyo, quien lo abrió y lo leyó de inmediato.

Estimado Hibiki-san (si me permite llamarlo así):

Espero que no le importe, pero vi su obra mientras hacía de juez para un concurso de manga en el que ha participado hace poco. Disfruté mucho de su manga de cuatro paneles sobre Rana Detective, y, si bien no era perfecto, me impresionó mucho. Me temo que, por mucho que protestara ante los demás jueces, no ha conseguido ganar ningún premio. Mis más sinceras disculpas.

Aun así, sé reconocer el potencial cuando lo veo, y, si es posible, me gustaría reunirme con usted. Aunque no le prometo nada, estoy buscando un ayudante que trabaje conmigo en mi estudio. No le puedo ofrecer fama y riquezas, pero quizá pueda enseñarle el mundillo de la industria del manga. Yo mismo entré en el gremio así, y es una práctica común que los artistas ya establecidos se ocupen de discípulos y los ayuden con su carrera. Empezaría delineando y repasando mi trabajo, pero es una buena forma de conocer mejor el proceso de los manga.

Si bien no sé nada de usted, vi algo en sus dibujos. No tiene que darme ninguna respuesta si no le apetece, y creo que lo mejor será que venga a mi estudio de Kokubunji, en Tokio, para que podamos reunirnos y conocernos. Si tiene algún portafolio con sus obras, por favor, tráigamelo, y, si tiene alguna idea para alguna historia más larga, me encantaría oírla.

Si le interesa, hágamelo saber, por favor. Puede escribirme a la dirección de la tarjeta que encontrará en el sobre.

Un saludo,
Tanikawa Sakutaro

Kyo no se lo creía. Le entregó la hoja de papel a Ayako, quien se la leyó mientras él le echaba un vistazo a la tarjeta de visita con la dirección de un estudio de Kokubunji. El logotipo de la tarjeta era la silueta negra de un gato.

—¿Quién es el tal Tanikawa-sensei? —quiso saber su abuela, según alzaba la mirada.

—¡Es un gran artista! —le explicó Kyo, con los ojos bien abiertos—. ¿Se acuerda del manga que leía sobre la partida de go? Aquel en el que los dos maestros luchan por llegar a ser el mejor jugador de Japón.

—Más o menos…

—¡Pues él lo dibujó! Y escribió la historia también. Se llama *Go! Go! GO!*

—Es una noticia fantástica, entonces —dijo Ayako, con una expresión radiante.

—Exacto.

—¿Y qué vas a hacer?

Fue entonces cuando se acordó: la facultad de Medicina, los exámenes, la vida que ya estaba planeada para él.

—Bueno, lo primero es lo primero —sentenció Ayako, mirando el reloj—. Vamos a desayunar, a vestirnos y a ir a la estación para encontrarnos con tu madre. Ya tendremos tiempo de sobra para pensarlo todo después.

Kyo volvió corriendo a su habitación con la carta.

—Estoy orgullosa de ti —le dijo Ayako.

Sin embargo, lo dijo en voz demasiado baja, y su nieto no la oyó.

Se encontraron con la madre de Kyo en la estación; iba vestida con un kimono elegante, de un color y diseño pensado a la perfección para pasar desapercibida y no destacar. Profesional como ella sola. A su alrededor había una variedad de jóvenes adultos con ropa formal para la ceremonia, acompañados de amigos y familiares invitados.

Setsuko estaba delante de la estación, escribiendo en su móvil mientras los esperaba. Cuando se acercaron a ella, se metió el móvil en un bolso pequeño. Y los saludó con la mano.

—¡Kyo! —Se le iluminó la mirada.

—Hola, madre.

—¡Has perdido peso! Qué bien te veo.

Se dieron un pequeño abrazo. Si bien no era algo que hicieran siempre, aquel día parecía especial.

Su madre se echó atrás para observarlo, lo recorrió de pies a cabeza con la mirada y le echó un vistazo a su kimono formal.

—Te pareces mucho a él hoy. A tu padre.

Kyo se ruborizó.

Setsuko miró a Ayako y le dedicó una reverencia.

—Madre.

—Setchan. —Ayako le devolvió la reverencia.

—Ha pasado demasiado tiempo. No sé cómo agradecerle que haya cuidado de Kyo todos estos meses. Espero que no le haya dado muchos problemas.

—Ha tenido sus momentos. —Ayako esbozó una enorme sonrisa antes de negar con la cabeza—. No, ha sido un placer quedarme con él. De verdad.

Kyo se rascó el codo de su kimono, incómodo.

—¿Vamos? —dijo Ayako, e indicó que avanzaran junto a los demás que se dirigían al ayuntamiento, donde se iba a llevar a cabo la ceremonia de mayoría de edad.

Después de la ceremonia, todos se quedaron en el interior un rato. Algunos de los jóvenes llevaban traje, mientras que otros, como Kyo, se habían puesto un kimono formal. Por su parte, las chicas lucían kimonos elaborados, brillantes y de colores extravagantes, con ribetes de piel y mangas furisode largas. La escena se convirtió en una serie de sesiones de fotos a pequeña escala. Todos posaban, y las cámaras soltaban el destello del flash. «¡Otra, otra!», coreaban los distintos grupos en la sala.

La madre y la abuela de Kyo se hicieron fotos con él por turnos. Hasta se presentó Sato para hacerles fotos a los tres con su vieja Canon SLR. Entonces los cuatro se metieron en el coche maltrecho de Sato, quien los llevó al puente que conducía a la isla Innoshima, donde comieron en un restaurante japonés moderno que regentaba uno de los colegas de Sato.

Se comieron sus bento, charlaron y se rieron ante las historias de Sato sobre su ceremonia de mayoría de edad, con el mar interior visible desde las ventanas enormes de aquel restaurante moderno. El mar se alargaba a lo lejos, hasta que el horizonte se lo tragaba.

●

Aquella misma noche, Ayako había organizado una celebración con Jun y Emi para Kyo, en su hostal recién remodelado.

Lo que no sabía ella era que su nieto le tenía una sorpresa preparada.

Kyo había ayudado a Jun a colgar los cuadros en la pared unos días antes.

Ayako se sorprendió al ver el título de la serie: *Ayako contra la montaña*.

Inspirado por la historia de su abuela cuando había escalado y sobrevivido al monte Tanigawa, Kyo había dibujado y pintado una serie que contaba su hazaña. Se había valido del espacio blanco de los lienzos para representar la tormenta de nieve en la que se había quedado atrapada, y los cuadros mostraban cómo Ayako llegaba a la cima, con los elementos en contra, dejaba una pequeña urna con las cenizas de su hijo y rezaba en la placa conmemorativa de su marido. En otra escena, se rompía la pierna, se cobijaba de la tormenta y bajaba la montaña a rastras.

Al principio, nada más ver las obras, se había molestado un poco. Le parecía de mal gusto exponer una experiencia tan personal delante de todo el mundo. Sin embargo, cuanto más examinaba cada cuadro, uno a uno, más le gustaban, mejor los entendía; en particular el último, el que mostraba a Ayako tumbada bocarriba en la nieve, perdida, según parecía, salvo por la sonrisa triunfal que esbozaba.

Lo entiende, pensó para sí misma. *Entiende por lo que pasé.*

Y entonces había sentido una sucesión rápida de culpabilidad, vergüenza, tristeza y fracaso que se alzaba por su interior. Negó con la cabeza. No, aquellas sensaciones eran reales, pero no lo eran todo. No tenía lugar para ellas en su vida, así que se permitió sentirlas. Sabía que todo aquello iba a pasar, y así fue: en cuestión de segundos, las hizo a un lado. Y experimentó el gozo que vino después. El gozo de seguir con vida, aquella sensación que le brotó en el estómago y que dio paso al orgullo. Estaba orgullosa de todo lo que había superado, a pesar de las circunstancias. Estaba orgullosa de su nieto, de lo mucho que había crecido. Tuvo que cubrirse el rostro con el pañuelo y pretendió que le moqueaba la nariz.

○

Kyo estaba un poco mareado por las cervezas que había bebido. Si bien no había bebido demasiado desde aquella noche fatídica en Hiroshima, en aquel momento todo parecía mejor. Le daba la sensación de que la esperanza cubría el ambiente. Abrió otra lata de cerveza Asahi, y se la estaba sirviendo en un vaso cuando vio a Ayumi en la puerta. Llevaba el cabello recogido en una coleta y buscaba entre el pequeño grupo de personas. Al ver a Kyo, le sonrió y lo saludó con la mano. Kyo señaló hacia un vaso vacío, y ella asintió. Le sirvió otra cerveza y se acercó a ella para pasársela.

—Hola —le dijo, y aceptó el vaso con un ademán de la cabeza—. Felicidades.

—¿Por qué?

—¡Por todo esto! —Ayumi abrió los brazos, y la cerveza se le sacudió en el vaso—. Por tus obras, por todo tu trabajo.

Kyo se ruborizó otra vez.

—Y… —Se mordió el labio—. Felicidades por haber alcanzado la adultez. Por fin puedes beber legalmente. —Chocó su vaso con el de él, y Kyo se echó a reír.

—Brindemos por ello.

—Ayako me ha contado lo de la carta, por cierto. La de Tanikawa-sensei, el artista de manga.

—Ah, eso. —Kyo se quedó mirando el suelo.

—¿Por qué pones esa cara? —le preguntó ella—. ¡Si es una noticia increíble! Estas cosas no pasan todos los días. Vas a ir a Tokio, ¿verdad? Para hablar con él.

—No sé…

—¿Qué quieres decir?

—Estoy bien aquí, en Onomichi, ¿sabes? Y… —Se quedó callado unos segundos—. Echaría de menos a mi abuela… y a ti…

—Kyo. —Le dio un empujoncito en el pecho y le habló con total seriedad—. Si te veo dando vueltas por aquí en un mes, me enfadaré de verdad. Te juro que iré a buscar a tu abuela y te daremos de palos entre las dos hasta que recuperes el sentido común. Ya verás tú. Ve a Tokio y lucha por tus sueños.

—Quizá —dijo él, asintiendo—, pero…

—Nada de «quizá». Es tu vida, Kyo. Es importante.

—Supongo que tienes razón. —Kyo esbozó una sonrisa torcida.

—Claro que la tengo, como siempre. —Sonrió de oreja a oreja—. Pero bueno, ya hablaremos más de esto de camino a Dogo Onsen…

La interrumpió el sonido de unos golpecitos en un cristal, y todos miraron a Sato, quien le daba a una botella vacía de cerveza Kirin con un palillo.

—Gente —los llamó para empezar su breve discurso—. Me gustaría aprovechar la oportunidad para felicitar al joven Kyo por haber llegado a la adultez. La edad no es más que un número, y todos sabemos de sobra que Kyo ya era un señorito de Tokio cuando arribó a nuestra ciudad diminuta alejada de la mano de Dios. —Miró directamente al homenajeado para hablarle a él—. Pero hemos sido muy afortunados de poder estar contigo este año. Te has convertido en parte de la comunidad en Onomichi; me has ayudado con la tienda y has ayudado a Jun y a Emi con el hostal maravilloso en el que estamos. —Hizo una pausa y miró en derredor—. Y, por encima de todo, nos has dado algo muy especial: un apodo nuevo para el jefe de estación Ono, ¡el Tanuki!

Todos vitorearon y se echaron a reír.

Tanuki parpadeó desde el otro lado de sus gafas a Kyo, quien le devolvió una sonrisa incómoda. Tanuki le guiñó el ojo sonriéndole también, y Sato continuó:

—Incluso has ayudado a tu abuela, y no solo en la cafetería. —Sato soltó una tosecita y sonrió un poco—. Cabe la posibilidad de que la hayas ablandado un poquitín.

Sato se rio para sí mismo, y los demás escondieron una risita. Ayako, por su parte, negó con la cabeza.

—¡Más quisiera! —gritó, con los ojos brillantes por las pocas copas de vino de cereza umeshu que se había tomado—. ¡Cuidadín con lo que dice, Sato!

—Pero en serio —continuó Sato, antes de hacer un ademán hacia los cuadros de las paredes. Los demás admiraron las bellas imágenes que colgaban de ellas—. Llegaste a Onomichi hecho un hombre, Kyo, pero esperamos que nuestra pequeña ciudad te haya ayudado a convertirte en un artista. Porque creo que todos podemos afirmar que lo eres y que siempre lo serás.

Kyo se ruborizó más que nunca.

—Y esperamos que, sea lo que fuere lo que te depare la vida, que todos sabemos que será algo mucho más grande y mejor que nuestra ciudad diminuta, esperamos que te lleves a Onomichi contigo hagas lo que hagas, adonde sea que vayas, en el corazón. —Se dio un golpecito en el pecho, un poco borracho. Los ojos se le estaban anegando en lágrimas.

—¡Por Kyo! —interpuso Tanuki—. Kanpai!

—Kanpai! —bramaron los demás, alzando sus copas.

Kyo le captó la mirada a Ayumi, y esta se cubrió la boca para reírse.

Le dio un trago a la cerveza y buscó a su madre. No estaba en ninguna parte de la sala, y la acabó encontrando en el exterior, hablando por teléfono.

Se había perdido el discurso.

Era una mañana fría y tranquila, y Kyo se despertó con el olor del desayuno. Se levantó de su futón y fue descalzo hasta el salón. Su madre y su abuela preparaban la comida juntas en silencio. Se sentó a la mesa baja y esperó a que se dieran cuenta de que se había levantado. Se puso a tiritar un poco por el frío matutino, pero la kotatsu estaba encendida, por lo que se metió bajo las sábanas para entrar en calor.

—Buenos días —lo saludó su madre, al verlo por fin.

—Buenas —repuso Kyo, con un bostezo.

Ayako y Setsuko llevaron la comida, y los tres se sentaron a la mesa para comer, pensativos.

El móvil de Setsuko vibró sobre la mesa; ella lo tomó y leyó un mensaje.

—Ay. —Volvió a dejar el teléfono—. Siento mucho hacer lo mismo otra vez…

Ayako asintió.

Kyo suspiró.

—Pero voy a tener que volver a Tokio hoy mismo. Lo siento, Kyo. Sé que querías llevarme a Hiroshima para ver la Cúpula de la Bomba Atómica y comer okonomiyaki. Y de verdad tenía muchas ganas de ver el arco torii flotante de Miyajima, pero tengo que volver a trabajar. —Se tragó lo que le quedaba de sopa miso—. Lo siento mucho.

—No pasa nada —respondió él—. Estaremos bien, ¿verdad, abuela?

—Claro —dijo Ayako, alegre, y entonces pareció que se acordaba de algo—. Kyo, ¿le enseñaste la carta a tu madre?

Kyo le dedicó una mirada cómplice a su abuela y negó con la cabeza.

—Pues no.

—¿Qué carta? —le preguntó su madre.

—¡Enséñasela!

Kyo fue a por la carta y se la entregó a su madre, quien la leyó a toda prisa.

—Qué bien, Kyo. —Sonrió—. Me alegro de que a un artista le gustaran tanto tus dibujos. Y me emocionó ver cómo fue con tus cuadros en la exposición de anoche, pero... —Hizo una pausa y puso una mueca—. Espero que todo esto no te esté distrayendo de tus exámenes. Tienes que aprobar para entrar en la facultad de Medicina. No tienes tiempo para ponerte con dibujos o ensoñaciones. Ya lo harás en tu tiempo libre. Es solo una afición.

Kyo se quedó cabizbajo y miró a su abuela de reojo, quien también parecía un poco decepcionada.

—Pero ¿y si quiero ser el discípulo de Tanikawa-sensei? —le preguntó Kyo, deprisa—. ¿Y si es eso lo que quiero hacer? ¿Y si no me apetece estudiar Medicina? ¿Y si no quiero ser médico?

—¡No digas tonterías, Kyo! —Su madre se echó a reír—. No hay estabilidad en el arte. Por eso hay tantos que se mueren de hambre. Haz los exámenes, hazte médico y tendrás una vida estable y constante. Ya dibujarás para distraerte en tu tiempo libre.

Kyo soltó un leve resoplido.

—¿En mi tiempo libre?

—Sí, exacto —repuso su madre—. Como una afición. Ya lo hemos hablado.

—Tú no tienes tiempo libre —le dijo Kyo. Se había puesto a temblar y no le devolvía la mirada—. Casi ni pudiste venir a mi ceremonia de mayoría de edad. Es la primera vez que vienes a verme en todo el año. Nunca tienes tiempo para mí, nunca te preocupas por mí. ¿Cómo voy a ser artista en mi tiempo libre si tú ni siquiera puedes hacer de madre en tu tiempo…?

—¡Kyo! —lo cortó su abuela, dejando su cuenco de sopa miso sobre la mesa—. No le hables así a tu madre.

Kyo miró a su abuela, con la boca abierta.

Tenía una mirada gélida, una expresión llena de ira.

¿Cómo podía haberlo traicionado así?

¿Por qué no lo defendía?

—Gracias por el desayuno —dijo Kyo, tras ponerse de pie.

Se dio media vuelta, se fue al genkan y se puso los zapatos. Recogió la mochila en la que estaba su cuaderno y sus bolígrafos del perchero en el que estaba colgada.

—Kyo, cariño —lo llamó su madre—. ¿A dónde vas? Todavía vas en pijama, cielo. No puedes salir así.

Kyo fue a por un abrigo, se dio media vuelta sin decir nada y salió por la puerta.

—¡Kyo! —Setsuko hizo el ademán de ponerse de pie—. ¡Espera!

Ayako le puso una mano firme en la muñeca.

—Ya voy yo, no pasa nada. No te preocupes.

Se puso su abrigo tonbi y salió a toda prisa.

Sabía dónde encontrarlo.

○

Kyo estaba sentado en una roca, en lo alto de la ciudad. Y tiritaba.

Era su lugar favorito para dibujar la ciudad. Ya sabía lo que quería.

No quería marcharse. Quería quedarse allí, en Onomichi. No quería presentarse a sus exámenes, no quería estudiar Medicina, no quería volver a Tokio. Quería quedarse; aquel era su hogar.

Quería poder congelar el tiempo para no tener que tomar ninguna decisión sobre su vida ni su futuro.

Sabía, en lo más hondo de su ser, que su abuela no lo había traicionado. La furia y la indignación se habían disipado según subía por la montaña. Cuando volviera a casa, le pediría disculpas nada más entrar. También pensaba disculparse con su madre. Por lo que no iba a pedir perdón era por lo que sentía.

¿Tan malo era luchar por los sueños que uno tenía?

¿Acaso su vida no era suya, para hacer con ella lo que le viniera en gana?

Apoyó la cabeza en las manos y cerró los ojos mientras un millón de vidas distintas se le desplegaban en la imaginación, y le pareció insoportable pensar en todas las posibilidades que lo esperaban. Algunas de ellas se le aparecieron. Se casaba y tenía hijos. Se divorciaba. Era alcohólico y perdía el trabajo. Ganaba un montón de dinero. Tenía una familia feliz. Era un artista al que le costaba llegar a final de mes. Recibía malas críticas. Dolor. Alegría. Una tarea descomunal por delante, que se cernía sobre él como una montaña escarpada. Ahí estaba, la definición del fracaso o del éxito. La opinión de sus compañeros. Los halagos de sus ídolos. Tirado al desguace. Una muerte en el anonimato. La fama. Un médico. Alguien que salvaba la vida de los demás. Un miembro de la sociedad. Un mendigo. Un perdedor que vivía en Okinawa y enseñaba surf. Coches. Hijos. La muerte infantil súbita. Motos. Alguien que se intentaba aferrar a la juventud perdida. La muerte de los familiares. Padres que sobrevivían a sus hijos. La muerte de la pareja. Luto. Cáncer. Asco. Relaciones extramatrimoniales. Adulterio. Robo. Asesinato. Asalto. Guerra. Hambruna.

Desigualdad. Impotencia. Fracaso. Un fracaso abrumador. Un fracaso absoluto. Rana. Suicidio.

Cuanto más se lo pensaba, más vueltas le daba todo.

¿Qué hacía con su vida? ¿Qué camino tenía por delante?

Lo único que quería hacer era dibujar. Ser artista.

Ser artista. Vivir con su abuela. Saber más sobre la vida de ella y la de su padre.

Entonces vio la historia entera de su propia vida; le flotó hacia la imaginación, desde el primer panel hasta el último. Una gran epifanía, nacida del conflicto y el dolor. La cima de la montaña apareció de la nada, cristalina, dura y helada en el horizonte, mientras el sol acariciaba la cumbre asediada por el viento. Soltó un suspiro, medio de placer, medio de resignación. El camino que tenía por delante iba a ser arduo, pero estaba seguro de que sabía por dónde ir. Lo único que tenía que hacer era dibujar un trazo a la vez, panel por panel. Del mismo modo que su abuela al bajar por la montaña, pensaba proponerse tareas pequeñas cada día, metas diminutas que, poco a poco, acabaran formando un conjunto. Iba a seguir con ello, sin rendirse en ningún momento. En la montaña, sentado a solas, lo único que tenía era el presente. El pasado y el futuro no importaban. Solo tenía el trabajo por delante, y ahí estaba el placer de existir.

Todo le parecía de lo más sencillo en aquel momento. La respuesta lo había estado mirando a la cara.

Se imaginó los primeros paneles: la silueta de una mujer con kimono que subía por una montaña antes de quedarse mirando por encima del agua. La ciudad de Onomichi estaba por debajo de ella. Era una mujer dura y fuerte, con una expresión seria. Cojeaba y le faltaban dedos, pero sus ojos mostraban dolor, competencia y sabiduría. Había vivido una larga vida llena de penurias, y cada día tenía que superar las ondas que las desgracias del pasado seguían provocando en ella. Tenía muchas cosas que decir; no todas eran buenas, y algunas incluso eran malas. Aun con todo, era una persona importante, una persona real, una que valía la pena conocer. El mundo debería conocer su historia. Y Kyo podía contarla.

En su mente, en la esquina superior izquierda del primer panel, vio una caja de diálogo que rezaba:

Ayako tenía una rutina diaria que no le gustaba alterar.

Sacó un cuaderno en blanco.
Lo abrió por la primera página y se puso a dibujar.

AYAKO CONTRA LA MONTAÑA: EL ÚLTIMO ESFUERZO PARA ALCANZAR LA CUMBRE

Ayako se arrebujó dentro de su abrigo.

Subió por la montaña, y las piernas le ardían. Tenía que ir deprisa.

Sabía exactamente lo que tenía que hacer.

El viento soplaba, frío, y lo notaba en las articulaciones. Se estaba haciendo mayor.

Según subía por la montaña, pensó en la vida que había vivido, en los errores que había cometido, en las alegrías, la desesperación, los picos, las depresiones. Las montañas y los valles.

La ciudad fluía a su alrededor, pero no se percató de la presencia de nadie ni de nada. Estaba centrada en la cima. Sabía dónde iba a estar su nieto, sentado en la roca en la que le encantaba sentarse. El mismo lugar exacto al que había ido su hijo.

Su hijo. Su hijo precioso y encantador, el que aquella vida tan cruel le había arrebatado.

Su marido. Su marido querido, amable y generoso, el que los elementos le habían quitado.

Su padre. El padre al que nunca había conocido, el que la bomba se había llevado.

Había pasado por penurias, había cometido errores, había vivido etapas difíciles.

Solo que ya era mayor. Era sabia. Sabía qué hacer.

Continuó subiendo; notaba el ardor en el interior. Nada iba a detenerla. Nada podía detenerla.

Todo el mundo escalaba montañas cada día.

Algunas de ellas eran grandes; otras, más pequeñas.

Pero todos se levantaban, y había quienes no se rendían nunca.

Aunque también estaban los que sí se rendían…

Ayako apartó aquellos pensamientos de su mente y se centró en el chico.

Sabía las palabras precisas que le iba a decir cuando lo encontrara.

Iba a decirle que lo quería. Iba a decirle que estaba orgullosa de él.

Y luego pensaba decirle todo lo que quisiera saber sobre su padre. Pensaba decirle que también lo había querido, que también había estado orgullosa de él, que la vida era muy cruel y que nos podía quitar lo que más queremos. Pero que no era culpa de nadie.

A veces, así es la vida.

Sin embargo, lo más importante de todo lo que le quería decir a su nieto era que su vida era solo suya, que podía hacer lo que creyera conveniente. Que iba a apoyarlo, a quererlo y a estar orgullosa decidiera lo que decidiera.

Iba a ser su arnés de seguridad.

Podía ayudarlo a escalar.

Respiraba más deprisa que de costumbre. Se alentó a seguir con más ahínco, a perseguirlo por la montaña. Casi estaba corriendo y jadeaba, pues le faltaba el aliento.

Y entonces lo vio, sentado en lo alto de la roca. Lo vio con total claridad. En una mano sostenía un bolígrafo y dibujaba en un cuaderno que tenía en el regazo.

Con la otra mano, acariciaba a un gato negro.

Ayako se preparó. ¿Qué era aquella sensación que tiraba de ella y le dificultaba acercarse a su nieto? Le pesaban las extremidades; estaba agotada. Le dolían los músculos. Veía al chico y a su queridísimo Coltrane, pero el cuerpo no le respondía tan deprisa como debía. Ya no conseguía mover las piernas.

Más deprisa. Quería ir más deprisa.

*

Se propuso una meta diminuta. Recobró la compostura, y el sonido leve y constante de las palabras le resonó en la cabeza.

Llega a esa farola. Llega a esa farola.

Tú puedes. Lo conseguirás. Ya falta poco.

Sigue adelante.

Tú puedes.

EPÍLOGO DE LA TRADUCTORA

La primera vez que veo a Hibiki es en su casa de Onomichi. Su pareja, Henrik, me recibe junto a su fiel gato negro de un solo ojo, Coltrane.

—La casa era de mi madre —me explica Hibiki mientras lo sigo al interior y me quito los zapatos en el recibidor—. Me la dejó en su testamento.

Hibiki y Henrik pasaron la mayor parte de su vida de adultos en Escandinavia, pero se trasladaron a Onomichi cuando la madre de Hibiki sufrió una grave enfermedad. Se dispusieron a remodelar la vieja casa, y ahora proporcionan servicios de remodelaciones para otros hogares de la ciudad en los que fusionan la carpintería japonesa tradicional con los métodos escandinavos en un intento por revitalizar la ciudad, que envejece.

La casa está limpia y bien cuidada. Varios vinilos, libros y discos llenan una pared del salón, todo ello recogido en una serie de estanterías entrelazadas. Henrik nos trae un café en una cafetera francesa antes de retirarse a otra sala. Suena música clásica de fondo en un tocadiscos, y le hago preguntas a Hibiki mientras acaricia a Coltrane, pensativo. Fuera está nevando, y desde el salón vemos un jardín japonés tradicional tan bello como bien cuidado, con un arce de ramas nevadas plantado junto a un estanque antiguo. Por primera vez desde hace meses, pues ha sido un año largo y difícil, noto que algo se libera dentro de mí, como un músculo que se relaja por fin. Al lado de Hibiki, me encuentro en paz.

Hibiki es un anciano. Luce una camisa, *blazer* y pantalones de vestir, con cabello blanco y una barba bien recortada del mismo color. Tiene una risa ronca y contagiosa. Su manera de ser me recuerda a Sato, de su libro, y, cuando se lo señalo, se echa a reír, me sonríe y me dice:

—Ah, lo has notado, ¿eh?

Es amable y humilde. Me cuenta que no esperaba que *El ruido del agua* fuera a leerse en Japón, así que mucho menos que se tradujera al inglés. Al principio de nuestra conversación, me comenta que todavía no sabe muy bien por qué quiero traducir su obra.

Eso es lo que más me sorprende de nuestra conversación: no quiere hablar de la novela que ha escrito ni de la traducción que he hecho. Por descontado, he venido preparada para preguntar y responder cualquier pregunta sobre la novela. Una parte de mí está más nerviosa que nunca: necesito su permiso para publicar la traducción, y estoy segura de que me preguntará algo sobre una palabra o una frase complicada que me dejará atascada, con lo que acabaré demostrando lo ignorante y lo incompetente que soy. Sin embargo, me da la impresión de que ni siquiera se ha leído las secciones que les envié. De alguna forma se las ha arreglado para darle la vuelta a la entrevista, y es él quien me hace las preguntas a mí, pues parece interesado de verdad en mi vida.

—¿Qué te hizo querer ser traductora? ¿Qué te hizo querer aprender japonés? ¿Qué te parece vivir en Japón? ¿Qué te trajo al país? ¿Te cuesta vivir en el extranjero? ¿Siempre habías soñado con traducir ficción?

Suelta pregunta tras pregunta mientras mima a Coltrane, da sorbos a su café y asiente, pensativo, ante mis respuestas dubitativas. Su presencia inquisitiva me resulta tranquilizadora, y mi japonés nervioso y con tropiezos empieza a relajarse y a salir con más fluidez de nuevo.

Me habla de por qué se fue de Japón:

—He pasado la mayor parte de mi vida de adulto en el extranjero, más que nada porque nunca tuve la sensación de que encajaba aquí. Fue muy difícil criarme en el Japón rural al ser gay. Mi padre quería que estudiara para ser médico, pero a mí siempre me gustó más el arte y el diseño. En un mundo ideal, me habría hecho artista de manga, pero mi padre no lo habría permitido nunca.

—Entonces, ¿dibujaba manga? ¿Como Kyo?

Se echa a reír.

—Nunca se me dio tan bien como a él, aunque sí que sufría del mismo problema: me costaba acabar lo que empezaba. Mi madre hizo todo lo posible por apoyarme y ayudarme a cumplir mis sueños, aunque fue muy difícil para ella. Se peleó con mi padre para que yo pudiera ir a la facultad de Diseño en Tokio. Supongo que ese fue el inicio del camino que me llevó lejos de Japón y de mi padre. Me mantuve en contacto con mi madre mediante cartas, pero en parte me siento muy culpable por haberla abandonado.

Da un largo trago de café antes de seguir.

—Aun así, nunca perdí las ganas de contar historias. ¡Cuántas ganas tenía de crear algo, cualquier cosa! Algo completo, algo terminado. Sin embargo, cada vez que me ponía a ello, me invadía el pánico por lo mucho que quedaba por hacer, por lo que los demás iban a pensar, y no podía seguir. Me fue bien con mi otra carrera en el extranjero, así que cada vez me costaba más ponerme con proyectos personales. Entonces mi madre se puso enferma, y volví a Onomichi para estar con ella. Pasé mucho tiempo a su lado, en el hospital, rezando con la esperanza de que se recuperara. Para entonces ya había perdido la práctica dibujando, pero me puse a escribir trocitos de las historias de Kyo y de Ayako y se las leía mientras estaba en cama. Escribí las historias para ella más que nada. Siempre le había gustado leer, solo que cerca del final le costaba concentrarse en un libro.

Coltrane suelta un maullido tan alto que nos sorprende, quizá por haber visto algo al otro lado de la ventana que ha captado su interés. Hibiki lo rasca detrás de la oreja un rato.

—No tenía la intención de publicarlo, pero Henrik me instó a enviar el manuscrito a un viejo amigo que trabajaba para una editorial importante de Tokio. Había venido a vivir aquí después de haber dejado la editorial y quería abrir una pequeña imprenta, Senkosha, creo yo que para mantenerse ocupado. *El ruido del agua* fue su primer y único libro. Por desgracia, murió hace poco.

Le pregunto por el proceso de escritura, por cómo se sintió al acabar una novela por fin, tras años de soñar con acabar algo.

—Lo importante no es llegar al final o completar lo que sea. Eso era lo que necesitaba aprender. Lo importante es el trayecto, el proceso en sí. El ciclo del trabajo y el arte es como las estaciones, que fluyen de una a otra en un círculo, una y otra vez.

Hablamos durante lo que me parecen horas, y solo cuando Henrik vuelve a la sala la conversación parece ir terminando. Un pánico que conozco de sobra me invade: técnicamente, todavía no tengo permiso para traducir el libro. Sin embargo, como si fuera capaz de leerme el pensamiento, me habla otra vez.

—Escúchame bien, Flo-san —dice—, claro que puedes traducir la novela al inglés. Tienes mi bendición. Por mi parte, no me interesa lo que le pase a la novela, pero veo que es importante para ti. Y eso es lo que cuenta. ¿Quién soy yo para interponerme en tus sueños?

Le dedico una reverencia y le doy un millón de gracias. Nos despedimos, y, cuando está a punto de abandonar la estancia, se detiene como si se le acabara de ocurrir algo importante.

—Pero Flo, si lo acabas traduciendo, tienes que prometerme algo.

—Dígame.

—Tienes que prometerme que lo harás tuyo. —Me mira a los ojos—. Pon algo de ti en la novela. Para que los lectores vean tu toque personal.

—Se lo prometo —le digo con una reverencia.

Se vuelve para mirar a Coltrane, hecho un ovillo sobre el tatami. Se le mueven las patitas mientras sueña.

—Ay, quién fuera gato —dice—. Sueñan, pero no permiten que sus sueños los consuman. Ese es el problema que tenemos los humanos: creemos que tenemos que conseguir que nuestros sueños se hagan realidad. Y eso es lo que nos provoca tanta alegría y tanto sufrimiento.

⁂

La traducción nunca es una ciencia exacta. Para todos aquellos que vean errores garrafales, omisiones o una forma torpe de expresar las cosas, son culpa mía, y me disculpo por la belleza que se haya perdido durante el proceso de traducción. Aun así, sí que espero haber preservado el espíritu de la novela original, que los personajes de Kyo y Ayako sean ellos mismos en nuestro idioma.

He tomado varias decisiones que debo explicar aquí. En la medida de lo posible, no he usado la cursiva para las palabras en japonés y he eliminado los acentos diacríticos de las mismas. Sí que he dejado en cursiva los queridos proverbios de Ayako. Al final del libro, proporciono una lista de ellos, con su kanji, unas breves explicaciones y unos equivalentes en nuestro idioma. He evitado usar notas al pie de página para preservar la fluidez del texto. En su lugar, he usado la convención de definir los términos en japonés al lado de los términos en sí en la mayoría de los casos (por ejemplo, «vino de cereza umeshu»). Confío en que mi decisión facilite la lectura a quienes no conozcan Japón al tiempo que conserve la cultura de la que ha nacido esta historia.

Los nombres propios aparecen tal como dicta la convención japonesa: primero el apellido y luego el nombre de pila (por ejemplo, Tabata Ayako).

A pesar de haberlo conocido en persona y de haber pasado más tiempo aún con sus palabras y sus personajes, todavía no sé mucho sobre el autor, Hibiki. Es una persona muy privada y quiere seguir siendo anónimo. Se ha negado a conceder entrevistas por la publicación norteamericana de *El ruido del agua*, ha decidido mantener en secreto su identidad, y ciertos nombres se han cambiado. Le imploro a todos los lectores que respeten sus deseos. No puedo evitar darle las gracias en esta sección, por permitirme traducir sus palabras del japonés al inglés. También fue muy amable al permitirme escribir sobre nuestro breve primer encuentro en el epílogo, y, después de unas cuantas sugerencias y revisiones para preservar su anonimato, me dio el visto bueno.

Gracias, Hibiki-sensei, Henrik y Coltrane. También me gustaría darles las gracias a Kyoko, Makoto y Ogawa-sensei. Y a Lily también, allá donde esté.

Flo Dunthorpe
Tokio, 2023.

PROVERBIOS

gō ni haitte wa gō ni shitagae (郷に入っては郷に従え)

Traducción literal: Cuando vas a la aldea, te atienes a las reglas de la aldea.

Equivalente en español: Donde fueres, haz lo que vieres.

kaeru no ko wa kaeru (蛙の子は蛙)

Traducción literal: El hijo de una rana es una rana; de tal rana, tal renacuajo.

Equivalente en español: De tal palo, tal astilla.

saru mo ki kara ochiru (猿も木から落ちる)

Traducción literal: Hasta un mono puede caerse de un árbol.

Equivalente en español: De hombres es errar. En otras palabras: todos cometemos errores.

yama ari tani ari (山あり谷あり)

Traducción literal: Hay montañas y hay valles.

Equivalente en español: La vida está llena de altibajos.

jūnin tōiro (十人十色)

Traducción literal: Diez personas, diez colores.

Equivalente en español: Todo el mundo es diferente. De gustos y colores no hay nada escrito, etc.

bijin hakumei (美人薄命)

Traducción literal: Persona bella, vida corta.

Equivalente en español: Lo bueno dura poco.

kyakusama wa kamisama (客様は神様)

Traducción literal: El cliente es un dios.

Equivalente en español: El cliente siempre tiene la razón.

AGRADECIMIENTOS

El más eterno agradecimiento a: Bobby Mostyn-Owen, Ed Wilson, Hélène Butler, Anna Dawson, Tom Watson, Theresa Wang, Jacob Rollinson, Mike Allen, Hiroko Asago, Tamsin Shelton, Ryoko Matsuba.

A quienes apoyaron mi primera novela: David Mitchell, Rowan Hisayo Buchanan, David Peace, Elizabeth Macneal, Ashley Hickson-Lovence, Andrew Cowan, Amit Chaudhuri, Eleanor Wasserberg, Kirsty Doole, Gemma Davis, Sophie Walker, Carmen Balit y a todos los maravillosos traductores que trabajaron en la obra.

A todo el equipo de Doubleday: Milly Reid, Hana Sparkes, Sara Roberts, Kate Samano.

A Chie Izumi por la preciosa caligrafía.

A Rohan Daniel Eason por las maravillosas ilustraciones.

A Irene Martínez Costa por la mejor cubierta.

A los Bradley, los Pachico y los Ashby, por estar siempre ahí.

A Rosie, Weasel y Julie, por el amor y el apoyo eterno que me brindáis.